Танцы на снегу

雪舞者

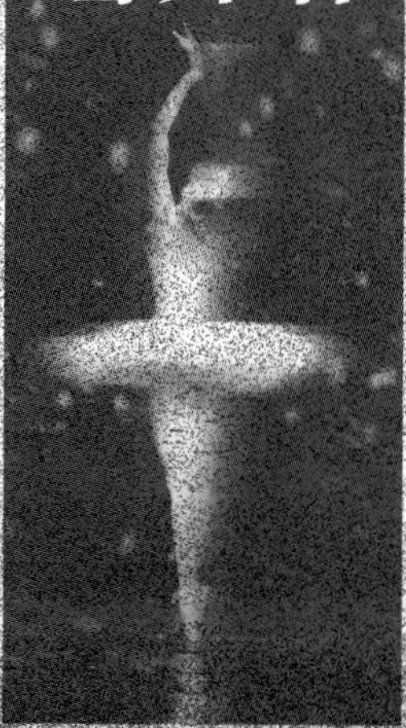

[俄]谢尔盖·卢基扬年科—著

郑 滨—译

NEWSTAR PRESS
新星出版社

著作版权合同登记号：01-2022-6091

图书在版编目（CIP）数据

雪舞者 / (俄罗斯) 谢尔盖 · 卢基扬年科著 ; 郑滨译. -- 北京 : 新星出版社, 2024.9
ISBN 978-7-5133-5294-9

Ⅰ. ①雪… Ⅱ. ①谢… ②郑… Ⅲ. ①幻想小说 - 俄罗斯 - 现代 Ⅳ. ①I512.45

中国国家版本馆CIP数据核字(2023)第165226号

雪舞者

［俄］谢尔盖·卢基扬年科 著；郑滨 译

责任编辑 杨 猛　　**监 制** 黄 艳
责任校对 刘 义　　**责任印制** 李珊珊

出 版 人 马汝军
出版发行 新星出版社
（北京市西城区车公庄大街丙3号楼8001　100044）
网 址 www.newstarpress.com
法律顾问 北京市岳成律师事务所
印 刷 北京天恒嘉业印刷有限公司
开 本 910mm × 1230mm　1/32
印 张 12.875
字 数 354千字
版 次 2024年9月第1版　　2024年9月第1次印刷
书 号 ISBN 978-7-5133-5294-9
定 价 69.00元

总机：010-88310888　传真：010-65270449　销售中心：010-88310811

北京俄罗斯文化中心致中国读者的一封信

尊敬的中国读者：

您翻开的这本小说，是俄罗斯最著名的科幻作家之一谢尔盖·卢基扬年科的作品。苏联和俄罗斯的幻想小说享誉世界，而卢基扬年科堪称一位优秀的继承者。他曾数次访问中国，与中国粉丝的交流活动就曾在北京俄罗斯文化中心举行。

很高兴看到卢基扬年科的作品在中国出版。幻想类小说在中国广受欢迎，中国读者对该类型小说的语言风格和故事情节总是有着细腻的体会和深刻的理解，这非常难能可贵，或许正是源自中国古代志怪小说的文学传统。

我想，这就是为什么卢基扬年科的作品在精神上非常接近中国读者——你们懂得欣赏那些真正有价值的作品。在无穷无尽的幻想世界里，你们秉承着自己独一无二的精神、哲学和道德体系。而卢基扬年科本人将自己的作品风格定义为“硬核幻想”及“道之幻想”，相信你们可以从中找到与中国哲学的契合点，毕竟，中国哲学所强调的，恰是生命之历程，而非生命之目的。

祝愿每位读者的阅读之旅充满惊喜，祝愿每个人都能在卢基扬年科的作品中找到自己内心的声音。读完此书，您可能会从全新角度审视自己，更加理解自己在世界中的位置，也拓宽自己生而为人的隐秘边界。这正是文学的宝贵使命。

好好享受这本书，为它腾出书架上的一席之地吧。

北京俄罗斯文化中心主任

塔玛拉·卡西亚诺娃

С наилучшими пожеланиями

致中国读者

亲爱的中国读者：

非常高兴能在拙作中译版中说几句话。

我曾多次来到中国这个美丽的国家，也参观过中国的书店，亲身感受过读者对文学的热爱、对科幻文学的热情。

若干年前，我的作品曾经在中国出版，但此次的出版机会非同寻常。今年，在我的诸多类型作品中，唯独科幻小说受到中国出版方的青睐。

这对我来说意味着什么呢？

我看到，中国的读者正在仰望星空。他们对空间、知识和技术发展的兴趣与日俱增。我深信，人类的未来将不限于我们的地球。如今，中国当之无愧地在航天、电子等科研领域占据领先地位，科幻更有望成为点亮前路的灯塔。

如果拙作也能成为这座灯塔中的一簇亮光，我将不胜荣幸。

谢尔盖·卢基扬年科

2021年2月

目 录

ОГЛАВЛЕНИЕ

引　子

那一天，我的父母决定去死。这是宪法赋予的权利。

我此前没有任何预感。这说来令人难以置信，但我确实直到最后一刻都没有想过，父母会做出这个决定。一年多以前，父亲被解雇了，补助金也很快用完了，好在妈妈还继续在第三公立选矿场工作。而我不知道的是，那个选矿场很久以前就已濒临倒闭，一直在用让人吃得腻烦的糙米和房租减免来代替工资——我们住的房子是要交钱的，我从没在意过这一点。不过，大家的日子都差不多，学校里很少有谁是双亲都有工作的。

那天，我放学回来，听见客厅传来阵阵音乐声。我把平板电脑扔到床上，悄悄向客厅看过去。

我的第一个猜想是，爸爸终于找到工作了。

爸妈坐在铺着白色桌布的桌前，桌子中间燃着几支蜡烛。插蜡烛的老式水晶烛台只有生日或圣诞节才会拿出来用。盘子里盛着真正的土豆和肉。家里居然会有这么多吃不完的好东西，让人难以置信。爸爸肯定已经扫荡完两大盘子了。桌上还有一瓶半空的伏特加，货真价实的那种。另外一个瓶子里装着红酒，差不多空了。

“奇克，”爸爸叫我了，“快来吃饭！”

我的名字是奇克列伊，听上去很响亮，就是有点儿长，念起来不顺口。妈妈有时叫我奇奇，爸爸更常叫我奇克。其实，他们要是在十三年前选个别的名字，现在就不会这么麻烦了。不过，要是叫了别的名字，我就不是现在的我了吧。

我坐下来，没多问什么。父亲很不喜欢别人向他问东问西，他更喜欢自己讲些新鲜事儿，哪怕只是说说给我买了件新衬衫之类的小事。妈妈默不作声，把小山似的肉烧土豆堆到我面前的盘子上，还在旁边摆了一瓶我喜欢的番茄酱。我狼吞虎咽地把盘子里的东西一扫而空，正心满意足之际，爸爸说出的一番话，粉碎了我的满心欢喜。

他并没有找到工作。

对于没有神经元接口的人来说，现在根本就没有工作机会。

想要工作，就得植入接口。可是，成年时期再动这个手术非常危险，也非常昂贵。妈妈现在拿不到现金工资，家里已经没钱保障未来的生活了。

我很清楚，在我们星球上，只有在穹顶区才能够活下来。而像我们这样没了收入的，会被赶出现在的住所，遣送到外围定居点。在那种地方，人只能活个一年半载，运气最好也不过两年。

因此，爸爸和妈妈下了决心，要行使自己的宪法权利……

我说不出话来，只呆呆地望着父母，用叉子捣着剩下的、撒上番茄酱的土豆，此刻，它已经变成了一团褐色的糊糊。我吃什么都喜欢放番茄酱，爸爸妈妈为此没少骂我……

但这回，他们两人谁都没说什么。

也许我应该说，干脆一起搬到穹顶之外去吧。大不了从矿坑回来后，仔仔细细清理掉辐射残留物，争取好好活，活得久一点儿。等挣够了钱，就能接着缴纳在穹顶区生活的保障金了。但我没有说出口。我回想起，有一次学校组织去采矿场参观，我看到了在那里开挖掘机、装卸铲车的人们，一个个全都皮肤灰白，而且满身溃疡。当时，有一台铲车突然从矿坑里掉头，向着我们的校车冲过来，料斗还不停地上下摇动。驾驶室里的司机在朝我们笑，露出自己的“鳄鱼嘴”——遭受过量辐射的人都是那个样子……他只是想吓唬我们而已，可所有人都惊恐不已，女孩们尖声大叫，男孩子们也浑身哆嗦。

我到底也没说出话来。看到我这样，妈妈笑了起来，吻了一下我的额头，转而又严肃地告诉我，现在我的生活保障金又延长了七年。这样一来，我就可以长大成人、找到工作。爸妈曾经收入颇丰，给我植入的神经元接口特别好，为的就是以后找工作不成问题。

妈妈叮嘱我，最重要的是千万别学坏，别沾上吸毒的恶习；不管是在学校，还是和邻里相处，都要举止恭敬、待人礼貌；要注意衣着干净整洁；一定记得提交市政府的食品补贴申请。

爸爸像是察觉到了我的犹豫不决，就告诉我，一切已经无可改变，他们已经递交了死亡申请，喝下了专用药物，因此才拿到了这笔“告别金”。即使改变主意，他们也依然会死，而我的生活保障金也会泡汤。直到这时，妈妈才终于忍不住哭了起来。

我再也吃不下东西了。虽然桌上还剩下冰激凌、蛋糕和糖果，但我已经毫无胃口。妈妈又悄悄对我说，他们还用“告别金”为我预付了七年的生日礼物。特别服务机构的人会事先征询我想要什么，然后在生日那天送到，外加一顿生日大餐。我们星球确实穷困，生存条件严苛，不过，在特别服务方面并不输于地球或阿瓦隆星。

我还是把冰激凌吃掉了。妈妈看着我的眼神是那样充满期待、透着心疼，我忍住心里的绝望，一口口咽下了那散发着草莓和苹果香味的、冷冰冰的甜品。然后，我们像往常一样，做了祷告后各自睡觉。

明天一早，父母就得赶到告别宫。即使拖到中午也难逃一死，而且会加倍痛苦。

我一直盯着闹钟，躺到夜里三点还没能入睡。那只闹钟的形状是变形机器人，它冷酷地眨着眼睛，挥着手臂原地踏步，有时还会用“光剑”发出的光线扫过房间各处。妈妈以前总是抱怨，房间里有这么个“破玩意儿”让人无法入睡，但是并不曾要求我关掉它。她还记得，我得到这个八岁生日的礼物时有多高兴。

我突然意识到，自己现在已经在用过去时态来想父母的事，就好像他们已经不在人世了。我跳起来，撞开门，向父母的卧室奔去。我不是小孩子，知道成年人在夜里需要有自己的空间，就算他们已经为人父母。

但是，我再也没法儿一个人待着了。

我扑到床上，挤到父母中间，抱住妈妈的肩膀失声痛哭。

他们一句话也没问，只是一言不发地紧紧拥抱着我，抚摸着我。我在此刻感知到他们还活着，但是只能活到天亮。我决意今晚不睡觉，但后来还是昏睡过去了。

到了早上，妈妈照常帮我做上学的准备，说我必须去上课，不用去送别他们。长别离，徒伤悲。

等他们要走出门的时候，爸爸开口说："奇克……"

他欲言又止，好像是有太多话要说，而时间又太少。我屏息等着。

"奇克，你要明白，这样做是正确的。"

"不，爸爸。"

应该回答"是"，但我做不到。父亲笑了一下，但显得无比怅惘无奈。他拉起妈妈的手，两人走出门去。

我当然要送他们。我远远地跟在后面，不想让他们发现。妈妈时不时地回头望，我知道，她能感觉到我跟在身后。

我最终也没有现身。我答应了不会送他们。

他们走进告别宫后，我又原地站了一会儿，不时地用脚踢着市政府大楼的墙壁。我并没有对政府抗议的意思，只是因为大楼恰巧立在这里，隔着拓荒者大道与告别宫相望。

我转身往学校走去。这是我答应了爸妈的。

I

乖张骑士

走极端从来就不会有什么好处。

Танцы на снегу

1

秋色怡人。

我躺在河边一块平滑的石板上望着天空。这块石板其实是建筑材料，却不知为何出现在这里。穹顶之外风暴肆虐，沙尘遮天，太阳变成了一个暗红色的小点。本地住民们现在处境艰难。辐射水平上升了，细微的沙尘无孔不入，弥漫四处，让人无处躲避。

“奇克奇克！”

我转头之前已经知道这会是谁。只有达伊卡会“奇克奇克”地叫我，从一年级就这样。刚开始，她是为了戏弄我，现在已经成习惯了。

“你看什么呢？”

“看飞船。”我撒了个谎。不过天空中真的有一艘飞船，可能是从第二空港起飞的矿石储运飞船。飞船穿过了风暴，但还没有离开电离层，身后拖曳着橙黄色的尾迹，二次放电形成的辐射线闪耀不止。这没什么好看的，倒是风暴本身更有意思。

“那飞船挺漂亮。”达伊卡边说边向我靠过来，我只好腾出些地方给她。她穿着一件新泳衣，是成人款式的连体泳衣。看着可真一般。

“我好想当飞行员啊。”

“好啊，”我回道，“那你还不得冻成冰棍儿啊？”

达伊卡沉默了一会儿，然后说道：“那也挺好。你不也当不成飞行员嘛。”

“有志者事竟成。”我顶了她一句。我觉得达伊卡很烦，没眼力地赖在这儿，完全没看出我现在根本不愿意搭理人，不管是谁。

“学当飞行员得花多少钱，你知道吗？”

“很多钱。”

“你怎么也挣不够那么多钱的。”

“运气好我就能挣够。”我忍不住争辩道，“可你肯定当不成飞行员。你没有Y染色体，在超空间只能被当成货物来运，还得是冷冻状态，满眼睛里都是冰碴儿。”

达伊卡跳起来，一言不发就走掉了。当然，我不必这么对她的。她比男孩子更向往宇宙，可她确实没有Y染色体，飞船一旦进入超空间，她就会扛不住死掉。当然，躺在休眠舱里就不会。

满眼睛里都是冰碴儿……

我怎么会提到冰碴儿？根本不会有冰碴儿，我们在学校都学过……准备休眠的时候，所有的水分都会从体内析出，确切说，是代之以甘油和某种聚合物……

“达伊卡！达伊卡！”我一边大叫，一边用胳膊肘撑起身来。但她还是头也不回地走掉了。

我重新在石板上躺平，望着飞船那逐渐消散的航迹。飞船星际航行的超空间通道离我们很近，再过一个小时，它就会飞入通道，把矿石送往工业星球。在那之后，飞船大概还会到其他的奇妙世界去。说真的，我永远也挣不到足够的钱进飞行员学校。

我要想飞去太空，就只有一种可能情况——作为计算机的一个湿件[1]，也就是大家口中卑劣的“瓶装大脑”。

可真的有人选择成为“瓶装大脑”。他们甚至可以靠做这个挣到足够的钱，然后再成为真正的宇航员。我转向一边，随手捡了一块小鹅卵石，瞄准在不远处晒太阳的格列布，冲他的肩膀扔了过去。是他把我拖到河边来的，说是秋天里晒晒太阳有益健康，能调理身心。格列布拿开浴巾抬起头，疑惑地看向我这边。我跟达伊卡的谈话他大概根本没听见，或者他不认为我们谈的那些有什么意义。

我跟他说了自己的打算。

格列布说我有毛病。以“运算湿件”的模式接入电脑，会造成人的

---

1. 与计算机软件、硬件系统紧密相连的人（程序员、操作员、管理员等）或人类神经系统。

神经坏死，消磨掉人的意志力，让人变得迟钝。不如直接去告别宫吧，还能给国家减轻点儿负担……

说到这里，他戛然住口，因为想到了我父母的事儿。不过我并没有生气，只是回答说，有不少了不起的飞行员都是从“运算湿件”开始自己的航天生涯的。只要能够及时抽身退出，就不会有问题。要说冒险，那就应该趁年轻。我们的大脑尚有可塑性，还能不断发育，受到的损伤能得到修复。

格列布再次表示我有毛病，然后自顾自地在暗淡的橙黄太阳下伸直了腰身。我也不再作声，躺着望天。我们卡利耶[1]星的天空是橙黄色的，就算在太阳活动平静期也是一样。地球和阿瓦隆星的天空则是浅蓝色的。还有些星球的天空是绿色、深蓝色或黄色的。那里的浮云也不都是由沙尘构成，也可能是由水汽凝结而成的。要是一直困守在卡利耶，别样的天空就不可能看到了。

我突然意识到，一切都那么显而易见。这里没有任何出路。我不能就这么生活下去，我不愿意，也不甘心。

我们这个街区的社会监理官是一位女士。听到我想要上飞船做运算湿件，她一直紧盯住我不搭腔，好像是等着我自己脸红心慌，然后抄起桌上的申请材料落荒而逃。然而，我一直安坐静候，她只好打开材料夹。

申请材料齐全合规。我可以用自己的生活保障金和父母留在我名下的住房来向国家申请太空工作权。那套住房由三个八平方米的房间组成，还带厨房和卫生间。我父母的收入曾经很不错，我得以接受了基本义务教育。邻居们或许是指望着我一走就能把我的住房瓜分掉，所以这回给我写了很诚恳的推荐信。

“奇克列伊，”监理官说话的音调不高，“做运算湿件的工作，这无

---

1. 卡利耶（Карьер）一词在俄语中，意指“矿石”。

异于自杀。你清楚吗？”

“清楚。”我早就想好不去争辩，也不去解释。

“你会处于休克状态，你的大脑要处理源源不断的信息！”她两眼望着天花板，好像是自己的神经元接口已经被接入了信息流输入线，“你会加速成长，加速衰老。你只能每月苏醒几天，眼看着身体衰退。这些你都清楚？这等于是说，常人可以活过百年，而你的寿命只有他们的二十分之一。这些你都想过吗，奇克列伊？你就只能活五年啦！”

“我就做上四五年，或者十年，然后就退出，去上飞行员学校。”

“你根本就没法儿退出！”女监理官情绪激动起来，用材料夹拍打着桌面，“到那时候，你就不会有这个念头了！你的大脑里不会有任何想法产生！”

“再看吧。”我敷衍地回答。

“我不会签字的，奇克列伊。”女监理官正颜厉色地说，“拿回你的材料，上学去。你的父母那么替你着想，而你……”

“您没有权力不签字，您很清楚这一点。要是不给我签字，我回头就去市府的社会监理局投诉您。如果您无理拒绝审批，政府会取消您半年或者一年的生活保障金。这是法律规定的！”

女士的脸涨得通红，她可能真的是为了我好。

“你真的准备好了？”她再次问道。

“当然，我做好了一切准备。”

女监理官重新打开文件夹，开始在材料上签字。一张，一张，再一张……

“到8号房间，盖章，复印。”她把材料递还给我，说话时面无表情。

“谢谢。”我向她表示感激。

“祝你这五年顺利，‘瓶装大脑’。”她气哼哼地跟我道别。

我不生气。可能从前的某个时候，她也曾梦想过要飞向宇宙，就像达伊卡一样。

当然，有意思的宇宙飞船不会降落到我们的星球。

那些富有的游客和星际战队到我们这里能做什么呢？客运飞船每半年才会来那么一回，而且是要在此地中转后到地球去，飞行乘员组应该都是全编满岗的。不过，货运飞船却是每天的常客。每一艘货运飞船——哪怕再小——除了飞行乘员组外，还应该需要十到十二个运算湿件。

我能拿上的钱不多：父母领到的钱剩了一点儿；我自己的积蓄还有一些；另外有一些祖父留下的旧硬币——实际上不值多少，但也还能花。我就这样奔着宇航空港去了，先乘地铁从穹顶区到了技术保障区，再从那里乘上巴士穿过裸露空间。没人注意我，大家大概都以为我是去空港找在那里工作的父母。

巴士开到空港区域的一座旅馆前停下，我付款下车。

我们卡利耶是个露天采矿场星球，没有自己的宇航船队，也没有劳务派遣介绍所。因此，飞船的船长们需要找湿件时，就来到空港旅馆附设的酒吧，要上一杯啤酒坐等找上门来的人。我从大人那里听说过这情况，也在新闻里看到过，如今该轮到自己去碰碰运气了。

酒吧根本不像电视里看到的那样豪华，但五脏俱全：一面墙上涂满著名飞行员的签名，另一面墙上悬着帝国战舰上的一块装甲板，柜台里陈列着来自外星的饮品，价格令人咂舌。不过一切都显得局促、狭小，客人也只有十来个。我原以为，酒吧看起来应该富丽堂皇，至少要大过学校里的体育馆……

室内半明半暗，美丽的全息光晕四下飘忽。我穿行到柜台前，瞥了一眼饮品价目表。我立刻傻眼了，一杯汽水竟然比商店里两升一大瓶的卖得还贵。没得选。我只好从自己的钱里拿出面值最大的一张，买了一杯姜汁汽水。抓起找头，我坐到一张高转椅上。

酒保是一个年轻男人，神经元接口上有无线装置。他好奇地瞟了我几眼，然后鼓捣起咖啡机来。机器响了一阵，为他做出了一杯气味不怎么样的咖啡。

“打扰一下，请问这里有飞船船长吗？”我问。

“啊！”酒保恍然道，“我早该明白你是为了这个……没有啊，小伙子。现在空港只有两艘货运船，一艘已经起飞倒计时了。”

“马上就飞吗？”我一边问，一边故作矜持地抿了一口汽水。味道很好。

“也就一两分钟吧，你听就知道了。想看看吗？我可以把监控画面调过来。”

“飞船起飞我还没见过？我怎么能找到另一位船长？”

“你是想受雇做运算湿件吧？”

他没说“瓶装大脑”，这让我顿生好感。

“您怎么知道？”

酒保笑了起来，“一个未成年人跑到酒吧来，还能干什么？为了喝一杯比在城里饭馆一顿饭还贵的汽水？小伙子，你不该找船长。船长们只管雇用飞行员，运算湿件的事儿由大副负责。”

“运算湿件也是机组成员啊。”

“那是，我的咖啡机也算员工。想喝杯咖啡吗？我请客。”

我其实很想喝咖啡，但还是摇了摇头。酒保看了看我，耸耸肩，“那我就不给你的大脑添负担了，你正需要它呢。你的神经元接口是哪种？”

“千兆级增强型。”

他看上去有些吃惊。

“哦，不错嘛。材料都带全了吗？你父母签了许可？”

“我父母不在了，行使了宪法权利，一周以前。”

“明白了。”他把手里摆弄的咖啡杯放到一边，“往那边看，破铁片子底那个角落。”

他对帝国巡航战舰那赫赫有名的装甲残片真是毫无敬意。

“看到了，怎么？”

“品伏特加的那位，就是另一艘货运船的大副。按惯例，你要请他喝一杯，然后再谈自己的想法。”

我马上抄起酒单，但酒保突然伸手按下了。

“你不喝我请的咖啡，那就这样吧……你从那边朝我挥手，我就来上酒。”

“谢啦。”我低声致谢。酒单上的价格我看到了，要是付钱的话，我连回程的车费都不够了。

“没什么好谢的。如果你认为自己的选择正确，就去吧。”

“谢谢！”我再次致谢。

酒吧突然微微震动起来，一道红光闪过晦暗的窗户。坐在角落那边的大副举起酒杯，好像与某个隐身的伙伴碰了一下杯，随后一饮而尽。

“那飞船超载了，在做阶梯爬升。”酒保解释说，“好了，小伙子，行动吧。”

我从高椅跳下来，向大副走去。此刻，我并不怎么胆怯，说实话，我已经做好了要天天来这里的准备。但我不想错过这样的机会，不会每次都有好心的服务生帮忙。

大副抬起头，仔细打量了我一番。他面前的酒瓶差不多空了，我爸爸从来不会喝这么多，可这位大副却毫无醉意。他年纪在四十岁左右，看起来没有什么特别之处，没有伤疤，没有饱经沧桑的肤色，也没有什么器官是再造的。

“晚上好，”我开口道，“可以请您喝一杯吗？”

大副沉吟片刻，然后耸了耸肩，“好啊。”

我向酒保挥了一下手，他郑重其事地点头作答，接着在网控托盘上放了两只装满酒的高脚杯，然后往厅堂这边扔了过来。托盘上有一只很小的方向控制器，黄灯一闪一闪，看来是要没电了。不过，托盘还是很顺利地飞到了我们的桌边，中途还成功躲开了某个嬉皮笑脸的家伙伸出来抓酒杯的手。

我把两只高脚杯放在桌上，突然意识到自己也不得不跟着他一起喝。从前我只尝过啤酒和香槟。喝香槟是很久以前的事，我已经不记得那是什么感觉，而啤酒我并不喜欢。

“飞船起飞时抖得厉害啊，你发现了吗？”大副突然问道。

我立即想到酒保刚说的话，便回应说：“阶梯爬升呢，超载了。”

“你这孩子，还挺明白的。”大副表示赞许，“来吧，为超空间飞行干杯……”

他一饮而尽，眼睛都没眨一下。我想着父亲喝伏特加的样子，屏住呼吸，一口气把杯里的酒都咽了下去，接着立刻补了一口汽水。效果还真是不错。一股刺激的味道冲上鼻子，嗓子里一阵发热，别的感觉就没有了。

“还真行。”大副又开了腔，“好吧，说说看，你有什么想法？”

“我想做运算湿件，为您效力。”我鼓足勇气说了出来。

“你什么接口？”

“千兆级增强型。”

“载流测试过吗？”

“84.5。”

大副搔了一下后脑勺，又给自己倒了一杯伏特加，然后看了看我。我点了一下头，他就往我的高脚杯里续了半杯。

“你有许可吗？”

“有。”我准备掏口袋，但大副摇了摇头：“现在不用……材料齐全，审查合格，许可具备，这我都相信……不过，你为什么要干这活儿呢？”

“我不想在这里生活。”我如实回答。

“要是你说愿为宇宙献身，我会用皮带抽你的。”大副的态度让我不明所以，“说到在这里生活……是啊，换了我，也是不想……不过，你真的明白运算湿件是怎么回事吗？”

“把人的大脑接入信息系统，持续载流处理数据，完成超空间导航。”我尽量说得沉着清晰，“因为在飞船速度超过光速后，电子计算系统的运算能力会随着速度提升而降低，在超空间通道导航的唯一方法就是利用人脑的信息处理能力。”

“这种状态下，你不再能思考，”大副接着向我解释，“你甚至不会记起任何事。接口一旦连接，你就全无知觉了，到飞船着陆后才能恢复，头会有些疼。好像只过了一分钟，可胡子都能长出来……话说回来，你也没什么胡子。喏，就这情形，有什么好的？”

“我不想在这里生活。”我重复了一句。既然这个理由很被大副认可，坚持不会有错。

大副接着说：“做运算湿件的酬金很可观。五年时间，你就能攒足上宇航学校需要的钱。那时候，从年龄上说，你也完全符合要求。但问题是，载流计算的工作会损伤自主意识能力和认知欲求能力，五年之后，你可能已经不会有什么愿望了。这也行？”

“行。”

“做过湿件的人里，只有百分之二能在五年标准合同到期后离开。将近百分之一的人会提前终止合同。而剩下的人，都会一直做下去……直到死。”

“我愿意冒这个险。”

“你可真是个少年冒险家啊。”大副举起酒杯一口闷下。我稍做迟疑，也学着他的样子喝完了杯里的酒。这回比第一次的体验差了很多，我急咳起来，大副在我后背上拍了几下。

“带上我吧！”喘匀气后，我请求道，“我反正是要做这行的，不在你们的飞船上，也会在其他飞船上。”

大副站了起来。瓶里还剩下一些酒，但他好像满不在乎。飞行员们有的是钱。

“走吧。”

出门的时候，我对酒保眨眼示意。他对我微笑一下，摊开双手。他不赞成我这么做，但尊重我的决定。真是个好人，大概是因为在空港工作，见多识广。

我们穿过旅馆漂亮的前厅走向电梯。大副向警卫默然出示了自己的星系护照，后者什么都没说。在电梯的旁边还有一个迷你酒吧，连间隔墙也没有。那里坐着五个姑娘，有亚裔、黑人和白人，个个都很漂亮，她们悠然地喝着咖啡。那个亚裔姑娘瞟着我们，跟自己的同伴讲了些什么，同伴们哈哈笑起来。

“切，这帮货色……”大副涨红着脸咄叱了一声。

姑娘们笑得更欢了。

电梯井是玻璃的。乘电梯上行的过程中，我一直在偷看她们。

“咱们先听听医生怎么说，”大副郑重地说，“你们这儿的医院我信不过。”

“行啊。”我表示同意，“我们的医院其实挺好的，就是技术落后。”

我跟着大副走进了一间客房。客房很豪华，有一面电视墙，上面正放着一部历史电影。墙对面的椅子上斜躺着一个瘦高男人。他手里拿着一只细腿高脚杯，杯里盛着某种饮料。高脚杯跟这人的形象真是般配，我差点儿笑出声来。

看这情形，应该会顺利吧！

“安东，”大副边说话边把我向前推，“看看这小伙子。他想给我们当湿件。”那男人转过身来，放下高脚杯，开口说道：“傻瓜是越来越年轻了。成为计算系统的一部分意味着什么，你跟他解释清楚了？”

“解释清楚了。他自己都挺明白的。”大副嗤笑了一声，“他还能发现‘亚利桑那号’是采用阶梯爬升起飞的呢。”

安东向电视墙斜视了一眼，那边立刻就黑了屏，房间里的灯光随即变强。我发现，这个房间里的窗户也是不透亮的，就像在酒吧里那样。想必是飞行员们太不喜欢看我们的星球，非得把所有的窗户都遮蔽住才觉得舒服吧。

“把衣服脱掉。”安东指示我说。

“全脱？”

“不用，靴子可以穿着。”

他显然是在捉弄我。在室内谁还单单穿着靴子呢？我脱个精光，把衣服折好，放在大副推给我的一把椅子上。

“你的接口是哪种？”安东发问了，“‘普通神经元’？”

说起这个，还是爸妈了不起！班里的同学差不多都是“普通神经元”接口，那可管不了什么用。我马上告诉安东我的接口是“增强型”。

“不错的小伙子，”安东边点头赞许，边拿过来一只小手提箱，“站到这边来。”

我顺从地站了过去，按他说的伸开双手。安东从小箱子里拿出一条导线，接着提醒说：“你会有点儿头晕。”

我的头一直都很晕，但我没提这事。安东应该就是一般所称的随船医生，他把导线接入了神经元接口，然后拿出一台带三脚支架的扫描仪，立在了我面前。

“神经挺得住？”

“嗯。”

“那就好。”

电视墙又亮起来了，现在出现在屏幕上的是我。扫描仪嗡嗡地运转起来，探头上下左右摇动，电视墙上的画面也随之变化。

起初，我的皮肤像是被一块块剥离掉了。我不禁眨了眨眼皮，想确认皮肤是不是还在。我的影像周围开始出现一些文字和数字。那不是通用语，而是某种我不熟悉的语言。

“平时吃得好吗？”安东继续发问。

“还好。”

“能好到哪儿去……不过无所谓，又不是让你去扛沙包。”

接下来，我的肌肉又全都被去除了，现在我的影像上只剩下骨架子和各种内脏。我哆嗦起来，感觉到一阵恶心。

“胃经常疼吗？”

“不疼，从来没疼过。”

“为什么撒谎？我这儿可看得一清二楚……巴维尔，是不是你给他灌酒啦？”

“老规矩嘛。一起喝了点儿。”

“一班蠢货……孩子，你接受过改造吗？”

“是的。强化型改造。”

我一直没睁眼，只听到安东在向大副解释：“看到没有？免疫系统的器官组织都增强了，肾能排泄多种核素，甲状腺和睾丸都得到了保护。这孩子的抗辐射能力挺强的。还有些常规的改造——阑尾被淋巴组织全覆盖了，心脏功能也有强化……”

“安东，打住吧，我都要吐啦。能不能别让我看这孩子被剖膛破肚的样子？”

“不看就不看吧……”

我睁开眼睛，看到的是自己的骨骼透视图。骨架挺不错的，就是显得有些单薄。

“断过胳膊？”

“右胳膊骨折过。”我如实对医生说。医疗卡里并没有记载这情况，我原本也不想让别人知道。

“倒是没什么关系，恢复得挺好。”安东很宽容。他又拿起一只手持探测仪走到我跟前，不再看电视屏幕，直接在我身上各处探测起来。

“他合适吗？”大副问了一句。他坐在安东原来坐的转椅上，神色漠然地喝完了杯子里剩下的饮料，又点起了一支烟。

“体细胞方面没问题。”安东回应道，“现在要查一下神经元的数据处理能力……小伙子，你去过厕所了吧？”

“啊？”我一时没明白。

安东皱了一下眉头，“算啦，忍一忍也就过去了。”

“是啊，肯定能忍过去！”大副肯定的语气里透着欢喜。

安东紧抓住我的两腋，把我微微抬高，“保持这个姿势，撑住！”

他应该是通过自己的神经元接口直接发出了指令，我即刻失去了意识。一瞬间后，我又恢复了神志，头有点儿疼，手有些颤。安东还是牢牢地架着我。我的双腿好像湿了，地板上有一只自动清扫机在爬来爬去，时不时撞上我的脚。

我尿裤子了！

“去冲冲吧，那个门，”安东向我吩咐说，“洗个澡换件衣服。”

他眉头紧锁，但好像并没有生气。我满脸涨红，抓起衣服扑向了浴室，心想着这一定是搞砸了。括约肌都绷不住，还谈什么当湿件啊……我一边冲着淋浴，一边沮丧地想，应该马上逃掉，连那个房间都不要回。

然而，我还是回去了。

安东又坐到了自己的转椅上，小手提箱已经收好，电视墙上闪现的是屏保图形。大副在抽烟。地板已经被收拾干净了。

“抱歉。”我嘟囔着说。

“这都怪我。”安东的回答出人意料，“载流测试时间过长了。”

“时间过长？”我没明白。

“一刻钟。实在是太惊人了。你的等级不是证书上写的84.5，而是90.7。这指标非常出众。你这样的条件，能入伍从军，能进宇航指挥官学校呢。”

大副好像是看出了我的担心。

“通过啦，你通过啦。”他说，“正式一点儿说吧，我们决定录用你做运算湿件。”

“话说回来，我总是建议别人保护好自己的大脑，”安东有板有眼地说，“毕竟，朋友，大脑额叶是不喜欢载流状态的，怎么说呢……它会主动休眠，开始偷懒。那些流出来的……”

他突然开始哈哈大笑，我意识到了其中的缘由，立刻又脸红起来。

“这么说吧，我不建议你干这活儿，”安东再说下去的时候变得严肃起来，“真的。不过，要是你自己坚持，我们也乐于成全。我们的湿件早就不足了。”

“我……我已经决定了。”

“你还有什么私事要处理吗？”大副问我。

“有一些。”

我实在没想到，一切会这么快就搞定！

“那你就明天早晨过来。起飞是在晚上……其实，这对你来说都一样。”

我点了点头，向门那边走去。

“等等！”安东突然又说话了，“还有一件事要跟你交代清楚，孩子。现在我们跟你说起话来很愉快，因为你是个聪明孩子，你会成为我们的好同事，真正的同事。不过，你要是做了湿件，一切就都要变了。我们对你完全会是另一种态度。第一趟行程结束后，你会出来看其他星球的空港，你会很快乐，很好奇。可是我们再也不会跟你这样聊天说笑了。这种情况我们经历太多次了——一个个原本都聪明伶俐、心地和善，可等到接入系统、上线载流后，谁都没法儿把你们当人对待了。”

我好像被人连扇了两个耳光，禁不住一阵哽咽。我喜欢这个大副，还有医生，尽管他有些言辞刻薄。

他们这时看我的神情非常凝重，就像是……在父母要去告别宫时我看着他们那样。

“作为船队的一员，也作为飞船的合伙股东，我非常想雇你做湿件，”大副清了一下嗓子后说道，“可作为个人，我也有自己的孩子，我并不建议你来干这个。”

“我要干。”我的回答像是喃喃自语。

“那就不多说什么了，拿着，”大副走到我面前，递过来几张纸，“这是我们的运算湿件劳务合同，标准格式，跟行业公会的建议本一模一样。不过，你还是好好研究一下再做决定。”

我抓起合同夺门而出。我的头在鸣响，耳朵上方神经元接口四周的皮肤有些瘙痒。这都是因为紧张。

还有一件事让我很不自在——大副和医生都一直对我推心置腹，他们都是好心人。

而我却打算利用他们。

2

只有格列布一个人来送我。他逃了课，专程赶来。

几乎直到最后一刻，格列布也不相信我说的都是事实。他眼见我的房子彻底腾空，配给的家具被搬走了，父母的东西也都装进一只小箱子，被封存到地下室里。

“你真是疯了，”巴士快到宇航空港站了，格列布终于开始相信，“你会变白痴的，没见过那些做过运算湿件的老人吗？”

“那是因为他们没有及时抽身。”我回答他。一只装着行李的小皮箱放在我的腿上。合同里规定，我有权利携带十二公斤的物品。

“你也抽不了身。干上五年，脑子就废啦。”

格列布舔了一下嘴唇，接着又说：“我有一张帝国彩票，你知道吧？”

我知道。他有百分之五的概率赢得一次免费学习任一专业技能的机会。他想学当飞行员，这理所当然。

“我把彩票让给你吧，想不想要？”

“你爸妈会打死你的。”

“不会。不会打我的。我已经跟他们说过了。我把彩票转到你名下，怎么样？”

有一张帝国彩票当然是好。我从来就没奢望过……可是，格列布的神经元接口是“普通型”的，比不上我的“增强型”。

“谢啦，格列布。不用了。”

他沮丧地眨了眨自己那双白色长睫毛下的眼睛。格列布的发色很浅，皮肤也格外白皙，这倒不是什么基因突变，家族遗传而已。

“奇克列伊，我是真心……”

"格列布，晚上我就要启程上太空了。"

"可你不再是你了。"格列布低声说。

巴士在旅馆大门口停下来时，他无精打采地向我伸出手。我紧紧握住，问他要不要跟我一起进去。格列布摇了摇头，我也没坚持。长别离，徒伤悲。

宇宙在等着我呢。

我不知道大副和其他的船员都住在哪里，只好往医生的房间走去。

房门照旧没上锁，浴室的门也敞开着。安东只穿着一条短裤，这会儿正站在镜子前，用一只老式的电剃须刀刮胡子。现在大概还做不到让人的须发毛囊一劳永逸地停止生长。

"哦嗬!"他发出一声惊叹，但并没有转身。我只能看到他镜子里的双眼，但觉察得出眼神有所变化。"去73号房吧，船长在那儿。"

"是谁呀?"房间里一个柔弱的女声发问。

"不是找咱们的。"安东回答。一个黑皮肤的姑娘从房间里探出头——是昨天朝我们嘻嘻哈哈的姑娘们中的一个。看见我，她先是微笑了一下，接着脸色阴沉下来。她紧裹着床单，大概是光着身子。

我向她问了声好。

"真是个傻瓜，"姑娘说，"老天啊，哪儿来的这个……"

"住嘴，你这货色。"我赶紧打断了她的话，这还真挺奏效，跟昨天大副吼的那一声差不多。姑娘再没言语，只是不住地眨巴眼睛。安东的剃刀停了片刻，又接着响起来，一会儿往上，一会儿往下。

船长比大副年轻，也比医生年轻。他能执掌飞船，想必是某个非常有名的宇航学校毕业的。他健壮，英俊，一身白制服。

"奇克列伊。"我一进门，他就叫出了名字。想到他大概已经看到了我昨天的体检纪录，我登时觉得有些害臊。在安东或者大副的面前，我没有这种感觉，而面对着就算一个人在房间里也要身着制服的真正的船长，我没法儿不害臊。

“是，船长。”

“就是说，你没改变主意？”

“是，船长。”

“合同看过了吗？”

“是，船长。”

那份合同我一直研究到夜里三点。虽然是标准合同，可我还是从头到尾都检查了一遍。

“奇克列伊，你是不是打算骗我们啊？”船长以试探的口吻问，“飞上两三趟，看准了一个喜欢的星球，就地跑掉？”

“难道说，我还有这样的权利？”我的惊奇神态显得非常自然。

“当然有，只是这样做对你有什么好处呢？”船长紧盯了我好几秒钟，“好啦，咱们不耽搁了。”

他坐到桌边，快速扫了几眼我的材料，用便携扫描器验证了一下印章的真伪，然后就签了字，并把其中一份递还给我。他伸出手来——

“祝贺您，奇克列伊。从现在起，您就是‘克利亚兹玛号’计算组的一员了。”

他不称我为船员，而是计算组员，这让我挺不痛快。更让人不痛快的是之前那句“这样对你有什么好处呢”。不过，我还是微笑着握住他的手。

“这是给你的登舰贺礼，”船长从口袋里掏出几张钞票，“合同里没这规定，但是个好传统——给第一次飞行讨个好彩头吧。不过，你可别……”

船长沉吟片刻，然后笑起来，“你不会拿这钱去喝个烂醉的，对吧？”

“我不会去喝酒的。”我一口答应。昨天喝过那顿伏特加后，我在巴士里吐了。不过，也可能是昨天的体检造成的……

“五点在下面的大厅里集合。”船长说，“还有啊，这个在合同里也没写，你不准时出现，我也不会起诉你的。但我会直接撕了合同。”

“我一定准时到。”

“那就好，奇克列伊。”

我知道，谈话到这里就结束了，便走出房门来到楼下。酒吧里的人依旧不多，服务生还是原来那位，他朝我微笑了一下。我走上前去，把一张纸币放到柜台上。

“这是昨天该付的。嗯……你们这儿有牛奶鸡尾酒吗？”

“当然有。”服务生给了我找头，“录用了？”

“录用了。我的指标都很不错。真的。”

“太棒了。但你可要及时抽身啊。鸡尾酒要加点儿什么？”

“橙子吧。”我试探着说。

服务生皱了一下眉头，然后俯身凑近我，故作神秘地耳语说：“悄悄告诉你啊，牛奶鸡尾酒越简单越好喝。只放上点儿巧克力、香草什么的。”

“那也行。”我回答时也很小声。

鸡尾酒确实味道很好。我就这样在酒吧里一直坐到了五点。小皮箱托付给了服务生，放到了柜台里面，省得自己总盯着。我跑了两趟厕所，生怕重蹈昨天的覆辙。飞船上对这类情况应该有对应措施吧。

我盯着手表，匆匆喝光了最后一点儿鸡尾酒，跟服务生握手告别，向前厅跑去。

全体船员已经聚齐——船长、大副、医生。还有两位我没见过，大概是领航员和货运调度员。

“湿件迟到了啊。”医生冷冰冰地说。他信守自己的承诺，对他而言，我已经不再是能任性的孩子了。

“抱歉，以后保证不这样了。”我边说边抓紧了小皮箱的把手。

大副一声不吭地从我手里抓过小皮箱，掂了掂分量后还给了我。

“咱们走吧。”船长一声令下，全体向后转身，朝着密封门走去。那里已经有一辆小巴士接驳待发了。

大家都没有对我特别关注。我刚上去，车门就关上了。大副和医生坐一排，货运调度员和领航员坐一排。船长边上的座位空着，但他把自己的宽檐帽端端正正地放在那儿。

我一直走到车尾，拣了个空座位坐下。

船长拿起大檐帽戴好。

小巴上路了，在干裂的地面上疾驰。

“克利亚兹玛号”是一艘常规固态货物储运飞船，飞我们星球的基本上都是这类。两百米长的臃肿船体像一枚被拉长的鸡蛋。飞船降落时会伸出起落支架，但与船体相比，支架显得微乎其微，几乎难以察觉其存在。因此，“克利亚兹玛号”就像是直接趴在经年板结的沙地上一样。飞船的货舱门已经关闭，可远处还是有一大队载重卡车正卷尘而来，满载着待运走的富矿石。

“最后一次飞到这个破地方啦！”大副说，“感谢上帝……”

“可报酬分成还说得过去。”我猜是领航员的那个人小声表示了异议。

这是一个上了年纪的黑人，胖胖的，看起来非常和善。

“那是，分成还不错，”医生表示赞同，“还雇了个不错的运算湿件。”

“还说不准呢。”大副的口气里透出些许不屑。

“错不了，错不了，”医生连声说，“我还能看不准吗？”

大家说起我来，就好像是在议论一件买来扔在后座的东西。我咬紧牙，一声没吭。大概这也是一种考验吧，想看看我是一心一意要与他们共事，还是动不动就挑毛拣刺，怨天尤人。

飞船上伸下一条透明材料制成的密封管道，小巴与通道的闸口相接驳。我们六个人勉强挤进了狭小的升降舱。我被挤到了船长身边。

“对不起，船长……”我有点儿手足无措。

他没有回应。大副捅了一下我的肩膀，冷冰冰地提示说：“报告船长……”

"报告船长。"我赶快重复一遍。

"请讲。"

"计算组的其他成员呢？他们是先一步到了吗？"

我突然一阵恐慌。他们可能根本就没有雇用其他湿件。难道全程都要靠我的大脑工作？

"他们没下飞船。"船长回答。

我再没张口问什么。

飞船的减压舱很大，玻璃壁柜里挂着几套密封服，墙上安装着一些仪器设备，还有一架个人飞行器紧固在地面上。从减压舱出来后，大家立即各就其位。船长向全体下令："五十分钟后起飞，四十分钟后全体连线。"

我呆呆站着，欲言又止，无所适从。

医生伸手抓住了我的肩膀，"跟我来。"

我们坐升降梯到了上面一层，又穿过一条走道。医生一路上沉默不语，神情严肃又专注。

"不好意思，我应该做些什么……"还是我先开了口。

"工作方面，你不需要了解任何事，"医生打断了我，"你只是一个'瓶装大脑'，知道吧？进去！"

他向前推了我一把，我踏进一个不大的过厅。厅里有一张桌子和一面大幅电视墙，还有几把浅蓝色的软椅，上面坐着的就是另外几个湿件。一共五个人，其中三个岁数不小，一个中年，还有一个是十七八岁的小伙子。

"你们好啊，计算器们！"医生大声说。

那五个人应声欠身坐直。两个年纪大的点头示意，中年男子嘟囔了一句什么，只有那个小伙子张口问候了一句："您好，医生。"

他们看起来完全不像白痴，几个人都全神贯注于电视墙上的电影——那像是一部惊险片，正演到一个漂亮女人在向别人证明自己能够承受住超空间跳跃，因为她被植入了Y染色体。真是一派胡言，怎么可能一下子把染色体植入人的所有细胞？

“这是你们的新朋友，”医生说，“顺便说一句，他叫奇克列伊。”

“你好，奇克列伊，”那个小伙子搭了腔，“我叫凯奥尔。”

他甚至微笑了一下。

“你下船了？”医生问。

凯奥尔皱了一下眉头，“没有。我不喜欢这个星球。”

“但你好像……”医生摆了一下手，“算啦。大家各就各位！四十分钟后起飞。”

那几个人马上站起身来。电视墙即刻黑屏。墙边的缝隙里跑出了几只自动清扫机，乌龟似的在地上爬动。我发现地上散落着不少爆米花、巧克力包装纸，还有些别的垃圾。

“要我帮一下新手吗？”凯奥尔问道。

“我自己来给他解释。你就照看老头儿们吧。”

“是，医生。”凯奥尔回应道。

“这些人里，也就他的状态保持得还行。”医生这样说的时候并没有压低嗓音。凯奥尔一动没动，但眼光转向了我。

我没有作声，一阵战栗传遍周身。

“巴士还没有开走，”医生接着说，“我让司机再多等二十分钟。如果后悔，我可以送你回闸口。”

我感到嘴里异常干涩，但还是让舌头动起来，吐出了三个字：“不后悔。”

“这是你最后的机会。”医生说，“那我们走吧。”

过厅里一共有十扇门，其中有七扇较宽较厚，看起来格外醒目。计算组成员们各自走进这些门里。医生把我领到了最边上的一扇门前，让我把手放到感应板上，说道：“这个瓶子归你。”

这扇门里面的空间确实就像是一只放倒的瓶子……连墙壁和顶板都是有弧度的。除了一样像是重症病床的奇怪东西以外，房间之内别无他物。那张床的表面看起来十分光洁、柔软，还挺有弹性，中间部位有一个空洞。

“衣服脱掉，物品和衣服全都放这里。”

我脱光了衣服，把东西都收到一个壁柜里。那柜子的门锁也是感应式的。我一声没吭躺到了床上。相当柔软，舒适宜人。

“听着，”医生又发话了，“对湿件来说最复杂的步骤……你知道是哪些吗？”

“知道。”

“那就靠你自己了。”医生接着说，“床位上有伺服接口，连线是自动的。如果你的大肠活动出现障碍，神经元接口会独立向体内的周围神经系统发送指令。床位每隔一小时给你做一次按摩，每昼夜神经元接口都会发送一次让肌肉组织收缩的指令，免得你肌肉萎缩。系统会对你的健康状况进行全程监控，要是出了什么问题，我会过来处理。还有……营养供给……”

他把手伸到床位下，从一个凹口里拉出了一条尾端较宽的导管。

“这个不是营养管。”看到我不解的眼神，医生解释道，“是导尿管。你自己接好就行。”

我接上管子。

医生在一旁指指点点，这最让人难堪。他好像一直在生我的气，想必是因为我终究没听从他们的劝告，执意登船上岗……

医生从底下掏出的另一条导管便是“营养管”了。他很快找到了尺寸合适的橡皮嘴，塞到了我嘴里。

“食物是流体，掺有助消化的药剂，每次限量供给，”医生接着解释给我听，“想尝尝吗？”

我摇了摇头。

“不尝是对的，味道好不了。这东西也就是有营养、易消化……排泄物最少，再就没别的优点了。”

之后，他用四条宽带子把我紧缚在了床位上，同时指导我：“记住操作顺序，以后一切都靠你自己了。挺方便的，你的双手从始至终都可以自由活动。不用动的时候，你就把手放到这两个卡座上，环扣会自动扣好。整个系统操作起来都很简单，五六十年都没有改变过。你还有什么要说的吗？”

我点头示意，医生把营养管的橡皮嘴拿开了。

“到目的地以后，我能去空港吗？只是活动活动……”

“当然能。”医生有些惊奇，“你当我们是绑匪，要把湿件都强行关押起来？奇克列伊……说来也挺悲哀，其实根本没必要控制你们。告诉你吧，要是把人的大脑掏出来放到瓶子罐子里就能征服宇宙，我们早就这么干了，人的道德观念也非常容易转变，但我们不想这样。最好的罐子就是你自己的身体——输送营养方便，排泄废物方便，给神经元接口接上馈线就万事大吉了。好在有些做运算湿件的人合同期满还能功成身退，这总算让大家获得了些良心上的安慰。明白吗？”

“明白，谢谢。”我微笑了一下，尽管笑得有些勉强，“我……我是有点儿吓蒙了。我以为，你们会一直把我关在飞船上，一直到我……”

安东医生也笑了。他在床位边蹲下，拍了拍我的头，“别瞎想了。在我们这个愚蠢又处处讲法律的世界上，没必要采取暴力手段。反着来可能会更好，是不是？”

他站起身来，又掏出了一条管线。我侧目看去，那是连接神经元接口的信息馈线。

“我会立刻失去意识吗？”

“是的，奇克列伊。含住营养管的橡皮嘴。”

我顺从地把营养管的吸嘴含到了口里。什么滋味也尝不出，食物被杀菌过太多次了。真应该提前尝尝……

“跳跃愉快，计算组员。”医生说。

世界消失了。

头痛欲裂！

疼痛信号传来的时候，我甚至忍不住叫出了声。舌头上有一种让人厌恶的味道——像是嚼过混合了盐和糖的烂泥。

头痛，关节痒，右臂也发麻，我似乎曾试图从紧箍的环扣里挣开，但没成功。

我躺在自己的床座上。信息馈线仍连接在神经元接口上，不过信息流已经断开。我伸出更灵活的左手抓住了馈线，一下子把它从神经元接口上扯掉。

好疼啊！

这可跟连接学校的电脑完全不是一回事儿。

我依旧被加固带绑着，用了些巧劲儿，才得以把带子松开，接着站起身来。我满以为自己会两腿发软，但好在一切正常。

我小心地凑到门边，往过厅里张望了一下。

凯奥尔站在那里。他一丝不挂，皮肤发白，正不住地挠肚皮。看见了我，他脸上泛出笑意，“啊，奇克列伊！你好，奇克列伊。什么感觉啊？”

“还行。”我随口应付。确实还不错，我应该没出什么大状况。

“开始都说还行，”凯奥尔的语气很严肃，“越往后就越无聊了，没意思了。绝对不能与那种状态妥协。”

他郑重其事地用手指指点着我，语气严厉：“不能妥协！你给床座消过毒了吗？”

“没有……要怎么做？”

“看着啊……”

凯奥尔挤进了我的“瓶子”，演示着该怎么做。其实简单得很，几乎是全自动的，差不多就是照顾重症病人的做法。

“橡皮嘴也要清洗，”他很认真地跟我解释，“里面会有残留的粥渣。你自己也要好好洗个澡！床座上有清除遗漏体液的装置，不过还是要洗澡。弄得干干净净的！看这儿，把这个箱子打开……”

淋浴器就在边上——一条带着蓬头的软管，还有一小瓶杀菌浴液，是商店里那种最普通的便宜货。

“地板上有排水口，”凯奥尔接着说道，“床位也要清洁。你一起身离开，烘干和紫外线照射装置就会自动启动。”

“凯奥尔，我们是到地方了？”我急切地问。

他皱了皱眉，“我们？啊，大概是吧。我没问过。既然离线了，那就是到了。应该吧？”

凯奥尔出去了，我立马开始里里外外收拾自己，冲了几遍澡，从淋浴盒子里拿出毛巾擦干净。他们把一切都考虑到了，既便利，又实用。难以置信！

幸好，我是不打算再躺进这口棺材里，接着做机器了。

当真是没这个打算吧？我再次倾听自己的内心，生怕这一遭下来决心会动摇。

当然没这个打算。

我穿回自己原来的那身衣服。他们没有给我发船员制服，如今也不需要了。我看了看手表上的日期——天啊，我已经连线载流差不多两个星期了！

我拎起小皮箱，走出了“瓶子”。

“头不疼吗，奇克列伊？”凯奥尔问我。

“疼啊。”我如实回答。

“把这个喝了吧。”他递给我一罐饮料，“特效药，能止痛安神。”

他的举止确实比其他人正常得多，而且一直尽力去照顾身边的人。能做到这一点，得有不一般的意志力和信念。

“祝你一切顺利。”我向他作别后，来到了走廊上。

我恍惚记得通向闸口的路线，不久之前我就是随着安东医生从那边来的。当然啦，我明白那根本不是“不久之前”的事，可我毕竟对飞行的这些日子毫无记忆……我真的很想知道我们飞了多远。

不过，我并不想马上就去下船的闸口。我没打算跟船长和船员们不辞而别。得找到个人，打个招呼。很巧，大副也往闸口那边走。他上下端详了我一番，然后眼光落到了小箱子上，“原来如此。找出口？”

“不是，我想找船长终止合同。我应该是有这个权利的吧？”我反问道。

大副点了一下头，“那咱们走吧。”

不过，他并没有带我去找船长，而是去了一处非生活区。他坐到一块屏幕前，打开电脑，发出语音指令：“运算湿件奇克列伊的合同内容。”

屏幕上立刻出现了我的合同。

“你有权利终止合同，在任意星球离船，”大副边看边说，“法律是这么规定的。我们需要支付给你已完成飞行的劳动报酬，金额是……”他凑近屏幕，“金额是一千零三十八个信用点。”

哇！

但我没叫出声。

“当然，饮食和生命维持系统的费用开支要单算，因为是你主动提前终止合同的。”大副面无表情地继续说，“这样的话……扣除六百零四个信用点。”

“有这么多？”我吃惊不小。

“是这么多。上了太空，你连同你的饮食和床座都是要算分量的。就算是按照给船员的内部定价，这也是不小的一笔呢。有异议？”

“没有。”合情合理，我没什么话可说。

“还剩下四百三十四个信用点。”大副继续说，“现在看看保险。”

“保险就不用了吧。”我诚恳地央告。我把“克利亚兹玛号”当成了自己的交通工具，再让他们破费不菲的保险费的话，就显得太厚颜无耻了。

“遗憾的是，保险必须上。”大副语气未变，“你的保险额度是三十五万个信用点。这是规定。保险费是十一点七万。现在呢，你也明白，保险要终止，而保险费是不退的。十一点七万点减去四百三十四点……”

他转动椅子，看向了我。

明白了。我心里一阵冰凉。

“奇克列伊，你要终止合同，得先把财务方面的问题都解决。依我看，飞上六七十次，应该就能搞定。也就是说，再过上两年，你就能离开飞船了。”

“这在合同里有写吗？”我低声问。

“当然有。找出来看看？”

“不用了。我记得……我当初不知道保险费有这么多……”

大副双臂撑住膝盖，身体前倾，正颜厉色地说：“奇克列伊，你以为就你一个人聪明，想着先受雇上船，然后一到别的星球就溜之大吉？就算我们的飞船往天堂去，中间要在地狱经停，也会有人在那里溜下去的。所以，奇克列伊，保险费的金额就不得不这么高啦。只有这样，才能让飞行船员组减少麻烦，不必到每一站都要临时现找运算湿件。既然雇好了一个，就要让他好好干下去。我们之前不是警告过你吗？”

我不知是从何时起开始哭的。

“作出选择吧。终止合同，抓住两年以后身无分文离开的权利不放？还是干满五年，赚足三四十万？”

他很是气急败坏，遇到我这么一个自以为是的傻瓜，偏在他正想要下船找乐子，到酒吧里挥霍掉自己兢兢业业赚来的钱的时候找麻烦。

可我分明看过合同啊！合同里是有些地方让人觉得似是而非，对有些问题闪烁其词……

我瘫坐到地板上，脸埋进两膝之间。两年……计划全都得泡汤。我可扛不住这么久。要真是干上五年，我一定完蛋了，就算变不成白痴，也会欲念全无，心如死灰，给吃就吃，给喝就喝，拉屎撒尿，还浑然不知……

“我们事先有没有警告过你？”大副高声呵斥。

“警告过……”我低声回应，然后再也抑制不住，呜呜哭起来。

他把我从地上拉起来，让我坐在了他的膝上，又掰开我的嘴，把一只金属酒壶的壶嘴塞进我的牙缝，“喝吧，喝完你就不会再歇斯底里了，怎么像个尖嗓门的娘们儿……”

我忍住哽咽，咽下了一口灼人的液体，马上咳了起来。

“这是白兰地。”大副解释了一句，“现在你说说，奇克列伊，打算在这个星球上干什么？”

“生活……”我低声回答。

“生活？怎么生活？”

“我有帝国公民身份……”

“那管什么用？你以为独自在不熟悉的星球上活着那么容易？况且你还是个孩子？还身无分文？就算是把那可怜的四百点给你，又能管什么用？也就是在你们的星球上，一百个信用点还算是钱。在一个正常的发达世界，就靠它，你一个星期都撑不过去！”

他猛推了我一把，“到那个门里去，把脸洗干净。”

接着，他转身朝向屏幕，凶巴巴地发出指令：“权限登录。取消运算湿件奇克列伊的合同。放弃投保。”

我抹了一把泪眼，盯住大副。

“我们没给你办保险，”大副背对我坐着，他那头发剃得很短的后脑勺阵阵泛红，泄露了他的不平心绪，“你的小算盘，我打一开始就看出来了。要不是安东为你打包票，认定你可以干完五年还能保住意志力的话……”

“也就是说，你们违法啦?!”我大叫起来。

“这关你什么事儿？还站这儿干吗？洗完脸赶紧走！”

“去哪儿？”

“哪儿？”大副这回真的是怒吼起来了，“你还想去哪儿？下船啊！这个星球，新科威特，帝国殖民地，标准法律适用区域，可以通过便捷程序获得居留权，环境舒适度水平是百分之一百零四！我们是在两次超空间跳跃之后才把你分离下线的，知道为什么吗？大家都相信，要是依你自己，肯定会在第一个目的地行星就贸然走掉！都不会先去弄弄清楚是个什么地方！我们运送矿石过去的那个行星，简直就是个垃圾场，比你们那个流放地还不如！”

“我的星球怎么就是流放地了……”我嗫嗫低语。

“卡利耶星就是作为流放地开始发展的。住在穹顶下的居民，都是原来看守军的后代。快洗完滚吧！”

我洗了很久，不断把冷水撩到脸上，极力想要舒缓发红的眼眶。洗完擦干后，我迈出卫生间。大副在跟电脑下象棋，过招很快，是通过神经元接口互动的，屏幕上的棋子跳跃不停。

“这是你的钱，”他对我说，“四百三十四个信用点。”

桌上放着七张钞票和四枚硬币。

“我……真的能坚持五年？”我忍不住问大副。

“任何人都不可能坚持五年而不受伤害。安东太天真、太乐观了！就算五年撑下来，你得再过上十年，才学得会做判断、做决定。给你三种……就说汽水吧……让你选，都能把你给折磨死。拿上钱，到安东那里看看，就赶快消失吧！医疗舱在下面再两层，跟着通用指示走就行。”

他再也没回过头来看我。

我想对他说声谢谢，或者跟他拥抱一下，再大哭一回，因为从未有人给过我这种能受益终生的教训。

可我羞愧难当，连说声谢谢都开不了口。我从桌上拿起钱，抓起自己的手提箱，退向门边，一脚迈到走廊上的时候，我才嘟囔出半句话：“请您原谅我……”

我不知道他是否听得见。

走廊上空无一人。我并不知道“通用指示”是什么意思，大副高估了我对太空航行的了解。大概是那句关于“阶梯爬升”的话颇有魔力，让他高看了我。就拿眼前的说，这个打上红色曲线的蓝箭头是什么意思？那个黄圈里画一个摊开双手的人形又代表什么？

当然，我可以找个电梯下去两层再找医疗舱。可一想到要面对安东——那个唯一把我认定为诚实孩子而不是骗子的人，我又犹豫了。

于是，我快步走向了飞船的闸口。要是星球的舒适度指数超过百分之五十，在地表不用特殊防护装置就可以生存。我记得自然常识课上讲过这个。这里的舒适度指数是百分之一百零四，也就是说，新科威特比地球还要好。

升降梯正好停在这一层。我走进去，按下标着下行箭头的感应钮，升降梯开始下降。

没把我唤醒的那颗行星，应该算是我的第二颗星球，尽管我一直昏沉，并未下船着地。而现在，我的第三颗星球正等着我。

3

有好几分钟，我呆呆地站在飞船的肚子下面望天，希望飞船能稍稍掩护我。我一时有些不习惯。这里没有穹顶，我的脸上也没戴呼吸罩。我可以自由地呼吸，自在地望天。

天空深蓝，太阳灿黄。想必到了夜晚，天空会布满千万颗星星，就像那些展示地球的电影。空气的味道和卡利耶的温室里一样，可这里没有任何树木，只有混凝土地面和停泊在上面的飞船——有大型的货运飞船，有小一些的飞船，还有军用的星际战舰。好像还有几艘是外星系来的飞船，不过，它们停得太远，我不能确定。

大概三四千米远以外，一片空港建筑泛着金光。那些错落有致的漂亮圆顶和指挥塔都是由金色的金属、透明的玻璃和白色的石材构筑而成。不像在我们那里，所有的建筑彼此相似，都是按标准规格建造的。

看着空港，我渐渐开始忘记自己的羞愧。

运气真的很好。不管怎么说，还是善良的人多。在我们星球上是，在其他星球上也是。此外，我口袋里还有钱，有帝国护照，而在新科威特星球上取得居留权的程序很简单。

我换了个姿势，抓牢行李箱，直奔航站楼而去。

在这里走起路来很轻松，地面好像能给鞋底增加弹力。大概，这里的引力跟地球一样，或者更小一些。而在我们卡利耶，引力足足有标准地球引力的一点二倍。

由于兴奋，我甚至时不时地小跑起来。一辆比卡利耶的翻斗矿砂车还大的集装箱挂车从旁驶过。一个黑皮肤、留着长发的年轻男人从驾驶室里探出头来，对我大叫了些什么。

我向他挥手致意。

我走到空港的时候，正赶上有几辆满载着乘客的大巴车驶进航站楼的大门。一拨又一拨人拥出车门，语声喧哗——他们说的都不是通用语，而是某种走样儿严重的英语。有一些乘客还拖拉着造型雅致的圆筒形引力缓冲休眠箱，里面躺着的应该是他们的妻女，或是贴身女秘书，都还没有到复苏的预定时间……我在人流中被推来搡去，道歉声此起彼伏。我的手提箱也撞到了别人，我也赶紧向人家道歉。

没有遇到任何麻烦，也没有谁清点查验。人群分流为十几条不长的队列，迅速地通过验关通道。我夹在其中一组里，像其他人一样手里拿着护照。扫描识别器绿灯一闪，我被放入了海关大厅。大厅这叫个宽敞——在这个地方，面积太小似乎会被嫌弃——水晶吊灯高悬在天顶，厅里有二十多个工作人员，都穿着深绿色的制服。乘客们再次分流成了更短的队列。

“武器，麻醉剂，军用植入装置，有潜在风险的软件，军民两用器具，有吗？”一位年轻的女海关官员面带笑容问我。

“没有，都没有。”

“欢迎光临新科威特。”

就这样，我走进了空港的入境大厅。眼前的景象瞬间让我头晕目眩。这里得有好几千人，有些穿着制服，看来是空港的勤务人员，其余的就都是乘客了，个个儿穿得五颜六色，神情兴高采烈，同时又行色匆匆。

我需要稍微定定神，首先得吃点儿东西。当然不是去餐厅，该找找那些省事方便的地方。

我在大楼里上上下下转了好久，终于在地下一层看到了一间小咖啡厅，价签上的数字还不至于让我目瞪口呆。聚到这里的多半是空港的勤杂工，看到我进来，他们都颇显吃惊。我从柜台那边拿了一份牛排煎蛋和一杯果汁——标的是苹果汁，但不知为何颜色发蓝。我来到一张小桌子前，桌边站着两个保安人员，腰上配着枪，肩头的对讲机开着，不时传出断断续续的呼叫。他们没有特别在意我，一直在自顾自聊天。

"那里什么人都没有，也不该有。那个司机应该做一下吸毒检测。"

"难说，傻瓜还少吗？"

"在跑道上徒步走三千米？那他后来蒸发到哪儿去了？"

这时，两个保安人员的对讲机同时响起了通话提示音，有人断断续续地用一种喉音语发布了什么命令。两人听完，立即扔下还没吃完的汉堡，匆匆走出去了。我双手捧着杯子，不敢挪地方。

他们说的是我啊。行人从跑道上穿越是不被允许的。我只要稍微动动脑子，就应该意识到的……跑道上随时会有飞船降落，而我居然还在那里甩着手提箱漫步。

当然，谁都不会临到地面了还冒险制动，我一定会被碾成肉泥。

傻瓜一个。

牛排难以下咽。不过，我还是狼吞虎咽地吃完了所有食物，又喝了点儿酸得冒泡的饮料，然后赶快离开了咖啡厅。也许，保安人员会到处找一找我，找不到就会放弃，认定那全是集装箱挂车司机在凭空臆想；又或者，他们觉得我已经混入另一艘飞船的旅行者中了。

得赶快从空港逃走，越快越好！

这里理应有公共交通、大巴或者是轨道捷运。可我一时慌张，竟然直接奔出租车停车场去了。有近百辆浅橙色的出租车在上车坡道前一字排开，排队上车的人不多。另一侧是出租直升机的停泊场，我没敢去那儿，直升机一定贵上不少。我排到了队尾，没过几分钟就轮到我了。

我朝出租车窗口看过去，司机是一个浅色皮肤、笑意满面的人。

“我进城，去旅馆……”我小心翼翼地说。

“上车吧。”他讲的是通用语，有些口音，听上去不像本地居民。

“车费要多少呢……”

“先上车！”

我知道影响到后面排队的人了，就赶快坐到车后座上。出租车拐上了行车道。我回过身来，又看了一眼空港的圆顶。终于逃脱了……

“送你到哪里呀，孩子？”

“我要住旅馆，”我说得很快，“好旅馆，但是要便宜一些。”

“好的还是便宜的？”司机很认真地问。

“便宜的……”

“懂了。那样的话，你就不要去阿格拉巴德。新科威特这颗星球花费很高，首都就更不用说了。空港附近有几家汽车旅馆，价码还算适中。那些等着拿居留许可的……好多都住那里，人都挺和气的。他们不想惹事儿得罪政府。”

“这正合我意。”

司机又仔细打量了我一眼，“小伙子，你从哪儿来？”

“卡利耶。”

“是星球的名字？”

“是啊。”

“还有叫这名字的……”

汽车在有八条车道的宽阔大路上缓缓行驶，交通还是很拥堵的。道路两侧延展着碧绿的草原，我觉得，那些草并不是人工种植的经济作物，是自然生长起来的，就跟电影里一样！

“想拿到公民身份？”司机又开口问道。

“是。”

“这事儿不难。”司机的语气充满自信，“我……也不是本地的。我来自艾尔-古埃斯……听说过吗？”

“没有。”我坦言。

“也是个小地方，就像你的卡利耶……不说啦。现在你拿的是无期限旅游签证，是吧？”

“是……大概吧。”

“要想工作，就得有居留许可。你先住进旅馆，下载一份移民法。原则上说，要是不违反法律，像你这么年轻，神经元接口也挺高级，也能接受割礼手术的话……”

“什么手术？”

“不知道什么是割礼？”

“知道，可为什么要行割礼？”

“我也这么琢磨过，”司机笑起来，“为什么呢？可后来就不伤那个脑筋了，同意就是了。反正这也不影响生活。”

我也笑起来，但开始觉得有些不自在。这都是什么鬼名堂啊！

“请问，这里的社会保障金是多少？”

“什么？”

我们在轮番让对方吃惊。

“就是生活保障的费用啊。空气啦……”

他摇起头来，“随你呼吸就是了，这里没那限制。你的家乡可真是荒唐得可以，不是吗？”

我无奈地耸耸肩。

“接着说吧，你得好好读懂法律，也观察一下别人是怎么生活的。要是对这里还满意，就提交一份居留权申请。过个一年半载，你就能拿到居留许可。但要想获得全部的公民权，得等到结婚以后，或者生了孩子之后。或者……等着有哪个具备公民身份的人认你做义子，”他又笑了起来，“大概这最后一项希望更大一些？”

“要是在这里住半年，得需要多少钱呢？”

“唔……按最低标准？如果只考虑住宿……汽车旅馆一天二十个信用点；吃饭的话，也大概是那个数。你自己算算吧。”

我马上就算好了，结果让我很沮丧。

“工作呢？找工作容易吗？”

“工作能找到，”司机的回答让我顿生希望，“这颗星球很富裕，还有很多地方没彻底开发建设完。你先争取居留许可吧，拿到了就好办了。”

“要是没有居留许可呢？”

“想都别想！要是抓住你非法就业——哪怕只是为了挣一口吃的，为了有地方住——马上就会被遣送离境。”

我的脸色一定很难看，司机紧接着就问：“快没钱了？”

我点点头。

“你有表演天赋吗？或者一副好嗓子，或者什么异能？那样的话，审批程序就能加快了。”

他没有挖苦的意思，他真是很想帮我这个忙。

“没有啊……”

司机一声叹息，“唉，这倒霉蛋儿。那么，你考虑过打道回府，挣足了钱再说吗？”

“在我们星球上想找到工作都不容易，”我回答说，“一周能挣到二十个信用点都是好的。”

“哦……”司机摇了摇头，不再言语了。

“但我们有非常发达的社会保障系统！”我试图挽回些好印象，“人们不需要花太多钱，食物、衣服之类的生活物资都是免费发放……”

“典型的奴隶制社会，”司机的回答不无鄙夷，“你们那儿的统治者够狡猾的。你竟然还能攒下钱来买票……”

“我是在飞船上做运算湿件的。”

汽车猛地刹了一下，司机睁圆了眼睛。

“啥？小哥们儿，你骗我的吧？”

“我没做多久，只跳了两次，所以说，我的脑子完全正常。”

“那你是逃出来了？”

“不是啊，人家同意我终止合同。”

司机吹了声口哨，“你真是遇上了大好人啊！简直跟中了帝国彩票没什么两样。好几千比一的机会。”

“是二十比一……”我下意识地纠正他。

“对啊，二十比一，可你也得活得够久才能等到。帝国彩票说是二十张里能有一张中奖，可每五千年才兑换一次。你自己算算，一百年里，你中奖的概率有多大?”

我无言以对。

“这家汽车旅馆就不错，”司机一边拐弯停靠，一边对我说，“是你要的那种。车钱是二十四个信用点。”

我当然不好再讲价钱，赶快数出了二十四个点。

“实际上，还应该给车费百分之十的小费。”司机又解释说，“不过，看你这情况，就不跟你要了。大家都是讨生活的……”

“我要过苦日子了，是不是?”我问他。

“应该吧，朋友。祝你一切顺利!”

下车之后，我又原地站了一会儿，想把自己的思绪梳理清楚些。要不别住汽车旅馆了？干脆在森林里找个地方栖身，就像那些冒险故事里写的那样，只把钱花在最便宜的食物上……

可我真不知道怎么才能在森林里活下来。卡利耶根本就没有森林。我还是朝旅馆走了过去。

这汽车旅馆很像我们那儿的公园。树林掩映之中，散布着一些小房子，还停着几辆拖车和大篷车。有几幢建筑更气派些，也更大些，大概是餐厅或者办公的地方。

我最先遇到的并不是人类。

我并没有马上意识到这一点，以为迎面过来的是一个和我年纪相仿的少年。后来我才发现，这是个身量较矮的成年人。我很有礼貌地问他：“打扰您一下，我在哪里能办住店手续?”

他停住脚步。

他身上只穿了一条短裤，双腿体毛密布，就像是穿着裘皮衣服。耳朵出奇地小，而眼睛出奇地大。

是半身人[1]！

“你好，人类的孩子。”他的嗓音清澈悦耳，“如果你希望住在此处，需要回退四十一米，进入带有‘入住’标识牌的建筑物。那里的工作人员会回答你的所有问题。”

我怔了一下，然后点了点头。

“我正等待你的回应。”半身人的回答让我很惊异。

“谢……谢谢啦。”

“随时效劳。”半身人回答之后便继续往前走。我似乎是闻到了他的气味，淡雅宜人，像是花的气息。

他可能喷了香水，也可能是夹带了真正的花香。这里确实有许多鲜花，香味弥漫在空气中，让人头晕。

等半身人走远了，我才按照他的建议往回走。

办理入住的是一位姑娘，亲切又漂亮，我所有的烦恼一时间烟消云散。她马上看出我来自另一颗星球。我们聊了一阵，我向她描述了卡利耶是个怎样的地方，又告诉她自己想要申请居留权，但可能钱不够用。最后，我以每晚十个信用点的价格就租到了房间。那间屋子在汽车旅馆的最远那端，也不靠路边，那又有什么关系呢？姑娘还帮我打印了一份移民法，省得我自己还得在房间里花钱下载。她甚至还请我喝了一杯茶。

姑娘是新科威特本地人，不过她的父亲也是移民过来的，来自地球！尽管她才二十二岁，可已经去过地球了——她就读的学院要求毕业生必须从地球、伊甸园星或是阿瓦隆星任选其一进行考察旅行。他们必须进入休眠舱完成飞行，但这姑娘一点儿也没觉得难以忍受。也是，一次超空间跳跃要花上两周，睁着眼又有什么意思？她的同学中还有一些男孩子也愿意躺进休眠舱，大家都不想熬那个时间，希望一觉醒来就

1. 此处作者借用了托尔金所著小说《魔戒》中的种族名称。

能看到地球。在人类的母星地球上，她去过伦敦、开罗、耶路撒冷，还有日托米尔——所有那些著名的历史名城。她还曾和祖母去敖德萨的雨林体验过猎狮。雨林并不欢迎外星来客，那里尤其险象环生。

跟她说话真是有意思，我真想多坐上几个小时。可这时候来了一位新客人，一个长头发的怪胎，也是要办入住的。我只好离开了。我拿到了钥匙和一本介绍汽车旅馆的小册子，里面有详细的地图。我很快找到了自己房间所在的小房子。

屋里的一切着实不错。

漂亮的木质床、整洁的被褥、一张桌子、两把椅子，另外还有两把转椅。房间里还有一块不大的显示屏，可以供客人免费使用，我立马把它打开，调到本地的新闻频道。透过大玻璃窗，差不多可以看到整个汽车旅馆——这所房子正好位于一个高岗上，后面就是围墙了，围墙以外是一片田野，再远望去，隐约可见首都的高楼大厦。我把窗户敞开，笑意盈盈地站在这里深深呼吸着甜香四溢的空气。

一切都如我所愿!

我真的飞到了另一颗星球，也并没有变成丧失意志的僵尸。我还找到了容身之所，口袋里还有一些钱。

我坐到桌前，开始读那份移民法。

所有的法条都合情合理，恰到好处。各项要求我都大体符合——年轻，男性，没有违法记录……虽说有穿越跑道那件事，但我毕竟没有被抓嘛……只是，要“出于对当地历史文化传统的尊重”而行割礼，这让人怎么想怎么不自在，可如果真的需要也没办法……这里还允许男人娶三个妻子。我以前就听说，不少星球上都允许这样，但我那时想着事不关己，也就一笑置之。如今，我自己长大后也能娶三个妻子了，光是想想就觉得怪异。要是我爸爸有三个妻子，我该怎么称呼她们呢?叫阿姨?爸爸自己恐怕也会麻烦不断。要是只送给一个妻子礼物，另外两个肯定会不高兴……再往下读我才发现，只有百分之四十的居民有不止一位妻子，我安心了。

过了一个小时，我便填好了所有表格。我打开电脑终端，把居留权申请书传给了新科威特移民事务部。

在表格的特别说明栏里，我备注了自己的钱已所剩无几，恳求“尽快审理我的申请”。这一句看上去不错，诚实里透着自尊——我并没有抱怨，只是在说明真实情况。

终端打出了给我的回执，确认申请已被接受，将“在法定期限内审理”。附言还说，在做出决定之前的时间里，我可以使用自己的旅游者权利，但“在新科威特合法或地下产业内”均不得就业。

做完这一切，我躺到床上，开始看视频新闻。新闻基本上讲的都是星球上的生活，挺有意思的。比如，苏丹要造访某个北部群岛，打算在那里建设一座庞大的能源基地。画面里展现了白雪皑皑的岛屿、寒冷的深色海洋，还有苏丹本人——根本不是什么老人，面容中透着睿智和诚恳。看了半小时新闻之后，我已经认定，新科威特真真儿是个棒极了的星球。星球上既有原生大陆（环境并不险恶），也有海洋、沙漠和森林。我们那颗舒适度仅有百分之五十一的星球根本无法与之相比。新闻里还介绍了在阿格拉巴德举行的嘻哈艺术节闭幕式。在一所豪华宫殿前的露天舞台上，一群女孩子边跳边唱，五彩缤纷的全息光效上下翻飞，观众们边拍手边跟着唱。

也有星系新闻，新闻中称，某个叫作伊涅伊[1]的星球正在全面扩充自己的星际舰队，已经超过了帝国军事条例所允许的规模，呼吁地球行政当局和皇帝本人及时介入阻止；还有一条新闻，讲的是跨星系飞船大赛，半身人代表队显而易见稳获冠军，阿瓦隆星最优秀的赛船“卡米洛特号”和另外几个星球的飞船正在角逐亚军；新闻还提到了溃疡性鼠疫疫情在某个很小的殖民星球爆发，帝国防疫机构的飞船已经封锁该星球，禁止那里的居民离开。溃疡性鼠疫目前还无药可治，致死率极高，传染性也极强，不仅能传染人类，还会殃及所有外星种族。屏幕上出现

---

1. 伊涅伊（Иней）一词在俄语中，意指“冰霜”。

了从该星球传来的画面：医院不堪重负，穿着密封防护服的医护人员惊慌失措，病人们满身溃疡——初期只是红斑点，后来会变成水泡，身体开始浮肿……

看到这里，我立马关了视频。真是恶心……我从小就怕得上什么重病绝症。虽说任何疾病都能找到治疗的药物，可有时候，研发药物得耗上好几年的时间。好几年呢！还不等研发出来，各个星球上的人就都会死光的。我原本就不愿意想这些，这会儿一想到，皮肤好像竟开始瘙痒了，这可是刚才说到的鼠疫的早期症状啊。

我赶快锁上房门，来到外面。反正也无事可做，我倒是想看看外星系种族。刚才不是看到了半身人嘛，其他外星人也应该能看得见吧？

然而，除了人类，我再没见到其他种族。天色开始暗下来了，旅馆里马上变得热闹起来。汽车和房子周围三三两两地燃起了篝火，或者摆出了便携炉具，人们开始准备晚饭了。去餐厅吃饭当然也没问题，但自己动手做更有意思。可惜我身边没有任何食物，只能去餐厅。

我点了一份肉汤、一盘炖菜和一杯橙汁。一个年轻男人在餐厅一角弹奏吉他，乐声不高，女服务员过去给他送上了一杯葡萄酒，他喝上几口，又接着弹下去。气氛真是不错，简直就像是过节！

可是背上的瘙痒越来越厉害了。一定是我疑心太重，我哪儿来的机会染上鼠疫呢？可确实越来越不舒服。

我赶快喝完果汁，回去睡觉了。

天空中已经有星星闪烁了。真亮，真漂亮，这里可没有穹顶遮挡人的视线。我仰着头往回走，想找到熟悉的星座，但到底也没有弄清哪儿是哪儿。

不管怎么说，能飞到这个星球，真是太棒了！

还有“克利亚兹玛号”的船员们，多好的一群人啊！

等我以后有了钱，一定要再去找他们。他们肯定还会往返于各个星球之间，也会来到我们这里——到新科威特来。我要请他们所有人去最好的餐厅，感谢他们为我所做的一切。

黎明时分，我醒来了。

后背和手臂奇痒难耐，还开始流鼻涕，我像是感冒了，于是盖着被子又躺了一会儿，极力劝慰自己不要瞎想，可还是越来越惊慌。

我起身开灯，跑去浴室。那里有一面大镜子。

双臂和腹部密布着一层细小的红点儿。

定了定神之后，我又转身去看后背——后背的红点儿已经蔓延成了大块的红斑。

跟新闻里说的一模一样了。

“不要啊！”我大叫起来。我都想捏自己一把，万一是在做梦呢？

但我能肯定，自己没在睡觉。

溃疡性鼠疫。

无药可治！

这些斑点会持续两天，我会奇痒难忍，鼻涕不止，双眼剧痛。

我的眼睛已经开始灼痛了，就像揉进了大把的沙子……红疹子马上就会变成水泡，我会变成传染源。再过上三天，我就必死无疑了。

可是，我不应该染上鼠疫！没这个可能啊！

暴发疫情的星球离卡利耶很远很远！

那个星球……

我忽然想到，“克利亚兹玛号”有可能就是把矿石运到那个星球的。就算我全程都躺在“瓶子”里，真就能幸免吗？还有那个计算组里的小伙子，凯奥尔，我看见他挠过肚子！会不会是他传染给我的呢？要不然就是大副？每个人发病的速度各有快慢，我最先发病也是可能的。

这样说来，我那些在“克利亚兹玛号”上的朋友们怕也是死定了。希望他们这会儿已经从新科威特飞走了，那样的话，他们就不会被拘禁隔离，就不会有人知道还有个我，也不会来搜捕我了……

也许，最好还是让人找到我？

那样的话，我会被立刻送到医院，安置到隔离病房，接受救治……

就算治愈很难，就算总归还是要死掉，但毕竟是死在病房里。死是注定的，换谁都无能为力。

现在我算是知道了爸妈在决定赴死时是什么感受。你还活着，可已经确知死的时辰、死的方式。这太恐怖了。我周身大汗淋漓，也不知是病况所致，还是恐惧作祟。光着的双脚在光溜溜的地砖上打着滑，我勉强挨到了浴室，放开水，瘫坐在莲蓬头下。冰凉的水流拍打着我的后背，这么一来，倒是感觉不到痒了……

我不想死！

更何况，一切都这么顺心如意！我有幸到了这样一颗星球，全宇宙都不会有哪儿比这里更好！我还刚刚认识了一位漂亮的姐姐！居留权申请也已被接受审理！

怎么可以这样？为什么呀？

我做错了什么吗？要是父母的工作不出问题，他们就不会去死；要是他们没有死，我也就不会去做运算湿件的活儿。我从来就没有伤害过什么人！嗯……我指的是真正的伤害。而把人鼻子打出血，或者给别人的平板电脑搞上个病毒，这些应该不算的吧……

我就这么坐了好久，差点儿冻僵。我从浴室爬出来，又在镜子里看了自己一番，指望着冲淋浴能使疹子消退。

可是皮肤由于冲了凉水而变得愈发惨白。红点儿没有消失，甚至还更显眼了。

我要死了，还会传染周围所有人。因为我不想找医生，不想被塞进让人窒息的隔离病房。我一辈子都在密不透风的穹顶区生活，还曾经在“瓶子”里躺了两个星期，我再也不想被关了！

如果新科威特上能有人活下来，他们在接下来的几千年里都会咒骂我。骂我这个胆小愚蠢的孩子，先是自己染上病，又让别人遭殃……

那个我行我素的半身人会死掉，那个没向我要小费的出租车司机会死掉，那些放我进入空港大厅的保安人员会死掉，还有那个父亲来自地球的姑娘，那个晚上在餐厅弹一手好吉他的青年……

都是因为我。

我的父母也曾想要活下去。他们本可以带上我离开穹顶区，我们怎么也能再活上一两年，甚至三年。然而，他们选择让我活得更久、活得幸福，所以他们甘愿牺牲自己。

如今，因为他们的牺牲，整个星球的人都会死掉。

都因为我是个胆小鬼，是个自私自利的家伙。我居然不想看医生，不想死在病房里……

我勉强把自己擦拭干净，动作非常小心，因为皮肤太痒了，稍微碰触简直能要命。套上牛仔裤后，我坐到电脑终端前，连线查看旅馆的服务项目里有无上门急救。

旅馆里没有医生可叫，得跟城里的急救服务站联系，而这又莫名让我害怕。

之后，我又看了旅馆的住客名单，有些人是提供了公开信息的。其中有那位半身人——他的名字奇长难认。此外，还有某个“彼得罗夫公爵”全家，有旅游者，有推销员，还有来参加什么学生四人球比赛的运动员。就是没有医生。

我又发现了一个名为斯塔西的人，他在职业那栏里写的是“船长”。既然是船长，应该各种危险状况都能应付得了吧。

于是我拨了他的号码。现在是凌晨五点，窗外还黑着，可我顾不了那么多了……

很快就有了回应。屏幕上出现半明半暗的房间，和我这里没什么分别。船长看起来四十岁左右，浅色头发，有点像格列布的父亲。看到我以后，他皱起眉头问：“这是搞什么鬼啊？”

“您是斯塔西船长？”我急切地询问。

“是。”

他脸色严肃起来，想必是明白了我并非平白无故打扰他，也不像是搞什么恶作剧。

“我叫奇克列伊。我也是旅馆的住客，像您一样。我住114房。”

“我能看到，”船长说，“所以呢？”

“您……您能不能帮我个忙？”

“看情况。发生什么事了吗？”

看来，他还是不太相信我这么早吵醒他有什么正经原因，只是保持着一种礼貌的态度。也能理解，我赶快直奔主题：“斯塔西船长，我得了溃疡性鼠疫。您肯定知道我该怎么办。”

“胡说什么！奇克列伊？”他很严厉地反问一句。

“不是胡说！”我大叫起来，起身稍微站远一点儿，好让他看得见我身上的红斑点，“我得了溃疡性鼠疫！特别危险的那一种！”

“你是从哪里来的？”停顿片刻后，船长又问我。

“卡利耶，一颗采矿的行星。我受雇做运算湿件，跟着‘克利亚兹玛号’离开了那里，飞船中间在什么地方停留过，可我没出舱，到了这里后我才下来，船长跟我终止了合同。我们中途停留的地方，可能就是暴发疫情的那颗行星……”

“稍等一下，”斯塔西非常镇静地说，“你到屏幕前面来，看着摄像头，把脸贴近些。”

我照做了。

“你就待在自己房里，哪儿也别去。”沉吟片刻后，斯塔西又说，“我现在就过去你那里。明白了吗？”

“这病传染性很强。”我不安地说。

“这我知道。你就原地坐着吧。”

4

船长五分钟后就到了。我提前把门打开，门铃一响，我就大喊：“请进！”

我以为斯塔西船长会穿着防护服过来，但他只是一身普通装束，衬衫搭牛仔裤，连制服都没穿，腰上倒是别着一只带皮套的手枪。

“起来吧，奇克列伊。”斯塔西站在门口说。

我乖乖站起身。

“背转过来。好，坐下吧。”

他十分坦然地走到我跟前，扶住我的额头，凑近细看我的眼睛，然后问：“感冒挺严重的吧？”

“是……”

“告诉我，奇克列伊，你在下船之前，去过你们医生那儿吗？”

“没有啊。”

“你这个笨孩子……”斯塔西边说边哈哈大笑起来。我从没料到，船长中还有这等刻薄无情的人！他居然能对着我这个要死的人哈哈大笑！

“真是难以置信。上床去，齐步走！”

我觉得十分莫名其妙。斯塔西从口袋里掏出一个小盒子，从中拿出一只灌满药液的一次性注射器，继续命令我：“躺下，把裤子脱了。”

“溃疡性鼠疫没药可治……”我低声说。

“什么鼠疫也不是！”他轻而易举地把我架起来，放倒在床上，“来吧。要是觉得不好意思，咱们就打胳膊，可是会更疼。”

“您要给我打什么针啊？”

“免疫调节剂。”

他显然已经懒得再跟我废话了，直接动手把我按下，把裤子褪下来一点儿，就狠命地把针扎了下去。我不禁大叫出声。

“会有些灼烧感，没办法，忍忍吧。”斯塔西一边推注射器一边说，“就当是自己犯傻的代价。”

“我到底怎么了？”

“过敏症。人类初来陌生行星时最常见的过敏症状。真是个小怪胎，读书少，没看过电影也就罢了，上学也净逃课啦？在前往任何一颗新行星之前，都得打一针免疫调节剂。哪怕是去天堂——去那儿更得如此，那里树木花草太多。新科威特到处都是花粉、粉尘、孢子、种子、异星生物圈粒子，你的免疫系统会被逼疯的，明白吗？”

我这个白痴！

我用额头撑着枕头，把裤子向上提起来，不敢作声。现在我最盼的就是斯塔西船长快点儿离开，哪怕让我因为这倒霉的过敏症死掉都行！

但是船长并没有要走的意思。

“觉得丢脸啦？”他居然还问。

我不由自主地点了下头，脑袋埋在枕头里，要点头着实不易。

“行啦，什么事都可能发生。”船长接着说，“我读过一本历史小说，里面有个差不多的故事，讲的是一个成年人，吃了太多草莓，过敏出疹子，就怀疑自己是阳性变异……话说回来，你还真可能死掉。要是再拖一段时间，会出现肺衰竭或是过敏性休克。很讨厌，是不是？都是些该死的花粉和粉尘惹的祸！”

“给您添麻烦啦……”我深怀歉意地说。

“你还是给我讲讲，‘克利亚兹玛号’的奇克列伊，你是怎么落到这地步的？”

“我不是‘克利亚兹玛号’的人。我只是跟着它飞了两个星期。”

“当运算湿件，这你说过了。再给我讲讲，你是怎么上船，又是怎么脱身的？”

我从床上坐起来。这一针真是疼极了，但我强忍着。斯塔西船长面带笑容看着我。

或许不会每个人都能做到洞若观火，而我一直以来都足够敏感，能察觉出谁真的对我有兴趣，谁对我只是礼貌应付。我们的心理学老师是个很有意思的人，她曾经说过，感受到谈话对象的心绪，这是一种儿童特有的补偿性自我保护能力。随着年龄的增长，人们会渐渐失去这能力。

斯塔西船长是真的对我感兴趣。换作是“克利亚兹玛号”上那位我根本不知姓甚名谁的船长，他也会给我打针，救我的命，但救了我之后肯定就会走掉；换了大副呢，应该多解释一番我哪里没做对；如果是安东医生，大概会听我再讲点儿什么。

而斯塔西，虽然因为我这么早就吵醒他而有些生气，但愿意跟我多交谈。

我便滔滔不绝讲起来了，从最开始——爸爸是如何被解雇的。

当我讲到每个公民都能根据宪法权利选择去死时，斯塔西咒骂起来，拿出烟盒抽起了烟。在我们卡利耶，几乎没有人抽烟，抽烟是要额外支付生活保障金的。

我讲完的时候，斯塔西已经抽掉三根了。看得出来，我讲的一切让他愤懑不已。

“奇克列伊，说起来，一开始我还以为这是个圈套呢。”他终于又开口了。

“什么圈套？”

“你呼叫我，还说自己染了溃疡性鼠疫。可我一看就知道你没染上鼠疫——瞳孔没有扩张，疹子也没有散布到额头上……其实，我是不怕传染的。倒是你，怎么会想到跟一个不认识的人联系呢？”

“我是想着，既然您是一位船长……”

斯塔西点了点头，“那倒是。不过，一切都像极了圈套，或者说，计谋。好了，奇克列伊，咱们不说这个了。大概是我这些天太疲劳，变得疑神疑鬼了。告诉我，你接下来有什么打算？”

真让人好奇，有谁、又为什么会给一位飞船的船长下圈套呢？我还从未听说过这种事，不过也没敢再多问。

“我要等着居留权批下来。”

他点了点头。

“我是觉得，”我接着解释说，“要是新科威特的政府真的重视移民，就应根据每个人的情况区别对待，是不是？我跟别人不一样，我年轻健康，神经元接口也是上乘的……”

“你的是？”

“千兆级增强型。”

“芯片的版本呢？”

“101。”

“嗯……”斯塔西微笑起来，“在你们那个鬼地方……哦，对不起，小朋友……你的接口应该算是不错的。可在这个富裕的星球，大家早就转入更高端的型号了。这倒也没什么，各有各的习惯。我的也只是个‘增强型’，但版本是104。”

“真的？”

“千真万确。我不喜欢每年都换这玩意儿。不过，如果我是你，就不会太指望他们能加快审理申请，奇克列伊。”

“那我怎么办呢，斯塔西船长？”

不知为什么，我觉得自己可以和他坦诚相对，无拘无束地向他索取建议。

“容我想想，奇克列伊。我是真想帮你，可现在，我自己的事情还没个头绪呢。”他转而露出笑意，“不痒了？”

我惊讶地意识到，皮肤果真是不再瘙痒了。

“啊！不痒了！”

“好啦，奇克列伊，我现在得出去一趟了。你要是愿意，我们可以一起吃个早饭，”他又笑了起来，“我请客。”

我当然没有回绝。我现在可是能节约一点儿是一点儿啊。

一个小时后，斯塔西船长坐车离开旅馆办自己的事了。我端着一杯咖啡坐在餐厅的露台上，看着旭日初升。船长建议我这几天先别喝果汁，别吃新鲜水果。我乖乖听从了。更何况，这里的茶和咖啡都很有滋味。

这里没有遮天蔽日的穹顶……

我并没有看到太阳跃出地平线，视线叫树林给挡住了。可是，我能看到天空渐渐发亮，从一片灰黑转成碧蓝。群星渐渐隐去，只留下几颗最亮的，即使在日光中也约略可见。这一切都让人看得入迷。

有时，能看得到民用飞机在天际往来飞过，也有在日光下熠熠闪光的微型直升机。每过半个小时，就至少会有一艘飞船凌空而起。

我从来没有感到如此舒心畅意。更重要的是，我从此开始笃信自己会时时处处遇到好人，像是“克利亚兹玛号”的船员们，或者斯塔西船长。不过，我难道就没办法自己解决问题吗？

“嗨，能坐你这儿吗？”

我应声转头，看到一个和我年龄相仿的男孩，可能比我稍大些。他手拿一杯饮料站在那里，看着我的神情颇为冷峻。

“当然，请坐吧。”我赶快挪了挪自己的椅子，给他腾出地方。

“这是看日出最好的位子，”男孩坐到我旁边，解释说，“你是因为这个才坐这里？”

“是。这是你的位子？”

“我的。算啦，你坐你的，我也没把这座位买下来……”

我们心怀警觉地相互打量。要看出一个成年人是好是坏，对我来说不难，而他是我的同龄人，又不像我任何一个朋友，要揣测出他的性格并不容易。他外表黑瘦，能明显看出有亚裔血统；发型很奇特，一边正常，一边全光，右耳上方的神经元接口完全暴露在外。我们那儿可正相反，一般都会极力用头发把接口盖住。他身穿一件白色的正装上衣，样子颇为严肃，像是要去剧院看戏或者开什么大会。

“你叫什么名字？”男孩首先发问。

“奇克列伊，或者奇克。叫我奇奇也行，不过只有朋友这么叫。”

他沉思了片刻，然后说：“我叫里昂。不是莱昂，是里昂。明白？”

“明白。”

我们没话说了。服务员也看出来我们不会再点什么，就回到餐厅后厨去了。

“你是本地人？”里昂开口问。

“不是，我昨天才到这里。我是从卡利耶来的。那是个采矿场行星。”

里昂顿时露出了笑意，“我可是在这里待了一周啦。我们是从‘7号服务站’来的，那儿不是行星，是星际自由区的一座空间站。有几条超空间通道在那里交汇，特别方便，正好适合建一座空间站！离我们最近的殖民行星是贾伯，可距离也有八光年。”

“天啊！”我惊奇不已。

“我父母觉得，我们不能总待在空间站，是时候住到行星上了。我还有一个妹妹和一个弟弟。你要是欺负他们，我可绝不答应。”

“我可没想欺负人！”

“丑话说前头嘛，”里昂说得郑重其事，“别说我没告诉过你。你有兄弟姐妹吗？”

“没有。”

“你父母是干什么的？我父亲是工程师，母亲是程序员。”

“我父母已经不在了。”我没有细说原因。

“哦，请原谅。”里昂的语气马上变了，“那是谁带你来的？”

“我自己一个人。”

“你都有公民权了吗？”

“是。帝国公民。”

他看起来有些羡慕我。其实没什么可羡慕的，在我们那里，只要你的氧气消耗量和食品消耗量达到了成人标准的一半，马上就能获得公民权。

“你是想移居到新科威特？”

“是。”

“棒极了。”里昂向我伸出一只手，“咱们约好别打架吧，奇克列伊。”

“没问题，”我顿时情绪不高了，“难道应该打一架吗？”

“不打不相识吧。在我们那儿是这样的……以前是。对呀，我们现在是在新地方呢。”

我们都笑了。看来，里昂也不是个爱打架的人，不打不相识这习惯让他很为难。

“这里很漂亮，对不对?”他转移了话题。

“是啊。我们那里的人都生活在穹顶里面，大气满是灰尘。我从来没见过这样的黎明。”

“我们那里连太阳都没有呢。”里昂变得坦率起来，“空间站的上面悬了一颗好大好大的等离子球用来照明，可这跟太阳不是一码事。它从不熄灭，到夜里也是一样，只是频谱会稍微改变一下。”

“我们的太阳，放射性特别强。”我也打开了话匣子，“这么一来，我们都有些变异了，倒是有益的那种，要抵挡住放射物质啊。我抗辐射的能力比一般人要强一百倍呢。”

“我就只是一般增进水平的变异，普普通通……”听了我的这番话，里昂颇有些醋意，“到了低重力环境里，骨骼还离不开辅助防护……奇克列伊，你会游泳吗?”

“当然会。”

“那咱们走吧，”他把自己的饮料一口喝光，站起身来，“那边儿有个湖，走二十分钟就到。真正的天然湖，湖边长满了无花果，湖里还有活鱼呢！你教我游泳吧?”

“我试试吧……”

里昂拉着我就走，口里还喋喋不休：“我求父亲教我游泳，他总说没时间。依我看，他是自己不会游。我们空间站上有两个游泳池，可都特别小。我也教你点儿什么吧？比如说，怎么在低重力下打架。有一种专门的格斗项目呢。你脸上为什么净是些红点儿啊？这是变异，还是生病了?”

“是过敏。”

“啊，我以前也对巧克力和橙子过敏。挺倒霉的，是吧？为啥偏偏对巧克力和橙子过敏呢？过敏个花菜或者牛奶也行啊……”

到了晚上，我已经确定，自己有了一个新朋友。

当然，一天时间我也教不会里昂游泳，但他已经可以在浅水区踩水了。我们还在岸边晒了太阳。我们约好，住在汽车旅馆期间，就把这里当成自己的大本营。听里昂说，旅馆里还住着三家人，都是等着拿居留权的。有一家的孩子们还在吃奶；另一家就一个孩子，也大不了多少；第三家倒是有个男孩，不过，是一个胖妈宝——跟谁也不愿意说话，整天就跟在妈妈屁股后面。

我和里昂都对彼此的接口赞赏有加——里昂的接口特别高级，带内置的无线接收端口，他根本不用去折腾馈线插头那些玩意儿。而我在飞船上做过运算湿件的事也让里昂着实羡慕。这可是真正的冒险，跟着爸爸妈妈坐客运飞船哪能与之相比？

我还认识了他的父母。显然，他们为我跟里昂成为好朋友感到高兴，也十分同情我等待居留权期间的糟糕处境。我们坐在篝火旁，就着火堆烤肉吃。里昂的父母向我保证，过几天会带我和里昂一起去逛逛都城阿格拉巴德。里昂的弟弟妹妹年纪都太小，早早去睡觉了，并没妨碍我们聊天。

我很晚才回到自己的房间。我本想央求里昂的父母，让他跟我一起过来——我们还有好多要聊的呢，但最后还是没好意思开口。

幸亏里昂没有一起过来。我一走进屋里，就看到视频屏幕上出现了通话呼叫信号。

我的第一个想法很荒唐——移民事务部果然提前审完了我的申请！

但呼叫的人是斯塔西船长。我按下通话键，他马上出现在了银幕上。船长神色紧张凝重，皱紧眉头望着我，看起来不大高兴。

“感觉如何，奇克列伊？”

“谢谢，差不多完全恢复了……”

船长竟然对我关心至此吗？

“那你现在能来我的房子吗？”

我点点头。

"来吧，我等着。"

我顿时睡意全消。

斯塔西船长住的那幢房子跟我的一样，只不过房子里的东西比我这边多上许多。一些大大小小的装置连接在终端上，正在处理什么信息。

"你能痊愈真是太好了……"斯塔西说这话时若有所思，"奇克列伊，我问你啊，想挣点儿外快吗？"

我笑起来，"想是想，可政府不允许嘛。"

"要是我来付钱，就可以。我不是新科威特的公民，我们之间的财务关系不涉及这里的法律。"

"真的？"

"我跟律师咨询过了。"

"那好啊！"我脱口而出。而斯塔西却用手指比画着警示我，"没弄清细节的时候，永远不要急于答应任何提议，再诱人也不可以！记住了吗？"

我点点头。

"是这么回事，我需要有个人明天从早到晚在我的房子四周做监视工作，不能太近，但要能看清楚有谁靠近这里。"

"出什么事了吗？"

"是啊，我怀疑有小偷想要入室行窃，大概已经进来过了……"

斯塔西停下来，若有所思地盯着终端。那里闪过一串串数字，还有细小的文字。

"您这里没有电子监控系统吗？"

"奇克列伊……任何电子设备都能被屏蔽。还是有个在附近玩儿的孩子替我盯着更可靠。"

"那我该做些什么呢？要是看到有人……"

"不用做，什么也别做！千万别搞出动静或试图跟着他。只要盯住、记住就行。晚上再把情况告诉我。"

“好吧。”我表示同意。我跟里昂说好了明天再去湖边的，不过……那只是去玩而已，而挣钱对我来说可是当务之急。

里昂应该能理解吧……

“您给多少钱呢？”保险起见，我多问了一句。

“什么？你问价格？”斯塔西挥了一下手，“够多，你不用担心。那么，我就把这事交给你啦？”

“没问题。”我赶快答应。

我怎么想都觉得是斯塔西船长有些神经质了，凭空臆想出有人对他不怀好意。不过，既然他愿意给钱……

“从早上九点开始，到晚上……我大概会在八点以前回来。要不就到九点吧。你早上多吃点儿，再揣上几个汉堡包……这些钱你先拿着，不多……”

他递给我一些钱，又接着问：“你没有信用点卡吗？我平常都不带现金。”

“没有。您不担心使用信用点卡会被追踪吗？”

斯塔西笑了起来，“奇克列伊，别把我想得有多偏执。现在的人干什么都用纸币，这其实很蠢。在银行开个匿名账户，用卡支付，不比到处验指纹、辨真伪简单多啦？再说，不管隔多远，任何神经元接口都能做支付验证，这你可做不了假。我一点儿也不担心用卡会怎么样。以后有机会的话，你也开个账户吧。”

我点头称是，脸上稍有愧色。

“去吧，奇克列伊，回去睡觉吧……”斯塔西吩咐我。

要迈出门槛时，又听到船长的声音：“奇克列伊，我再问你一句……”

我转过身来。

“你当真决定要留在新科威特？不想到其他星球去碰碰运气？”

我颇为吃惊，“我非常喜欢这里。再飞去别的地方，我也没钱啊。难道新科威特不好吗？”

"是好地方，"斯塔西点了点头，"有点儿太奢侈，但是个好地方……算了，我就这么一说。晚安啦。"

我走出门去，而斯塔西又坐到了终端前。依我看，他马上就要把我给忘到脑后了。

里昂没生我的气，一点儿都没有，反倒是为我的冒险感到兴奋。

"他脑子真的没问题吗？"里昂郑重其事地问我，"有些人很神经质，他们总觉得有人在盯着他们，还不用卡付钱，把终端上所有的应用都卸载……"

"他是用卡的。"我赶紧打断他，"别瞎说啦，他是很奇怪，但不是神经病，没准儿是真的有对头。"

"那这就危险了，"里昂得出了结论，"不过也很有意思。咱们这么着吧！爬到你的屋顶上，边晒太阳边干活。房顶上什么都看得一清二楚。接着咱们再到旅馆门口的咖啡店去，那儿也适合观察。然后呢……然后再找个别的角落坐一会儿。不能整天都戳在一个地方，那样别人一下子就能看出来，我们是在搞监视。"

"斯塔西给了钱，咱们各分一半吧。"我向他保证。

"不用，现在不用。你正等钱用呢。等你有一天发大财了再给我吧……"

我没经过斯塔西的同意，就自作主张把情况一股脑儿地告诉了里昂。我是相信里昂的，我敢保证他不会再告诉别人。

我们买了些可乐和爆米花，为了打发时间，又把我屋里的显示屏搬到了平坦的屋顶上。我们就这么晒起了太阳。我的皮肤已经够黑了，里昂也差不多，所以我们都不怕晒，但里昂的妈妈还是给我们准备了特制的防晒霜。

"你还真是经历非凡啊！"里昂蹲在那儿，一边往膝盖上抹防晒霜一边说，"你有真正的帝国公民权，而我还是个拿儿童卡的小屁孩儿，我还得等两年！这是一；还有，你当过飞船上的运算湿件！这是二；你差点儿过敏死掉，然后又结交了个真正的船长朋友，这是三和四！现在呢，你又要帮着监视小偷。五个啦！”

“你不是也在帮着监视小偷嘛。”我安慰他说。

“那也是因为有你，”里昂倒是很诚实，“咱们能认识，这可太好了……是不是？”

“那当然！”

我们调到一个介绍各种行星的电视频道，一边喝着可乐，一边津津有味地看起来。里昂兴趣盎然地点评着节目内容，虽然他并没去过这些行星，可他从前毕竟是住在空间站上，那里往来停泊的飞船可多了去了。他见过所有的外星种族，还跟他们搭过话。里昂有一位年长的朋友，曾在帝国军队里服过役，还有个叔叔住在伊甸园星。

“那里也不错，我叔叔给我们发来过视频。”里昂告诉我，“不过，往那边移民挺难的，那儿的出生率太高。我叔叔已经有六个孩子啦，可他还得再生养三个呢。这叫作集约型殖民策略……”

我已经没在听他讲了。我的目光越过屏幕，盯住了斯塔西的小屋。

一个年轻人走近小屋，在门上鼓捣片刻后进去了！

“来了……”我小声说，“里昂，你看见了吗？”

“什么？”他立刻跳了起来。

“有个年轻人进屋了！直接奔门口去的，他好像有钥匙，现在已经在屋里了！”

“我好像也看见了……”里昂说得犹豫不决，“我其实也一直在看呢！总是这样，我一打开话匣子，就什么要紧事儿都注意不到了！”

我忽然想起来，我见过这个年轻人。他是在我之后办理入住的。

“咱们就在这里别动，”我说，“他不会在里面待太长时间……”

然而，那个年轻人在屋里待了很久很久。半小时过去了，一小时过去了。里昂开始时不时看我一眼，问道：“是不是你看错了？”

我坚决地摇头。里昂叹了口气，仰天倒下。他已经厌烦了在房顶上待着，况且他压根儿就没看见那小偷。

“我要睡一会儿，晒晒肚皮，”他懒洋洋地说，“要是有什么事儿，你告诉我。”

就在此刻，房门打开了，那个不速之客探身出来，快步向主路边上密实的灌木丛走去。

“看，他这不是出来了。”我骄傲地说。

里昂急切地转过身来四下张望，“哪里哪里？”

“就那儿嘛，正往灌木丛里钻呢！”我用手指给他看。

“哪儿啊？我怎么没看见！”

“不就在那里嘛！”我大喊，“你是瞎子吗？”

小偷已经隐身到灌木丛里了，正在枝条间灵活地穿行。

“我看你是脑袋给晒迷糊了，”里昂说，“都出现幻觉了。”

“你真的没看见？”

“没有嘛，什么人也没看见。”

我们相互盯着看。里昂一脸怀疑和嘲笑的神情，我也开始怀疑自己。

“千真万确，他是从屋子里出来了！”我说，“你转过身来太晚，他已经钻进灌木丛了。”

“我看见灌木丛了，可那里什么人也没有啊。”

“你不相信我？”我问里昂。

里昂迟疑了一下，然后不甘心地说：“相信。可我的视力没问题，有人的话我肯定看得见。也许，那是个绝地武士？”

“谁？”

“就是，星际骑士，绝地武士。你没看过《星球大战》吗？”

“啊……”我想起来了，“那些使光剑搏斗、会障眼法的？可那都是幻想故事嘛。”

里昂连忙摆手，“可别这么说，根本不是幻想！真的有这样的笨蛋家伙呢，他们住在阿瓦隆星上，自称星际骑士，在帝国各处飞来飞去，为正义而战。”

“为什么他们是笨蛋呢?”

“因为没人需要他们呗。你知道吗?他们的做派就跟邪教似的。明明有帝国舰队，有警察，有卫生防疫局什么的，那些才是定国安邦的人。而那些骑士想着必须有他们那样的人，不是例行公事，而是为理念效力。”

“他们就是绝地武士?”

“不错，大家都这么叫他们，有点儿嘲讽的意思，”里昂比画着继续向我解释，“就像是把人类称作‘火魔’[1]，挺让人来气的，或者把半身人叫成‘霍比特人’，把紫姑人[2]叫成‘小蜜蜂’，把空间站上的居民叫成是‘站人’，都是一样的意思。”

“我明白了!那也就是说，他们真的都会障眼法，能使光剑?”

“障眼法好像是会……光剑会不会我就不知道了。”里昂回答得很诚实。

“那我为什么看得见他?”

“也分人呗。有的人他障得住，有的人他障不住。也许是因为你变异得太多，抗辐射能力超强。”

“这跟辐射有关系吗?”

“我打哪儿知道?”

我发现了，里昂若是认准了一件事，根本就没法儿让他回心转意。如果继续争论下去，我俩非打起来不可。

“也有可能是这样，”我想缓和一下气氛，“你可能真的没看见他。你当时躺着，脸朝着天上，太阳直射你的眼睛，就算你闭着眼，视力也不能那么快恢复。”

里昂想了想，同意这完全有可能。可是，绝地武士的说法也有些道理。如果是真的，我的朋友斯塔西船长该是坏人了。就算绝地武士都有

1. 对人类的蔑称，原文系“智人”一词拉丁语的前半部分хомо(Homo)，音译为“火魔”。

2. 这个种族名称取自中国古代“厕神紫姑”的传说，意指该种族生存环境恶劣。

股傻劲儿，但总不至于加害正直的人。

为了避免争执，我们及时打住，穿好衣服溜下了房顶，直奔咖啡厅而去，想喝上一杯加炼乳的咖啡。我一路挠着自己的后脑勺，不是过敏，而是因为被太阳晒得太狠。

5

斯塔西船长很认真地听我描述了白天的情况。听到我不是一个人监视，而是和自己的新朋友一起时，他一点儿都没有生气。不过，当我说到里昂并没有看见小偷，船长皱起眉头，陷入了沉思。

“可能……他是个绝地武士？”我小心地问，“这个年轻人……”

“什么绝地武士？”斯塔西随口反问了一句，但依然沉浸在自己的思绪里。

“就是，阿瓦隆星上有这么一帮人……”

听到这里，斯塔西船长眉头紧皱起来，“奇克列伊，第一，称他们为绝地武士并不合适。绝地武士是宇航时代开启后，人们虚构出的神话形象。那个时代的一些说法现在也还可以用，像是‘异形’什么的。但是，阿瓦隆的骑士，那些法戈[1]斗士，他们跟绝地武士是一点儿关系都没有的……奇克列伊，你确定认出了那个年轻人吗？就是在你之后入住旅馆的那个？”

“是他。他长得很有特点，窄长脸，尖下巴，长头发。您接着说，第二是什么呢？”

“第二啊……”斯塔西从椅子上抬起屁股，在终端上输入了几条指令，“第二呢，我的小朋友，法戈斗士不会什么‘障眼法’。这是典型的误解。法戈斗士要掌握的技术包括惑敌伪装、催眠、言语和非言语心理

1. 法戈（Фаг）一词在俄语中，意指“噬菌体”，也有为拯救他人而歼敌纾难的含义。

攻势，这些都跟隐身不沾边儿，更何况是在远距离情况下。还有，如果是你发现不了他，那还有些道理，毕竟你盯得太久，多少有走神儿的可能，但里昂应该不会的，你指哪儿他才看哪儿，眼神会锐利得多。”

“还有第三吗?”我追问道。

“有。这个人，不是什么阿瓦隆的骑士。还有，如果你以为我是个罪犯，那你也错了。”

我尴尬得无话可说。

“奇克列伊，你知道在地球的中世纪，宇航时代开始之前，为什么骑士群体会消失吗?”斯塔西一边眼睛盯着终端，一边问我。他好像总是能一心多用，比如一边用电脑——不是用神经元接口连线，而是双手操作，一边向别人传道授业……

“嗯……我记不太清了。”我搪塞了一句。

“简而言之吧……人的血肉之躯已经不再是强大的战斗武器了。再精湛的功夫、再精深的训练，在原始的火枪或是奇巧的机械弩面前也得甘拜下风。奇克列伊，我的朋友，你说，如果一个愚蠢又肮脏的雇佣杀手能埋伏起来暗杀一位骑士，根本就不容你跟他近身搏斗，骑士还有什么价值可言?只有当训练有素的躯体能被视为强大的战斗力时，骑士群体才有延续的可能。”

“那样的话……”

“历史总是螺旋上升发展的，奇克列伊。现代科学和生物技术的发展使得人的身体又有可能成为举足轻重的因素了。不一定需要人数众多的战队和价值千金的战舰，一个飞行员开上一架廉价的小飞船，就能够毁灭一个星球。一个人的潜力如果能被正确开发，再完成某些正向变异，经过必要的训练，就能够抵挡千军万马。明白吗?”

“明白啦。”

斯塔西微笑起来。

“就因为是这样，在阿瓦隆星被殖民之后，那里才有一批人组织起来，自称阿瓦隆骑士，或者叫法戈斗士。他们预见到历史环境已经变化，就决定复兴骑士群体，承担社会责任。他们的组织架构颇为复杂，目的是阻止个别法戈斗士谋求私利，做出危害社会的行为。他们还跟在位的皇族政府签订了什么协议……打从那时到现在，已经两百多年了，阿瓦隆骑士一直在为帝国效力。”

“可是，不是还有战舰、警察什么的吗……”想起里昂说过的话，我也追问起来。

“当然有。但不一样的地方在哪儿呢？阿瓦隆骑士和官方的规范制度、官僚体系都没有联系，不受公务条例之类的东西约束。他们只遵循普适的道德准则行事……这些才是骑士群体复兴的土壤。所以说，他们享有特别充足的行动自由，毕竟有时候，他们要做的是防止人类发展中出现严重危机。还有问题吗？”

我沉默不语。我是有个问题想问的，但又拿不准该不该问。斯塔西严肃地看了看我，然后伸过手来拍了一下我的肩膀。

“有问题就问吧。”

“那你们为什么不喜欢被称作绝地武士？”问完这句，我便直勾勾地盯着斯塔西的眼睛。

“因为我们不是，”斯塔西回答得不动声色，“我们没有光剑可挥，也不知道怎么躲闪激光束，也不会隐身。”

“我不会告诉别人您是谁。”我承诺。

“这没什么用，奇克列伊。很遗憾，我的身份已经暴露了。已经过去两昼夜了，就算是我看错了人，就算你真的是对手的暗探，我这里也没什么新东西可挖了。”

“您的对手是谁？”我的声音不觉压低下来。

“这个我不能告诉你。你不需要知道。”

斯塔西站起身来，从口袋里掏出一沓钱，“拿着吧。我估计，这些钱够你用到获得居留权的时候了。”

我看着那笔钱，愣住了。数目太多了，能让我踏踏实实地活到审批结果出来……

“我给您帮了这么大的忙吗？”我禁不住惊讶道。

“奇克列伊……”斯塔西叹了口气，“知道我们的文明最主要的麻烦是什么吗？”

“是什么？”我随口问道，心里还在想着，这些钱是拿还是不拿。斯塔西把钱塞进我的口袋，继续说道：“我们是男性文明。这是因为女人无法承受超空间跳跃。说荒唐也行，说偶然也是，说天意也对，我们的文明就是按照男性主导模式在发展。我们男人，非常讲逻辑，非常认真，一定程度上爱激进冒险，也说得上善良公正……当然，那都是以自己的逻辑为基础。麻烦也就在这里，奇克列伊。就是因此，才有了你们那颗不幸的卡利耶，法律竟能支持人们赴死；就是因此，那个载你的出租车司机，知道你是个没什么钱的孩子，也根本没办法挣到钱，就能大度地不收小费，可并没有想着给你完全免费；就是因此，奇克列伊，你这个笨孩子，你朋友里昂的父母能开车载你去兜风，请你吃烤肉，可就是没想过做你的监护人，帮你挺过半年的时间。所有人都是在按理性行事，奇克列伊。”

“可他们都没有错啊！”我忍不住叫起来，“斯塔西船长……在我们卡利耶，生活真的非常艰难！司机也是靠工作谋生的！里昂的父母有自己的难题，他们有三个孩子呢！没有理由要求他们为我做什么啊！”

斯塔西点了点头，脸上的笑容有些勉强。

“是没有错，奇克列伊。我想说的就是这个。女权主义者的大反叛，黑暗的母权制时代——这一切自星际航行时代开始就都终结了。这个进程无可厚非，走极端从来就不会有什么好处。可我们从一个极端走向了另一个极端，从感情主导的稳态文明走向了理性主导的扩张型文明。所谓‘万物各有其位’啊。所以说……所以说，奇克列伊，咱们就这么定了，是你帮了我的大忙，这钱你理所应得。”

我很想再说点儿什么，但他已经在和缓地把我向门边推去，“一切顺利，奇克列伊！明天我就要离开这里。有些事办得不太顺利，很糟糕……”

“或许，我还能帮上什么忙……”我意犹未尽地说。一切都错得离谱！莫名其妙！他给我这么多钱做什么！又为什么要离开这里？

“不用了，奇克列伊。谢谢你，什么也不需要。就是……”斯塔西又皱起了眉头，“我想说的是，我真诚建议你另找一颗星球。我也说不清为什么，你就当作是……绝地武士的本能吧……”他总算是笑了一下，“再见！”

我走出房门，斯塔西随即把门关上。

就这么……

我在房门前驻足片刻，抬头望天，试图弄个明白——为何生活里的一切都成了错的？如果相信斯塔西说的，我们整个世界都是不对的，而原因就是女人无法承受超空间跳跃。话说回来，有那么严重吗？不是有休眠舱吗？这些阿瓦隆来的骑士是不是都有些傻？嗯，真没准儿。

口袋里那一沓得来无由的钱让我不安。应该只从里面抽出一张来，其余的留在这门口……

可我又不能这么做。斯塔西有一点说得没错，以后再不会有谁会这样帮我了。像“克利亚兹玛号”的船员们、出租车司机或卡利耶宇航空港的酒保那样帮我的人还会有，而萍水相逢就能没分寸地以重金相赠——这样的事以后不会再有了。

我哽着喉咙，抽了抽鼻子，手按住口袋，准备迈步离开。

就在这时，我发现有一个人站在半明半暗处，是那个白天进了斯塔西房门的年轻人，那个里昂看不见的、在我之后入住旅馆的人……

这个小偷似乎原本以为我看不到他。因为在我一时怔住、盯着他看的时候，他的脸上出现了一闪而过的吃惊表情。

这片刻足够我大叫出声，因为我看见他手中有个金属物件幽光一闪。我意识到，他这是要开枪杀人。

而这声大叫也救了我。夜晚瞬间变成白昼，一条炫目的白色绳索跃过我的肩头向前飞去。

那个准备向我开枪的家伙也大叫了一声。火光闪耀的白绳索一下子就灼到了他的那只手，手枪连同人的骨肉跌落到了露水浸湿的草地上。而那条火绳还在半空中跳跃舞动，像织了一张无形的网，把目标紧紧锁住，令他动弹不得。

我双脚一软，跌坐在小路温暖的石板上。斯塔西从屋门那边走过来，那条火绳就是从他的手里吐出的，好像有生命一般，在小偷身上不断缠绕。

“还说不挥光剑呢……”我大声说着，但立刻就坠入一片黑暗中。

小偷在房间的角落里倚墙站着，全身赤裸。他的衣服和一堆看上去奇奇怪怪的装备躺在一边。我从来不知道，还有这样能把人固定住的强力胶水——那家伙有好几次失去了知觉，几乎要瘫倒，但粘在墙上的头发和后背支撑着他。

斯塔西拍着我的腮帮子问：“晕过去啦？”

“不好意思，”我回答，“我也不知道是怎么了。我还从没失去过知觉呢。”

“是我让你昏迷的，”斯塔西摊开双手，“那个时候，你躺在地上更安全些。”

“我没发现是你做的。”我对他的说法半信半疑。

“你发现不了。”

小偷又一次瘫软下来，向下坠去，又立刻痛得龇牙咧嘴，只好继续挺着身子。他一定剧痛难忍，但始终一言不发。他的右臂已经没了，倒是没有流血，大概所有血管都被烧了。漂亮的花点儿衬衫的袖管已经熔化，把残余的一小截胳膊裹成了一根接在身体上的焦黑棍子。我赶紧转过身去。

“奇克列伊，你回去吧，”斯塔西语气柔和地说，“现在那些钱的确是你应得的了。”

“白天进你房子的就是他。”我悄声说。

“我知道了。回去吧，孩子。”

起身要走时，我忍不住又问了一句：“您要拿他怎么办？”

“跟他谈谈。”斯塔西回答。

“是不是应该通知警方……再叫个医生来？”

“当然。我会这么做的。走吧。”

我盯住他的眼睛说：“斯塔西，您在骗我。”

船长长叹了一口气，用手抹了一把脸颊。

“奇克列伊，我很累，我没什么时间了，可到现在都不清楚究竟发生了什么事。这个人是职业间谍，间谍在不得已的情况下也会杀人，不过好在他不是杀手，否则你早就死了。奇克列伊，就让我去做该做的事吧，好不好？”

我转过身去。他说得对。这些法戈骑士的确举止怪异，但还是受帝国的法律约束。有可能，斯塔西船长的权力比这颗星球上任何一个警察的都要大。

“这次是你运气好，法戈……”小偷突然开口说话了，“你不过就是偶然得手。”

他的声音几乎与平常人无异，健康且自信满满。我已经走到了门口，又忍不住停下来。斯塔西瞥了我一眼，但没有多说什么。

“我的差事就是要把运气用足，”斯塔西对小偷说，“而你的运气，看来是正相反。你会回答我的问题吧？”

“或者，再跳上一段舞？”小偷咧嘴一笑。

“没必要，你没那个天赋。”斯塔西挪了把椅子过来，坐到了俘虏的对面，“你为什么要杀这个男孩？他只不过是偶然出现在这里，不是你的敌人。”

“他无足轻重。”小偷冷漠地说，“你，是敌人；他，无所谓。”

“熟悉的逻辑，”斯塔西点了点头，“不过，你们认为老人才‘无所谓’，对孩子，你们反而会留活口。”

“例外总是有，”小偷说，“我说，你是不是该叫医生来了，绝地武士？”

“为什么要给你找医生呢？”斯塔西做出吃惊的样子，“你并没有流血，你的大脑也可以自行分泌胺多酚来止痛。”

小偷又冷笑了一声。

“我不想杀你，”斯塔西说道，“你不过是个身负有命的小卒子。不过，有些事我倒是想弄弄清楚。奇克列伊！”

“是，船长。”我立刻回答。

“你没走真是对了，再稍等一下。”斯塔西站起身来，走到小偷跟前，把一只手放到他的脑门上。不知道是不是我的错觉，小偷的眼里闪过了一丝恐惧。

“你被封闭了，是吧？”斯塔斯说。

小偷沉默不语，但显出很不安的神情，好像想极力摆脱什么。

“如果我问你一些特别的问题，而你非常想回答……”斯塔西柔声细语地继续说，“你非常非常想回答……但你一旦开口说话，就会死……对吧？”

“对。”小偷从牙缝里吐出一个字。

“我重复一遍，你有机会活下来。我可以问你几个其他问题，回答这些问题不会置你于死地。你选择吧。交易对我有利——我多少能得到些信息。对你也有利——你能把命保住。我确定你是一个高级间谍，你的自保本能是不会被封闭的。你看着办吧。”

“问题是什么？”小偷似乎妥协了。

“你的军衔？”

“伊涅伊星球境外安全部队中尉。”

“名字？”

“卡尔。”

斯塔斯点了点头，“卡尔中尉，你能不能给这个男孩一些建议？他想要入籍新科威特。他应该这么做吗？”

“这个问题触犯封闭线了！”卡尔迅速回答道。

“可并没有过线吧？假设这个孩子是你的儿子，或者曾经帮过你大忙，你会给他什么建议？”

“买张票飞到阿瓦隆星去。”卡尔急切地回答，“你就问这个，绝地武士？”

“现在他是应该回去睡觉，还是最好叫辆车直奔宇航空港？”

“这我可不知道。”卡尔的语速更快了，“幸好我不知道，否则你一定会杀了我。斗士，这不公平！”

“好了好了，这就完了！”斯塔西安慰道。可他的嗓音又突然一变，有些颤巍巍，像是经过电脑的特效处理，“我还想问问，为什么这个男孩对于伊涅伊来说无足轻重？”

“他……”卡尔依然回答得很快，可突然间哑口了。他的双眼蒙上了一层荫翳，下巴垂了下来，整个人挂在墙上，气息全无。

“可惜，”望着没了活气的卡尔中尉，斯塔西缓缓地说，“真可惜。”

“您知道他会因为这个问题而死的！”我喊出声来，“斯塔西船长，您把他杀了！”

“是。”斯塔西点了点头，“我原指望他能来得及回答，他的机体分泌出了足够多的荷尔蒙……可封闭实在是太周密了。”

“您把他给杀了。”我又强调了一遍这个事实。

“是，奇克列伊。”斯塔西紧盯着我说，“奇克列伊，相信我，他要为几十个人偿命呢。比杀人更可怕的事他也做过。”

我回过头来。那个全身赤裸、一条胳膊烧焦的死人挂在墙上，就好像一个昆虫标本。就算斯塔西说得对，这家伙是个小偷，可也不能未经审判就把他处死！骑士怎么能做这种事！

“奇克列伊……”这个行为乖张的骑士走过来，扶住我的肩膀。他知道我在想什么，“你会明白我这么做是对的。我给你叫辆出租车，你快收拾好自己的东西，离开这儿吧。”

“上哪里去？”我不解地低声问。

“我来想想看。你需要去一个年轻的、友善好客的行星。那里要有森林、山岭、海洋。在那里可以工作，可以学习，脑子里不必装着麻烦事儿。”

“可我为什么要离开！”我叫嚷起来，“我喜欢这里，这里有我的朋友们！”

“你听到了卡尔的建议。”

“是……”

“那就离开吧。新科威特眼看就要被伊涅伊侵占了。”

我还是愤愤不平，“可这里是个富裕的行星，近地轨道上还有帝国舰队！殖民星球绝对不会搞叛乱反对帝国的！”

“话是这么说，可这半年多时间里，已经有四个行星加入了伊涅伊联邦。都是些人多势众、财大气粗、兴旺发达的殖民地……我的劝告你会听吧，奇克列伊？”

我的心情跌到了谷底。

“是，斯塔西船长。”

“快去收拾自己的东西吧。动作快点儿，好吗？我这就叫车，看看有什么航班。”

我几乎没什么东西可收拾。一张挂在墙上的和父母的合照，是两年前在城市温室公园的玫瑰花坛前拍的；一条毛巾，搭在浴室里，只是为了有点儿家的感觉；一台平板电脑，被我接在终端插口上；还有那只机器人造型的破旧闹钟。

可我还是在房间里磨蹭了好一阵儿，柜子里看看，架子上看看。我甚至都没有意识到自己已经哽噎了起来——不是哭，只是哽噎，没有眼泪。我已经习惯这间小屋子了……

里昂该怎么办？

我扣好手提箱，带上房门，快步向里昂一家住的房子走去。四下里静悄悄的，餐厅还亮着灯，但没有一点声响传出。大家早已经睡着了，可我此时却该去和里昂告别……还要给他提个醒——不是提醒里昂，而是提醒他的父母。

门铃响了，但没人应答。一开始，我尽量礼貌地短按辄止，毕竟是深夜。渐渐的，我着急起来，干脆长按感应钮，细听门内的铃声是不是响个不停。

一直没人来开门。他们一家是离开这儿了吗？

里昂都不跟我说一声？

我把手提箱放在门边，绕到了房子后面。我知道哪个窗户是里昂和他弟弟妹妹的。那扇窗户还开了一条缝。

我向上一跳抓住窗台，纵身登上去，悄悄爬进屋里。我担心里昂的小弟弟马上就会被惊醒大哭起来……

房间里不算太暗，墙上亮着一盏夜灯，恐龙脑袋形状的。真能想得出来，换作是我看着这样的夜灯，一定会吓得睡不着觉。

里昂和弟弟妹妹都还在睡着。我靠近里昂的床，推了推他的肩膀，悄声说："醒醒，醒醒！是我，奇克列伊。"他睡得可真死！"里昂！"

我用力推他，里昂的脑袋在枕头上来回晃动，半张的嘴巴里流出一线口水，可还是没有醒。

我慌得不知所措，又跑到他弟弟的小床边，把被子撩开，抬起那孩子使劲儿摇晃。就算睡得再实，这么一折腾也该醒的！

可是里昂的小弟弟就这么瘫软在我的怀里，就像个没有生命的布娃娃。他的睡裤湿成一片，脑门上布满了闪闪发亮的汗珠。

"埃德加！安娜贝尔夫人！"我一边大叫，一边把孩子放回床上，不知为什么还给他盖上了被子，"你们快来啊！"

这下真要出乱子了……

依然没有任何动静。一片死寂。

我在房间里手忙脚乱，打开了所有灯，又看向客厅，奔过去把那里的灯也都打开。最后，我终于忍不住焦急，跑到了大人的卧室，撞开门直闯进去，虽然我知道这样做很没教养。

里昂的父母躺在一张双人床上。他们都眼皮半张，翻着白眼。

每个人都不对劲儿！

“我马上，我，我……”我一边嘟囔，一边往后退，“我会帮你们的……”

也许，他们这是中毒了？

但我马上就意识到，这种乏力的解释在此刻无法成立。就像里昂深信我看到那个小偷——伊涅伊的间谍——是看走了眼……这种解释能说得通，但绝不是真相。

我从里面把门锁打开，跳出小屋，向斯塔西船长那里跑过去。但我确信，那个从阿瓦隆来的乖张骑士，此刻一定也已经躺倒在地，口水直流，两眼迷蒙失神。

斯塔西船长正在烧自己的东西。一条光焰四射的绳子从他伸开的手中延伸出去，火蛇似的在房里各处跳跃，缠绕着电脑插件、背包、小手提箱之类的东西。还没来得及燃起火苗，一切就在瞬间化为灰烬。没有警报声，他肯定是把烟感器关掉了。

“船长！”我回过神，大叫了一声。斯塔西转过身来，火蛇瞬时消失。也是在一瞬间，我看到有个覆着银色鳞片的东西钻进了他夹克上衣的袖口里。我顾不上细想这些：“快，那边出事了！里昂睡过去了，他全家都睡过去了，一个都醒不过来……”

“我知道，”斯塔西从地板上抓起唯一一个没被烧掉的手提包，“叫出租车也没人应答。伊涅伊的攻击已经开始了，奇克列伊。”

“船长……”

“咱们走，奇克列伊。想办法闯到空港去。”

我摇了摇头。那个死了的伊涅伊间谍还挂在墙上，但他已经吓不着我了。

“斯塔西船长，还有里昂和他的父母呢！要帮帮他们啊！”

“奇克列伊！”斯塔西语气很严肃，“因为你被卷进这麻烦里太深，所以我要帮你尽快脱身，可我不想再救别人了，不管是男是女，是老是小。这个星球上有七亿人，他们都需要帮助。要帮就全帮，不能只救你一个人的朋友。”

“可是，船长……”

“别吵了！你跟不跟我走？”

我退到了门口。我感到害怕，非常害怕。在这美妙的新科威特，在这颗即将变身地狱的星球上，斯塔西船长，阿瓦隆来的法戈斗士，是唯一能够保护我的人。

“您说的那些，斯塔西船长……”我心有不甘，“说我们太过理性并不好。我是相信您的。”

斯塔西船长默不作声。

“对不起。”我说。

“你的朋友住哪里？”斯塔西终于开口了。

“就在旁边，很近！”我喊着，“我们走吧，马上就能到！”

五分钟的路程让我觉得有一刻钟那么久。斯塔西迈着大步，我在一边要小跑才能跟上。斯塔西一直将右臂稍稍抬起，我知道，那火绳随时会一跃而出。

“这就是您的光剑吗……”我气喘吁吁地说。

“跟你说几次了，这不是剑。”斯塔西打断我的话，“等离子鞭的用途要大多了。”

小屋的门还敞开着。斯塔西迅速来到里昂父母的卧室，把了把他们的脉搏，又用手掌在他们脸上方扫了两下，紧锁起了眉头。他什么也没说，又来到孩子们的卧室。

“这就是你朋友？”

“是。”

“我们还从没观察过处于再生阶段的人。”斯塔西说，“我觉得最好是带上那个小的男孩，更方便些。不过，要是你想，我们就带你的朋友。我们……只能试试看能不能帮到他。你自己也清楚，没有任何把握。”

我明白，再去追问里昂的父母会怎样已经徒劳无益，问里昂那多动症的弟弟和难得吭上一声的妹妹现在能如何，也是白费时间。可我还是想问问：“要是再……”

“在这个星球上，”斯塔西疲惫地重复说，“有上百万的孩子都陷入这场灾难里了。要么都帮，要么谁也不帮。我同意带上你的朋友，这已经很为难了，奇克列伊。”

“我自己背着他。”我鼓起勇气说。

“呵，”斯塔西边说边把手提包扔到地上，“你试试拎着它吧。”

我拎了一下，确实够重。不过，显然比里昂要轻些。

“我可以。”

斯塔西三两下用被子将里昂裹起来，扛到肩上就出去了，没再多说什么。

“对不起，”我对里昂的弟弟妹妹说了声抱歉，他们睡在自己的小床里，被那奇怪的、绝非人类能有的梦纠缠着，“请原谅我们。”

我的小手提箱放在门槛边，我抓起它，满心沉重地追上斯塔西。

我们从好几辆汽车边走过。直到看见一辆很小的吉普车，斯塔西才满意地嘟囔了几句。他居然打开了车门，门锁甚至没发出任何异常的声音。斯塔西又在驾驶控制板上鼓捣了一下，也成功解锁了。

他把里昂放到了后座上，然后冲我点了点头，“上车。”

我坐到里昂的旁边，把他的脑袋放在自己腿上，防止被颠来颠去。里昂这会儿依旧昏睡不醒。

“他这到底是怎么了，船长？”

车猛地启动，拐上了穿越整个旅馆园区的主路。

“他现在处于再生状态，奇克列伊。”斯塔西不情愿地回答，“根据我们的情报，这种昏睡状态要持续五到六个小时，伊涅伊要攻击星球的所有人，所有人都会被控制。再生之后，人们就会心甘情愿地和伊涅伊联合。”

“那里昂还有救吗？”

“不知道。”

车驶出旅馆园区，上了公路，可让我吃惊的是，斯塔西并没有直奔空港，而是开向了城里。

“我们为什么往那边走？”我惊惶地问。现在我是去哪儿都成，哪怕是回卡利耶，只要能远离新科威特。

“我想到苏丹皇宫看一下。昨天，皇宫按我的建议开启了力场防护罩。也许政府得以幸免……那样就有机会召唤帝国舰队来救援。”

“您认识苏丹？”虽然惊魂未定，我还是颇感震惊。

“是。”

“斯塔西船长……那您其实是可以说句话求苏丹给我居留权，是吧？”

“小孩子的小事儿我不管，”斯塔西的声音里透着疲惫，“你以为我跟苏丹谈话的时候，还能想起来有你这个小孩存在？你可真是看得起自己。”

我不再说话了。我用双手紧抓住里昂，把他放得更稳些。路况极佳，斯塔西的驾驶技术也超棒，但车速真的太快了，我们没办法不左摇右晃。

“过去有一本书，名叫《堂吉诃德》。”斯塔西又突然开口说道，“书里的主人公认为，必须扫除他在路上遇到的一切不公平现象。举个例子，如果看到凶恶的主人暴打了为他做工的小孩，那么他就必须惩罚这个主人，然后才能离开。而他走了以后，那个主人会怎么对那个孩子，这个天真的骑士从来也没想过。你明白了吗？”

“难道苏丹有这么凶？”

“那倒没有，可我这么做，会惊动他的秘密警察，他们会严密监视你，让你手足无措，直想找个墙缝钻进去。再说，我从来不管……”

“不管小事儿。”我赶快替他说完，“谢谢，斯塔西船长。”

我们开进了城里。体量不大、十来层高的小楼一幢接着一幢，这大概是居住区。看上去，这里完全没有任何异样，路灯都亮着，广告灯箱都闪着，户户灯火通明。我欣慰地欢呼：“看啊，船长，这里一切正常！”

确实，几乎每扇窗户里都看得到人影。他们都身穿节日盛装，或是翩翩起舞，或是在桌边举杯品茶，在壁炉边闲谈。还有人在装饰新年枞树、组装火箭，是庆祝宇航日常用的那种模型……

我摇了摇头。这景象实在令人困惑。

“你真是在一个很落后的星球长大的，奇克列伊，”斯塔西语气柔和，“这个叫背投窗，已经流行十来年了……在新科威特，几乎每幢房子都装这个。你可以录下一些热闹的节庆场景……像是婚礼、新年、生日什么的，然后每到晚上，你的窗子就从里向外投放这些画面。每个人都极力要向周围的人显示，自己有多会享乐，过得有多好，住得有多舒适。如果自己没那个想象力，或者不会布置房间，也没关系，可以找设计师定制。”

“啊，我在书里读到过这个。我明白了，哪里都没人，街上也没车。什么都没有。该不会，这里的人也都中招了吧？”

某扇窗户上正在展示婚礼场面。新娘很年轻，大概才十七岁，在亲吻同样年轻的小伙子。这情景很诡异……实际上，这家的主人早已上了年纪，孩子可能比我还要大，可婚礼就这么经年持续着。窗户上的人在举行婚礼，而真正的夫妻俩正躺在里面的床上，口水流个不停……

“你喜欢这种流行装置吗？”斯塔西问。

“不。”我回答。

“我也不喜欢。我连一般的录像都不喜欢，奇克列伊。照片也是。真正的记忆是留在你心里的。”

车驶上了一条宽阔的大道。又过了五分钟，我们来到了苏丹的皇宫。皇宫非常漂亮高大，大概只有地球上皇帝的宫殿才能比这儿更气派些。

斯塔西低声叹了口气，随后恶言恶语、不断声儿地咒骂了一阵。虽然用的是一种我不熟悉的语言，我一个词也没听明白，但毫无疑问他是在咒骂。

“在这些尖顶和圆顶上面，奇克列伊，”斯塔西说，“现在已经笼罩着另一种力场了。他们干得漂亮啊，极其完美的防护。我真是低估了伊涅伊间谍的实力。”

吉普车在空荡荡的大路中间掉头往回开。

“要是空港那边的人也都中招了呢？”我低声问。

“那又怎样？”

“没有空港人员的批准，飞船能起飞吗？”

斯塔西很勉强地笑了笑，然后说：“‘能’和‘不能’，在特殊的情形下，意义会截然相反。”

“斯塔西船长，为什么我们两个都没事呢？”我斗胆提出了半小时前就开始折磨我的一个问题。

“我不知道，奇克列伊。我是有一些特别的能力，而你是个平平无奇的孩子。可是伊涅伊的间谍在你面前没法儿隐身，他们用来占领行星的那种武器，对你也不起作用。”

我像是浑身被浇了一盆冰水。

我紧紧握住里昂的手，那手软塌塌的，没有一点儿活力。

我居然还以为……我几乎以为，斯塔西船长也把我当作朋友。

实际上，他只是在完成任务。他没能阻止住伊涅伊的间谍行动，却得到了两个特别的孩子。一个正好处于再生进程中，另一个能抗拒敌人的神秘武器。

“你朋友怎么样了？”斯塔西问我。

“没什么事，”我回答，“还睡着呢。”

“我现在要再加速了，”斯塔西说，就好像我们现在还不够快似的，“你把他抱紧点儿，好吗？”

我没有答话，但把里昂抱得更紧了。一幢幢房子瞬间闪过，被远远抛到后面。那些灯火通明的窗子里，还在跳舞、吃饭、聊天的人们过不了多久就会成为无助的傀儡。

他们大概都不会意识到发生了什么。

6

空港和城里一样，一片死寂，如同荒漠。到了这里，我们才不断地见到陷入昏睡状态的人们——在停车场上的出租车里，在出入通道，在毛玻璃制成的门卫岗亭里。

“他们并不是顷刻间就陷入昏睡的，”斯塔西四下打量一番之后说，“你发现了吗？没有撞车、翻车的情形，也没有跌倒在地的。看上去，是所有人都突然想睡上一觉，就近找个地方躺下了。”

船长说的没错。我还发现，有几个人虽然躺在人行道上，但还把手提包、背包、文件夹之类的东西枕在了头下。有个岁数大的男人甚至还把自己的风衣铺到了草地上，打开行李包，拿出了一顶睡帽——只不过没来得及戴上。这场面如果出现在电视上，喜剧效果绝对足够。

我牢牢跟着斯塔西，同时四处张望，想要观察到更多情况。我自己也说不清为什么要这样做。

我和斯塔西几乎同时发现了一个正常人。

这是一个坐在轮椅里的老人。他正缓慢地从一座航站楼里驶出来，也在四处张望。看到我们后，他立刻就大叫起来，声音出奇地有穿透性：“站住，站住！”

我们停住脚步。我注意到，斯塔西非常平静，好像并不担心会有什么不测。

轮椅加速冲到我们面前。老人把怀疑的目光投向斯塔西，厉声问道：“你要把这个可怜的孩子拉哪儿去？”

“给您三个选项猜猜看，现在还能把人往哪里拉，”斯塔西用反问代替回答，“失智儿童庇护所？奴隶市场？或者随便什么远离这里的地方？”

老人点了下头。他岁数很大，但并不显得老态龙钟，身上穿的衣服看着很名贵，袖扣都是宝石做的，领带很花哨，真皮皮鞋锃光瓦亮。他坐的轮椅大概也要比一般的汽车值钱。只是他的神经元接口是古董级的，跟他这个人一样有年纪，接口口径有五六厘米，上面附有好几种现在早已不用的插口规格。我在卡利耶都很少看到这种接口。

“我叫尤里，”老人说，“尤里·谢麦茨基，不胜荣幸。”

“我叫斯塔西，”斗士也颇为郑重地回答，“这是奇克列伊，睡过去的男孩叫里昂。您需要帮助吗？”

老人摇了摇头，“感谢您，不必费心。在空港，我们有将近两百人没睡过去，都集结在了‘阿斯特拉罕号’上，那里的容纳能力最强。因为我拿不了什么重东西，就负责在空港四下里搜寻搜寻正常人。其他人都在往飞船上运昏睡者，能运多少运多少吧……大概两个小时之后，我们就起飞。”

“是吗?!”斯塔西显然是被惊到了，“这太好了。祝你们顺利。”

“您不准备加入我们吗？”老人也吃惊了。

“不啦，谢谢。我有自己的飞船。超小型的，不用其他船员。两个孩子我也一起带走。”

“跟我们一起走不是更好吗？”尤里问，“我们的飞船上有驾驶员，有领航员……”

“不用了，”斯塔西仍然拒绝，“我更愿意靠自己的能力。我也建议你们尽快起飞，不要做那些危险的善举了。”

“不要看不起我们！”老人高声辩驳，“就算是对整个星球来说九牛一毛，我们也要尽力而为。”

“你们的飞船带武器吧？”斯塔西改口问道。

老人不屑地一笑。

“请务必小心，”斯塔西接着说，“务必要小心……”

说到最后一个词，斯塔西的嗓音又有了微妙的变化。

老人脸上的笑意消失了。他胡乱整了整神经元接口上的馈线，吼了起来：“妈的，你不是那个阿瓦隆的法戈斗士嘛！这是发生什么了？瘟疫吗？还是外星入侵？”

“我还不知道。咱们走吧，奇克列伊！”

我紧跑着追赶斯塔西，边跑边苦涩地思量脑子里刚冒出的想法——挺疯狂的，但是……

“赶快向皇帝报告这里发生的一切！”老人追在后面冲我们大喊，“听到了吗？我给你们那傻瓜骑士团捐了七十年钱呢！你们好歹也管点儿用吧？”

我们跑进了航站楼里，自动门还好使。那老人也自顾自地走了。

“我在阿瓦隆见过他两次，”斯塔西突然对我说起，“他是一个搞畜牧业的企业家，养猪专家。他到这里来真是没赶上好时候……”

“他们能成功离开吗？”

“不知道。”

昏睡的人们躺满了好几个大厅，我们一路穿行，来到了登船控制终端。安保人员、执勤检票的姑娘，还有一个端着盛满咖啡杯的托盘的服务员也都趴下了。大概是这里的工作人员感觉到了奇怪的困意，想到要用咖啡因提提神儿。

“那个老头儿的同伴在那儿。”斯塔西指给我看。远处有十来个人，基本都是上了年纪的。他们在昏睡的人群里转来转去，挑出一些人——基本上都是孩子们——放到担架上。

“我知道是怎么回事了，”我对斯塔西船长说，“我知道什么人会昏睡过去，什么人不能！”

斯塔西一边叹了口气，一边把通向旅客等候区的门解了锁。里面的人也全都处于昏睡状态。

“你是想说，关键在于是不是老旧的神经元接口？没有无线传输功能的那种？”

“是，是啊……”我的激动一下子跑没了。

斯塔西转过身来，看到我一脸失望，拍了拍我的脑袋。

“别灰心嘛。你的观察非常到位，不过……无线传输针对的是机械效应设备，汽车、电脑、轮椅什么的。虽说也能接收信号，但带宽太窄，不可能对人的心理产生作用。”

“完全没可能？”我问了个蠢问题。

斯塔西耸了耸肩，“我们掌握的情报是根本不可能。要想对心理产生哪怕一丁点儿影响，也得好几个月连续不断地——我要强调一下——得是连续不断地往接口传输信息！往整颗行星发送这么大的信息流，肯定会被发现。建立能远程传输的神经元接口，安全是第一位的。就是因此，输入带宽才出奇地窄。走吧，奇克列伊。”

“可问题总归还在于接口……”我意犹未尽，“所有人都……”

“我的接口就带无线接入功能，”斯塔西没容我说完，“从第三代芯片开始，‘增强型’就都带无线插件了。那又怎么样？”

我彻底没了争论的欲望。

斯塔西弄了好几下也没打开等候区的外门，于是，他干脆用自己的等离子鞭把门上的玻璃切开了。我站在一边，看着一个昏睡的小伙子。他比我稍大一点儿，怀里紧抱着一架昂贵的音乐合成器。我很好奇，他为什么要把乐器从盒子里拿出来呢？小伙子的外表一如那些常见的音乐神童——他们的音乐会能向整个帝国进行现场直播，让家庭主妇们兴奋若狂。想必他的账户上有好几百万信用点，有私人保镖和豪宅，他的耳朵、手指和接口应该都有天价保险。可此刻的他，躺在那里口水不断，白色裤子被尿液浸透，而我，安然无恙。真是奇怪。

“奇克列伊！”

我赶忙跟上斯塔西。里昂在斯塔西的肩头上没知觉地左右摇动，也许等我们飞离了这个星球，他就会恢复知觉吧？

出口附近停了一辆巴士。斯塔西把司机搬下去，又把里昂放稳在乘客座椅上，我坐在里昂旁边。车在空旷的停机坪上跑了起来。

“我们的统计分析数据不充足，”斯塔西突然开了口，“知道这意味着什么吗，孩子？从每一个被伊涅伊占领的星球上逃脱的人都不超过五个。那些人……全都不一样，看不到任何关联。倒是大部分人都没有无线接入，可一些带有最新型芯片的人也没有受影响。”

“您早就知道一切会是这样吧？”望着闪烁着灯光的建筑物，我问道。

“我们也就是猜测……奇克列伊，你的确挺较真儿，又善于观察，那你就来告诉我：一个带最新型接口的年轻电脑天才，和一个根本就没有接口的孱弱老者，他们有什么共同之处？一个贵格教派的牧师，一个富有的商人，一个有钱的浪荡鬼，还有抚养着几个孩子的妈妈，用的都是普通的中级接口，他们之间又有什么共同之处？”

我一时无言以对。里昂呼吸平缓，他身上裹着的棉被滑落了下来。我突然发现，他也尿裤子了。

“斯塔西船长，你看，里昂他……”

“我知道。背着他的时候我就发现了。”斯塔西似乎在笑话我。

“不是，您没明白我的意思！这和载流运算时的状态很像！您知道吗，我第一次做上线测试的时候也是这样。我躺在‘瓶子’里，完全没有办法控制自己，那里还专门备有……”

斯塔西迅速瞥了我一眼，然后集中注意力开车，又过了一会儿，他才说：“有道理。可是信息流是从哪里来的呢，奇克列伊？”

“我不知道。可这一定就是载流传输状态！”我的看法愈发肯定，“我自己有过载流经历，我知道！”

“我真是喜欢你的固执，”斯塔西若有所思地说，“一个小男孩能从采矿星球逃生，能让没心肝的宇宙行商们善心大发，也就只能靠这一点了！”

这恭维话听着有点儿可疑，可还是让我觉得高兴。

“到了。”斯塔西把巴士停了下来。不远处有一艘特别小的飞船，直径只有十来米。

“我还以为您开的是一艘大战舰呢。”我脱口而出。

“超小型飞船一个人就能驾驶，”斯塔西回答说，“可以不用雇湿件做运算工作，你不知道吗？”

我微微一怔。我之前从没有想过这一点，如果斯塔西有自己的飞船，飞船上理应也有“瓶装大脑”！

“我这里没有运算湿件，”斯塔西的语气变得柔和，“放宽心啦……必要的时候，我也会找几个人连线运算，但一般情况下不需要。飞船的体量越小，超空间通道导航需要的数学计算设备就越简单。”

飞船的舱门打开了。我们迈进了狭小的密封通道。斯塔西迅速关上舱门，四下环视一圈——墙壁上的一些设备开始感应启动。他的接口真的带有无线传输功能。

“我不敢说这里有多舒适，但我们能靠它神不知鬼不觉地离开这里，”斯塔西说，“也能替你的朋友想想办法……”

“您这里有仪器可以检查他的大脑吗？”我问道。

“检查他是不是处于载流状态？”斯塔西问。

我点了点头。

“奇克列伊，我们的时间可能非常有限……”斯塔西说到一半又止住了。他挥了下手，然后把里昂抱进了一间屋子里。

那里是控制室。面积并不大，控制台前面有三把座椅。座椅后面有一块不大的开放式空间，放置着由两面暗色玻璃制成的半透明圆柱隔离罩，里面各有一台我熟悉的床座。我顿时浑身发起抖来。

“抱歉啊，可这是最简单的诊断方式了。”斯塔西边说边打开了一面隔离罩，把里昂放进里面，又抓过来一条馈线，插到了里昂的神经元接口上。

我紧咬嘴唇，默默看着自己的朋友。他还羡慕我曾经做过载流运算呢，傻瓜！

“过来，奇克列伊，”斯塔西叫我，“你看着啊……”

床座的一头亮起了一块屏幕，上面出现的符号我全都看不明白。斯塔西给我解释道：“他的大脑很活跃，但我不认为这是在载流运算，因为他其实是在独立状态下工作的。不过，数据结构确实又像是载流运算。”

“他运算的是什么内容？”

斯塔西耸了耸肩，“能知道就好了。现在我们测一下流量大小。”他用手指在感应操作屏上划了几下。

“速度惊人啊！”斯塔西诧异地说，“啊，葡萄糖浓度降得这么快……你这位朋友现在是满负荷……你知不知道，奇克列伊，人的大脑其实很喜欢工作和思考。在载流工作状态下，大脑能动员起全部资源来处理数据，但不幸的是，在这个过程中，大脑不做任何判断，因此，参与目的决策功能的那块脑部区域就成了多余的，这多余的部分就会慢慢萎缩……真是见鬼！”

他不再说话了，全神贯注于屏幕上的数字。

“有问题吗？”我急切地问。

“奇克列伊，这可不是一般的信息流，这简直是大瀑布啊！”

“里昂有危险？”

“他糟糕透了。”斯塔西抓起了我的一只手，“他现在的工作强度相当于载流状态的三倍……也是，他并不需要跟外界交换信息……奇克列伊，再过上几个小时，你的朋友就会彻底没救了，他会变成正常人载流两三年之后的状态。”

“斯塔西船长……”

“我斯塔西都四十岁了，奇克列伊，可真是没遇到过这种情况。”

“可以让他终止运算吗？能不能催眠他？”

“他现在就处于睡眠状态，奇克列伊。要想阻止大脑工作，就只能把他杀了。”

“休眠！”我大叫起来，“您这里有休眠舱吗？”

“有倒是有，可休眠的准备工作得花费一昼夜呢。不能就这样把他冻起来。”

我自知说了蠢话。人要想在休眠状态中维持生命，而不是“眼睛里带着冰碴儿”躺在那儿，需要把身体里所有的水分都固化，与特制的辅助剂结合起来。准备休眠的过程至少也得要十个小时。

“那他就只能变成白痴了?”我问道。

“他会成为伊涅伊星需要的那种人。”斯塔西直起腰，摊开双手，“这情况实在不同寻常。意识状态跟载流很接近，但不是一码事儿。”

我摸了摸里昂的手，又看了看斯塔西，然后说：“给他接入载流吧。让他做运算，算什么都行。”

“什么?”斯塔西不解地皱紧眉头。

“一个任务可能会排斥另一个任务吧?”

斯塔西眯起了眼睛。他看了看里昂，显出一丝疑虑。

“如果这要了他的命呢? 你能为自己的朋友做这个决定?”

“能。”我从未如此艰难地说出一个词来。

“奇克列伊，我可是从来没有用过运算湿件……”斯塔西挥了一下手，“你会帮他固定好吗?”

“应该吧。毕竟我自己经历过。”

几分钟后，里昂被关在了透明的玻璃罩里面。斯塔西坐到控制台前，迅速接上自己的馈线。飞船抖动了一下，之前一直处于待机状态的设备瞬间开始运行。斯塔西的眼睛好像被一层眼罩蒙住了，此刻的他已与飞船合二为一，能感知每一组插件、每一条线路和每一个处理器。

“坐好，系好安全带，插好线……”斯塔西嗓音紧绷，一字一顿地说，“我们准备起飞，奇克列伊。”

我一坐下来，座椅就开始自动调整，适应我的身体。安全带也随即自动就位。我只在电影里看到过飞行员如何在船舱里操作系统，不过，现在看来一切还算顺利。

“连线……”斯塔西的语气还是那样凝重，“我把外视画面接给你，尽快适应一下。”

我理了理头发，连上了接口插头，即刻就失声惊叹起来——一个全新的世界在我的面前出现了。

飞船的控制室瞬间消失，我像是跃上了十多米的高空，能从各个方向俯瞰地面。我能看见远处的城市；看见一群人正抬着担架缓慢地向一艘巨大的客运飞船集结；我还看见其他飞船动静全无，一派死寂。

我感觉到身边还有一个人，他身量高大，神态友善，忙个不停，像是一团蓝色的火焰，在我的视野边缘跳跃。很奇怪，虽说我现在能全视角观察一切，但火焰还是随目移行，总居于视野的一侧。

“斯塔西船长？”我怯生生地问，随即意识到我并没有问出声。

“是我，奇克列伊。”火焰变得真切了些，“我实在忙不过来，你就四下里好好看看，好吗？”

我漫目四望，完全陶醉于新奇的景观中。这可完全不像是接入学校里那台只有十来个老旧摄像头的电脑。那里能看到的世界像是拼贴画，斑驳一片，而这里能看到浑然一体的全景。

“太了不起了！”我由衷地赞叹，不过马上又回过神来，“斯塔西船长，里昂怎么样了？”

“我现在就让他载流。”

我稍稍放下心来，继续自己的观察。我向上看去，超空间通道的入口就在高高的天穹中，像是真空中一块深不可测的虚空。

真是壮观……

“要是那艘客船也能顺利起飞，那可真算是一次大胜利，”斯塔西说道，“可以载入记录。”

“那您就不再需要我了。”我补上了一句。

斯塔西沉吟了片刻，“说什么呢……”

“不就是这样吗？”我反问他，“我和里昂都是您的研究需要。”

“那样的话，我还给你的朋友上载流做什么？”

“那也是……你的实验。”

也只有在此刻，在飞船的虚拟空间里，我才敢对斯塔西说这些话。要是真的面对面，我怕是不敢冒这个险。倒不是真的害怕，就是觉得……开不了口。

“奇克列伊，”沉默片刻后，斯塔西又开口了，“从你的角度来看，你的推论有理有据。可实际上不是这么回事。我们认为，在不确定的情况下，应该采取最符合道德观念的行动。事实也证明这样做是最正确的。没有人想研究你，你的朋友也是。你偶尔回答一些问题，就已经可以帮到我们了。愿意不愿意是你的权利。我会带你到阿瓦隆行星，也会帮助你取得公民身份。事实就只是这样。”

接着，他就从我的视线里消失了。他把自己给屏蔽了。

星际骑士也会生气呢。

我勉强分辨着自己的身体部位，用手摸到接口，把馈线拔出来，脑袋顿时疼了起来。我往斯塔西那边望去，他正盯着那片虚空，脸色严峻。他在为起飞做准备，他得独立完成，就算是借力于运算湿件，也无法全然放松，况且，他还不得不面对一个胆小鬼的指责。

斯塔西只是一心一意想要帮我，真的是这样吗？甚至比帝国守法公民的相互帮助要慷慨得多？在全世界看来，这都是不讲理智，不合逻辑，徒劳无益的！

如果这符合常理，那么我生活的那颗星球可以说是荒谬之极了。那里的一切都本末倒置——我的父母根本就不应该死，而那个凶巴巴的女监理官应该是一心为我着想。

而这也意味着，我也应该按不同的方式生活，不再对法律和秩序顶礼膜拜，应当对自己的一举一动深思熟虑。

“斯塔西船长，”我鼓足了勇气，“您原谅我吧。我真是傻透了。不过，我会跟着您学的。”

斯塔西转过头来说道：“检查一下安全带，奇克。我们这就起飞。”

我很清楚安全带没问题，但还是立刻行动起来，检查确认。已经很久没有人称我奇克了，打从告别宫的大门在父母身后关上起。

这是我第一次意识清醒地乘坐飞船。一切都足够新奇迷人，然而总有更重要的事让我分神牵挂、惶惑不安，或许是我一直为里昂担心，为新科威特没能成为自己的第二故国而惋惜，也可能是因为前途未卜，万事难测。

斯塔西操控飞船跃入超空间后就停下手来。在通道中跳跃时，需要保持住一定的角度和速度，否则就可能无法到达目的地。

“开始计算方向？”我问。

斯塔西摇了摇头。他显然已经退出了智能导航模式，愈发忙碌起来。

“我们要等一下‘阿斯特拉罕号’，奇克列伊。他们有可能会成功逃离新科威特星……”

“他们还没有起飞吗？”

“没有。”

我们等了很久，大概有两个多小时。再没有一艘飞船进入通道，也没有一艘从通道中飞过来。

“阿斯特拉罕号”没能起飞。那个精神头儿十足的轮椅老人，还有其他人，都滞留在了下面。

斯塔西的脸色越来越阴沉，后来变得愈发扭曲，像是在强忍疼痛。接着，他打开了一块显示屏。

新科威特的新闻频道正在播出突发新闻。苏丹提出了行星加入伊涅伊联邦的问题，让全民开展讨论。

他看上去完全正常。换作以前，我肯定想不到这个人已经在他人的控制之下了。他侃侃而谈的也都是些听起来非常睿智的内容，什么由六个行星（“这还并不是上限”）组成的联邦可以让新科威特在帝国中占据应有的地位，什么伊涅伊和新科威特之间有着悠久的友好关系、文化和商贸往来，什么全球人民对这样的决定已经期盼已久。

“他们被洗脑得可真彻底，”斯塔西说，“所以‘阿斯特拉罕号’才没能起飞。那些被他们装进飞船的昏睡者醒过来了，所以……”他没再说下去。

“在一个人的脑中植入程序，改变他的思维，是不是很复杂？”我好奇地问。

“很复杂。奇怪就奇怪在这里。这应该是一套极其庞大的程序，不像是简单地把人杀死或者是剥夺他的意志，而是完全重建心理架构。就算是用最好的接口，那也得连上一昼夜。通过无线接口载入根本不可能。”

我集中精神思索起来。几昼夜……覆盖全体人民……绝对不可能，再狡猾、再超能的伊涅伊间谍也做不到。不可能强行连接所有人嘛！

我突然想起，自己曾经有过一连几个小时不断线的情况，尽管特别不愿意，可那是考试前……我还是自己主动连上学校的电脑呢。

“斯塔西船长，伊涅伊是颗什么样的星球？”我问了另一个问题。虽说承认这点很丢人，但我确实对我们的敌人知之甚少。

“最一般的星球。”斯塔西摇着头说，“发展程度中等，实力比阿瓦隆或者伊甸园要弱，跟新科威特差不多。气候确实是差一点儿，可也还在标准范围以内。那里制造飞船，开采矿物……娱乐产业挺发达，出产很多虚拟剧集、肥皂剧什么的……你应该看过吧，像是《幻影之路》？”

“我没看过，”我实话实说，“我们那儿很少会订购娱乐节目。您说的剧集有意思吗？”

“我其实也没看过，”斯塔西像是在安慰我，“干我们这行，奇克，真是顾不上娱乐……”

他忽然停住了，目光盯紧着我。我第一次见到法戈斗士变得如此惊慌失措。我赶快开口，抢先说出自己的想法：“剧集……剧集不就是通过接口看的嘛！插上线坐定在那里，整小时整小时地看，每天都看。这么日积月累下来，能传输的信息可不少啊！”

“奇克……”斯塔西用拳头猛地砸在膝盖上，“终于让我们弄明白了！无线接口只是触发器，是执行程序的信号！他们早在入侵星球的几个月前，甚至几年前，就已经通过各种剧集安装好了程序。等时机一到，发出一个强大的脉冲信号，程序就会全面启动！”

我转身看着里昂，问道：“现在能有办法帮他了吗？”

“还说不好。我们早怎么没……”斯塔西忽然发出了一声苦笑，“人类几百年来都一直在给自己洗脑。神经元接口技术出现以前，洗脑工具是普通的电视、广播和书籍——千百年不断地强迫、欺骗人们去做他们根本不需要的事情！伊涅伊……而现在，一切只不过是又向前迈了一步。”

如果不去想里昂，不去想被愚化奴役的星球，不去想噩梦可能才刚刚开始，我现在本该是世界上最幸福的人。

“谢谢你，奇克列伊，”斯塔西接着说，“你可能是帮我们省下了一天或是一周的时间，也可能只是几个小时，但这足以救下一颗星球了。你可别太得意啊！”

“为什么不能得意？”我傲气地问，“本来就是我……我们一起弄明白的……”

“奇克，不论是谁，不论什么时候，都不会知道你发挥过的作用。就像没人知道人类和紫姑种族达成和解的原因，也没人知道地球上的天主教大圣战是如何平息的。”

“这些难道都是你们的功劳？”我一下子泄了气。斯塔西提到的这些历史事件，一年级的孩子们都知道，“难道不是哈里顿诺夫船长从半身人的飞船上救下了紫姑人的女王，并且成了她名义上的丈夫？不是伊玛目[1]约翰在暴乱者要起事的时候在广场上自焚的吗……斯塔西船长！”

“奇克列伊，在你的身体里有几百万个微小的吞噬细胞。你可知道是其中的哪一个把你从癌症或者感染中救下来的吗？”

“可你们没有几百万啊！”

“当然，比那要少。我们一千人都不到。顺便告诉你，我们的数量是个机密。话说回来，我们就是噬菌体——静静地在银河系中游荡，追寻危险，剪除祸患。这是我们的骄傲，也是我们的弱点——做的是无名英雄，还要承受世人的挖苦和嘲笑。时间长了，这可能会把我们扼杀殆尽。可我们的敌人，他们可不会嘲笑我们，奇克，从来都不会。我

1. 阿拉伯语音译，意为“领拜人”。

看，你是有问题要问吧？”

我盯住他，欲言又止。答案已经呼之欲出，再问出口就显得自己太蠢了。

“斯塔西船长，我能当法戈斗士吗？”

“肯定不行。我非常遗憾，奇克列伊。一名斗士早在怀胎孕育之时就开始准备了。你永远也不可能达到我们战斗时需要的那种运动速度。你的感觉器官太弱。你已经出生了，这就意味着你太老了。”

我忍不住笑了。不过，斯塔西是认真的。

“诚实、聪明、健康都还不够。你得有坚定的意志，有执着的精神，要有直觉，除此之外，还需要与生俱来的体能。要能够一个人对阵二三十个全副武装的敌手，要能扛得住一般人无法承受的重负。比如像这样……”

他从口袋里掏出一枚价值半个信用点的硬币，只用两根手指就把它卷成了个小圆筒，接着又把它捏成了薄薄的金属片。

“拿着吧。”

我接过了那片金属。热热的，简直烫手。

“我们的工作里，这类情形比你想象的要少，”斯塔西委婉地说，“可有时候还是会出现。你可以接受训练，你也能变得比一般人，甚至比帝国伞兵要强壮得多，灵巧得多，就像那个留在旅馆里的伊涅伊间谍。但法戈斗士在任何情况下都不会落到那步田地。”

“噢，”我频频点头，“我明白啦。真抱歉。”

斯塔西也点了点头，“斗士你是当不成了，但是你可以和我们在一起。独来独往的阿瓦隆骑士若是想纵横星际，挥金如土，进出王宫官府如履平地，就需要有几十上百人鼎力相助，安排筹划每一次行动。要是在安宁祥和的阿瓦隆星上的某处，你绞尽脑汁搞出了些稀奇古怪的东西，并能让帝国秘密档案记录在案，甚至被某些鲜为人知的星球的本地新闻大肆渲染，我会很欣慰的。你可以做咨询，做分析，然后向我施令，让所向无敌的超级英雄隆重登场，尽管他们十次有九次都是无功而返。”

我笑了笑。我是觉得很委屈，但同时也很高兴。斯塔西是认真的。

“现在我们要快点儿飞了，奇克列伊。要把我们搞清楚的东西告诉他们。你会见识到超空间跳跃是什么感觉……第一次跳跃是很有意思的。”

“等一下，斯塔西船长，”我急切地解开了安全带，“给我两分钟，可以吗？”

他微笑着点了点头。

“不，不是您想的那个。”我说，“我要上线载流。”

这回我真的让他大吃了一惊。

“为什么，奇克列伊？”

“我的朋友在线上。他一个人，肯定很难过。要是我跟他一起载流，也许会……是，我知道，可能没什么差别，可万一他能感觉到呢？万一这能对他有帮助呢？”

我边说边起身走到另一张运算湿件的床座边，开始脱衣服。

“你会把自己的大脑搞坏的。”斯塔西沉默片刻后说道。他并没有转过身来，只是坐在原地，身体僵硬，若有所思。

“就一次跳跃，应该不会有事的，不是吗？您自己不是也说过，人做事不能总循着理性。”我躺到那张可恶的“重症病号专用”床座上，扣好固定皮带。

“我真是遗憾你已经出生了……”斯塔西低声说，“你本可以成为一名真正的阿瓦隆骑士。保重，奇克。我会尽快飞到阿瓦隆，不光是为了伊涅伊和新科威特。”

我用力点头，虽说他看不见。不过，他能感觉到的，不是吗？我握住馈线，将它插进了接口。我又看了一眼里昂——透过那层暗玻璃，他的脸显得很忧郁，仅此而已。

深思熟虑后从容行事，原来并不是件难事。有那么点儿不习惯，有那么点儿害怕。但是，不是难事。

“保重，斯塔西。”我闭上眼睛。

II

欢愉冬日

法律是道德的拐杖。

Танцы на снегу

1

走近巴士站的时候，我的后脑勺挨了一记雪球。

我可真没办法适应！这股冷劲儿，必须穿上特制的冬装才行。这就已经够人受的了，还到处是雪！当然，我知道雪为何物，但知道雪和看到雪、摸到雪、走在雪上可完全不是一码事儿。

更别说被一个结结实实的雪团打中……

我转过身来，一边跳着脚，一边把手伸到领口里，掏出了已经开始融化的雪团。罗西和罗琪跑到我跟前，笑个不停，一点儿都不觉得自己的恶作剧给人添了乱。他们是一对双胞胎兄妹，名字起得拗口难念，跟我的差不多。

“你好，奇克列伊，”罗琪说，“我扔得准吧？”

“真准。”我郑重其事地回应她。雪团在领口里留下了一片湿冷的水迹，不过已经渐渐变暖了。

“我跟她说了别捣乱，”罗西插了一句，“可她是个无可救药的笨蛋，你知道的。”

可我还是觉得，扔雪团这主意就是罗西想出来的。他虽然比妹妹性格沉稳些，但鬼主意向来不少。

“没什么事儿，我就是不太适应，我们那儿从来不下雪。”

“没有冬天？那多没意思啊！”罗琪脱口而出。她片刻也闲不住，一会儿挥舞戴着亮橙色棉手套的双手；一会儿甩掉手套把手捂进棉服的口袋；一会儿又把歪到脑后的贝雷帽压到额头上。大家都告诉我这个冬天还算温暖，也就比零度低一点儿。

可我还是被冻得够呛。

“你跟我们来吧？”罗西接着问我，“我们想玩一会儿牌，还差一个人呢。伊万也来。”

“不啦，我没时间。”

“怎么了？”罗琪抓住我的手，紧盯着我的眼睛，“你生气啦？原谅我吧，以后再也不用雪球打你啦。”

“我过两个小时要上班，”我跟他们解释，“今天我夜班。”

罗西的眉头皱了起来，“是吗？你可真忙，像个大人……”

“我还不算是大人，”我说道，“可我有公民权，我得挣钱养活自己。”

想来奇怪，我们其实是同龄人。不过，我看罗西和罗琪的时候，包括看班级里其他同学的时候，都觉得他们是乳臭未干的毛孩子，而我，是个大人，是个智者。也许是因为我有过在新科威特的经历？或者是因为我在卡利耶长大？他们可谁都没有见识过社会监理机构或生活保障金，也没人有机会去跟踪监视伊涅伊的间谍，帮助真正的阿瓦隆骑士；他们的父母都健在，还对他们呵护备至，会在需要的时候鼎力相助；他们也都不用工作，顶多也就是假期的时候在“麦克·罗宾快餐店”打打工，挣点儿零花钱……

“可惜可惜，”罗西叹了口气。他是个好小伙儿，不刻薄，虽说有时候也会开些让人下不来台的玩笑，“那就明天吧？明天是休息日，做什么都可以。”

“行，”我表示同意，“明天一早咱们再商量，好吧？”

我要坐的巴士来了。我拉了拉这对双胞胎兄妹的手算作告别，然后上了车。其实也可以再等一个小时，坐免费的校车走，可我赶时间。

像当初斯塔西建议的那样，我如今在为阿瓦隆的法戈斗士们工作。确切地说，是加入了一个属于他们的部门，不大的办公室位于阿瓦隆城市兰茨港的市中心，我就定居在这里。这是一个小城，比不上阿瓦隆的首都卡米洛特，但我非常喜欢。

哪怕是有这样的冬天。

我坐在车窗边，身旁是一位穿着灰色合成裘皮大衣的胖阿姨。她一会儿看看自己包里的战利品，一会儿又拿着信用点卡计算着什么，眉头越皱越紧，大概是花销账目没对上。后来，她从口袋里掏出了一个能播放视频的小盒子，打开电源开关，同时收好信用点卡，双手放到膝上，神情渐渐稳定下来。

我也应该算算自己的开销了。斯塔西在新科威特给我的那些钱已经所剩无几，再过上三天，我会拿到自己的第一笔工资。但……自己操持生计，支付七七八八的账单，采买食品和生活必需品，这些事做起来实在不易。我想不明白，当初爸爸妈妈是怎么应付这些事的。

我望向窗外，开始张望兰茨港的街道。妈妈一定会喜欢这里的，因为有雪。她经常说，一年里有季节变换才是正常的。爸爸一定也会喜欢这里。

对卡利耶，我实在是痛恨得咬牙切齿！

但人是可以就那样活上一辈子的，甚至不会去怀疑外面的世界有什么不同。时至今日，我的那些朋友们——格列布和达伊卡，还有其他人，他们都还生活在卡利耶。那里也冬日将至了，但唯一的变化不过是阳光会更加暗淡而已。他们仍然要付钱去呼吸空气，继续津津乐道关于可怕变异人的奇闻逸事，看那些老旧的娱乐节目，毕竟行政当局没钱用在采购新节目上。

我都能理解。帝国有两百多颗星球，每颗星球上的种族都有各自的活法。有富庶的，像地球、伊甸园、阿瓦隆……也有像新科威特那样的，自然条件优越，但突遭不测。还有的星球，就像我的故乡卡利耶那样被殖民——因为需要找个既能安顿流放犯人、又能开采矿物的地方。后来，矿物变得可有可无，帝国里犯罪的人也越来越少，于是卡利耶就被世界遗忘了，人民自生自灭……是的，这些我都理解，但还是非常难过。

“彩虹街站到了，”位于我座位上方的扬声器响了起来，“如果您要继续乘坐，请补足费用。”

我不打算继续乘坐，我到家了。

我起身下了车。

兰茨港的地名都很动听。彩虹街、太阳大道、绿茵花园路、黄昏广场、雾港滨河街……只要听听这些地名，你就能知道，在这座城里生活的都是好人。我听说，这里的春天格外美，到处都种着从地球移植来的板栗树。有一种会开花的本地树木，名字很滑稽，叫“果落地”。“果落地”的果实很小，有一种感热特性，一旦有人从旁边走过，果实就会脱离枝条落到地上，它的花籽会随风飘散，沾到行人或者动物身上，几分钟都不会掉下来。花籽没有黏性，只是带静电。

这都是以后的事儿了，先得熬过这个冬天，春天才能开始。春天一定很美，这我毫不怀疑。

回家之前，我走进一间小食品店，买了一份物美价廉的速食午餐，还有一个面包和两瓶汽水。女店员认识我，她友善地向我点头，“冻坏了吧，奇克列伊？”

“还好，”我摇了摇头，“不算太冷。”

“还是要戴上帽子再出门。”

“在包里，”我向她解释说，“我不习惯头上戴东西。”

“你得习惯啊，奇克列伊，”女店员微笑着撩了撩我的头发，“你可是个独立的大人啊。”

她像是在取笑我，但并不让人生气。

“行，我以后注意，”我边说边把食物装进包里，“再见啦。”

我住的房子是政府提供的——临时不定期限使用，专为从“灾区星球”来的难民安排的。对于阿瓦隆人来说，这套房子可能又小又简陋，但我非常喜欢。有四个房间，一个厨房，还有一个很大的玻璃密封阳台，从那儿能看到森林和湖泊。听人说，夏天的时候，兰茨港的居民们喜欢在湖边野餐。现在湖面冻上了，被银色的薄冰覆盖。夜晚的时候，湖面能反射出月光。

我乘电梯到了八楼。有时候我也会爬楼梯，就当是锻炼身体。我打开门，悄悄走进门廊。

客厅里电视在响。我驻足细听。

“前方是机械守卫，戴默尔！”

“掩护我！”

等离子枪响了，从冷凝剂排放的声音判断，应该是连续发射模式下的军用“彪马”。我等了三秒钟，但是“彪马”的弹药储备仍然没有消耗完。我又等了五秒钟，冷凝剂还在排放，等离子枪还响个不停。在卡利耶的实验室，可没有枪管能挺得过十秒钟。

我甩掉棉鞋，脱下棉服，走进客厅。里昂正坐在椅子上，两眼紧盯屏幕。

“嗨，里昂。”

“嗨，奇克列伊。”他随声回答，但眼睛并没有离开屏幕。屏幕上几个被盔甲包裹的人形正蹦来蹦去，朝着一只巨型蜘蛛开火，蜘蛛形外星生物被打得血肉横飞，但并没有屈服的意思。

我倚靠到椅子的扶手上，看着里昂，而我的朋友两眼还死盯着屏幕。

“你不想上厕所吗？”我问他。

“想。”他想了一下才回答。

“去吧，里昂。快站起来，到卫生间去，把该做的都做了。”

“谢谢，奇克列伊。”

里昂起身走出去了，跟正常人没有两样。

我和斯塔西没能把他救活，真正意义上的救活。上线载流确实阻断了伊涅伊植入的那个软件，但里昂的意志力还是丧失了。他变得跟“克利亚兹玛号”上的凯奥尔差不多，可能还差些。我们需要提醒他做所有事——不是因为里昂会忘记洗脸或者吃饭，而是因为他并不理解这些活动的意义。他什么都不想做。

最可怕的是，他一切都明白。在心灵深处，经历过的一切令他备受折磨。

里昂回来了，又旁若无人地坐到了椅子上，就好像我并不在房间里。他留下的唯一一个爱好就是看电视，电视如磁铁般吸引他。运算湿件们常常出现类似情况……

“你吃过饭了吗，里昂？”我刻意问他。

“吃了。”

我跳起来，盯住他的眼睛，好像里昂能撒谎似的。

“真的？你真的吃过了？你是想吃东西了吗？”

“真的吃过了，”里昂回答，“我想吃。”

难道真的这么快？

大家都认为里昂早晚能恢复正常，会跟从前一样。他们说，大脑——特别是儿童的大脑，是极具灵活性的系统，小孩子的意志力总能恢复如初。一开始会表现在最低级的需求上，也就是医生所谓的“求生欲望”，接着就会慢慢彻底恢复。可谁都没想到，里昂能恢复得这么快！

“里昂……”我低声说，“你知道我有多高兴吗？你太棒了！”

他什么也没回答，是啊，我并不是在问问题。

“那你，是不是把碗也洗了？”为了能让他开口，我又找了个话题。

“娜佳洗的，”里昂倒是回答得很快，但我的那股高兴劲儿一下子没了。

“是娜佳让你吃的饭？”

“是。她来了，问我想不想吃饭。”我的朋友平静地回答，“我说想吃。我吃了饭，她把碗洗了。我们聊了一会儿，后来我就开始看电视了。”

“很好。”我又夸了他一句，尽管已经没有任何高兴可言，“我去上班了，里昂。我会很晚才回来。等电视关了以后，”我从地上捡起遥控器，快速设好了定时，“你就去睡觉。把衣服脱了，盖好被子，睡觉。”

“好的，奇克列伊。我都明白了。”

我几乎是从房子里跑着出来的，并不是赶着去做什么，但还是立刻冲出门外。我站在楼梯间，紧咬嘴唇。我太伤心了！真是有苦说不出！

“奇克列伊……”

我转过身来，看见了娜佳。她是位护士，就住在隔壁。我跟她商量好，请她帮助照看里昂。她房门上的猫眼可能有程序设定，我一出现就给主人发出信号。

“您好！”我立刻跟她打招呼。娜佳的年纪并不算很大，也就三十岁左右，但总是一副非常严厉的样子，嗓音粗粝沙哑，应该是吸烟过多所致。她确实是一个好人，但不知为何，在她面前我总会手足无措。

“我去看了看里昂，给他吃了饭。”

“原来是这样……”

娜佳向我迈近了一步，并端详了我一番，“有什么不对吗，奇克列伊？”

“我还以为是他自己想吃东西……”

她叹了口气，掏出一根烟点燃，然后有些自责意味地说道：“天啊，我完全没想到这一点……”

“不管怎样，他一定能恢复的。”我斩钉截铁地说。

“没错，奇克列伊。”娜佳沉吟了一会儿，然后看了看我，“可也许……把里昂送到国立医院去治疗会更好些？他们不是答应了免费接收里昂吗？那儿的专家很不错，你信我的没错。”

“我信。但是，他最好还是跟我在一起。”

“你害怕休克疗法？”

我点了点头。我的确害怕。我被指定为里昂的正式监护人，所以医生跟我详细说明了治疗方案。

“有时候，这是会让人觉得很残忍，”娜佳同意我的观点，“做饥饿测试，痛感刺激……可你也应该明白，奇克列伊，在治愈运算湿件损伤后遗症方面，那间医院有很丰富的经验。就算疗程不太愉快，但你的朋友可以早一两年过上正常生活。”

“在饥饿的人面前摆放上食物，却不许他吃，是这样吧？”我缓缓地说，“等到里昂没有饥饿意识的时候，再命令他必须吃东西！”

“不是命令，是强制进食。可这样能让他形成做出独立判断的冲动，他就会渐渐开始有所决断了。”

“还有，特制的椅子会对他进行电击，他还得在强噪声和高分贝警笛的环境下睡觉，还有……”我说不下去了。那些做法光是历数一遍都会让人厌恶至极。

娜佳把烟卷摁灭在墙上，防火漆发出吱吱声，泛起泡沫，瞬间便把火星熄灭了。很多人都这么干，我们楼道的墙面到处都是泡沫的疤痕。可楼长每每问起墙面的事，却总是怀疑我！

“奇克列伊，身为医护人员，我可不能同意你的看法。”娜佳无奈地说，“不过，你确实很聪明，也是个值得信赖的朋友。等列娜奇卡长大了，我一定让她嫁给你。”

我傻笑了一下。列娜奇卡是娜佳的女儿，才五岁，我对她的亲吻和拥抱毫无招架之力。她直截了当地宣称我是她的哥哥，等她从学校毕业就会嫁给我。她如果总这么缠着里昂就好了，反正里昂也无动于衷。

“行啦，你也别怕，很快她就不会再把自己舔过的糖果塞给你吃啦，以后她就该求你给她讲法戈斗士的故事了。”娜佳安慰我说，“要坐我的车上班吗？”

“不用了，谢谢，我坐巴士去。”我赶紧回答，“您晚上再帮我看一眼里昂吧，我担心他又会看电视不睡觉。”

“我一定过来看看，”娜佳一口应承，“按也会把他按到床上。你别担心。”

我舔了舔食指，然后伸进了安装在办公室门边的感应凹槽里。同时，我还得把眼睛凑近门上的虹膜扫描探头——这东西其实是小儿科，真正可靠的还是基因验证。指纹可以伪造，虹膜可以移植，密码可以通过酷刑获得，而携带基因的上皮组织细胞和血细胞同时存在于你的唾液当中，查验这个要可靠得多。

每次把手指按到感应器上时，我都有些神经紧张。凹槽的下面有一根注射了特殊药物的针，能让人在两秒钟内丧命。如果基因分析显示来者是外人，那针就会顶上来。

当然，一切正常。门顺利打开，门框上方有盏绿灯闪烁起来。我迈进门去，跟警卫打了个招呼。

“你好，奇克列伊，”警卫说，“今天来得很早嘛。”

“反正没什么事干。”我随口说道。

同事对待我的态度让我非常舒心。谁都不会计较我的年龄，不会因为我是从其他星球来的而看不起我，也不会对我有所迁就。

当初斯塔西跟我商议去处时，列出了三个工作让我选择。第一，去分析中心收集帝国各地信息；第二，去法戈斗士的宇航基地做技师——在那里工作上一段时间，能更容易进入宇航飞行学校；第三就是来这儿，一个研制武器的小公司。

我选择了武器公司。

主要原因是，这里工作不多，不必把里昂交给医院照顾。总的来说，我没觉得后悔。我的职务是初级技师，办公室也不是我一个人用，我和鲍里斯·塔拉索夫一起，他是高级技师，也是我的上司。

塔拉索夫已经在办公室了。他身材瘦高，头发几乎剃光了，只是在头顶留下了一束长发。一开始，我被他这副模样吓了一跳。好吧，也不算是吓着了，只是觉得尴尬。但很快我就发现他是个挺好的人。想来，世上的好人还是比坏人要多许多。

“你好，你好啊……”我一进门，便听到了塔拉索夫的问候。他正盯着基因验证仪的显示屏，上面有一组复杂的肽链在旋转。他是从监视器的倒影里看到了我？

“您好，鲍里斯·彼得洛维奇[1]，”我大声回应，“我来早了，没关系吧？”

---

1. 鲍里斯·彼得洛维奇是塔拉索夫的名字加父称。按照俄罗斯人的习惯，称呼对方的名字加父称，是一种尊重。

塔拉索夫在椅子上猛然一惊，转过身来，盯住了我，表情看起来很意外："奇克列伊？可别这么突然大呼小叫，能把人吓出病的！"

"您不是跟我问好吗……"我很委屈地说。

塔拉索夫惊讶地扬起眉头，"问好？我跟你？啊……过来过来，奇克列伊。"

我走到近前，看了一眼分析仪的托盘，上面躺着一根等离子鞭，时不时微微晃动。原来他是在研究这个……

"我是在跟这个操纵元[1]问好呢。"塔拉索夫一边向我解释，一边手指屏幕，"看到了吗？"

"看到了，可是不明白。"我坦白回答。

"残次品，"塔拉索夫继续解释，"净给人添麻烦。你知道吧？等离子鞭是跟使用者关联的，只能一个人用。"

"知道。"

"可这条鞭子没这特性。给第一个法戈斗士，没反应，给第二个，也没反应，给第三个，还是没有。当然，不能排除个体适应度偏差的情况，毕竟是仿生机制嘛，复杂得很。可这个家伙，谁都不想接受。没辙啦，这属于基因残废，在生产阶段就出了问题。"

"能修理好吗？"我摸了摸这条等离子鞭，问塔拉索夫。法戈斗士的等离子鞭特别像一条蛇，长度在一米左右，覆盖着一层银色的鳞片，头部扁平。这条鞭子时不时稍稍抬起头部，但整个鞭身基本没动。

"修理？奇克列伊，等离子鞭不是机器，是活体，没法儿修。但理论上说……"塔拉索夫陷入沉思，"理论上说，也没法儿修。另外，从价格来看也不值得。你知道为什么除了法戈斗士谁都用不了等离子鞭吗？"

"这是军事秘密。"

---

1. 生物遗传学概念，又称操纵子、操纵组，是一组关键的核苷酸序列，对其加以控制可以进行基因调节。此处人物借此代指正在适应性调试中的等离子鞭。

“有一些改进型号确实是秘密，可我们还会把一些样品提供给帝国的相关部门，有时候斗士会牺牲……武器会落到敌人手里。奇克列伊，关键一点是，等离子鞭使用起来格外复杂，制造起来又出奇昂贵。那些恐怖分子或是间谍都愿意使用更简单，同时更有杀伤力的武器。”

“那为什么斗士一定要用等离子鞭？”

“你见过等离子鞭是怎么使用的吗？”塔拉索夫不无嘲讽地问，“不是在实验台上，而是在实战中，在有经验的斗士手中？”

“见过。”

塔拉索夫笑意顿消，点了下头，“噢，奇克列伊，我忘了……怎么样，能感受到它的威力吧？”

“那还用说！”

“问题就在这里。法戈斗士就应该被传奇围绕，让人们去敬仰，去畏惧，去猜测。而等离子鞭要比用最好的爆击枪更有效果。这一条鞭子的造价就顶得上一辆帝国军队的坦克呢。”

“嚯！”我惊叹起来。

“可修理这鞭子，”塔拉索夫又接着说，“比建造十辆坦克都贵。毕竟，这可是最高水平的基因手术！所以说，”他敲击了一下键盘，从打印机里滑出了一张纸，显示屏随即变黑，“我们来写一份核销报告。”

其实没什么可写的。固定格式的表格里已经填好了等离子鞭产品缺陷的全部数据、出现缺陷的可能原因，还有建议——报废拆解。我们只是勾选了几点选项（是塔拉索夫勾的，我只有对他的解释点头称是的份儿），签了字，在相应的栏目上摁了手印。塔拉索夫把表格放进扫描器里，就去小卖部买咖啡了。

我来到分析仪跟前，透过加固玻璃看了看那根鞭子。许多人都不喜欢蛇，我也不喜欢，但等离子鞭毕竟不是蛇，也不像蛇那样扭个不停。

它是生化材料、机械装置和神经组织的结合体，神经组织不是取自蛇，而是老鼠。所以大家都说，等离子鞭在智能水平上跟老鼠差不了多少。

“你运气不佳呀，”我对鞭子说，“倒霉虫子。”

那鞭子扭转了一个圈，把三角形的头部伸到了正中间。它好像是听懂了我的话！在灯光的照射下，鞭子的视感微晶闪了闪。

打印机又响了起来，吐出一张核销报告的副本，带着会计部的审批意见。

“你要咖啡吗，奇克列伊？”塔拉索夫已经回来了。

我摇了摇头。

“那两杯就都归我了！”我的上司心满意足地说，“今天没睡好，不知道是压力高了，还是……”

“您有高血压？”

“什么高血压，说什么呢！是气压高了，奇克列伊。”

我顿时脸红了，赶紧解释：“我们那里的人都住在穹顶里，气压是恒稳的，我忘了这里不一样。”

塔拉索夫嘿嘿一笑。他呷了一口咖啡后把杯子放下，打开了分析仪的顶盖，抓住等离子鞭的尾部，递到我面前，“拿着。别怕，它的主能量源已经被拿掉，喷不出等离子束了。”

我用双手小心地接住鞭子。它给人温暖、柔软的感觉。

“你知道拆解机在哪里吧？”塔拉索夫问我，“去吧。完全拆解，别忘了把回单拿回来。”

我点头，双手捧着等离子鞭出了房门。拆解机在走廊的尽头，厕所边上的一个小房间里。

真应该让塔拉索夫自己来拆解。不管怎么说，这条还有些活气儿呢。可话又说回来，我要是想在这里工作下去，应该学着自己做各种事，哪怕做起来令人不快。

放置拆解机的房间里没人。那台大家伙悠然地嗡嗡响着，正在处理什么垃圾。我按了一个钮，接收端口伸了出来，那是一个很厚实的陶瓷托盘。

“修理你的费用能做十辆坦克呢，这可怪不得谁啦！”对鞭子说完这句话，我把它放进了接收端口里。信息屏上立刻显示出了目标物体的重量和金属含量。我选择了模式——完全拆解。这意味着，等离子鞭先要被碎裂成块状，然后磨碎溶解，接着再将其聚合为微小的颗粒。我尽力不去看那条无力翻动着的鞭子，设定程序后就转过身去。我要赶紧走开，不去理会任何动静。

有什么东西猛然扣住了我的手腕！

我惊叫一声回过身来。接收口已经在收回关闭了，可等离子鞭的一截突然从那里窜出来，紧紧绕在了我的手腕上。我一时间吓傻了，只觉得等离子鞭这是要把我也拉进接收口，和它同归于尽！要不然，就是想报复，把我的手给拉断！

不过，拆解机也不是笨蛋，收纳端口被等离子鞭卡住后，立即停住并回退。信息屏上闪出了一行提示：

"请检查接收盘中目标物体状态，无法密封。"

就在这时，等离子鞭迅速跳出了接收盘，钻进了我的衣袖里！

我的第一个想法是大叫救命。这鞭子是发疯了？还是说它真正意识到了自己已死到临头？可它不可能这么聪明啊！

然而，我没有叫出声，也幸亏没叫，因为等离子鞭立刻就安稳下来，软软地、几乎察觉不到地缠绕在了我的手腕上。鞭子的头部探出袖管，等离子流发射口一张一合，就好像好斗的蛇一般对着拆解机吐出信子。

这条等离子鞭能够接受我！

它顺利完成了对我的关联进程！

我站在原地呆若木鸡，试图想出解决办法。跑到塔拉索夫那里去？那样的话，等离子鞭还是死路一条。它不是活物，是机器，既然它能接受某人，那就是说，它再也不会为别人效力。可我又不是法戈斗士，也永远无法成为斗士，只有斗士才能携带等离子鞭……

我的腿都在发抖了。

我猛甩胳膊，指望鞭子能够脱落。一点儿用都没有！手指头都快被我甩掉了！

“快滚开啊！快松开！”我这会儿大叫了起来。

环绕着我胳膊的鞭子突然间落到了地上，开始慢慢地往回爬，爬向了接收端口，没有半分抗拒或迟疑。它真的不像是机器，而像是一条听话的小狗。

“站住！”我脱口而出。

等离子鞭停住了。它居然能理解我的命令！

显示等离子鞭重量的数字还在信息屏上闪动。我赶快拿出了自己的信用点卡，调出计算器功能，记下了两个数据：重量607克，金属含量9%。

拆解机的旁边有一只垃圾桶，里面扔着各种非涉密垃圾，我们一般是晚上才将其统一处理掉，免得启动机器太多次。我开始从那里往外掏碎纸、咖啡纸杯、巧克力包装纸、脱扣的螺丝钉和坏电路板什么的。我这是干什么？这可是违法犯罪，要遭审判的！我会被赶出阿瓦隆的！

可是，我现在做不到把这鞭子投到拆解机里！

我从来没有养过宠物。要想养条狗或者一只猫，需要为数不小的社会保障金，我父母无法承受这种奢侈。他们曾答应过，在我十四岁的时候送我一只真正的小老鼠，养老鼠要缴的社会保障金不算太多。但是，已经没机会实现了……

我把拣出来的东西一样一样放到收纳盘里，直到重量达到了607克。把金属比例调到想要的数值就比较难了，我没把握能否做到。我使劲儿要折断一根不知做什么用的钢丝（真正的斗士折断这个肯定不在话下，一般的成年人大概也还行），这时，等离子鞭从袖口里溜出来，同那钢丝接触了一下，钢丝立刻断成了两截。

“9%。”信息屏上显示出了数字。

我将手指放在按钮上，一直站着没动，想要把乱作一团的心思理理清楚。就在这时，从走廊里传来了脚步声，我下意识地按下了按钮。

接收端口闭合了，拆解机愉快地嗡嗡响起来。

拆解回单打印了出来。

往回走的时候，我的脚步都不灵活了。等离子鞭在我的右胳膊上打着盹儿，一如在法戈斗士的身上。衣袖看上去很平坦，难以察觉。一般的探测器都不会发现等离子鞭的存在。它的设计十分精妙，金属的部件分布很均匀，缠在胳膊上的时候，无异于一般的手表。我自己戴的手表是最廉价的那种，塑料做的，根本就没有金属成分……

“鲍里斯·彼得洛维奇，给您。”我把回单递给他。

我的上司仔细看了看那张纸，接着慢悠悠地把它贴到了核销报告上，然后问我：“不难过吗，奇克列伊？不觉得那条鞭子很可惜？”

“不过就是坏了的机器嘛。”我装出满不在乎的样子。

塔拉索夫点了点头，“是啊。你说得对。坐下吧，分析一下昨天的实验数据，方法知道吗？”

“知道。”

“这个倒是不急，不过今天弄完最好。我先离开一下。”

塔拉索夫拿起核销报告走了出去。我坐到了自己的电脑前，连接上神经元接口的馈线。

我全身直抖。

我都干了些什么呀？

2

回到家时天色已晚，房间里悄然无声，想必娜佳已经来过，喂里昂吃了饭并让他躺下睡了。

等离子鞭还贴在我的手臂上。

办公室的探测器没有发现它，我顺利地离开了，把这件非常贵重又极其机密的武器带回了家。我偷了东西！偷了我的朋友法戈斗士的东西。我可是靠着他们才能从新科威特获救，又在这颗行星上找到安身之所的。

如果能时光倒转一回，我大概不会拿走这鞭子。可一切都为时已晚。太晚了。我现在能做的只有把这鞭子毁掉，可要是毁了它，又何必偷它出来呢？

我现在是个罪犯了，偷来的赃物还毫无用处。要是有人看见我拿着等离子鞭，一定会流言四起。在阿瓦隆这样的星球上，孩子们不允许带武器。

我在房间里惶惶不安，试图通过电视来分散注意力，但播的都是些娱乐节目，越看心情越乱。我给自己做了个三明治，又烧了壶开水，可全然没有吃东西的欲望。我干脆进了卧室。

里昂安详地睡在自己床上。我摊开自己的床褥，脱衣躺下，几乎感觉不到手臂上的等离子鞭。大概斗士们都是这样，对自己的武器习以为常，不再过多关注。

"晚安，里昂！"我在黑暗中说了一句。

他没有回答。

我躺到了枕头上，伸了伸懒腰，尽量轻手轻脚，怕惊醒里昂。如果爸爸妈妈此时此刻能在身边该有多好！那样就可以把一切对他们和盘托出，让他们替我找到出路。成年人见多识广，他们总能知道该怎么办。

不过，成年人有时候也会犯错误，会茫然无措。而每到这种时候，他们依然会装作自己所作所为全是对的。

我甚至不想做祷告。现在我已经很少祷告了，也许是因为我意识到了，祷告并不能消灾解难。

早上，我被一阵低语声吵醒。我睁眼往里昂的床看去，果然就是他在嘀咕。里昂经常在夜里这样，只不过一般都说些含混不清的话，而现在我却能分辨出他说的词语来："马上……马上……马上……"

我打了个寒战。里昂这是在说梦话。我想起来，从前妈妈催我起床时，自己也是这样撒娇拖延的："马上……马上我就起来……再躺一分钟……"

"里昂！"我大声叫他。

"马上就……"他不高兴地叨咕。

一时间，我觉得他已经完全正常了。我要是摇晃他，把他叫醒，他肯定会大喊大叫："真是的，都不让人把梦做完！"接着还会用枕头打我的脑袋。

"里昂！"我大叫一声跳起来，跑到他床前，摇起他的肩膀，"醒醒，到点啦！"

他睁开了眼睛。

"里昂，起床啦！"我恳切地央求。

他乖乖起来了，打了几声哈欠，又冷得抖了几下——我夜里把房间的温度设得有点儿低，现在还没来得及打开暖气。

"里昂……"

他赶紧站起身来。

我坐到他的床上，继续说："你别怪我啊，我觉得你已经痊愈了，是不是？"

里昂沉默不语。

"你什么都明白，我知道。"我继续说着，但眼睛并没有看他，而是看着天色渐明的窗外，"你什么都明白，也觉得痛苦。里昂，你要跟自己斗争，要强迫自己。你一定会痊愈的，大家都这么说。不过，也可能要好几年。到那时候，我们都成大人了，想法都不一样了。可我们才刚成为好朋友啊……是不是？"

他还是沉默不语。

"坐下吧。"我要求他。里昂坐了下来。我把被子披到了他的肩上，然后说："你也知道，我现在根本没有亲朋好友。我的朋友格列布和达伊卡都在卡利耶，可他们那么遥远，现在对我来说就等于不存在，只能怀念。我的爸爸妈妈也都死了，是为了我能活下来。虽然有斯塔西，但他有自己的生活，自己的事情，我已经有两个星期没见到他了。还有塔拉索夫，我跟你提过他，可他只是我的同事。而罗西和罗琪，他们根本就是小孩，不是吗？坦白说，他们都还不懂事儿呢！这个星球太好了，我也很想像他们那样，可是这不可能……我已经出生了。而你跟他们不一样，你能理解我，我感觉得到。”

里昂没说一个字。

“我还干了件蠢事，”我低声嗫嚅着，“可怕的蠢事……”

我抬起右臂，把缠在臂上的等离子鞭给里昂看，好像指望他会说出点儿什么。

“他们会发现的，”我突然意识到这一点，“肯定会发现。这事早晚会暴露的。到那时候，谁都不会留在我身边了，连斯塔西都不会跟我讲话。现在这份工作也会保不住的。里昂，你加加油吧！赶快好起来！也许，我们能一起想出好办法。”

里昂一直沉默不语。

“你躺下吧，想睡的话，就躺下再睡一会儿。我们今天到罗西和罗琪家去做客，一起玩点儿什么。你不反对吧？他们是不是对你挺好的？”

“是挺好的。”里昂开口了。起码他还是能明白我是在问问题。

我把他身上的被子拉了拉，就跑去客厅了。我打开电视，盘腿坐到转椅上。客厅里要暖一些。

到底该怎么办呢……

我手臂上的等离子鞭前端微微抬起，好像是在探寻危机来自哪里。

“你给我老实待着！”我含着眼泪说。

我们没去罗西和罗琪家。

罗西在八点的时候打来了电话。想来，要是他知道我早上五点就醒了，一定会五点就打电话。

“奇克列伊，有个好主意！”他甚至连个问候都没有，就直截了当大叫起来。

“坚决同意。”我实在是在电视机前坐够了，立刻就答应了下来。

罗西嘻嘻笑着说：“爸爸给了我们一辆车！咱们开去森林里，来次野餐，怎么样？”

“你还会开车？”我感到惊奇。

“我不会。”罗西有点儿小醋意，“但罗琪会，她有驾照。不过是有限制的，需要成人陪同。”

“那谁跟我们去呢？”

“笨蛋！你去啊！你从法律上说不是成年人了嘛，谁都挑不出毛病！”

“你们父母同意了吗？”

罗西又嘻嘻笑起来，“当然啦！你知道我父母有多信任你吗？‘非常有出息的青年人，别看才比你们大一点点’！”

他学自己父亲说话的神态向来十分到位。

“我还真是有本事呢。”我心里犯着嘀咕，“那就去吧。”

“那我们再有一刻钟就去接你。”罗西说，“父亲要跟我们一起到你那儿，想看看我们是不是骗他。那就这样，好吗？不不，不是十五分钟，再过半小时，爸爸说他还要刮刮胡子！”

“好，我正好也要帮里昂收拾准备一下。”我爽快同意。

罗西似乎有点儿扫兴，但回答得倒还很有分寸：“好啊好啊，呼吸呼吸新鲜空气对他有好处。收拾吧。穿暖和点儿！还有那个……”他压低了嗓音，说得有些含混不清，“啤的，拿点呗！”

“什么？”

“就是，啤酒……或别的什么，啤酒或者是葡萄酒，你自己定！反正只有你能买到。行啦，待会儿见。”

我挂上电话听筒，忍不住笑出声来。他们还真是的，喝酒就那么好玩儿？

“小孩子……”我叹了口气就去叫里昂了。我冰箱里的确有啤酒，整整一箱。倒不是给自己喝的，而是以备斯塔西会突然来阿瓦隆，过来看我们。

里昂看上去很正常，像是一个有教养的乖孩子。他站在楼门口，穿得暖和又整洁，正耐心地等待着。

我背着一个挎包，里面装着啤酒、三明治，还有一只方便加热的盒装烤鸡。

罗西没让我们多等，半个小时后准时到了。前座上的罗琪手扶方向盘，一脸骄傲。她戴着毛线帽，穿着鲜艳的纯毛外套。这副打扮，更像是去听音乐会，而不是去森林野餐。罗西的穿着就简单舒适多了：合成材料的连体防寒服。穿着这身儿，能在雪地上睡觉，在冰水里游泳。

他们的父亲也坐在前面，跟女儿并排。他肩宽背厚，身材高大，一头蓬松的褐发，你怎么也想不到，他的职业会是温文尔雅的戏剧评论家。他跟所有人介绍自己时说的都是“洞察万象的戏剧评论家”，跟我也是这么说的。

他第一个从车里钻出来。罗琪刚把车停稳，还在解安全带，罗西在手忙脚乱地要把衣服弄服帖，而他们的父亲已经在跟我握手了。他用浑厚的低音向我问候：“早上好，年轻人。”

“早上好，威廉。”我回答。是他自己要求我只用名字来称呼他就行——“不要在意年龄差异”，好像这样我就能感觉自在些……不知道为什么，斯塔西就从不刻意忽视我们的年龄差异，可我跟他在一起却自在得多。

威廉咳了一声，故作神秘地跟我耳语：“真是个美好的早晨，很适合给我那两个小傻瓜来上一堂长大成人的课，是不是，奇克列伊？”

“是啊，威廉。”我顺着他的意思说。

威廉侧目看了看自己的“小傻瓜们”，然后对我眨眨眼，小声说道：“你们肯定带上了啤酒或者葡萄酒。不，不用回答，奇克列伊，我像你们这么大的时候是个什么样，我记得很清楚！不过，我请求你，作为一个自立、负责的人，从头到尾盯紧罗琪，喝酒后三小时内不要让她开车！”

“我……会的。”我回答。

说完了这番话之后，心满意足的威廉才转向了里昂。他大声说：“早上好，孩子！”

对他来说，只有我算是“小伙子”。

“早上好。”里昂恭敬地说。

“咳，我这老家伙就不唠唠叨叨烦你们啦，”威廉挨个儿拥抱了终于走上前来的罗西和罗琪。他那一抹微笑显然别有深意，让人一看就明白——再过二十年，他也不会认为自己是老家伙。

“爸爸，我们这就走啦。”罗琪马上说。

“车上的安全控件已经开启了，”威廉还是不住口地叮嘱着，“药箱也放好了。电话你们都带了？别忘了扣好安全带！”

“好，好，”罗琪在原地跳着脚，一口答应，“爸爸，你要迟到啦！”

“演出一个半小时以后才开始呢。”威廉皱了皱眉头。

“可剧院的咖啡厅已经开张啦。”罗琪两眼望着天，故作天真地自言自语。

当父亲的有些尴尬地笑起来，“没辙了，亲女儿都要赶我走……周末愉快啦，年轻人们！”

他亲了亲罗西和罗琪的脸颊，握了握我的手，在里昂的后脑勺上也轻拍了一下，这才奔街上去了。

“真烦人，”父亲刚离开，还没走出十几米远，罗琪就忍不住说，“大家上车！”

我有时也会说父亲烦人，那是以前的事。

不过，我并没有对罗琪说起这个，说了她也不会明白。

“我们走啦，里昂。”我边说边拉起他的手。

车很不错。一辆中等大小的吉普，配有优良的全自动装置。我马上明白了，为什么双胞胎的父母同意他们自己去野餐，因为车里安装有自动驾驶控件，如果罗琪有什么操作失当，就会切换到自动驾驶模式。这种车，就是喝醉了酒的人来开都没事儿。威廉大概正是因为这点才买了它。

我和里昂坐到了后座上，罗西和罗琪占前座。罗琪忙着重新打火，她刚才下车时把发动机关掉完全是多余的。罗西则转过头来，鬼鬼祟祟地跟我们说："知道我老爸去看什么演出吗？早场圣诞剧《明亮之星，美丽之星》。是给小孩子看的，讲的是第一艘到阿瓦隆的移民飞船差点儿要坠毁，是上帝临危降福，飞船才成功着陆！"

他忍不住边说边笑。

"还说呢，"罗琪声音里透着一丝鄙夷，"是谁去年看这出剧的时候还兴奋得手舞足蹈的！"

"没那事儿！"罗西矢口否认，"我那是笑得前仰后合！"

"那艘飞船真的是靠奇迹才降落成功的，"罗琪自顾自地继续说，"那是一艘特别旧的飞船，核动力的，在超空间通道里足足爬了四个月，物资储备也没有计算好。"

罗西不吭声了。一涉及宗教，他总免不了要跟妹妹吵架。罗琪认为有上帝存在，而罗西认为未必真有，就算是有，那也是在从前，如今上帝早已退休不问世事了。

这时候，我们已经上了大路。罗琪胡乱按了几个控制钮，车顶部开始变成单向透明形态。从外面看，吉普车还是通体黑色，但我们的视野极好，前后左右一目了然，像是坐在露天高台上。

"我说，你拿啤酒了吧？"罗西问。他妹妹正全神贯注地开车，而罗西得找找事情宣泄精力。

"拿了。"我回答。

"给我！"

我考虑了一下，应该不会出什么事儿，于是递给了罗西一瓶啤酒，也给了里昂一瓶，他没准儿也想尝尝。我自己也拿了一瓶。

罗琪也把手伸了过来。

“你可不能给，”我立场鲜明，“你开车呢。”

“你傻啊，这是全自动驾驶的！”罗琪惊讶道。

“不会给你的。我答应你父亲了，开车的时候不让你喝酒。”

“哼，我就知道，爸爸是听见你打电话要酒喝了！”罗琪把火枪口对准了哥哥，“扯着嗓子喊，全家人都听得见！拿来，给我喝一口！”

罗西拧开木塞，咂巴了一口，然后心满意足地笑着说：“那可不行，你开车呢，奇克列伊说得对。他是大人，我们要听他的。”

“走着瞧吧！”罗琪以威胁的语气对罗西说。她从外衣口袋里掏出了一只小扁瓶。罗西一看就叫了起来，“这是妈妈的！”

“不是妈妈的，是我的。妈妈上星期把自己那瓶弄丢了，”罗琪把头转向了我，眨了眨眼，“满瓶的白兰地，猜不到吧？”

“罗琪，你不能喝。”我请求她。

她大概是想听我的劝告。我能从她的眼神里看出犹豫，她根本就不想喝度数那么高的白兰地。可这时候，罗西满是挖苦地来了一句：“大人说话你听见了吗？”

罗琪立刻就拧开瓶盖，咕咚喝了一口，紧接着就翻起了白眼儿。我以为她一定会撒开方向盘，自动驾驶仪该派上用场了。

然而，罗琪很从容地拧上瓶盖，把酒瓶放回衣袋，转头去看路了。事实上，这一会儿工夫里，要不是自动驾驶功能强大，我们怕是已经掉进路边沟，或者驶上逆向车道数十次了。

“你真是厉害，老太婆！”罗西不由得敬佩有加，“奇克列伊，你看她，就这么空口喝烈酒！”

“没什么大不了的。”罗琪的嗓音有些嘶哑了。

她真是瞎逞强。我们倒是没被撞死，可她自己肯定有的受了。

“罗琪，你以后可别这样了，”我严肃地说，“我知道车能自动驾驶，但这还是挺吓人的。”

“好吧，以后再也不会了。”罗琪见好就收，表示同意。

十分钟后，我们都变得兴致高昂，大概是因为喝了酒。罗西打开自己那一侧的车窗，向超过我们的车辆不住招手。里昂很安静地坐在座位上，时不时抿上一口啤酒，我能感觉到，他很享受这趟旅程。

“我们去湖边吧，”罗琪提议，“行吗？那边可以升篝火，还有长椅。我们找个没人的地方，就在那儿野餐。”

她说话的声调比平时稍高点儿，但基本上一切正常。我有些怀疑，这并不是罗琪第一次尝试白兰地。

“就那边吧！”罗西表示同意，“太棒了。咱们在火上烤香肠吃！”

我也没有反对。我长这么大还从未参加过野餐呢，不知道该选什么地方野餐，也不知道该怎么准备。

很快，我们就从大路转到一条狭窄的岔路上，连个路灯都没有。又过了一会儿，我们直接开到了土路上。罗西解释说，森林里不允许铺设常规道路，怕破坏生态环境。

不过，这情况对吉普车来说都不在话下——不论是水泥路，还是土路，甚至是雪地。我们一直前行，罗琪全神贯注地控制方向。在她能够从容应对路况变化的情况下，自动驾驶仪不会有任何干预举动。很快，湖面出现在视野中。

我惊讶地吹了声口哨。这里可太美了！

在我们卡利耶的穹顶区也有一条环形河，河的一段沉入地下。另外还有一片小湖。但那道河和小湖都不是天然形成的，而是人工所造。即使那河岸看起来很自然，湖的形状也并不规则，但总让人觉得不是天然景致。

这里的湖差不多是圆形的，但并不妨碍它是片真正的湖！湖边那些老树不是什么人特意栽种的，而是自然生长起来的，有来自地球的物种，也有已经进化了的本土植物的后代。这里一定也生活着真正的动物，像是老鼠、兔子、狐狸什么的。树木的枝头上还压着雪，这跟我们卡利耶那里的雪枝树挂可不一样——有那么一次，在选举前，穹顶区的行政当局决定给民众搞一个真正的新年，便把温度调低，好多台喷水机一齐开足马力造雪……

这里有湖，有森林，有雪，可以放肆玩个痛快。我甚至想住在这里。找上一间小木屋，烧起木柴，把屋里弄得暖融融，再把森林里打来的猎物做成午饭，尽情享用。

一切都是真的！

“真好啊！”我赞叹不已。

车已经驶上了滨湖路。左边是森林，右边是覆满积雪的冰冻湖面。

“真是漂亮！”罗西也随声附和。

他们并不理解我的感叹。他们是富有的人，富有得不可思议，我叹为观止。在他们的生活之外，世界正浮沉于自己的坎坷命运之中。

而他们所热心的只是偶尔到湖边来搞个野餐。

我又看了看里昂，拉起他的手，低声说：“我知道，你能理解我。你不一样，你能理解。”

想来悲哀，在没人给出命令的情况下，他无法做出回应。他不会因为兴奋而大呼小叫，不会因为好奇而东张西望。他的境遇比我还要差，在他的头顶上，根本就没有天空，没有太阳。

我们从两三辆停在湖边的车子旁边经过。那些也是来野餐的人们。他们甚至还在车边搭起了保暖帐篷，支起了烤肉的桌子。有四个小伙子只穿着短裤在雪地上踢足球。真行啊！早上我看过温度计，零下三度呢！

“这是一帮‘海象’[1]，”罗西说，“他们每到周六就来这里休息，他们一会儿还要游泳呢，不信你看着。”

我们离开了“海象”，又往前行驶了一千米左右，停在了一处覆盖着积雪的小木棚旁边。里面有一张桌子和几条长凳，也都是真正的木头做的。稍远一点儿，往森林方向，还有一间环保厕所。这里四下无人，只有原始的大自然！

“就选这里吧，”罗琪把车停靠在棚子边上，“我们去年春天来过这

1. 在俄语中，海象（моржи）一词可代指冬泳爱好者。

里，那时候赶上了雷雨。你还记得自己是怎么把钓鱼竿给弄丢的吗，笨蛋？”

这回，罗西总算是有话可说了，“记得记得！那一次，某个小屁孩被蜜蜂给蜇了，那声惨叫，整个湖岸都听得见！”

罗琪不作声了。

我们从车上卸下东西，把各自的背包挂到了棚子里，然后清理掉桌子和椅子上的积雪，又把它们扫到外面，门边正有几把笤帚可用。罗琪摊开了一卷不透明的塑料帘布，把棚子围了起来，免得冷风直窜，接着又往一只小炉子里扔进几块压缩燃料，用旅行火柴点着了火。

“罗琪是我们家的荒野生存专家，”罗西说，这次他没有任何嘲笑挖苦的意味，而是由衷地为妹妹感到自豪，“在森林里，跟着她绝不会有事。”

“再过半个小时，大家就能脱外套啦！”罗琪骄傲地宣布，“而现在我得离开一会儿，小伙子们。”

罗琪往厕所去了。我跟罗西开始把食物摆放到桌子上，架好便携电视机，拆开餐具盒子的防护包装。罗琪和罗西准备充分，什么都没落。

倒也可以给里昂找点儿事做，可那样就得一次又一次地给他布置任务。

“咱们就是拓荒者，”罗西说，“就像那些征服阿瓦隆的殖民先锋，手持激光枪，用试管采集微生物。面对蛮荒，不惧险恶！”

他说的这些大概都是从教科书里搬来的，不是自己想出来的，着实有些夸张。

罗西转头就把这茬儿给忘了，想起了还有事没做，“你先热热三明治吧。我要给妈妈打个电话，告诉她我们到了。电话还放在车里呢。”

我把三明治放进了微波炉，按下加热键，同时看着罗西在雪地上蹦蹦跳跳往车那边去。他有时候是刻薄了些，但总归是个好孩子。

我惬意极了，甚至都忘了那早晚要让我吃苦头的等离子鞭。

“里昂，你想吃东西吗？”我问。

“想吃，”他回答，“吃三明治。”

有进步！以前我需要再向他提第二个问题，才能知道他要吃的是什么！

“给。”我走过来，把一只夹着火腿肉的三明治递给他。他接过去，但并没有马上吃。

“你是想要别的？”我猜测说。

“是，夹奶酪的。”

我飞奔向微波炉，差点儿没跌倒，奶酪三明治热乎乎的，还嘶嘶响着，奶酪片已经融化其中。我把那只夹火腿的留给了自己。

“里昂，你已经好多啦！真的好多了，我注意到了！”我兴奋地说。

可他好像又缩回了壳子里，开始默默地吃起三明治。这时候，罗琪和罗西同时回来了。

“哈，吃的弄好啦！”罗西叫起来，随手把电话放进口袋里，“太棒啦，奇克列伊，把啤酒拿来！”

“这么早就喝？”我问。

罗琪撇了撇嘴，“你不是说过，我不能酒后马上开车吗？”

我没再争辩，给了每个人一瓶啤酒。棚子里已经变得暖和多了，我们纷纷脱下外套，罗西也把连体防寒服的拉链拉开了。

“奇克列伊，听说你想提前毕业？”罗琪问我。

“是的。”我回答她，“我算了一下，我能用三年学完所有的基本课程。”

“按正常节奏走多好啊，”罗西说道，“跟我们一起嘛。你为什么要那么急呢？”

我耸了耸肩，没再说什么。要怎么跟他们解释好呢？说跟他们一起端坐在教室里听课，然后再到武器实验室上班，或者自己搞搞家务，这一切让我觉得很可笑？无论如何，我都没有办法变得跟他们一样。

“边上学边工作太吃力了，”我说，“这有什么难理解的？你们最好也早点儿毕业。”

“学校多有意思，”罗西说道，“提前毕业太可惜了。上学又好玩儿，又没有那么多责任负担。”

“也是，大概吧。”我没再坚持。

我们又你来我往争了两句，但并没较真儿。他们基本上能理解我，只是不愿意我离开。

“你应该去宇航学校学习。”罗琪又说道，“爸爸之前说过，你会成为一位好飞行员，因为你做过运算湿件，所以会善待湿件们的。爸爸说这有利于社会和谐。”

一阵难言的苦闷压上我的心头。斯塔西当初极力劝说我在工作的同时找一所普通学校上学，他说“跟同龄人多交往，对你的平衡发展有好处”。我听从了，但内心并不认可他的说法。现在我也是同样的感觉，大家的建议似乎都对，可是我不想做飞行员，不想去“善待”运算湿件。把好端端的人变成不会言语的傀儡，这本身就是一种卑劣的做法。只有法戈斗士的超小型飞船不用运算湿件，可那样的飞船屈指可数。

“咱们去冰上兜兜风吧。”罗西建议。

“你是脑袋缺根弦吗？车会掉下去的！”罗琪顶了他一句，“那么薄的冰！”

“不是开车上去，就是溜冰玩。”

罗琪耸了耸肩。

“走吧，奇克列伊？”

“走！”我立即表示同意。我还从没在冰上玩儿过呢。一定很有意思，那么光滑的冰面！

我们拉开帘布跳出了棚子。里昂也被硬拉上了，我不想对他多作解释。

“啊啊啊！”罗西把手中的空酒瓶扔到一边，欢呼起来，边叫边跳上覆雪的冰面，一马当先地向前滑去。我紧盯着他，试图记住该怎么滑。

看起来挺简单的。先是助跑一下，然后上冰，双脚不动，只需要保持好平衡。在冰上跑起来可能比较难……噢，罗西是这么做的——高抬腿，小步跑几下，再往前一跳。

罗琪紧跟在哥哥之后。她没把握好平衡，一屁股坐到了冰面上，一边打转儿一边大笑。

“里昂，你在这里待一会儿。”我说完便向前跑去，跳到了冰面上。

真有意思……

确实不难，而且的确好玩儿。我想起城里有一个滑冰场，要穿一种特殊装置：冰鞋。以后可以到那里去试试，因为我滑得真的不错……

正这么想着，我也仰面朝天跌倒在地了，伸着双腿向前滑去，撞倒了正在哈哈大笑的罗西。罗琪这会儿已经站起身，开始幸灾乐祸地笑话起我们来。

“哎呀，对不起啊！”我赶快道歉。

“没事儿。”罗西手脚并用地从地上爬起来。他的后背扫清了冰上的雪，我看到了冰，那么透明的冰，下方的湖底清晰可见！

“啊，快看啊！”我脱口而出。

罗西看了一眼脚下，笑容顿时凝结住了。他开始小心翼翼地向有雪的地方一步步挪动。

“你怎么了？”我边问边趴到冰面上，想要看看冰下的世界，没准儿能看到鱼呢？

“这冰还真是很薄，”罗西歉疚地说，“在这里滑冰可能真的有危险。”

罗琪灵巧地滑到我们这边来，高声问道：“你们为什么站着不动？”

“罗琪，你看，这冰太薄了！”罗西用脚尖指了指没有被积雪覆盖的地方，然后接着往边上移动，同时叫嚷着：“我曾经在冰上单腿站立，结果冰就裂了！咱们快离开吧！”

“瞎说……”罗琪虽这样说，但底气并不怎么足，“奇克列伊，你不害怕吧？”

“不怕。”我不明白他们在怕什么。在冰上走得好好的，冰面也没有破裂，怎么就突然如临大敌了呢？

“你看到了吧？奇克列伊可不怕。”罗琪对罗西大喊。

“他那是不明白！”罗西的紧张劲儿越来越强烈了，“你不记得妈妈以前讲过吗？她小时候有个同班同学淹死了，掉到冰下面淹死了！”

我想要站起身来，而罗琪这时还是怒气未消，“冰很结实，结实得很！”

她甚至在原地跳了几下。罗西气都不敢喘，缩起了脑袋。我依然四肢着地趴在地上，但不敢再动了，因为我听到了细微的碎裂声。

罗琪大概没有听见这声音。

“你看是不是啊？”她还在问，并且又跳了一下。

她脚下的冰面突然出现了一道裂缝。很细，但已经向四面延伸开来。罗琪大叫一声跳到一边，向湖岸奔去。而我还手脚撑地，着了魔似的盯着看裂缝飞快地向自己伸延过来。裂缝越来越大，已经能看得见冰层的厚度了——四厘米左右吧，黑乎乎的水在冰下冒着泡。

“奇克列伊，快跑啊！”罗西大叫。他也撒腿往岸边跑了。

我已经没法逃了。裂缝正好穿过了我的身下，我的双手在裂缝的一边，双脚在裂缝的另一边。裂缝还在缓慢扩大。

“奇克列伊，你干什么呢?!”罗琪已经站到了湖岸上，离我有二十多米远，“快站起来啊！”

“怎么站啊？”我也大声回应她。我一点儿也没感到害怕，只是觉得无可奈何，自己根本没办法站起来。我现在像是一座架在冰面上的桥，身下的裂缝已经有四十厘米宽了。

而且，裂缝还在不断扩大。

“罗西，罗西，你快想想办法啊！”罗琪又叫道。

我看到罗西试探着踏上冰面，要往我这边来，可立刻又跑回去了，因为他一踏上去，冰面就开始出现裂缝。

“奇克列伊！”罗琪大喊大叫。

我意识到自己只能往水里跳了。真倒霉！不过也没什么，我可以先跳进湖里，再爬到冰面上，然后跑回岸边。我肯定会浑身湿透，可能还要着凉生病，但没有别的办法了。

“伙伴们，我先跳进水里去！”我大喊，“然后再爬出来！”

“不行！”罗西紧跟着喊，但我已经跳了下去。

啊……这湖水简直像是烧开了一样烫！“海象”们居然能在里面游泳！我屏住呼吸，一头扎下去，上来的时候，一边的肩膀撞在了冰层上，好痛！

“奇克列伊！”

“我没事儿！”我边换气边说。这会儿湖水已经不再滚烫，而是变得寒冷刺骨。我要冻僵了……

我攀住了冰层的边缘，向上浮起，极力想从水里爬出来。起初还挺顺利，我整个上身都探出了水面，寒风吹着我湿漉漉的脑袋。可马上，支撑双手的冰面哗啦一声成了碎片，我又落入了水中！

我开始觉得害怕了。我意识到处境不妙：越使劲儿往上爬，产生的压力就越大，冰面就越发地承受不住。

该怎么办才好？怎么才能爬上去？

“伙伴们，快帮我一把！”我大叫着。

罗琪站在岸边双手抱头，已经吓得呆住了。而罗西跑来跑去，一会儿奔到吉普车那里，一会儿又跑回来，含混不清地喊着什么。

里昂一言不发地开始往前走。

“站住！”我大喊，“里昂，站住别动！”

他乖乖停了下来。我可不想让他也掉进水里……

我开始小心翼翼地侧着身往冰上爬，尽量让身体和冰的接触面积大些。这做法还真挺奏效，我差不多要爬出来了！

可马上，冰层的边缘又塌陷了下去，我又一次跌落水中。

我只好再次潜下水面，再向上冲……

这时候，我突然意识到，身体开始不听指挥了。

我大概是冻坏了，也可能是因为过于恐慌。

“我不想……”我自言自语，“不想就这么……”

右臂上有什么东西动了一下。湿漉漉的毛衣之下，一条银光闪闪的带状物冲了出来，粘在了距离边缘一米开外的冰面上。

等离子鞭！

我不知道等离子鞭有哪些条件反射。它可能并不会去救落水者，只是想自己从冰水里逃出。可是，它并没有离开我的身体，我还是可以抓住它……

我突然想到，罗西和罗琪应该找条绳子来。一般的长绳子就行，吉普车里一定有。把绳子一头甩给我，我抓住绳子，他们就能把我拉回岸边去。我得赶紧告诉他们。

可是我没法儿喊出声来。舌头仿佛已经被冻掉了。我能做的只有扶住冰层的边缘，眼巴巴地望着并不遥远的湖岸。

我望到了里昂，他趴到了冰面上，开始往我这边爬。

应该是有人给了他指示，让他这么做。罗琪或是罗西，这两个胆小鬼！里昂根本不会游泳啊！

里昂爬得很快，转眼间离我大概只剩一米了，他的手已经碰到了等离子鞭粘在冰面上的位置，我赶紧强打起精神对他下命令："快爬回去！"

里昂望着我，迟疑了一秒钟，然后非常认真地说："闭嘴。"

这太出乎我意料了。要不是有等离子鞭牵着，我一定会吓得松开手指，再次沉到水里。

"抓住我的手，"里昂伸出一只手对我说，"往冰上躺，平着躺。"

我如在梦中，呆呆地伸出手去，抓住了里昂。里昂开始慢慢地把我拉向自己。我几乎无法动弹，但仍然竭力往冰上移动。

这时候，等离子鞭帮了我的忙。我不知道鞭子是怎么稳固冰面、钉住冰层的，但它确实在把我往前拉，既平稳，又有力。

一分钟后，我已经躺在冰面上了。鞋还在水里，但冰面已经撑得住我了。

"我们一起爬，"里昂说，"快点儿爬。"

我没法爬得太快，但两个人总归在慢慢移动，终于离冰窟窿越来越远。鞭子帮助我移动了最初的几米距离，之后就缩回袖口里了。

我们就这样爬到了罗琪和罗西的脚下。那双胞胎兄妹一直站在岸边，不敢往冰上迈一步，虽然湖岸附近的冰是一直冻到底的。

“奇克列伊……”罗琪高兴地开了口，边说边抹去脸上的泪珠和鼻涕。她手里拿着电话，看样子是叫了急救车。嗯，到底还是做了点儿什么……

而罗西仍然在一边不知所措，想靠近我们，又往后退。

我转过头去看里昂。他不住地喘息，还不断舔着嘴唇。

“你还好吧?”我问。

“是啊……”

“里昂……你完全恢复了!”

“嗯……”他忽然笑了起来，“奇克列伊，你是故意掉进水里的?”

我此刻好像是躺在冰箱里，身裹湿透了的衣服暴露在冬日的寒气中。可是，我并没有感觉到冷。

“不是，不是故意的。”我说，“不过，要是我早知道这样能让你好起来，我会跳下去的。”

一番整顿之后，我扶着里昂站起身。直到这时，罗西才终于跑了过来。他拉起我的手，嘴里喋喋不休：“你可太棒啦，我们要告诉所有人，你是个真正的英雄!”

“可你是个胆小鬼。”说完，我磕磕绊绊地往棚子那边跑去。去吉普车上更好，车里会更暖和些，可我现在根本不想坐他们的车。

“奇克列伊……”罗西在后面委屈地大喊，“可掉进水里是你自己的错啊!”

我没有回答，径直冲进棚子里，开始往下脱湿衣服。

里昂跟着我跑进来，问道：“你有干爽的衣服可换吗?”

我摇摇头。

“我去找……”里昂正准备转身出去的时候，罗西跑了进来。他一脸羞愧，眼睛哭得通红，缩着脑袋，很着急地告诉我们："奇克列伊，有直升机飞过来了……"

"你这傻瓜，快把衣服脱下来！"里昂冲他大喊。

罗西呆立在那里，直眨巴眼睛。他现在才发觉，里昂已经开始正常说话了。

"啊？"

"我要好好教训你一顿，"里昂说起话来斗志昂扬，"把你的连体服脱下来！"

罗西赶紧开始脱衣服。他在连体服里面还穿了很厚实的针织套服。我脱得光溜溜的，迫不及待钻进了罗西的连体服。虽然接受这个胆小鬼的帮助真是不痛快，但毕竟冻死事大！我的身体素质可比不得"海象"们！

"快去把你妹妹的白兰地拿过来！"里昂继续对罗西发号施令。罗西乖乖地离开了棚子。我坐到长凳上，紧抱自己的双肩，不住地哆嗦着。身体怎么也暖不起来，手臂上的等离子鞭也在不安地蠕动。双胞胎是不是看见它了？要是看见了，他们会知道这是什么吗？

"奇克列伊，我给你倒点儿茶来。"里昂拿起保温壶。

我很好奇，他怎么会知道要趴在冰上爬过来的？这还真是正确的做法。我在一部电影里看到过，该怎么救掉到冰窟窿里的人，救上来之后，还应该给他喝热茶和白兰地。

一架微型直升机降落在了棚子旁边，不透明的帘布因为气流冲击而抖动不停，上面映出了机身投射出的影子。几秒钟后，另一架也落了地，停在稍远的地方。

"这是急救队来了。"我嘀咕了一句。鞭子可怎么办？他们会立刻把我送进医院，要做检查，冲热水澡，这都是常规程序。那样的话，他们就会看见等离子鞭！把它交给里昂？不行，这等于是逼他成为我的共犯。

罗西从帘布外面往里张望了一下，把小酒瓶递给了里昂。里昂一声不吭地接过来，往一杯咖啡里倒了一点儿白兰地，然后递给我。我一饮而尽。

啊……我还从不知道酒精能让人这么舒服！

“现在怎么办……”我自言自语。

我又抬眼看了看里昂，“你真的痊愈了！你是怎么做到的，里昂？”

“好像是……”里昂正想说下去，棚子的帘布被掀开了，斯塔西走了进来。在他背后远一点儿的地方，我看到了罗琪、罗西，还有其他一些人。

“斯塔西……”我只叫了一声他的名字。太意外了，他怎么会在阿瓦隆？

“你还想见到谁呀？还想让皇帝飞来不成？”阿瓦隆骑士说话一如从前。他走到我跟前，摸了摸连体服，满意地点了点头，又闻了闻咖啡杯，也点了点头。

“斯塔西。”我又叫了他一声。

“白兰地还有吗？”斯塔西以问代答，“我认为，不必为这事麻烦医护人员。不过，先把你擦干净还是有必要的。”

“还有，”里昂把小酒瓶递给了他，“酒还挺好。”

“哦嗬，”斯塔西有那么一瞬间犹疑地看了看里昂，然后晃了晃头，“算了，以后再说。把衣服脱下来。给冻坏了的手指头做复健可是件既无聊又麻烦的事。”

“斯塔西，”我第三次叫了他。我感觉到自己已经失态了，“斯塔西，我干了件坏事儿，不用给我做什么按摩……”

“你是想说偷拿的鞭子？”斯塔西反问道，“就是因为这个，我才没让医生们进来。我们可不想有任何传闻。”

他把白兰地凑到了鼻子底下闻了闻，又晃了晃酒瓶，然后说道：“里昂，帮个忙，你去医生那里拿瓶酒精来。用这样的白兰地做按摩，简直是对酿酒艺术的亵渎。”

“好嘞。”里昂答应一声就跑了出去。

我盯着斯塔西的眼睛问：“我会被关进监狱吧？因为那条鞭子？”

阿瓦隆骑士叹了口气，“你是打算把它给谁，奇克？还是说只是想卖点儿钱？”

“卖钱？”我很泄气，“斯塔西，那条鞭子接受我了，我不能把它扔到拆解机里！那不是谋杀嘛！”

“奇克列伊，这条鞭子四年多以来一直被用于检验新兵的可靠程度。”斯塔西喝光了瓶里的白兰地，然后把小酒瓶轻轻放到了桌子上，“它的关联模块已经失效，不会接受任何人了。”

我没有回答，直接把手臂伸了出来。等离子鞭立刻从袖口探出来，露出一小节细细的等离子喷射口。

还是这样有效果！斯塔西颤抖了一下，他的等离子鞭也立刻脱袖而出，摆出了战斗姿态。

“这不可能！”斗士紧盯住绑在我臂上的武器，有些失态。

这时，里昂拿着一瓶透明液体回来了。

“我会被关监狱吗？”我又追问，“或者被驱逐出境？”

“现在这样，我就不知道了。”斯塔西转向了里昂，“好孩子，这是纯酒精吗？还是按摩用的稀释液？”

“他们是想给我稀释液的，但我跟他们说了要纯酒精。”里昂一板一眼地回答。

“你这份儿天生的判断力真是难得！”斯塔西一边打开酒精瓶一边说，“奇克列伊，现在你必须喝下一口，这是所有酒精饮料里最不可口的一种。我希望，有过这么一次，会让你很长时间里都能滴酒不沾。”

我点了点头。我已经做好准备面对一切。

3

斯塔西把暖气开到了最大功率，我已经觉得有些热了。我裹着被子躺在沙发上，听着法戈斗士侃侃而谈。头还是有些晕，嘴里还泛着恶心的味道。今天发生的一切都让我感到滑稽，简直像在动画片里。我只想闭上眼睛打个盹儿，这是酒精的作用，上了直升机后，我就迷迷糊糊睡过去了。

“我们的组织是个开放体系，”斯塔西轻声说，“我们接收从帝国各个行星上来的人。但不论是看门人还是仓库的装卸工，每个人都要经过各种检验、调查。这是必不可少的，奇克列伊，你能明白吧？”

我勉强点了点头。

“大家对你没有任何异议，”斯塔西继续说，“我们彻底查证过你的出身经历。结论是情况全部属实，你真的是奇克列伊，来自卡利耶行星的十三岁男孩，在‘克利亚兹玛号’飞船上做过两航段运算湿件。你的经历确实非比寻常，不过，我们对非凡经历已经屡见不鲜了。任何一名斗士，都必须比常人更加感性，”他边说边笑了一下，“不然的话，我们都会变成随心所欲的杀手。”

“感性的杀手不是挺常见的吗？”坐在斯塔西一旁椅子上的里昂问道。

“那是在电影里。”斯塔西回了他一句，“奇克列伊，没有谁存心针对你。我们有一套检验可靠性的标准方法，你已经通过了其中的六项测试，可第七项你搞砸了。我是你的主管者，所以他们马上通知了我。”

“斯塔西，我哪儿做得不对？”我忍不住问道，“我怎么会想到等离子鞭也是个测试！我只是觉得，这鞭子接受我了，但转眼就得被销毁……可我不是骑士，没有资格携带武器……”

“它确实是接受了你，”斯塔西认同我的说法，“这让所有人都很意外，奇克列伊。现在该拿它怎么办，我是真不知道。这情况太特殊，前所未有。”

我沉默了。

“算了，这个问题我们晚些再解决。”斯塔西说，“里昂，现在我要跟你谈谈。”

“啊？”里昂抬起了头。

“把所有事都告诉我，从头讲起，”斯塔西说，“从一开始，从你……”他又掂量了一下，“就从你中了伊涅伊的招数讲起吧。”

里昂想了一下，然后说道：“我那时候很想睡觉。”

“接着呢？”斯塔西鼓励他说下去，“对了，请记住，这是正式的谈话，我正在录音。”

里昂点了点头，“嗯，明白。我们本来已经要躺下睡觉了，但好像有什么东西从天而降，妹妹瞬间就没声儿了，我的腿也发软，就赶紧脱衣服躺下了。”

斯塔西屏息静听。

“然后，我就做起梦来了。”里昂的声音越来越小。

“什么样的梦？孩子，还记得吗？”

“奇怪的梦，但挺美的。”里昂的脸突然红了。

“讲讲，不用不好意思。”斯塔西温柔地要求着，“你梦见什么了？”

“一些傻事。”里昂直摇头，“老实说，真的无比荒唐！”

“里昂，这很重要。我完全能理解，像你这么大的孩子会做一些想入非非的梦……”

里昂露出笑容，“不，您没明白！我梦见的是……”他稍做思考，“比如说吧，我梦见自己是个英雄，真正的大英雄，要拯救整个世界。我跟一些大坏蛋作战，在街上奔跑，那条街很长，黑咕隆咚的，所有房子差不多都被毁掉了，到处都是枪声，我也开枪还击，可我一点儿都没害怕，就好像……像是在打游戏……不对，也不像是游戏。梦里的一切都那么真实！”

“嗯……”斯塔西有些惊奇，“然后呢？”

“我还梦见我在工厂里做工，”里昂接着说，“我们是在建什么东西，我在梦里很清醒的，可现在说不清了。我们做了好久。”

“我们？”

“除了我，还有别人，”里昂耸了耸肩，“好像奇克列伊也在那儿。

还有我们空间站的伙伴们，一群好哥们儿。我们在建什么呢……”他沉吟了一下，“我是工程师……要不就是技师，不记得了。也可能两个都是吧。”

斯塔西沉默着。里昂倒是进入状态了，又继续滔滔不绝地讲下去：“我还梦见自己是个大人……”

“之前的梦里，你是个孩子？”斯塔西插了一句。

“不……记不清了。可能也是个大人。我不知道。但这个梦里确实是大人。我有妻子和五个孩子。”

我笑了起来。不知道为什么，我觉得这很滑稽。

“嗯，是挺可笑的。”里昂表示同意，“我有个妻子，我跟她讨论家务事，商量去哪里度假。还要帮孩子们做功课，跟他们玩垒球。后来，我的女儿……”他皱起了眉头，“嗯，我不记得她叫什么了……我的女儿结婚了，她也有了好几个孩子。我的其他子女也差不多是这情况。然后……然后我变老了，死了。大家都来参加我的葬礼，说我是个了不起的人，度过了幸福的一生。”

“你？死了？在梦里？”斯塔西一字一顿地问。

“是啊。”

“不是快死了，而是死了以后？”

“当然啊，我还记得葬礼嘛！”里昂很激动。

“你没觉得害怕？”

“没有，一点儿都没有。我知道这是梦嘛！”

“从始至终都知道？”

“是，从始至终。我还对身边发生的事儿有印象。我记得您是怎么把我拎起来、裹上被子带走的，我们又是怎么坐车在城里跑的……楼房的窗户上有屏幕，屏幕上的景观是大家在玩乐……后来，我被连接到电脑上，梦就结束了。”

“在跟飞船连接之前，你的所有梦都进行得这么快？”

“是啊。”

“难怪那时候你的大脑处于超强度活跃状态。里昂，你知道吗？这是精神干涉武器在作祟。”

“应该是吧。”里昂点头表示理解，“可是，目的是什么呢？我没有身陷险境啊！”

“接下来发生了什么？”斯塔西问。

“接下来梦就消失了，”里昂回答，“一切都暗淡下来，慢慢消失了。后来，我睁开了眼睛，您在跟我说话。我到了飞船上，您问了我各种问题，我回答了。我当时觉得很空虚，特别空虚。”

“孩子，你在梦里过了多少年？”斯塔西问了个奇怪的问题。

“大概七十多年吧。”里昂回答得很平静，“开始是我打仗，这有五年……后来是在工厂里做工……大概又是五年。后来又打起仗来了，有五六年吧。接下来就安稳过日子了。”

“所有这些生活场面，你都记得住？”

“差不多吧。不都那么真切，但还是记得。”

斯塔西点了点头。他伸出手拍了拍里昂的脑袋：“我理解了。你是好样的。”

“为什么？”

“你挣脱出来了。你说过，最后你觉得很空虚，是吧？”

“嗯。”里昂若有所思，“不……也不是。不是一般的空虚，像是……像是一切都在重演。我能意识到自己在沉睡，一切都是梦，而这之前的才是我真正的人生。于是我就什么也不想做了。后来，我们去湖边了，结果就……”

他停下不说了。

“你努力回忆一下这段时间的事，”斯塔西向他提出了要求，“这很重要，你能明白吗？”

“奇克列伊掉到水里，要淹死了，这不对劲……”里昂低声说，“完全不正常。那是不应该发生的，您明白吗？”

斯塔西点了点头，紧张地盯着里昂。

“我就在那里站着，看着……”里昂现在说得更慢了，“这事儿本不应该发生。我不知道自己怎么会……怎么会就那样卧倒、往前爬。突然之间，一切全反过来了。眼前的一切都变成了真的，而之前的那些，都是梦！”

“在这一刻之前，你觉察不出有什么差别？”斯塔西追问。

“觉察得出！”里昂叫起来，我突然看到他的眼里含着泪水，“我察觉得出，只是觉得根本不重要。我知道那是梦，有什么好当真的？梦里的一切都很真实，但并没有意义。可到了那一刻，一切都变了！我好像突然醒了。”

“慢慢说，慢慢说……”斯塔西语调柔和，把一只手放在了里昂的肩膀上，“你要是觉得难过，也可以不说。”

“我都说完了，”里昂说，“再没别的了。”

“你还得把一切复述一遍，包括所有细节。今天就不必了，改日吧，跟那些专家们说。”

里昂点了点头。

“好啦，孩子们。”斯塔西站起身来，“我明天一早再过来看你们。现在我得去跟某些人谈谈了。”

“斯塔西，我怎么办？”我忍不住又问。

“不会出事的，”斗士语气很坚决，“绝对不会。”

“阿瓦隆骑士说话算话吧？”

斯塔西颇为不解地看了看我，“是的。阿瓦隆骑士说话算话。我跟你保证不会有事。歇着吧，孩子们。今天可别再惹什么麻烦了！”

里昂送斯塔西出了门。他回来的时候，我已经疲惫不堪，连睁眼看他都很勉强。

“你眼睛都快睁不开了。”里昂说。

“嗯……”我随声附和，“是酒精的作用……”

我很快便睡着了。

我没有睡太久，桌子上的电话铃声把我吵醒了。

里昂大概是去卧室睡了，留下我睡在沙发上。我的头还是昏沉沉的，但已经不会再无缘由地傻笑了，那股醉意已经消失了。

我没有开灯，跳下沙发抓起了边闪边响的电话听筒。

“喂!”

“奇克列伊?”

我立刻觉得不痛快了。这是罗西打来的。我瞥了一眼闹钟，现在是夜里两点。

“是我。”

“奇克列伊，”罗西声音很低，想必也是不想让别人听到，“你怎么样，奇克列伊?”

“一切正常。”我回答道。的确一切正常。

“你没有生病吧?”

“没有。”我拿着电话听筒回到了被窝里，“斯塔西逼我喝了点儿酒精，又用它给我从头到脚擦了一遍。回家以后我又在热澡盆里待了半个小时，接着就进被窝了。我已经睡了一会儿了。”

罗西并没有为吵醒我而道歉。他沉默了一会儿，然后说：“奇克列伊，那现在怎么办?”

我知道他说的是什么，但装作不懂，“什么怎么办?”

“我现在该怎么办?”

“不是没发生什么可怕的事吗?!”我语气沉着地说，“根本没事！我甚至都没感冒!”

“那我现在怎么办?”罗西还是重复那句话。

我们沉默了几秒。过了一会儿，他又开口说道：“奇克列伊，你不要把我看成胆小鬼。我不是胆小鬼，真的。你不用说什么，听我来说。”

我一言不发地听他说。

“我不知道自己为什么会这样，”罗西飞快地说着，“我知道有人落水应该怎么办，真的，我们在二年级的求生技能课上就学过。你掉进水里的时候，我知道应该怎么做。我马上就想到了，应该趴下，爬到你身边去，扔条绳子或者皮带给你，要不就……”

他忽然说不下去了。

“罗西，好了好了……”

一切刚刚发生的时候，我觉得自己是讨厌他的，连罗琪也讨厌。我当时想着，一定要告诉所有人，他们是胆小鬼和背叛者。

而现在我意识到，我不会那么做的。

“我明明什么都知道，”罗西重复说。他像是一整个世纪都没说过话，现在终于又开了口，所以语无伦次，“你能理解吗，奇克列伊？我全都知道，可就是没法儿付诸行动。我在岸边跑来跑去，只想着一切得快点儿结束。怎么都行啊。想着最好是什么都不用去做。你明白我的意思吗？就是你淹死了也没关系！我真不知道该怎么办，奇克列伊！”

他轻声哭起来。

“罗西，”我低声说，“别这样，你只是一时慌神。这谁都难免。”

“不是谁都这样！”罗西几乎大喊了起来，“你就没有把里昂扔在新科威特！”

“可里昂是我的朋友啊！”我立刻意识到，自己无意中又戳到了罗西的痛处。

“我知道。”他轻轻说，“我特别想跟你做好朋友，奇克列伊。这是真心话。因为你是……特别的人。我们学校里再没有人……像你这样。我们现在做不成好朋友了，是吗？”

我没吭声。

“做不成了，”罗西痛苦地重复说，“你会永远记着，是我背叛了你。可我真的不知道为什么……”

对我来说，这场灾难已经结束了，甚至变成了一场惊喜，因为里昂恢复正常了，因为斯塔西来了，因为我拿走等离子鞭的事也许会被原谅。而对罗西来说，一切都被改变了，永远地改变了。他们在这里过着岁月静好的生活，难得有机会需要做出什么壮举。嗯，也不是壮举……只是英勇行为吧。也许，换作整个学校的同学，也都只会在岸边跑来跑去，无法下决心救我！而所有人肯定都认为自己会伸出援手，绝对不会被吓坏。倒是罗西真正认识到了自己是个胆小鬼和背叛者。他妹妹好歹还想到了打电话叫救护队……

“奇克列伊，”罗西还在继续说，“今天我在家里挨了痛骂。我和罗琪都挨骂了，你别以为我父亲只会喝酒和神侃。他今天教训的都对，说的我都明白。我愿意付出一切来让你再掉进冰窟窿里一次，但这次我一定会把你救上来！”

我可不想再掉进冰窟窿里一次，就算是有人救我也不想。

不过，我说出口的是另外一番话：“罗西，要是再遇到这种情况，你一定会做得很好的。一定会！”

“是的，可现在我成了你的敌人。”罗西的声音里透着苦楚。

“不是敌人！

“但也不是朋友。”

我没再说下去。

“我们要转学了，”罗西又说道，“我自己向父母要求的……他们也同意了。”

“罗西，没必要。我不会把这件事告诉任何人的。”

“对我有必要。”罗西很坚决。

我理解他的做法，但还是说：“罗西，我根本没有怪罪你们的意思。我还想跟你们一起上学。”

“不，奇克列伊，不用再说了。我想请你原谅我，行吗？还有，把你吵醒很抱歉。晚安。”

他挂了电话。我把电话听筒随手放到了沙发旁的地板上。

我躺回枕头上，现在真应该哭一会儿，干脆来一场号啕痛哭。

要是爸妈还在身边，听到我的哭声准会奔过来。可是我早已没有父母了，已经两个月了。

我只能闭上眼睛，努力睡着。

我运气不错，没生病。早上醒来的时候一切如常，只是特别想喝水。

但我的心情非常难过。

我在厨房找到了里昂。他正坐在窗边，喝着加了果酱的茶。

“早啊，”我对他说。此时，一切看起来都有点儿蠢，就像是大考第二天，或是……像父母一去不回的那一天。昨天实在发生了太多事。

“早，”里昂欠了一下身，“这里看上去挺美，是吧？”

我点了点头，给自己倒了杯茶，也坐到了一旁。里昂突然问了个问题，我并没有觉得吃惊。

“你觉得，我的父母现在怎么样了？”

“嗯，他们肯定还活着……”

“我知道，”里昂点了点头，“他们应该跟我之前的状态一样吧？”

“斯塔西说，不完全是。那里好像一切都还正常。只是新科威特公民现在跟伊涅伊联合起来了，人人都认为伊涅伊是帝国里最好的行星。”

斯塔西的确跟我提到过，新科威特现在看上去风平浪静。人们照常劳作，像什么都没发生过一样自得其乐，甚至没有人想起整个星球昏睡过去的那一夜。皇帝派了特使到新科威特，苏丹在接见他时宣称行星平安无事，没有发生过任何针对新科威特的侵略行动，他们是自愿与伊涅伊结盟的……那一夜，只有“伊弗利特”垒球俱乐部的球迷们搞出了点儿小骚乱。因为球队输球，年轻人情绪失控，酗酒闹事，甚至还占领了空港和宇航通讯中心。有些伤亡，但第二天早上就恢复了秩序，新科威特再没出现任何问题。

如斯塔西所说，最让人无奈的是，皇帝没有进行干预的理由。只要出于自愿，任何行星都可以与其他行星结盟。没人能证明新科威特是被占领的，所有的居民都被植入了程序。帝国唯一能采取的行动就是对新科威特所有电影和教学节目进行审查，特别是伊涅伊制作的那些。如果发现不可识别的信息，就全面禁封。

这样的节目的确不少。幸好在地球、伊甸园和阿瓦隆这样的最发达帝国行星上，来自伊涅伊的影视剧并不那么流行。然而，即使是在这些地方，都可能有百分之二十的居民在一夕之间成为傀儡。这数量太庞大了……于是，任何战争行动都没有发生，帝国舰队也没有被派去伊涅伊，只有一些学者还在冥思苦想到底发生过什么状况。

“皇帝一定会查清事实真相，”我说，“新科威特一定会被解放。皇帝怎么会允许这种局面出现呢！”

“是啊，”里昂点点头，“会查清的，他们会把我按在病床上，研究上一整年……”

“不会的！”

里昂耸了耸肩，很严肃地说：“你很清楚，我不打算跟你争了。如果是为了拯救大家，那就让他们研究好了。我说的是实话。”

“别这么说！”

“这没什么。”里昂用勺子搅着已经凉了的茶，“奇克列伊，你知道吗？这是多可怕的感受……把一生都过完。”

“你真的认为那一切都是真实的？”

“是。”

他看了我一眼，眼神和从前不同，让我感到陌生。

那双眼睛非常疲倦，像个老人。

“我战斗过，奇克列伊，”里昂继续说，“还有过一个朋友……”他又顿住，“很像你。可是他被打死了，当时我们遭到了埋伏。不过，我为他报了仇。当时我手里，这儿，”他很坚定地指了指手腕，“戴着很小的腕式激光枪。我举起胳膊，装作要投降，接着就发射激光，把敌人全都打死了。后来我们又开始奋战……”

他的嘴唇颤抖了片刻，说不出话来。

“你知道我杀了多少人吗？”他突然尖声大叫起来，“七十个人！”

他说的不是“上百人”，也不是“上千人”，而是不多不少的“七十个人”，这让我大为震撼。我的双手开始打战，赶紧放下了手里的杯子，免得茶被晃出来。

“后来，我又有了一个女朋友，”里昂还在继续说，“是五连的……打完仗以后，我们就结婚了。我现在甚至知道如何带孩子！我什么都会，像大人一样无所不能！灭火，救人，开直升机！我活完了自己的一生，然后死了！我……我现在觉得好空虚，奇克列伊！没有任何事能让我害怕了，没有！”

“会过去的……”我低声说。

“什么会过去？我都记得呢，一切都好像发生在昨天！奇克列伊，你知道天空燃烧是什么样子吗？攻击机排成一个圈儿，要发起进攻，空防部队在阵地上空升起一层等离子防护盾。这些你都不知道……这时候刮起了一阵风，奇克列伊，天空是橙色的，风呼号着一直向上吹，你得紧抓住地面上的什么东西才行。空气越来越干燥，我呼吸罩里的氧气快用光了，嗓子里火辣辣的。那群攻击机来不及掉转方向，直接撞到了防护盾上，全部粉身碎骨，橙色天空中像是出现了一片白色彗星……后来，我们去到一个村庄，但帝国步兵已经从那里离开了，村民们都被杀了，因为他们支持我们。男人都是被枪毙的，而妇女和孩子都被赶进一所清真寺，门封上，点着了火……我们赶到的时候，还听得见哭喊声，可是那火已经没法儿扑灭了……”

“什么，什么帝国步兵……”我喃喃低语。里昂的嗓音非常可怕。他不是在杜撰，也不是在转述书籍或电影里的内容。他是在回忆！

“星际步兵第六阿瓦隆军团，卡米洛特战队，指挥官——奥托哈默将军，军徽——银色的锤子砸在燃烧的行星上。”里昂说得有板有眼，“我们是在跟帝国作战，你明白吗？我是在跟帝国作战！”

“你昨天可没说这个……”

“我今天才说，”里昂的眼睛望向别处，“因为我昨天害怕了，怕说了之后会被抓起来。”

“可这些都不是真的！这都是梦！”

“对我来说这不是梦，奇克列伊。”里昂说。我突然觉得，跟我讲话的是个成年人，是个饱经风霜的人，而不是一个从空间站出来的少年。

不过，这只持续了几秒钟。里昂的眼神突然慌乱起来，似乎突然看到了我背后的什么。他随即垂下了眼帘。

我转过身，发现斯塔西站在厨房门口，默默注视着里昂，从他的眼神中无法读出任何含义。

“我昨天只是不想说……”里昂嘟囔着。斯塔西走到他跟前，拨了拨他的头发，低声说：“我理解。会有人为此承担责任的，孩子，承担所有责任。别害怕，里昂。”

“您最好现在就把我带走研究吧！”里昂哀求说，“我受不了了。这回忆越来越强烈，我控制不住，我的头都要裂开了，但却不是因为疼。我肯定会干出什么不好的事，或者是把自己给……”

“现在咱们就走。”斯塔西说完，又紧张地思考了一番，“这样吧，你再坚持一下，哪怕是一昼夜也好。”

“然后呢？”

“然后一切都会好起来的。里昂，奇克列伊，你们俩都穿好衣服，早饭到车里再吃。今天你们会很辛苦。”

斯塔西的车很一般。不是大马力的越野吉普，也不是运动型的跑车，而是敦实笨重的“多瑙河”。在我上班的地方，只有技术部一位心宽体胖的女士开这种车。

不过，对于斯塔西来说，好像开什么车都无所谓。

我和里昂坐在后座，都默不作声。我什么都没再问，倒是斯塔西说个不停，但都是其他一些无关紧要的事。他讲到了胶子能源领域的实验，说那将会帮助人们建造出新型的宇航飞船；他说，通向其他星系的超空间通道的存在已经得到了理论证明，搜寻探测已经在计划中；皇帝已经签署命令要取消“百分之三底线”，现在科学家们能够真正改善人的基因，而不只是小打小闹地修修补补；斯塔西还讲到一部关于基督教的历史大片《拿撒勒的智者》已经杀青，这部影片将做到极尽真实。真人出演，真实布景，甚至还有特技表演，不采用任何电脑技术，一切都是真实的！一些演员甚至完全陷入情境难以自拔，忘记了自己在拍电影。

斯塔西很会讲故事，当然，是在有兴致的时候。而此时此刻，我明白他是在故意东拉西扯，想缓解我们的情绪，分散注意力。所以我根本没听进去。这些胶子反应堆、新星系和改善基因改变不了什么。法戈斗士议事会要拿我们怎么办——这个问题重要得多。

斯塔西大概猜到了我的心思，所以不再说下去了。我们在沉默中吃完各自的三明治，喝完咖啡，等着到达目的地。

兰茨港是卡米洛特的一个卫星城。只要斯塔西想，即使是开着这样笨重的车，我们也满可以在半个小时内就赶到。可是斯塔西走得不紧不慢，可能是在考虑什么事，或者是为了在指定的时间准时到达。我们走了一个多小时，还在城里兜了好大的圈子，从外环穿行到内环，赶上了好几次堵车。大家都要去上班，街上车满为患。

终于，斯塔西把车停在了一座漂亮的高层建筑前。那座楼房属于老式风格，有宽大的反光玻璃窗，房顶还有直升机停机坪。我来过这儿一次。法戈斗士的总部就在这里——正式名称是“实验社会学研究所”。

“我怎么跟议事会说呢?”下车的时候，我问道。

“必须开口的时候，你就照实说，”斯塔西耸了耸肩，“不过，不一定会传唤你。”

“那我呢?”里昂迫不及待地问。

“你肯定会被传唤。”斯塔西说，“我的建议还是一样，照实说就行。”

他思忖片刻，轻轻搂住了我俩的肩膀，“孩子们，在大多数情形下，实话实说对人没坏处，但这不是关键。重要的是，对法戈斗士永远不要撒谎，哪怕是沉默，也别撒谎。”

“你们能分辨出谎言?”里昂的声音又变得像成年人那般冷峻。

斯塔西认真地看了看他，“是的，小伙子。我们能发现。”

我们再没说话，向着楼那边走去。入口处有警卫，斯塔西出示了某种通行证后，警卫便直接放我们进去了。进门之后是一个很大的前厅。我以为斯塔西会像之前那次一样，把我们带到右边去。那里有好多好多办公室和会客室，还有一个极为别致的室内花园，里面还有个咖啡馆。上次斯塔西帮我在这里处理各种问题的时候，我在咖啡馆坐了三个小时，可一点儿都没觉得无聊。

但这次，斯塔西带我们进了电梯间。不是很多人上上下下的公用电梯，而是一个无人光顾的内部小电梯。

这座楼有五十层高。不过，我们进了电梯之后就急速上升，很久之后才停下来，让人觉得这楼里还有从外面看不到的另外五十层。我瞟了一眼斯塔西在镜面舱壁上映出的倒影，他正饶有兴趣地观察着我们。

“我们是在往下走吧?”我开口说，“可感觉像是往上。这电梯里有重力调节器，是不是?”

斯塔西微笑起来，但没说话。那微笑在他脸上转瞬即逝。他似乎在脑子里预演了即将发生的谈话，斟酌好了谈话的每一句、每个词，但还是有某些细节没有安排妥当，可能是我的某个问题让他难以应对。斯塔西又开始重新斟酌……

“斯塔西，”我说，“如果我真的有罪，怎么惩罚我都行，只是别把我再发配回卡利耶，行吗?”

“我跟你保证过了。”斯塔西说完，很严肃地看了看我，又补充说：“你是个很有想法的孩子，奇克列伊。要不是我信任你，肯定会认为你是一个训练有素的间谍。”

“还有孩子做间谍的吗?”我反问。

“怎么没有呢?”斯塔西回答，“我从十岁起就开始工作了。”

“我不是间谍，”以防万一，我还是澄清了一句，“我是卡利耶来的奇克列伊……”

“我说过我相信你。”斯塔西语气柔和。

电梯终于停下来，我们走了出去。

眼前是一个大厅，空空荡荡的。正中间有一个带喷水装置的水池，里面长满了橙黄色的水生植物。喷水装置是手抱陶罐的女郎雕像，水就从那陶罐里流出来。雕像很老旧，是青铜制成的，泛着斑斑绿锈，上面还覆盖着苔藓和爬山虎。我坐到水池边上，手指在水里搅了搅。水里并没有鱼。不知为什么，我希望水池里能住上几条鱼。不过，这水显得有些浑浊，应该是喷水装置中的过滤器出了问题。

斯塔西做了个手势，让我们去墙边的几只软椅上休息。那墙面上还有几扇装饰性窗户，窗户呈现的是从摩天大楼高层看向下方的城市景观。不过，我还是坚信我们是在地下。

“孩子们，你们在这里等一下。”

“要很长时间吗？”

“如果我知道要等多久，会准确告诉你们的。”斯塔西回答说，“你们哪儿也别去。”

在大厅的另一侧还有一扇电梯门。斯塔西就在那里乘电梯离开了。

“他们应该在这里搞个酒吧什么的，”里昂不满意地说，“让人喝点儿海波杯饮料壮壮胆儿。”

“喝点儿什么？”我不解地问。

“海波杯。嗯，就是一种饮料，杜松子酒加上汤力水，或者伏特加配上马提尼。”

“哦。”我顿时没了兴趣。

“顺便说一句，我非常喜欢伏特加配马提尼。”里昂意犹未尽。

他舒服地躺到椅子靠背上，双腿搭在扶手上，侧目看了看旁边的装饰窗，哼了一声，然后摸到开关，把图像关掉了。

“你说的这是……梦里的事儿？”我猜测着。

“嗯。军队给我们配发伏特加，赶上过节的时候，还有威士忌。”

"你就在梦里喝你的海波杯吧。阿瓦隆禁止未成年喝酒精饮料。"

"没关系，如果不必马上解剖我，我就去酒吧喝个够。"里昂振振有词。

我终于意识到里昂是在说笑。他这是在捉弄我呢。因为他感到恐慌，比我还要恐慌。

"那你为什么要跟帝国作战?"我索性又问起来。

"在梦里?"里昂一时哑口，像是在考虑如何回答，"因为帝国是人类远古时代的残渣余孽。大权集中在一个人手里，只能导致国家停滞和衰退，造成专断无度和社会动荡。"

"到底是停滞还是动荡?"我追问。

"人类发展停滞，社会生活动荡，"里昂做了一下区分，"给你举一个最简单的例子吧。当人类遭遇的那些异族们已经把宇宙中最好的部分据为己有后，人类帝国便没有发展机会了，所以只好去改造那些条件差、不适宜生存的行星，就像你那个卡利耶。因为没有人尝试过把异族从被它们占据的行星上赶走。"

"可这是战争啊，里昂!"

"不是非得打仗不可。战争是解决矛盾的极端做法。经济措施、政治措施都可以解决问题，或者用其他特殊办法。"

"你真是这么想的?"我坐到了他旁边的椅子上。

里昂带着嘲弄的微笑盯了我片刻，语气变得认真起来，"我什么都没想，是有人在梦里这么跟我们讲的，我相信了。"

"现在呢?"

"还是有道理的，不是吗?事实上，你就是不得不生活在卡利耶，你本来是能够生活在一颗好星球上的，像现在被紫姑人或者半身人占领的星球。"

"那么，你在梦里到底是在跟帝国作战，还是跟异族作战?"

"跟帝国。"里昂语气十分确定，"为的是在银河系建立一种新的、公正的体制。"

“什么样的体制?”

里昂思考了片刻,“这么说吧,第一,是民主的。任何职位都要靠选举产生。每四年一次全体投票来选总统。”

“这个总统,是干什么的?”

“总统是个女人,”里昂一时有些语塞,“她……我怎么跟你说呢……”

他的表情变得痴迷。我等着他的下文,胸口的寒意愈发明显。

“她……是公正的化身,”里昂终于接上了话茬儿,“她倾听每一个人的想法,跟每个人诚心诚意地交谈。她非常聪明,几乎总能做出正确的决定。有时候也会犯错,但不是大错。”

我再也忍不住了,“里昂,可这些都是梦!你怎么就不明白,伊涅伊星球就想要打败帝国,但却想出了给人洗脑的办法。人不可能从来不犯错误!”

“我没说她从不犯错误,”里昂马上回答,“只是一般不会犯错。”

“你那个总统也不可能听从每个人的想法。皇帝做不到,总统也不会做到。就算是在我们卡利耶,总督也没办法跟每个人都打交道,我们的人口才不到一百万呢!”

“在一般情况下,的确做不到。”里昂对我的说法表示同意,“可我们的情况完全不同。只要把自己连接到互联网上,就能跟总统交流。”

“瞎扯。”我简直无话可说了。

“怎么会是瞎扯?这很容易做到的。你知道的吧,可以把人的思想复制到电脑里。”

“知道,可这已经被禁止了,现在剩下的两三个这样的复制体,也全都疯掉了。”

“总统就没有疯,”里昂低声说,“每个星球都有她的复制体。这些复制体联合议事,协调意见作出决定。她们可以聆听任何人的想法,去帮助他们。我每年也都要跟她谈一次话。这是规定。有的时候,你还可以申请非常规临时谈话,当然,有特殊情况才能这么做。”

“里昂，你可真是个傻瓜！”我再也忍不住了，“大傻瓜！这些都是编出来的故事，为的是给我们洗脑！让所有人都去效忠伊涅伊！”

“我明白，”里昂很严肃，“你说得可能是对的。可万一这是真的呢？毕竟帝国也不是十全十美。不然为什么要有军队、警察、防疫部队、法戈斗士？”

“这不可能。这全是谎话。”我坚定地重复自己的看法。

“可要是谎话，为什么大家都信呢？”里昂反驳我，“奇克列伊，我是个正常的人！我没疯掉，是不是？他们只是向我展示，如果加入伊涅伊，会有什么样的好生活，仅此而已。而我喜欢那一切！”

“你的梦没做到最后，”我说，“后来我们给你接上了载流运算。”

“那又怎么样？奇克列伊，我敢保证，没人逼着我去相信。这……这个……”里昂用手比画了一下，“就好像是在一个特别棒的影院里放一部非常棒的电影，与真实世界没有任何差异。我看到了另一种生活，我喜欢那样的生活。”

“可那不是真的！”

“我跟你说过那是真的吗？”里昂提高了嗓门，“你说，我说过吗？我只是在描述我的梦境！只是这样！就算是其中有些不全是真的，那又如何？”

我不再说话了。我怎么像对敌人似的攻击里昂……

“对不起。”

里昂把目光转向一边，慢吞吞地说：“算了，你看，我现在轻松多了。再怎么说那也只是个梦，只是显得很真实。”

我注意到，他刚刚在咬自己的手指甲，像小孩子那样。后来，他意识到自己在做什么的时候，就赶紧把手从嘴边拿开了。

“荒唐的梦。”我说。

“可能吧。可我还记得自己的家是什么样呢，奇克列伊。你想知道是什么样吗？房子在一个花园里，一条红砖铺的小路通到门前。车开不进花园，只能停在大门边。房子是三层的，地基特别高，墙壁用古老的石块砌成，窗户和门是木制的。房子的台阶特别宽，走上去便是门廊，每到晚上，我们都在那里喝茶，有时候喝啤酒，要不就是葡萄酒。墙上爬满了葡萄藤，没人照管，几乎成了野生的了，不过结的葡萄可以摘下来吃。屋里铺的是木地板，有年头了，可走上去并不会嘎吱作响。房子的山墙上安了一盏铸铁的防风灯，每到晚上我都要把灯点亮，一些小飞虫会围绕着灯光上下飞舞……”

“什么叫山墙？”我问。

里昂一吐舌头，试着用双手比量，大概搭成了一个三角形。

“就是……你从房子的正面看，在房顶下面，横梁和两面屋檐之间的那块儿。怎么了？”

“我没听说过这个词儿。”我向他解释。

“我以前也没听说过，”里昂倒也坦白，“我说过嘛，我现在学会了好多东西。接生过孩子，驾驶过宇宙飞船，打过仗……”

他又闭口不言了。

“里昂，没有谁能妨碍你长大，不让你造这样的房子，不让你住在里面。”我安慰道。

“我不是一个人住在那里。”

“嗯……你也会找到另一个人的。”

里昂点了下头，然后用我勉强能听到的声音补充道：“卡捷琳娜在卫生队工作。别人都认定我会死的时候，是她一直在照顾我。就在那次伏击之后，你被打死的那次……”

他没再说下去。

“我？”我忍不住问，“对了，你提到过我，说我在伏击中……后来是你把所有的……”

里昂点了点头，“是。那是你。我们那时已经二十多岁了，在新科威特入伍参军。我们进了伞兵部队。”

他又开始啃指甲了，但自己并无察觉。

“里昂，这是梦。”我说。

“难道这一切真的是梦？”他猛然惊觉，“你知道我给自己的第一个儿子起的是什么名字吗？是奇克列伊！”

我一时语塞，不知道如何回应，之后，胸中油然生出一股笑意。我极力想要把这笑意压抑下去。

我实在欲罢不能，开始干咳，想借此掩饰一下，最后终于全线崩溃，笑出声来。

后来，我干脆瘫坐在地上大笑不止。里昂跳了起来，委屈地盯着我。

“谢……谢！”我的叫喊夹在笑声中，“里昂……谢谢……”

“神经病！”里昂喊叫起来，“你根本不知道我是怎么熬过来的！后来我拖着你的尸体……”

我实在是停不下来。当里昂说起战争，说起自己臆想出来的妻子和不存在的家的时候，我似乎身临其境，觉得非常可怕。

而当他讲到我被打死的时候，恐惧感消散了。

一切又变成一个荒诞无稽的梦。

“看我不把你打趴下！”里昂向我扑过来，我赶紧顺着地板滚到一边，同时大喊：“然后你就……有尸体可拖啦？”

他扑了个空，一屁股坐到了地上，又不依不饶地扑过来。不过，他这会儿已经不是想打架了。他粗鲁地抱住了我，这举动真让人哭笑不得，俨然是一个大人在安慰孩子。

片刻之后，里昂也躺倒在地，大笑起来。

“真实个屁啊！”我大叫着，“那就是梦，是梦，梦！荒唐的梦！我还活着，你也活着呢，就算没有我们，也会有别人跟伊涅伊算账的。你要造房子就自己造，想要什么山墙都行，要喷水池也行！”

我俩拉着手又笑了一会儿，甚至笑出了眼泪。后来，里昂抹了一把脸说：“算啦，咱们别吵了。不然的话，我真得跟你打一架了，我可是学过的……”

“我没学过，可一样会打架。”我威胁他，“别吵架是真的，我们看上去就像两个白痴，这里肯定有好多摄像头监视着呢！”

里昂立刻沉下脸来。

像是为了证明我的话，一扇之前不怎么显眼的门打开了。

那里似乎并不是电梯，门里连着一条走廊。

“孩子们，你们在哪儿？”

是女人的声音，柔顺悦耳。我们从地上跳起来。

一位年轻可爱的姑娘走进了大厅，她穿着一身严谨的制服。

“你们谁是里昂？”她面带微笑地问。

我忽然觉得，她其实知道我们俩谁是谁。

“我。”里昂开口说。

这个笨蛋！应该由我来说自己是里昂，看看她会不会承认自己的询问就是走个形式。

“我是安娜·戈尔茨，”这个姑娘说，“就叫我安娜吧，好吗？”

里昂点了点头。

“我们得谈谈，走吧。给我讲讲你的梦境，好吗？”

“嗯。”里昂回头看了看我，然后双手插进衣服口袋，跟着那姑娘走了。

“你不回来我不走！”我冲着里昂的背影快速说道，“戈尔茨医生，你们结束的时候，能通知我一声吗？”

“我会通知你，没问题。”姑娘点了点头。

“没问题。”我学了句她的话，门关上了。我坐到软椅上，也把双腿搭在扶手上，像里昂那样。

斯塔西肯定知道里昂要被传唤的，他本可以事先提醒一下……

4

一个人待着总是很无聊。

在椅子里坐烦了，我开始在厅里四处转悠，又发现了两扇不起眼的门，倒不是特意伪装的，那样的话我根本发现不了，只是门的颜色和墙壁一样。

我又在水池边坐了一会儿。我拍了拍雕像的脚，青铜的表面冰冷又粗糙。我抠下来一块苔藓，仔细端详，好像是真的，不是合成材料做的装饰。

要是在水里养上几条鱼该多好！

重新坐回椅子后，我试图想象里昂正在经历些什么。他不会被大卸八块，这是肯定的……他们大概会给他套上头罩，做些脑电图什么的。斯塔西在干什么呢？是在向议事会做关于我的汇报吧？

我想得出了神，没有注意到等离子鞭已经从手臂上溜了下来，把前端伸到了衣领上面。直到它开始往神经元接口上探去的时候，我才有所察觉。

也许我应该把脑袋缩起来，谁知道这疯癫的鞭子会干出什么事？可我已经动弹不得，吓得冷汗直流。

等离子鞭安静下来，只是轻轻晃动着，好像是在做接驳微调。某个画面在我眼前逐渐成形，就好像在看电影或者在上课。这画面是能够拒绝接收的，只要别闭上眼睛，想点儿别的事就行。

我选择闭上眼睛，让身心放松。

起初，我听到了一个声音。不是靠耳朵听到的，这声音直接出现在了我的脑子里。这是斯塔西在说话。

“所以，我确信，我们遇到的只是一连串的事故。等离子鞭关联其他人的可能性是存在的，我们迟早会遇到这样的情况。”

“好吧，斯塔西，”一个陌生的声音响起，“就当作是真的吧。奇克列伊的整个经历都挺离奇的，再相信一回这种巧合又有何妨？”

说话的人显然带着嘲讽的意味。

“有什么离奇的呢？我们核查过卡利耶那边，奇克列伊确实是乘坐‘克利亚兹玛号’货运飞船离开的。我们也核查了‘克利亚兹玛号’，船员们的确是可怜这孩子，所以在新科威特放他走了。出租车司机那里我也查过了，你们也都看过报告。这孩子到汽车旅馆园区落脚纯属偶然。”

我的视野内开始出现画面。影像暗淡，还有些抖动，但还是能够分辨得清。一间长长的屋子，里面有一张长长的桌子，一些人坐在椅子里。这应该就是法戈斗士的议事会，大家在听斯塔西的证词。我难道是通过斯塔西的眼睛看到这一切的吗？

不是！我看到和听到的，是斯塔西等离子鞭的所见所闻！

我没怎么吃惊。我知道等离子鞭很有本事。让人吃惊的是，我的鞭子和斯塔西的鞭子居然可以建立起联系。

“还是来说说偷窃鞭子的事件怎么定性吧？”有人提议，“在这个问题上，我倾向于同意斯塔西的说法。该型号的鞭子我们遗失了十八条，我们可以肯定，其中三条落到了反社会分子的手里。就算是有人能够复制……”

发言者轻蔑地摆了摆手。

在桌子另一端，面对斯塔西坐着的几个人中的一位发话了，声音不高但颇有威严：“我建议结束这个问题。更重要的是决定我们该拿这个孩子怎么办，不是吗？”

会场一片沉默。有人站起身来离开了桌子。斯塔西又开口了：“我们就维持现状是不是更好？”

“可那条鞭子？”

“以现在的形态看来，那条鞭子不算是件武器。”

“斯塔西，您很清楚，它轻而易举就能够恢复战斗力。”

“奇克列伊不会这么做。他一直很有责任心。在卡利耶那种生活环境里……”

“斯塔西，不管怎么说，我们无权把武器交给一般人，不光是孩子不行，成年人也不行。”

“如果把已经绑定的鞭子从他手里剥夺，那就等于把这武器给毁了。

离开主人它无法存在。连那孩子都知道这一点。”

很长时间都没有人回应。我一直紧盯着那暗淡的影像。斯塔西似乎是转了胳膊的方向，我就只能看到桌子了，不过还能听见声音。有人在跟斯塔西争执，声音显得疲惫又悲戚：“鞭子给那个孩子太多能力了，那是一般公民不应该拥有的。比如我们这场谈话，奇克列伊已经听了四分钟了。”

我呆住了，赶紧睁开双眼，想从画面中溜出来，好像这样能改变什么似的。等离子鞭迅速离开了接口，瞬间溜进了衣服下面。

睁开眼睛之后，我看到一个体型壮实的男人正蹲在我面前。他年纪不轻，黑白混血的相貌，头发很短。我之前从未见过他，但是他身上有某种特质和斯塔西很像，应该也是位法戈斗士。

“别怕。”混血男人说话声音不高，还很动听。

我点了下头。

“你知道鞭子可以相互连接吗？”他心平气和地问我。

“不知道。”我摇着头回答。

“你惹麻烦的能力真是惊人啊，奇克列伊。”他一只手放到我的肩膀上，“走吧，小家伙。现在你没必要坐在这儿了，是不是？”

我没回答，只是乖乖地跟在他身后，就像是上刑场。不过不知道为什么，我并没有觉得害怕。

电梯运行了半分钟后，我们便走进了刚才在虚拟影像里看到的那个大房间。我用目光搜寻斯塔西，一眼就看到了他。斯塔西只是责备地摇了摇头，并没有说什么。

我扫视了一下在场的斗士们。

环境中发生了一丝变化。空气里弥漫起一种飘忽跳动的衍射光影，就像烈日下在地面蒸腾的空气。桌子和房间的架构我还能看得很清楚，而坐在桌子后面的人，我却只能看到个轮廓。他们说话的嗓音也做了声效转换。只有斯塔西和领着我进来的混血斗士还能看得真切。

“别害怕，奇克列伊，”不久前跟斯塔西对话的那个人说道，他大概是斗士的首领之一，“你没必要看到我们的脸。”

“我明白，”我赶紧回答，“我不害怕。这是某种催眠吗？”

“是的。不过，你确实不必害怕。你明白我们现在在做些什么吗？”

“明白。你们在商量该拿我怎么办。”

“你有什么想对我们说的吗？”

我沉默片刻，想要找出些有说服力的话来，但一无所获。

“我很遗憾把事情弄成这样，”我只好这么说，“可我不是间谍，我把鞭子拿走只是因为它关联了我。我觉得它可怜……它可是活的呢。”

“奇克列伊，我们现在陷入了特别麻烦的状况。问题不在于你掌握了什么非常机密的信息，也幸好并非如此。但是，我们不能把鞭子留给你。把等离子鞭给你，跟把原子弹拿给小孩儿没什么两样。”

“我不是小孩儿。”我觉得很委屈。

“你并不明白。”隐身于屏障之后的斗士耐心地解释说，“操控等离子鞭，不仅是一门复杂的艺术。它还能呼应你的各种愿望，甚至是潜意识里的。要是你想听别人的谈话，鞭子就会去抓取信号。即使没有主能量源，它也能被用作武器，绝对是格斗的撒手锏。你那些没轻没重的哥们儿推你一把，鞭子就会认定那是威胁，马上就把别人的双手斩断。明白吗？”

我咬着嘴唇，点点头。

“奇克列伊，你同意把鞭子还回来吗？”

“那它会死掉吗？”我问。我感觉到自己的衣袖里有了点儿动静。

“是的。鞭子不能再关联别人了。这是它的一种防护特性。”

我用左手抓住右臂，想要按住衣袖下面的等离子鞭，接着又问：“不能想想别的办法吗？比如说，让我一个人住，找个安全的地方，防止我闯祸。不是有那样的人吗？独自一人工作，在空间站之类的地方……”

斗士们缄口不语。半晌，斯塔西开始向我解释：“奇克列伊，你只有成为斗士，才能拥有这件武器，而只有在出生之前做基因转换，你才能成为斗士。这是个死胡同。”

“总可以有例外吧！”我再也忍不住了。

“没有。”斯塔西回答，“很不幸，孩子，有些规则我们必须遵守。遵守这些规则是我们的天职。斗士不能违背自己的诺言：不能把自己的能力用在获取个人权利上；不能背弃对人类合法政府的效忠；不能把高度危险的器材交到平民手里……包括等离子鞭在内。”

我差点儿没笑出声来，马上反驳说：“可这不合理嘛！军队里的武器不是更危险吗？那些根本就不是斗士的普通军官，按一下按钮就能把整颗行星毁掉！等离子鞭跟这相比算什么呀？”

“你说得没错，”斯塔西表示同意，“可是我们不能违反那条规则。”

我环顾了一圈。即使隔着一层朦胧的隔膜，我也能猜得到他们的表情。他们都很同情我。没有人真的愿意对付我。毕竟是他们的过错，才让武器落到我这个孩子手中。

“你们是成年人，有智慧，有爱心。你们难道就不能想个办法吗？你们是想帮助我的呀，就帮帮我嘛！”

斯塔西的表情非常痛苦。有人嘀咕着：“要是能帮就好了……”

“奇克列伊，你喜欢住在阿瓦隆吗？”那个混血斗士突然问道。

我点了点头。

“有一项关于获取临时授权的规定。”混血儿好像是在对着全体人员说。

“‘将部分信息和装备在受控和使用范围有所缩减的条件下交予相关人员’？”斯塔西迅速反问。

“‘在危机情形之下’，还有这个限定，这些都出自一份秘密文件。”混血儿回答，“实际上，你利用过这条规定，对吧？你在新科威特请奇克列伊帮助你的时候。”

“谢谢，拉蒙。我们可以……”

那位坐在首领位子上的斗士清清嗓子，补充说：“‘在需要执行特别重要行动的情况下’。”

他们全都安静下来，开始在心里权衡什么，那种专注劲儿让我觉得很不自在。

“奇克列伊，”拉蒙又开口说道，“倒是有一个机会，但是不太容易让人接受。”

“您说。”我赶紧请求，同时看了一眼斯塔西。他面容严峻，甚至有些扭曲。

“你知道现在新科威特是什么状况吗？”

我摇了摇头。

“我们也不知道，孩子。我们正在准备前往这颗星球的行动，要派三位斗士去摸清人们遭受伊涅伊心理攻击的情况。如果你也能去新科威特，我们就可以给你临时授权，你就可以留下鞭子。当然，还是不能带主能量源。”

我开始思考。没有恐慌，只有惊奇，因为这安排很是合情合理。

“要去多久？”我问。

“大概两到三个月吧。”斗士首领说，“事情结束以后，我们会把你调回来。你的家，你的工作，一切都会原封不动地等着你回来。”

“你的学校那边，我们也会安排好。”有人补了一句，还善意地笑了笑。

“我去了新科威特要做些什么呢？”我又问道。

“没什么特别的，只是观察和做出判断。任何信息都会特别重要，对我们有益，对你有益，也对帝国有益。”

“那鞭子呢？我回来之后就得上交？”

拉蒙耸了耸肩，“法律上并没有规定临时授权交予的装备要在什么期限内归还。可以先留在你那儿。”

我看了看斯塔西。他脸上的表情让我捉摸不透。

“那里昂呢？”我继续问道。

“里昂怎么了？”拉蒙皱起了眉头。

“你们会拿他怎么办？”

“我们的专家会试图研究清楚，被你成功阻断的那个程序到底对他产生了什么影响。然后我们会帮他拿到公民身份，还会……”

“里昂要跟我一起去。”我打断了拉蒙的话，房间里一阵窃窃私语。

“为什么？”拉蒙不解地问。

“因为他们是朋友，”斯塔西替我回答，“而且里昂的家人滞留在了新科威特。”

“那他自己愿意回到那里吗？”拉蒙眯起了眼睛。我察觉出，片刻之前，在斯塔西和拉蒙之间出现了某种不愉快的分歧。

“这需要问问他。”斯塔西这样回答。

桌子那边的斗士首领又开口了：“先生们，我们是不是有些操之过急了？先让奇克列伊好好想想，我们容后再作决定。不管怎样，我还是希望他能交出鞭子，留在阿瓦隆。他的朋友也需要作出决定。如果两个孩子都决定去新科威特，那么我提议由拉蒙来策划行动。”

大家七嘴八舌地议论起来，最终都同意不急在这一时，要“给这小伙子时间想清楚”。

“那我把这孩子送回家吧。”斯塔西按住我的肩膀说，“我感谢……诸位。”

他看了一眼拉蒙，两位斗士相互对视了好几秒钟。拉蒙尴尬地耸了耸肩，看向了别处。

我们又等了里昂两个小时，但不是在原来的大厅，而是在楼下一间舒适的酒吧里。斯塔西好像变得开心些了，没再提起那些恼人的事。他说今天不用再去参加会议了，所以就给自己点了好几杯鸡尾酒。

我喝的是果汁，那个快活的服务生“为了调味”，还往里面加了一勺橙子酒。我和斯塔西闲聊起来。斯塔西开始教我，如何从一个人的外表去判断他的情绪和性格。在我看来，他多半是在开玩笑，不过确实很好玩儿。酒吧里人不多，就十来个，其中没有法戈斗士。斯塔西把他们每个人都分析了一遍，非常有趣。

但斯塔西没有说过一句冒犯的话。

里昂是跟安娜·戈尔茨医生一起下来的（如果我们原本是在地下的话，那就是上来）。他看起来已经不再那么害怕和忧郁了，反倒是一直在笑。安娜跟他告别拥抱的时候，他还脸红了。

“他怎么样？”斯塔西像一个老相识那样朝安娜点头示意。

“我觉得，”安娜立刻变得严肃起来，“多亏这小伙子及时采取了行动。”

我知道，这说的是我。

“弄清楚什么了吗？”斯塔西好奇地问。

安娜摇了摇头。斯塔西好像并没有觉得意外。

我们向停车场走去。

“你受罪了吗？”我小声问里昂。

“只是谈话而已，”里昂认真地回答，“讲我的梦。”

“然后呢？”

“安娜说，并没有什么有价值的信息。那个梦是个宣传程序，但是在它起效果之前就被你阻断了。从现在开始，它会渐渐褪色，被我忘掉，就像一般的梦那样。后面的部分应该是有些重要信息，让人们信任伊涅伊的依据什么的。可那部分在我这儿没来得及起作用。”

“也就是说，你现在是正常状态？”我问他，又紧接着确认道：“他们没把你看成敌人吧？”

“没有。”里昂赶紧摇头，“我还要写一个关于自己的梦的详细陈述，填些表格，再做几次测试。这些就是全部了，没别的事了……”

斯塔西轻轻推了他一下，催促我们上车。我跟在里昂的后面爬上后座。斯塔西坐到驾驶员的位置，打开了自动驾驶仪，立刻开始问我：“你同意议事会的提议吗，奇克列伊？”

“什么提议？”里昂小声问，但我没有马上回答他的问题。

“是的，斯塔西。”

“我不认为你这样做值得，奇克列伊。”斯塔西摇着头说，“等离子鞭不是活体，只是个机器而已。”

“不完全是机器。”我固执己见。

斯塔西叹了口气，又用手抹了一下额头，“就算不完全是，就算它混合了机械、电子和生物神经，但都不重要。你想想看，奇克列伊，冒着生命危险去救一个……就算是爱犬吧，这明智吗？”

“不明智。”

“那你为什么要同意去新科威特呢？”

听到这里，里昂浑身一震，紧紧盯住我。

“说实话吗？”我问道，“是为了能让里昂过去。”

“那里昂为什么要去那里呢？”

“我的爸爸妈妈在那里啊！”里昂大叫起来，“这是怎么回事？我能去新科威特了？那里不是被封锁了吗？”

斯塔西沉默了一会儿，然后斟酌着字句说：“里昂，我能理解你担心父母，想念他们。不过，请相信我，被伊涅伊占领的星球上，并没有发生过什么大搜捕、大屠杀、大清洗……”

“那我们怕的是什么呢？”里昂反问斯塔西。

我说道：“斯塔西，你想象一下嘛，一个十三岁的孩子，父母在另一颗星球上，而他现在其实可以去找父母……”

“多瑙河”以巡航速度不紧不慢地在街道上行驶。自动驾驶仪选择了最通畅的线路。前车窗上不断闪过崭新的楼房、豪华的写字楼和人行过街天桥——在这幅背景上，斯塔西的面容显得格外温柔。

“大部分法戈斗士都没有父母，奇克列伊。不过，我有父亲。他在一次任务中失踪了……在一颗很小的星球上。我那时才十一岁，可已经能偷上一艘飞船赶去救他了。然而，我清醒地意识到，我并没有成功的机会，最后还是留在了阿瓦隆，继续学习。”

他沉吟片刻，又补充说：“你可以说我并不爱自己的父亲。不是的，不是那样的。”

“我相信，斯塔西，”我顿时嗓子发紧，“你自己也说过，我们的文明太过追求理性和逻辑，这并不是好事。看看我的父母，他们正是一切都做得守规矩、合逻辑，不留考虑其他任何可能的机会。所以我现在永远也见不到他们了，他们不在这世上了，死了。现在要是一切都按逻辑来办，那么里昂也永远都见不到自己的父母了。战争一旦开始，他甚至可能得朝自己的弟弟开枪……”

“我不会的！”里昂说。

“但你弟弟会！”我朝他喊道，然后把头转向了窗外。

斯塔西没有马上开口，而是等了一下，“奇克，我理解你。说实话，我其实并不反对里昂回到父母身边。要是你能在新科威特帮我们的忙，我也是求之不得……”

他忽然又不往下说了。

“那不就行啦?”我依然看着窗外。

“不知道。我只是不喜欢这样。”斯塔西回答得很简洁。

他按动了某个按钮，车窗蹭着我的鼻子降了下来，迎面吹来的风又冷又干，带着城市的气息。

“我来把这大块头开得快一点儿，”斯塔西说道，“风会不会太大了?”

“不会。”我马上回答。

更强的风朝我脸上打来。

斯塔西让我们在家门口下了车，但自己没有跟下来。跟我们握手告别后，就开着那辆笨重且没有半点儿豪气的车走了。我和里昂在门外站着，不想进去。

“咱们去看看罗西吧。”我建议。

“你说什么?”里昂反问道。

我明白了，他心思根本就没在这儿，全在妈妈爸爸和弟弟妹妹身上呢。我倒是希望他这样。他那个过着成年人生活的梦还会折磨他很久，可要是他能重回自己的家庭，那一切便会如阴霾一样立刻消散。

“我得跟罗西谈谈。”我说。

“有什么好谈的?”里昂皱起眉头,“不值得教训他。他就是个胆小如鼠的鼻涕虫。”

“我没打算教训他。我要跟他谈一谈。”

里昂犹疑地看了看我,耸了一下肩,然后把在车上解开的外套重新扣紧,“那走吧……”

我们没有等巴士,而是沿着彩虹大街向市中心的方向走过去。里昂双手插在口袋里,嘴里吹着什么调调。戈尔茨医生还真是个天才,能这么快就帮助里昂恢复过来。这哥们儿已经完全正常了。

彩虹大街是一条“住宅街”,沿街只有住宅楼,还有几家小商店,以防有人下班后忘记去超市。要是有人跟我说,现在整条大街上只有我和里昂两个人,我不会觉得吃惊。不过没过多久,迎面就来了一位坐轮椅的老人。看到我们俩时,老人阴沉着脸直摇头。他大概是认为孩子应该待在学校里,或者干些有用的事,而不是在街上闲逛。看见他,我想起那位勇敢的老人谢麦茨基,心情变得沉重起来。

阿瓦隆的房子一直让我很惊奇。在我们卡利耶,房子都很大,但墙壁都很薄,比窗户玻璃厚不了多少;新科威特到处都很温暖,所以房子又单薄又小巧,都是独门独院;而这里全是高大的公寓楼,由厚厚的混凝土墙或者砖墙建成。这样的房子常常出现在讲述古老故事的电影里,漂亮但透着古怪。现在我已经习惯了,甚至觉得理所当然。墙就应该厚,门就应该坚固,窗户就应该有两层玻璃。

还有一方面让人惊奇——那就是院落。在卡利耶,房子都是成排建造的,一幢挨着一幢。玩乐休息的场地要专门找地方修建。穹顶区里并没有多少这样的空地。在新科威特却正相反,房子与房子之间的空间非常大。阿瓦隆的情况则比较适中,每一幢房子边上都有一角空地,有的种着树木,有的安置了儿童滑梯或者秋千,还有的修了凉亭和观赏性水池。

为了抄近路,我们穿过了一座院落,走进了一条栗子树林荫道。可惜现在是冬天。更可惜的是,明年春天我将在新科威特,看不到这里的栗子树开花了……

真让人不甘心。

“咱们买点儿什么喝的吧？”经过一个小商店时，里昂问我。

“行。”

里昂在等着什么。

“啊……”我恍然大悟，赶紧从衣袋里掏出了些零钱，“拿着。”

我们接着往前走，边走边喝罐装的热咖啡，又经过了一个娱乐中心，那里有常见的电影院和视频游戏厅，有水族馆，还有几个健身房……我去过那儿一次，很喜欢。

“这里不比新科威特差。”里昂说完又改了口，“看我说的，这里其实更好。奇克列伊，你是因为我才想去那里的？”

“不是。”

“那是为什么？”

我犹豫着要不要说。街上应该只有我们俩，没人会听见……

不，这全是异想天开。要知道隔墙有耳，如果有人真的想偷听，可以通过低空卫星来读唇语，或者悄悄地给我们贴上微粒窃听器，或者在路过的车上安装普通的定向窃听装置……

“你知道吗，里昂，我在这里觉得无聊。难道我真的得像白痴一样在实验室里傻干，就这么从学院毕业？要是去了新科威特，就能帮助那些斗士们。万一我能说服他们，让我也成为一个斗士呢？”

里昂怀疑地看着我，反问了一句：“你想当法戈斗士？”

“那还用说！”

他陷入了沉思。那一瞬间，他身上的那个成年人——那个曾冲锋陷阵、成家立业、阅历生死的男人——好像重新活过来了。他叹了口气，有些忧郁地说：“他们不会要你的……斗士们都是经过基因改造的。一般人不可能成为斗士。”

“这些都是瞎扯，”我信心满满，“没有改造过基因又怎么样？我比斗士更能抗辐射呢，不是吗？或者用上我的某些其他能力……他们肯定需要一个像我这样的特殊间谍，一个可以在高辐射星球的环境中工作的间谍。”

里昂想了想，也表示认同。确实，这样的间谍一定会对斗士们有所助益。那种适合在低重力和封闭空间条件下工作的间谍，他们也会需要。

“不过我们必须做些真正重要的事情，”里昂说，“不只是四处盯梢，还要……”他稍有迟疑，但还是补充了一句，“比如说，弄清楚怎么让人们清醒过来。”

我们天马行空地想着各种办法，一路来到了罗西家。高大的公寓楼到这里就是尽头了，再往前都是独栋的房子。在阿瓦隆，所有家境殷实的居民都住独栋房子。

“我不进去。”走到小花园的篱笆墙边时，里昂嘟囔了一句。这里栽种的树木都是常青类的，虽然积雪压身，依然看起来漂亮又喜庆。

“好，那我尽快。”

院门没锁，我沿覆着雪的砂石甬道往房门走过去。旁边是一条从车库延伸出来的水泥车道，两侧种满了灌木丛。有一丛灌木陷了下去，上面没有积雪，大概是被车刮过。

我自己也说不清为什么想见罗西，也不知道该对他说些什么。

但是，不告而别一定不对。

因为错误都该被原谅。也许，不能被原谅的只有那些无法挽救的错误。比如，我被淹死了，或者不顾一切救我的里昂被淹死了。

我应该原谅他。因为斗士们也已经原谅了我的错误。

走着走着，我站住了——我看见了罗西和他的父亲。

他们正用鲜橙色的雪铲清理门前的积雪。其实已经清理完了，现在两个人正在相互抛雪打闹。罗西气喘吁吁地挥舞着铲子，就像挖掘机的铲斗一样，不断把雪泼到他父亲身上。威廉也喘着气，大笑着边躲闪边抓机会往罗西身上抛雪。罗西已经晕头转向，开始不看方向胡乱扬雪，威廉溜到他的侧面，迅速把他拎起来往雪堆里按去。罗西一边大笑一边拼命挣脱，高声喊道："你耍赖！"

我悄悄后退了一步。

"一比零。"威廉精神抖擞地宣布。

看得出来，他并非只是一个酒鬼，也并非只会一天到晚在各种演出和文学沙龙中夸夸其谈。他是个好人。

罗西大叫着扑向父亲，把他推倒在雪地上——我觉得威廉是有意跌倒的。罗西一边捧起雪来不断往他身上撒，一边问："你投不投降？投不投降？"

我又往后退了几步。

我到底在期待些什么呢？我难道希望罗西把自己关在房里，为自己是个坏人而自责？还是盼望他的父母不再跟他说话，不给他零食吃，不让他出去玩？难道我是为了来跟他说一句"没事儿，我一点儿也没生气，常有的事嘛。"

不是的！

或者……难道真的是这样？

"我投降。"威廉告饶了。他抬起头来，看见了我，立刻怔住了。我也呆在原地。现在想走也不合适了。只过了一瞬，威廉移开目光，若无其事地对罗西说："对了，你答应了要去帮妈妈的忙。"

"哦……"罗西直起身来，拍了拍已经发红了的手，"我们还没有收拾完这里……"

"罗西，"威廉也站起来，帮着儿子掸掉身上的雪，"你答应过要去帮妈妈的，这是一；你已经冻得够呛了，这是二。剩下的我来收拾吧。"

罗西没再争辩，不大情愿地进屋了。他一直没回头，因此没有发现我的到来。

我站在原地等着。

威廉走到我跟前，"早上好，奇克列伊。"

"上午好，威廉。"我回应道。

威廉点了下头，抬手抹了抹脸颊，若有所思，“啊……上午好……我把罗西支开了，你不反对吧？”

我耸了耸肩。

“咱们这边来。”他把一只沉重有力的手放到我肩上。

我们来到了花园中的一个小亭子，坐了下来。亭子里的长凳挺暖和，坐上去很舒服。

“这真是……这事儿真让人灰心丧气……”威廉不住摇头。他沉吟着从口袋里掏出烟盒，拿出一支细细的烟卷，点燃抽了起来，“怎么说呢，奇克列伊，我一直认为自己花了很多时间去培养孩子……”

“您别难过，”我赶紧接茬儿说，“罗西是吓坏了。这是常有的事儿。冰塌下去确实很吓人。”

威廉摇了摇头，“不，奇克列伊，不用安慰我。这都是我的失职。我太痴迷工作，生活随心所欲，太缺乏社会责任感了……说起来，这也是我们星球上人们的通病，奇克列伊。我们的日子过得太优裕自在了！”

他越说越情绪化，仿佛在写文章时突然文思泉涌。

“问题甚至都不在于我的教育方式是好是坏，奇克列伊。我常常把罗西和罗琪的教育寄希望于学校，以为文学、戏剧或电视节目都能灌输给他们正确的生活理念。可我忽视了关键的一点——他们缺乏情感上的温度，爱心不足，没有保护他人的意识。就因为这样，才会有那种怯懦可耻的表现，这是心灵的冷漠……”

威廉神情沮丧地挥了挥手，一截长长的烟灰被甩落到了凉亭积雪未扫的地面上。

“不是也没出什么事儿吗？”我不太自在，“罗西他犯了错误……但自己也意识到了。”

“谢谢。”

威廉用成年人的方式十分用力地握了握我的手，然后接着说：“你是个非常有责任心、非常善良的年轻人。对发生的那一切，我思考了很久，整整一夜都在思考。罗西自己也非常难过……直到几分钟前才稍稍释怀，心情轻松了一些。”

我点了点头。

“现在我面临着一个艰难的任务。”威廉接着说，“我得校准孩子们的行为模式。要消除负面倾向，同时还不能伤害他们的心灵，避免引发青少年的逆反心理。我想请你帮帮我。”

“我来就是为了……”

“奇克列伊，我有个非常不一般的提议，”威廉继续说，“你不要吃惊，听我把话说完，不要打断我。”

我又点了点头。威廉又抱了抱我的肩膀。

“你与我的孩子们同龄，但比他们要成熟许多，因为你的阅历非常丰富，你父母的不幸、你在新科威特的可怕经历……父母在最后时刻把你转移走了是吗？不，不用回答，我知道，孩子们跟我讲了。还有你和朋友之间那种战友情，你那么关心他……你的朋友已经痊愈了吧？”

这一次他是在等我回答，于是我点了点头。那截灰色烟灰正在雪地上慢慢散为齑粉。

“这很好。”威廉点了点头，“奇克列伊，我想，你一个人生活真是很不容易。”

“我不是一个人，”我脱口而出，“我和里昂一起住。而且大家都帮助我们，甚至还有法戈斗士们。”

威廉恭敬地点了点头。在阿瓦隆，人们对法戈斗士都敬佩有加，不会有不恭态度。特别是在兰茨港，这里的整个经济都是为法戈斗士服务的。

“我理解。不过，两个孩子没有成年人陪伴而独自生活，这说到底还是不太妥。你毕竟还没到独立年龄，这样下去对你们会有不利的影响。所以，我想提议……你和里昂搬到我们家来。”

这真出乎我的意料。我抬头看了看威廉，他不像是在开玩笑。

“当然啦，我说的不是领养，你们都是大孩子了。”威廉继续侃侃而谈，“不过，我们准备办理正式的监护关系，帮助你们受教育，在社会上找到合适的职位。嗯……你们享受快乐童年的时间也会更多些，不是吗？”他微笑起来。

“您为什么要这样呢？”我问。

“我坦白说吧。”威廉长吐了一口烟，把手中的烟卷扔到一边，“首先，是出于愧疚感。我认为自己有责任去弥补罗西的过失……也包括我自己的过失。其次，这是一项善举。支撑我们这个世界的不正是友善和互助精神吗？第三点，可能也是最重要的一点，你们的榜样能帮助罗西和罗琪健康成长，成为真正的人。我跟孩子们，还有孩子们的妈妈都谈过了，他们都很愿意。嗯……你觉得怎么样？”

他在等我的回答。他身上散发出烟草的气息，还有某种很昂贵的古龙香水的刺鼻味道。

“对你和里昂的那些好处，我只是简要地列举了一下，也许不提也无妨，是吧？”

爸爸从来就没吸过烟。吸烟代价昂贵，需要专门的许可。

“谢谢。”我开口说道，“但是……”

“我明白，奇克列伊，你对我并没有多大的敬意。”威廉打断了我的话，“你觉得我话多，又固执己见，是这样吧？不过，你也得理解，这只是我工作的特性带来的影响。我们其实并不像你想的那么不好。”

“我从来没把您想成不好的人，”我赶紧解释，“没有……嗯，有时候是觉得好笑，可是……”

我发觉自己有点儿语无伦次了，便赶紧打住。不过这一次，威廉倒是很耐心地一直等着我继续说。

“您知道吗？不……”我终于摇了摇头，“不，我很感谢您。但问题在于……您让我和里昂来你们家的原因。”

“有什么不对吗？”威廉有些吃惊。

“不是，您说的都很正确。但实际上，您没有负责的必要。”

“我没明白，奇克列伊。”威廉满脸疑惑。

“我是说，当大家想要互相帮助或者想要友好相处的时候，都应该是自然而然的，而不是想着要赎罪或者行善，也不需要有什么解释。这就如同道德和法律的差别，您理解我的意思吗？制定法律，为的是迫使人们做什么或不做什么。即便是再好的法律，也意味着人们本不愿意那样去生活。而您为了让我们去你们家，找出了各种解释，好像这样就能教会罗琪和罗西善良勇敢。”

威廉沉默了一会儿，然后问道：“这是你自己的想法？”

“不是。”我如实承认，“是……我的一个朋友这么说的。他说，法律是道德的拐杖，还说我们现在已经不会用心去思考了，只会用脑子去判断，而且还总想去证明这是对的。人们以为心无法思考，只会感觉。实际上不是这样，心能够思考，只不过思考的方式不同。”

“许多人都说，心脏只会输送血液……”威廉低语了一句。他一下子没了精气神，片刻之前的庄重堂皇瞬间离他远去，“大概，你的朋友是对的，奇克列伊……他说得对。你可能不知道，我们总是挖空心思去重新诠释那些旧时代的剧作，全新解读《罗密欧与朱丽叶》，全新演绎《奥赛罗》。我们试图用理性去阐释其中的一切，把人物的每个举动都赋予理智的意义，不论是罗密欧的自杀，还是奥赛罗的愤怒。”

他伸手去拿烟卷，但马上又塞了回去，然后问道：“奇克列伊，你是不是觉得我在寻求证明？求证自己要帮助你和里昂的愿望是正当合理的？”

我摇了摇头，“不是。抱歉，我没这么想。”

威廉呆坐在那里，眼睛紧盯着前方的某一个点。

“您会把一切都处理好的。”我说，“您今天跟罗西一起玩儿得那么好。”

他耸了耸肩，喃喃自语：“是啊。起初我仔细思考了该如何就这件事教育自己的儿子，可最后也只是跟罗西胡打乱闹一场……大概，我的心也只会泵血……”

“您不用这么想。还有一件事得告诉您，我们要离开阿瓦隆了。”我说道。

威廉点了点头。

我真是蠢啊！一切都搞砸了！

“抱歉，我可以走了吗？”

“当然，奇克列伊。”

“如果有机会……等我回来的时候，再来看你们，行吗？”

威廉点了点头。

我走出花园的时候，里昂正百无聊赖地瞄着院门扔雪团。他的战果不错，院门上已经沾满了雪印。

“谈完了？”

“是。”

“谈成什么了？”

“没什么。”我回答他，“你说，为什么凡事总是这么别扭？”

“不别扭的时候，我们根本察觉不到。”里昂回答。

我们一起回家了。

5

在落日的柔光之下，阿格拉巴德显得格外静谧祥和。

天空中不断有微型直升机穿梭来往。教堂和清真寺尖塔上的马赛克饰片在阳光下时蓝时白，交相辉映。我双肘撑在地上，用电子望远镜遥望新科威特的首都。视界清晰无比，连街道上的人形和车影都看得很真切。

“风平浪静，里昂。”我边说边把鸭舌帽的帽檐转到脑后，遮住烤人的阳光，“咱们这就过去吧？”

里昂蹲在我旁边，嘴里嚼着一根草叶。听我说完，他一耸肩膀，“试试呗。”

我站起身来，掸了掸沾了土的衣袖，和里昂一起顺坡往下走去。山坡的顶部有一片树林，昨天晚上，斗士的飞船就是停在那里让我们俩离开的。附近还有一条从宇航空港进城的公路。如今公路上空空荡荡，因为几乎没有飞船来新科威特了。行星已被封锁……

"我父母计划过要迁到首都去，"里昂对我说，"要是事情还没办成，我们还得去找找他们。"

"会去找他们的。"我一口答应。

我们在路上走了十多分钟。这幅画面看起来应该很正常吧？两个半大孩子，穿得整整齐齐，头发梳得一丝不乱，步行进城也没什么大不了的。

第一辆往城里去的车在经过我们身边时减低了速度，但并没有停下来。坐在后座的两个男人无动于衷地看了我们几眼，也没有开口，司机则一直紧盯着前方，很快就加速驶远了。

"我敢打赌，"里昂忽然说道，"情况不大对。"

"我也有这感觉。"我无意争辩。

打从落地新科威特开始，我们俩的想法就一直相互配合，好像都在竭力避免争执，连细枝末节处也都不想有分歧。

我们可是身处伊涅伊的势力范围内，这是敌人的地盘儿。

又有三辆车先后经过，仍没有一辆停下来。尽管我们拼命打招呼比手势，但谁都没多看我们一眼。

"他们似乎都知道我们是谁。"里昂推测说。

"的确。要不咱们别在路上走了？"

"也行。"里昂点了点头。

可惜为时已晚。

一架微型直升机突然降落在了公路上，距离我们前方十米远。它此前一直飞得很高，所以我们没能注意到它的存在。为了尽快停稳，驾驶员打开助力器强行制动，一股气浪扑面而来。

"我们只是想进城而已，"我对里昂低语，"镇定……"

从直升机里跳下来四个身影，三男一女，都是年轻人，但仪态格外严肃。

“你们好，孩子们。”那女人开口打招呼。她上下打量我们的目光十分警觉，又带着些气恼。

“您好。”我回应道。里昂也随意嘟囔了一句。

“你们为什么不上学？”女人接着问。

四个人都来到了我们跟前。他们似乎对我和里昂没什么戒备，但仍保持一定的距离。我俩究竟有什么特别之处？

“嗯……”我看了一眼里昂，“放学了，课都上完了。”

他们满脸惊异地互相看了一眼，好像我说了什么闻所未闻的荒唐事。

“这不太对劲。”那女人大声断言，“有点奇怪。你们上直升机吧。”

她的一个同伴向前一步，抬起了一只手，手里握着某种小型装置。他把那东西对准了我，然后又对准了里昂。

装置发出了尖利的声响。

“趴下，双手放脑后！”女人高声命令。

三个男人都掏出了武器，是很小的手枪，原来藏在衣服口袋里。

“别动！”里昂的反应更快些。他单膝跪地，已经把自己的手枪对准了他们。

女人朝里昂扑过来，想要压住他。我赶紧向前伸出右臂，等离子鞭银光一闪，将她击倒在地。

一个男人还是掏出了手枪。这时，里昂的枪响了。一连串喑哑的爆响过后，那三个人都倒在了路上。那个女人躺在地上没法儿站起来，只是满目仇恨地看着我们。

这时，又有一架直升机呼啸着从天而降！

“跑啊，里昂！”我大喊一声，抓住他的肩膀，“快跑！”

里昂又往天上开了几枪，似乎想用手枪把直升机给打下来，接着便拼命狂奔。

有什么东西重击了一下我的后背，沉重又灼热。肚子里一阵咕噜，咸涩的液体涌上了喉咙，双腿也变得不听使唤。我一下子跌倒在炙热的混凝土地面上，双膝擦伤了，痛得钻心刺骨。一侧的脸颊也被凸凹不平的路面蹭得剧痛不已。心跳不断加速，衣服很快就被血浸透。我用尽最后的力气转过头来，看到那个女人手里的爆击枪正冒着烟。

眼前一片黑暗。

“觉得怎么样？”是拉蒙在问。

我看了看自己的肚子，又摸了摸脸，然后断开了自己的神经元接口，从椅子上爬起来。

一旁的椅子上，里昂扭来拧去，满脸愁苦地看着我，“我的腿给打断了……”

这间虚拟教室并不算大，那些斗士们大概也是在这里学习的。房间的窗户都被厚实的窗帘蒙住，照明全靠昏黄的灯光。房间里有五把配备虚拟终端设备的椅子，但现在都空着。屋里只有我、里昂以及坐在教官席位上的拉蒙。不知道那些敌人只是程序生成的，还是由拉蒙控制的，不过我也没心思问。

“你们犯了哪些错误？”拉蒙问道。

“不应该在大路上走。”里昂回答。

拉蒙却耸了耸肩，“在哪里抓住你们有区别吗？”

“带武器没用，”我说出自己的想法，“我们俩对付不了那边的军队。”

拉蒙点了点头，“快说到点子上了。孩子们，你们要知道，极权体制虽不常见，但却是极为险恶的。”

“可我更不喜欢无政府状态。”里昂有自己的见解。

“二者同样糟糕。”拉蒙表示同意，“不过，问题的本质一样——靠蛮力行动，任何情况下都无济于事。你们不是斗士，也不是帝国战队，而是观察者！你们是两个没被操控程序影响的孩子，被吓坏了，跑到树林里躲藏了一个多月，分不清方向，绕来绕去才终于找到回城的路。你们不应该怕警察！相反，你们应该迎着他们跑过去，扑到他们怀里求救，哭着喊着要吃要喝！”

里昂气哼哼的，他一点儿也不喜欢这些主意。

“要是能知道新科威特的大致情况就好了，”拉蒙说话的语气平静又矜持，像是一位老师突发奇想，打算给学生们透露不为人知的宇宙终极秘密，“可惜我们无从得知。我们只知道哪些情况不会发生——新科威特不会有集中营，不会有大屠杀，就算只剩百分之五、百分之十，或者百分之二十的居民没有被剥夺意志，也不会发生那些极端情况。我们只知道这些！但我们可以推测一些情况，比如伊涅伊联邦的行星都实行军事化管制，或者采取类似措施。成年人可能每天要工作八小时，或者十二小时，孩子们大概每天也得在学校待这么久。人人都在为未来的战争做准备。所以，你们不能表现得像新科威特的普通孩子一样，而是要保持自己本来的样子！你，是来自‘7号服务站’空间站的里昂。你，是来自卡利耶的奇克列伊。你们来到了新科威特就没有再离开，你们被全民大梦给吓坏了，躲到了森林里。明白吗？”

里昂哼了一声，不情愿地说道：“明白。那我们在森林熬了一个月以后该是个什么样子？”

拉蒙笑了，“你们马上就能看到。”

他通过无线接口发出了指令。桌面上方展开了一块屏幕，画面中出现了我和里昂——我们在刚才的虚拟现实环境里就是这副模样。里昂穿的是簇新的牛仔布套服，脚上是一双运动鞋。而我穿着浅色裤子，长袖衬衣，戴着变色鸭舌帽。

“这可不像仓皇逃亡的小羚羊啊。”拉蒙摇头，“咱们得改一改。”

一秒钟后，画风就变了。

我依然穿着同一条裤子，但现在已经变得脏兮兮的，满是泥痕，膝盖下方还撕破了一块。帽子不见了，上身穿的也不是长袖衬衫，而是一件运动T恤。里昂还穿着牛仔布套服，但也脏得不成样子。衣服袖子被撕裂了，原本穿在里面的衬衫也消失了，牛仔裤上满是污迹，破旧不堪。我穿着破拖鞋，里昂干脆赤着脚。我们俩都被晒得黑乎乎，蓬头垢面，面黄肌瘦。我的变化尤其明显，里昂还好，他原本就比较瘦弱。

“神奇吧？”拉蒙得意扬扬，“很完美，是不是？”

我俩的影像在空中缓慢转动。里昂的牛仔裤上又添了两个洞，我的T恤也给烧焦了一大块。

“我得减肥。”我喃喃自语。

“减点儿也好，”拉蒙像是在安慰我，“一公斤吧，别再多了。洗个桑拿，路上稍微注意下饮食。你们可以抓鱼摘坚果吃。新科威特的森林在这个时节还是物产颇丰的。”

“那鞭子呢？”我问。

我的影像放大了。拉蒙用手指点了点裤腰的部位。

“在这儿。这是隐蔽携带武器的方法之一。里昂，你身上配的是一把便携小刀……”

里昂不高兴地哼了两声。

“还有一根钓鱼竿，”拉蒙赶紧安慰他，“带超音速钓钩装置。你们就用它来钓鱼。”

“要不要再试试其他方案？”我问拉蒙。

“不，不用再试了。晚上我们做好模拟器程序，夜里你们就能进行虚拟实战。”

我和里昂相互看了一眼。

“得尽快，”拉蒙若无其事，“明天就要送你们去新科威特了。正好赶上一个合适的机会——皇帝的特使也要访问新科威特，大家的注意力都会集中到他身上。你们俩会藏在一个隐形着陆舱里，从特使护送队的飞船上悄悄投放到地面。这方法绝对安全，你们不用担心。”

“不会被发现吗？”里昂颇感惊奇，“旁边就是宇航空港，那里有好多追踪监测站呢！”

“在已知的追踪定位仪里，没有一种能发现我们的隐形着陆舱。”

“拉蒙，”我想起了一个非常关键的问题，“那些异族从新科威特离开了吗？”

在拉蒙训练我们潜入新科威特的这两天里，大家相处得还算不错，但有时候还是难免拘谨。尤其是在向他提重要问题时，我依然有些忐忑不安。

“有一部分离开了，”拉蒙点头说，“我们从他们那儿打听到了一些情况……你想问的是这个吧？”

“是。”

“他们认为那颗行星平安无事，一切如常。知道问题在哪儿吗，奇克列伊？那些异族的社会制度，不管是紫姑人、半身人、布朗尼人还是塔伊人，全都跟我们不同。比如，只有我们的部分专家能够理解，紫姑星上曾发生过基因的世代更迭。而一般的异族——那些行商、外交使团或者游客，甚至是间谍们，压根儿察觉不到这一点。至于帝国内部的分化和结盟等复杂情况，异族也很难立马发现。”

拉蒙边说边看了一眼表。这个动作让人琢磨不透。他对时间一向敏锐，根本不用看表。

“下午就休息吧，孩子们。”他对我们说，“可以休息到十九点整，我会在这里等你们。尽管吃饱喝足……总之，想干什么随你们。”

“遵命。”我一边答应，一边站起身来，伸了个大大的懒腰。虽说椅子很柔软，还带有震动按摩功能，但一连坐上五个小时也会让人周身倦怠。今天我们已经测试过七种潜入新科威特的方式，每一次都是以失败告终——三次被打死，四次被抓入狱。

我们跑到走廊上，留下拉蒙自己对着那堆仪器设备再施魔法。

“还是有点儿不公平。”还没等门关严，里昂就忍不住唠叨起来，“他们就是不想让我们做任何抵抗！其实，我们绝对能给那些家伙点儿颜色看看。‘等离子束来啦，接招儿！’那些家伙们瞬间就完蛋！”

“你真的想这么干？”我问。

里昂想了想，还是摇了摇头。不管不顾的任性劲儿瞬间消失了。

“不，得见机行事。”

“那咱们就谨慎点儿，就算受罪也得先忍着。”我安慰里昂，也是安慰自己，“拉蒙他们都是为我们好。”

虚拟视频教室就设在对外可见的楼层，而不是像斗士们的议事厅那样位于隐蔽空间里。走廊上还有看得见城市风景的窗户。电梯旁边有一间围着防弹玻璃的警卫室，里面的警卫正百无聊赖。一处窗台上坐着个年纪比我们稍小的男孩，他嚼着泡泡糖，两眼望着窗外，好像外面有什么吸引人的东西。

我们等电梯开门的时候，那男孩跳下窗台朝我们跑过来，跟我们一起进了电梯。我和里昂不约而同挪了挪位置，站到了男孩的对面。

这孩子看上去有点儿奇怪。首先，他非常瘦弱，连偏瘦的里昂跟他相比都显得壮实；其次，虽然他那浅色的头发理得很短，一如其他男孩，可相貌却十分漂亮，就像女孩一样。不过他吹泡泡糖的架势倒像是个男孩。

“你是男的还是女的?”里昂直截了当问了一句。我赶紧捅了他一下，打圆场说：“看你这没眼力见儿的。人家是斗士。”

“是不是斗士我不管，”里昂颇不服气，“我只想知道他是男孩还是女孩。”

看起来，里昂一心想跟这位年少的斗士吵上一场，再打上一架。我不明白他为什么要这样，斗士总是会占上风的。不过里昂还是一意孤行。

“女人当不了法戈斗士。”少年斗士回答的时候并不气恼，照旧嚼着泡泡糖。他的嗓音也很纤细，像女孩一样，“斗士可不会在飞行的时候躲进休眠舱。明白吗?”

“明白。”里昂愤愤地回答。

“我们有一分半的时间，”少年若无其事地继续说，“我们把这台电梯的监控暂时屏蔽了，速度也调到了最低。”

“我们是指谁?”里昂又有些不满。我又捅了他一下，想让他住口。

“未来的法戈斗士们。”男孩矜持地解释说。

“你们人还不少?”里昂又企图挑衅。

但少年打断了他，“那不重要。你们什么时候出发去新科威特?”

“那也不重要。”我边用力拉住里昂边说，“我们怎么知道你是谁，你想干什么?”

“我想给你们点儿建议。”少年回答，“别去。”

“为什么?”我问。

“这很危险。你们还不具备足够的能力来完成这项任务。”

“要是我们不去，会从你们之中派一个人去吗?”我继续问。

显然一招中的——少年斗士眨着眼睛吞吞吐吐起来，“一般来说，呃，我们哪儿也不会去，也什么都不知道，只在电视里听说过新科威特。”

我拿出了咄咄逼人的架势，“要是你们想玩儿间谍游戏，好啊，去找拉蒙吧，跟他去说。”

“真是对儿傻瓜。”少年耸了耸肩，“随你们便吧。”

“去啊，去啊!”里昂劲头十足地敲边鼓，“去玩儿你们的布娃娃游戏吧。”

换作是我，现在一定会暴跳如雷，而少年斗士却无动于衷，只是撇了撇嘴。电梯停下了，那孩子没再说话，径直走了出去。他走进了一片黑暗中——电梯并没有停在一楼，而是停在某个莫名其妙的位置，看电梯门上方的指示板，应该是在二楼和三楼之间。我有一种直觉，黑暗之中，似乎还有一个人在场。

“真能耍花样儿。”电梯门关上之后继续下行，里昂十分得意，“你明白了，是吧?”

“我什么都没明白。”

“得啦，明摆着的事嘛!”

终于到了一楼，我们走出电梯。大厅里人不少，但没人注意我们。

里昂趴在我的肩膀上耳语:“这里一定有很多这样的小男孩，都等着被培养成斗士呢。不用说，他们也渴望去冒险……瞧这废物样子！我们可是要被派到敌人的星球去，而他们每天不过就是坐在虚拟机前，练练肌肉，上上课。可真能异想天开……”

“你也不用说得这么难听，”我对里昂说，“他能把你拍成饼贴墙上。”

“可他根本就没脑子嘛！”

“那又怎么样？他是法戈斗士，一出生就开始接受战士的训练。”

“是啊，穿着尿布打仗。”里昂一脸不屑，说完这句以后终于安静了。

“我还是觉得这不太对劲儿。”我带着疑虑说。

“要不，我们跟拉蒙说说？”

我想了想，摇头说：“不，最好是跟斯塔西说。或者干脆不说。”

我们其实可以在斗士们专用的咖啡厅吃点儿东西，那里可是免费的。但最后，我们还是决定去城里找家普通的餐厅。这可有意思多了，就算是在富裕的阿瓦隆，小孩子自己去餐厅也是少见的事呢。

距离斗士总部一个街区远的地方，有一家“玛莎百货”，那里的顶层有一间大餐厅。我们直奔那里。餐厅里几乎客满，不过我们还是找到了一个挨着玻璃墙的小桌子。餐厅的墙面全是透明的，形状不规则，天花板也是个长满棱角的透明大圆顶，餐桌就摆放在向外突出的棱角下。坐在里面妙趣横生——连脚下的地面也是透明的，可以看到地面上的汽车川流不息，沿街两侧路灯招牌交相辉映，步道上行人熙来攘往。天色还不算太晚，但因为下起了雪，很快就暗下来了。

“我真喜欢这里啊。”里昂由衷地赞叹。

“是啊。”

“我不是指餐厅，”里昂很认真地解释说，“我是指这整颗行星。照你看，他们会不会允许我父母也搬到这儿来？”

“只要我们能完成任务。”我说，“我们毕竟是在帮助斗士们，也等于是在帮助整个帝国。拿到签证对斗士们来讲，完全是小菜一碟。”

里昂点了点头，十分入迷地望向脚下，说道：“可能正是因为雪，我才喜欢这里。我一直都特别爱读有关冬天的故事。你不会笑话我吧?”

“笑话什么？当然不会。”

“还在空间站的时候，有一次，我向管委会递交了份申请，请求给我们造一个冬天。”

“怎么样?”

“没怎么样。我收到了官方回复，说这办不到。气候调节系统没这个功能。还有啊，建筑物没法供暖。你知道我们那里是什么样子吗？空间站就像是一个大圆盘，特别大。上面有仓库、办公楼和机械设备什么的。人住的房子都在高层，在圆盘的最外围。再往上就是穹顶和力场防护罩……”

他没再说下去。我也想起了我们那里的穹顶，一时间郁闷起来。

“很像在古代。”我岔开话题，“那时候人们认为地球是平的，像个圆盘。”

“这怎么可能嘛?”里昂颇为吃惊。

“那时候还没到宇航时代。你站在行星表面上，肯定不会意识到它是圆的。”

里昂想了想，不再争辩了。他也觉得站在地面上难以想象星球的形状。

我们的菜来了。里昂给自己点的是一种夹着辣味肉块的薄饼，叫作“辣酱玉米饼”。我没什么胃口，就点了一份沙拉和一个热汉堡。沙拉味道很好，里面有鸡肉和蔬菜，盛在一只水晶高脚托盘里。汉堡也不错。

“明天我们就要穿越超空间通道了……”里昂低声说，“你想过没有？谁也不会想到，我们这一去是为了拯救整个帝国呢!”

“里昂……”

“我说得很小声了……”

一架微型直升机低低地掠过透明天花板上方，随后降落在了停机坪上，飘舞的雪花很快覆盖住了它的顶部。一个女人带着一个小女孩从飞机上走下来，进了电梯，大概是来商场购物的。她们想必不会在意，身边不远处有两个男孩正准备飞往新科威特，这个餐厅里的所有客人都不会在意。人们来这里就是为买买东西，喝上杯啤酒，享受晚饭，然后心满意足地回家去。在家里看看电视，和孩子们玩一玩，去泳池里游游泳，或者和亲朋好友们办个聚会，通宵达旦。没人觉得有必要冒着生命危险空降到其他星球，隐身于敌人之中。他们身边没有威胁。就算有什么突发情况，还有皇帝、军队和法戈斗士们扛着呢。更不会有人想到，宇宙中还存在一些凋敝落后的行星，对那里的人们来说，连自由呼吸都是奢侈……

“奇克列伊，你怎么了?”里昂小声问我。

我没说话，把脸转向一边，用衣袖抹干不自觉流出的眼泪。

“奇克列伊，我再也不瞎显摆了。”里昂带着愧疚解释，“我就是有点儿……可能是害怕。我因为害怕才……跟那个小斗士置气，我不是故意的……”

“跟你没关系啦，”我打断了他的话，“我就是有点儿难过……”

他理解了。

“我也挺难过的，奇克列伊。”

“我想到的是，我觉得自己没法儿在这里安定下来。我跟这里的一切都格格不入。大家都像是因为可怜我才帮助我。所以我才愿意去执行这个任务，里昂。不仅仅是因为你的父母，也不是因为这个破等离子鞭。我不希望大家是出于怜悯才容我在这里生活。”

“还说人家怜悯你!”里昂很不以为然，“要说对我是怜悯，那还差不多。但你帮助过斯塔西啊。要不是你，他没准儿就死在新科威特了。那样的话，斗士们根本没法儿知道伊涅伊的情况。”

他言之有理，可我还是……

“我想证明自己能干成大事。”

"难道你有义务向谁证明什么吗?"里昂反问道,"你这想法有问题,孩子气……就是这么回事!"

他摆出嘲笑的表情,还对我吐舌头。

"你怎么不明白呢?"我有些急了,"因为我的……我的父母……"我说不下去了。

里昂接着我的话说了下去:"他们死了,你跟我说过。我非常同情你,可就因为这个,你就拿生命去冒险?"

"你不知道事情的全部。他们并不仅仅是死了,里昂。我们那里规矩不一样,每个人都要缴纳生活保障金。交了钱才能得到过滤的空气、消毒的水和辐射防护。保障金得交一辈子,但只能覆盖一部分生活需要,其余的物资还得靠工作去挣。我的父母丢了工作,就只能透支社会保障金了。后来他们发现自己根本再也找不到工作了……"

"他们……是被杀死了?"里昂睁大了眼睛。

"不是。按照规定,我们全家都是要被赶出穹顶区的。可在穹顶外围,人根本活不长。所以我父母去了安乐死中心,那里名叫告别宫。他们把自己剩余的社会保障金转到了我的名下,这样就能保证我可以好好长大,直到找到工作。"

里昂脸色发白了。

"在我们那儿,"我接着说下去,"这种事常常发生,卡利耶并不是宜居星球,你能明白吗?"

"奇克列伊……"

"算了。"我又把目光转向了窗外,"换我是他们,也会那样做的。我现在想的是,难道爸妈就这样白白牺牲了?光是活下来还不够,我应该再多做些什么才行,做点儿真正有用的事。比如帮助斗士们,去打败那些残害大家的恶势力。"

"那你不想回到自己的星球,帮助那里的人吗?"里昂问我。

"怎么帮?我们那里是民主制,谁不喜欢都可以自由离开。社会监理机构是我们自己推选出来的,那些社会监理官都不是坏人。大家总在说，社会保障金会逐步扩大覆盖面的，可能再过一百年，空气和水就都能免费了。”

里昂不住摇头，“你认同那些做法？”

“不，不认同。可还能有什么办法呢？看看阿瓦隆星球多么富裕。这里还有那么多闲置空间，完全可以邀请我们那里的居民来这儿定居，可谁也不会这么做。我又能怎么办？对所有人都心怀不满？怪罪那些斗士们，怪罪皇帝，怪罪阿瓦隆人？”

“那还打仗干什么呢？斗士们为什么要跟伊涅伊对着干？伊涅伊根本就没有伤害任何人啊！”

“伊涅伊不给人选择权。他们在剥夺自由。”

“难道在你们卡利耶就有自由？”

“有啊。”

“那算哪门子自由？”

“可恨归可恨，但毕竟还有自由。”

我的眼皮忽然没来由抽搐起来，可能是因为我很难再为自己的故乡星球辩解什么。可恨的故乡，那夺去了我爸爸妈妈的故乡。

“奇克列伊，你先别生气。”里昂安慰我说，“可能我说得不对，不过我确实很难理解。”

“在我们那里生活过的人才能理解。就像你说的，你要求当局在你们的空间创造一个真正的夜晚，造出真正的雪。而对方向你解释了为什么办不到。我曾经跟斯塔西说起过我们那儿的事，我们聊了四五个小时。你知道吗？帮助一个人并不难，就像斯塔西帮助我，也帮助过你。可要帮助整个世界，就算是卡利耶那样一个很小的世界，一个人也是无能为力的。即使斯塔西能颠覆或摧毁一些事，或者发动一场革命，可这无法给卡利耶带去善良。善良不是能硬塞给别人的东西。人必须得自己转变想法，主动去改变自己的生活。你不是学过历史吗？要是生在黑暗的母权制时代，我们俩就得戴着项圈被人牵着走，见到每个女孩都要点头哈腰，懊悔自己为什么生为男人。可那时候就已经有法戈斗士了。他们也都戴着项圈，也得点头哈腰，你想是不是？斗士们也曾经守护过那种文明，其实他们本可以搞上一场革命的。”

“黑暗的母权制时代是历史的必然，”里昂说，“这是所有人都承认的事实。因为那时候战争不断，要不是有女人，人类就会走向灭绝。女权主义联盟夺取阿拉伯帝国政权也是如此……”

“不愧是优等生。”我没有半点儿讽刺的意思。

“在当时看来，母权制是一种进步。”里昂话锋一转，“可卡利耶怎么能相提并论？你倒是说说看，你们那些制度带来过什么好处吗？”

“人类遭遇困境时，必须要做出牺牲。比如说，异族把我们的一些星球给夺去了，人们就只能去条件差、资源少的星球谋生。这时候就需要一种能维持生存的社会机制，卡利耶的制度就是这样形成的。斯塔西说过，人类的整个历史，就是雪地上的一支舞。”

“什么？”

“雪地上的一支舞。人类素来崇尚美丽和优雅，即使我们本身并不具备这种天赋。你明白吗？仿佛一个芭蕾舞女穿着薄裙子和足尖鞋在雪地上翩翩起舞。那片雪地冰冷又崎岖不平，随时都可能崴到脚。可就算是这样也要跳下去，拼了命也要表现出最好的样子来。没天资无所谓，一切困难都无所谓。因为一旦放弃，就只能化为雪中的一具冻死骨。”

“嗯，是这个道理……当然，世界不可能一下子就变得完美无缺，大大小小的危机都可能在顷刻间发生。可总不该把一些星球弄成实验室，让人们在那里受罪啊！”

“那也不是谁故意造成的。一切都是自然而然出现的，历史就是这样，里昂。人们总是挖空心思构想出各种奇怪的社会，从前只在单一星球上生存的时候就是如此。通常情况下，各种社会类型都难免分崩离析，偶尔才会出现人民所需要的社会。”

“那是因为以前的人观念落后！”里昂情绪激动，使劲儿挥了一下手，“现在已经出现了公正合理的社会，就像这里！”

“嗯。但新科威特和这里就不太一样，地球和伊甸园也各有利弊。

人们都是按照自己的喜好选择居住地的，这没什么不好。要是生造出一个格外完美的社会，反而会有许多人不喜欢。阿瓦隆就有许多禁忌。比如，万一有谁同时爱上两个女人，他该怎么办呢？怕是一辈子都要在煎熬中度过了吧？”

里昂嘿嘿一笑，“这你就自己想呗！”

“斗士们也正是因此才会干预伊涅伊的事，”我表明了自己的看法，“伊涅伊可能并不想伤害人们。伊涅伊星球上的生活也未必有多糟糕。可要是整个帝国的星球都成了一个模子刻出来的，那它迟早会毁灭。”

“你是听多了斯塔西的奇谈怪论了。”

“啊哈！那你觉得斯塔西是个笨蛋吗？如果伊涅伊不是搞出个程序来给人洗脑，而是只靠游说让别人和自己联合，那么不会有谁跟他们过不去的。靠嘴巴说服所有人是不可能的。”

里昂摇了摇头，但态度并不坚定。他大概想起了那个自己为伊涅伊而战的梦。

“咱们走吧，时间差不多了。”我建议说，“把剩下的薄饼吃完吧。”

“剩下的……不大想吃了……”里昂站起身来，放下了卷起的衣袖，走到玻璃墙边站了一会，望着外面飘舞的雪花，喃喃自语，“我还是希望，在哪里都能一样好。”

6

我们在虚拟演练器上忙活了大半夜。

不知道是我们自己的实力，还是斗士们做了什么手脚，反正这一次终于顺利过关了。我们那副破衣烂衫、灰头土脸又饥肠辘辘的样子被信以为真。一番严厉的盘问之后，我们被送到了一间集中营，在一个合成化工厂里做工。过了两周，我们了解到，伊涅伊的大权已经被异族夺取了——不知是紫姑人还是布朗尼人。正是它们企图把人类都变为奴隶！一位斗士谍报人员跟我们取得了联系，我们把了解到的情况都告诉了他。又过了两天，帝国的战舰突袭过来，伞兵登陆，我们都获救了。过程中还有过一番短兵相接——我们被围堵在热处理车间里，只好用水龙带里液态的氟塑料猛喷伊涅伊的士兵，让他们变成了塑像，动弹不得。

总之，这一次玩得很痛快。

训练结束之后，拉蒙开着自己那辆精巧的运动跑车载我们回家。他在路上提醒我们，关于新科威特，我们还没有掌握到任何情报，所以，不用被演练时的凶险时刻给吓住，相反，这类情况照理是不会出现的。不过也得以防万一……

我望向车窗外，迷迷糊糊点了点头。

新科威特是我去过的第三颗行星。不过关于第二颗行星，我根本就没有记忆……也许应该给“克利亚兹玛号”的船长写封信，了解一下我都去过哪里？

真可惜，我没法儿成为一名斗士。能给他们当帮手固然也不错，可总归不是一码事。

“你们抓紧时间睡上一觉。”拉蒙劝我们，“稍微睡一会儿也好。上午十点斯塔西会来接你们，送你们去宇航空港。”

“谁驾驶飞船呢？”我很好奇。

“不是斯塔西。他另有任务。”拉蒙迟疑了一下，又接着说，“也不是我。别担心，孩子们，任何一位斗士都能胜任这项任务。”

“我明白。不过，要是能跟自己的朋友一起行动，那不是更好嘛！”

拉蒙耸了耸肩，“这像是斯塔西的理论啊……奇克列伊，你要知道，关系好也有利有弊。当然，人跟机器不一样，无法逃避感情，好感啦，友情啦……或者相反。可你也得知道，人类许多灾难的起因都是这些‘个人关系’！”

“怎么会呢？”我不解地问，“第一位星际探险家宋海克服了各种险境终于回到地球，就是因为他对自己的爱人念念不忘！‘麦哲伦号’的那位飞行员只身一人救下一艘遇险的飞船，就是因为他的家人在那艘飞船上面。还有……”

“你举的都是正面例子，奇克列伊。都是从五年级《道德》课本上学到的，对不对？”

“大概是吧……”我一时拿不准，“好像是。”

“当然，你说的都对。”拉蒙娓娓道来，“在一般的人类生活里，友情、爱情、亲情——我们所说的这些‘正面人际关系’，确实都非常重要。但凡事都有两面性。举个普通的例子，要是你的朋友罗西更在乎跟你的友谊，他就会不顾一切地去救你。”

“可他并不知道该怎么救掉进冰窟窿里的人啊！”我忍不住为罗西辩解道。

“不错。有可能你们两个都会淹死。我要说的就是这一点，奇克列伊。在日常生活中，在没有危险、风平浪静的日子里，人们之间的关系越友善越好。不论是冒险去救一个落水的孩子，还是对自己朋友遇到的不幸表示同情，都是对社会有益的。但对于某些职业来说……”讲到这里，拉蒙顿了一下，“奇克列伊，假如你在新科威特遇到了危险，生命危险。比如你被认出是间谍，要被斩首示众。斯塔西就站在人群中，他可以挺身而出救你，但并没有成功的机会，就算他有斗士的种种本领也无能为力。而斯塔西此时又身负重任，要把最重要的消息告诉皇帝。结果会怎么样呢？”

“斯塔西肯定以帝国为重。”我回答得很有把握，“他不会贸然挺身救人。他只会在事后感到难过。”

这个假设画面让人很不自在。我觉得自己好像真的站在了阿格拉巴德的大广场上，被绑在木头搭建的行刑台上，就像历史电影里那样。双手被绑在背后，腰部往上都裸露着，一个强壮的刽子手拎一柄板斧，正在比量着那颜色黢黑、痕迹斑驳的垫头木，看怎么下手更合适。周围满是群情激昂的人群，个个都在踮起脚尖看着我。只有一个人，斯塔西，脸上没有笑意，对眼前的情况感到绝望。

“我们假设，”拉蒙接着说下去，“斯塔西是个经验丰富、忠于天职的斗士。他很清楚，集体比个体更重要。他没有挺身救你，而是全身而退，回到了阿瓦隆。他后来又会怎么样呢，奇克列伊，你怎么看？他会痛苦多长时间？他以后会怎样看待自己的工作？”

我沉默了。要是眼睁睁看着我被杀死，自己却不能挺身相救，斯塔西以后会有什么样的变化，我真的不知道。不过，也可能不会有什么特别的影响。毕竟，我们的邻居娜佳在一晚上跟我说的知心话，都要比斯塔西一个月跟我说的还多！

但拉蒙对我的沉默有自己的理解。

“所以说，我们的工作多么复杂啊，奇克列伊。很多人和事，你越是珍惜，就越应该让它们远离自己，深埋进你的心里。这是侦察员的古老信条。我们和以前的侦察员没什么分别。”

“斯塔西因为我们受罚了吗？”我忍不住问，“因为把我们从新科威特带出来？”

拉蒙笑了笑。

“受罚？没有，怎么会受罚呢？一切都合情合理啊。”

“那您为什么跟我说这些呢？为了将来不出意外？”

拉蒙侧目看了我一眼。

“是为了让你不去期待不可能的事，奇克列伊，不去指望斯塔西或者我为你们保驾护航。”

“我并没指望这个。”

听到我这么说，拉蒙好像有些尴尬。

“奇克列伊，你不要把我们看成没心没肺的人。只是我们真的不能因为一个人而拿千千万万人的命运去冒险。就是因为这样，我们才建议你拒绝这个任务。”

我不自觉握紧了右手，等离子鞭随即从袖口中探出前端，周遭扫描了一圈，然后又缩了回去。

拉蒙问道：“你还没玩够吗？鞭子只是个玩具，奇克列伊！就算它能置人于死地。”

“我从前没什么玩具，”我说，“玩具不属于最低社会保障。”

“你们真的不会受到任何威胁，”拉蒙移开目光，又回到了刚才的话题，“就算被抓住也没事，伊涅伊的间谍们就算再怎么心狠手辣，也不会无端杀人。”

我没有说话。我想起了斯塔西杀死的那个伊涅伊间谍，还有他说过的那句话——“这个男孩对伊涅伊来说无足轻重”。

直到回到家，我们都没再说话。里昂一路上都睡得很香，根本没听见我们的谈话。

拉蒙把车停在了房子旁边，和我们一起下了车，一直把我们送回房间，仿佛在担心楼道里会有埋伏。然后，他拥抱了我们一下，没说告别的话，径直走掉了。

我们躺下睡了。

斯塔西提前半小时来到我们家。我已经收拾得差不多了。房间的智能控制系统调到了空置防护模式，所有窗户都已关严，我换好了衣服，随身不拿任何东西，反正到了飞船里会换上符合身份的新装束。里昂还在浴室里忙活。他的洁癖到了不可思议的地步：一天要刷上三遍牙；一早一晚不冲上两回澡就浑身不自在；指甲都剪到露肉了；头发也非要理得不能再短。我发现，这都是打从给他在斯塔西的飞船上进行载流治疗之后才开始的。不过，我对此只字未提。

“准备好了吗？”斯塔西站在门口，例行公事地问。

“好了。”我朝浴室的方向示意，“里昂马上也洗好了。”

斯塔西点了点头。从浴室传来的不光是水声，还有断断续续的哼曲儿声。里昂一边刷牙，一边唱着什么。

“不害怕？”斯塔西看似随意地问道。

“我从来就不怕坐飞船，”我不甘示弱，“里昂更不用说，在空间站长大的……”

“我知道。我问的不是这个，奇克。你们怕不怕新科威特？”

我想了一下，坦白承认：“有点儿。那里的人都被洗脑了。不过，我们有思想准备，而且拉蒙说，在一般情况下是不会出事的。”

“我可能也去新科威特。”斯塔西说，“要是赶上……”他有些犹豫不决，“要是我们偶然相遇，你们要装作不认识我。”

“早啊，斯塔西！”里昂终于从浴室出来了，忙不迭地打着招呼。

“早，”斯塔西点头示意，“里昂，要是我们在新科威特遇见，千万要记住——我们素不相识。”

“我们没那么傻吧？”里昂感到很诧异，“这还用说？”

“我希望你们能一直保持警觉，孩子们。”斯塔西继续说下去，“伊涅伊，是银河系拓殖史上人类面对的最大内部威胁。跟伊涅伊相比，天主教大屠杀或者宗教激进主义联盟，都不过是小打小闹。你们不要害怕，恐惧会导致慌乱，但是要保持警觉，时时处处。落座的时候要提防椅子可能会一坐就散架。跟人打招呼的时候，要当心对方的手可能会变成尖利的爪子。记住，在新科威特，你们能信任的只有彼此。”

我点点头。

“特别是你，里昂。”斯塔西补上了一句，声调不高，但透着特殊的关切。

里昂立马认真起来，“我明白。我一定不多说一句话。对妈妈也守口如瓶。”

斯塔西注视了他片刻，然后点头说：“好，去换衣服。”

里昂往卧室跑去，斯塔西又看向了我，“鞭子藏哪儿了？”

我用手指着系在牛仔裤上的腰带作为回答。那腰带呈现出银亮的金属色，带扣是蛇头的形状。

“挺好。”斯塔西颇为赞许，“它自己扣上的？”

“是啊。这不是难事，只要你对他发出指令……”

斯塔西频频点头，我马上打住了。我这是干什么呢？居然跟一位真正的斗士大谈如何使用等离子鞭？

“我希望你别用它做蠢事。”斯塔西又说。

“什么蠢事？”我有点儿慌神儿。

昨天我的确试验了一番，看等离子鞭能摧毁什么，不能摧毁什么。我发现它能把木棒之类的东西击成碎末；一厘米粗的钢钎，它也能随意弄弯；在玻璃上打洞也轻而易举。

“最蠢的莫过于给鞭子装上能量源，”斯塔西解释道，“那样的话，凡是像点样儿的探测器都能发现这是一件武器。”

“没有，我没装。我上哪儿找能量源去啊？”

“离子鞭的兼容性特别强，可以使用各种各样的能量源。必要时，可以给它装上任何种类的高能电池，比如吸尘器或者家用电钻的电池。虽说动力有限，但开上两三次火还是够的。”

斯塔西笑了一下，飞快地眨了眨眼。

我差点儿懊悔得大叫出声。原来，还是有办法能让等离子鞭真正发挥威力的！

“在关键时刻，这种随手抓来的电池确实能救斗士们的命。”斯塔西若无其事地继续说，“不过，对你来说，这么做可能会带来致命危险。”

我不住地点头。

“奇克列伊，我可以相信你能保持理智吧？”斯塔西意味深长地问。

“可以……”

“那就太好了。”

里昂过来了。他用询问的目光望向斯塔西，斯塔西点了点头，“好啦，时间到了。走吧，孩子们。”

我们走了一个多小时才到达斗士们专用的宇航基地，路上没再说起伊涅伊，也没提到新科威特。斯塔西给我们讲了阿瓦隆的事——这个星球是如何殖民发展的；第一帝国和王国联盟时期是何种情形；征服北方大陆的历史，以及只有在保护区里才能见到的阿瓦隆原生地貌。

“阿瓦隆已经不再进行这样的星际殖民了。”斯塔西说，“现在我们会架设基点站，派上一支驻防部队，建设一个宇航基地，然后开始定点生态转化。至少要过上五十年，目标行星才能具备类地环境。不过从没有过什么神乎其神的奇遇，也没有吃人的凶恶怪兽死于外星蛋白中毒。阿瓦隆的殖民过程是步调交错的，在卡米洛特周围，苹果园都已经开花结果了，而更远处的生态圈还处在转化进程中。甚至当陆地的大部分都已经转化完成时，海洋里还维持着原生物态。现在只有'史前海'还保留着这种物态。'史前海'自成一体，跟其他部分的海洋是用堤坝隔开的。所幸那里没有地毯一样大的刺魟鱼，也没有小山一样的鲸鱼……"

"我以前还想过要当个生态学家呢，去做类地转化，造福人类。"里昂插了一句。

"这是个好工作。"斯塔西用赞赏的语气说，"那现在呢，不想当了？"

里昂摇了摇头，"不想了。当飞行员更有意思。不过，我不想开那种带着运算湿件的飞船。"

"但愿等你长大以后，就不再有那种飞船了。"斯塔西鼓励道，"要是凝胶晶体处理器研制成功，就能把湿件替换掉。"

接着，斯塔西讲起了技术方面的事儿。或许他确实对这个话题感兴趣，但我总觉得，他这是在想方设法安抚我们。

为什么成年人担心孩子们总是多过担心他们自己？

我们来到基地的大门口，斯塔西出示了自己的证件，我们就被放行进入停机坪了。这里停放有二十来架飞船，基本都是小型的，不过其中也有一艘真正的星际巡洋舰，还有一艘很大的空降飞船。没有运算湿件的帮助，这些大家伙绝对无法穿越超空间通道。不过，我没向斯塔西确认这一点。我不是小孩子了，这些我都明白。

我们被载到一艘覆盖灰色陶瓷麟甲的小飞船旁，跟斯塔西的那艘一样，想必是斗士们中间最流行的款式。

一位飞行员正站在敞开的舱门前。他看上去比斯塔西年长，却主动向我们问好，斯塔西的级别应该比他高。

“这就是你要照顾的两个孩子。”斯塔西说。

“你好，奇克列伊。你好，里昂。”飞行员跟我们一一握手，“我叫夏田。”

突然有些冷场。眼下时间还很充裕，斯塔西也没想马上走，但该说的话已经说完了。

“隐形着陆舱没问题吧？”斯塔西找到了话题。

“是的，我检查过了。”夏田回答说，“坐进去感觉很好，不会有任何异样。你们以前空降过吗，孩子们？”

“没有。”我回答。

“嗯。”里昂附和我，“哦，我是说没有。”

夏田诧异地皱起了眉头，脸色变得有些阴沉。他通过无线接口发出了一道指令，在飞船的腹部又打开了一个舱门。

隐形着陆舱更像是一个直径两米左右的透镜，质地完全透明。

“这是玻璃做的吗？”我有些吃惊。

里昂倒是笑了起来，“你真是外行，这是稳态冰！”

“不错。”夏田颇为赞许地看了看里昂，肯定了他的说法，“这是冰23，超稳形态。在投放前，往舱体注入解体催化剂，再过一小时，它就会化为一摊水。当然，在这之前你们就已经着陆了。”

“那它的发动机在哪里呢？”我很惊讶。

斯塔西和夏田相互看了一眼。

“它不带发动机，奇克列伊，”斯塔西耐心地解释说，“里面没有任何装置。除了冰，没有别的东西。在低空轨道投放的时候，隐形舱靠空气动力效应减速。重力负荷能达到三个G，不过，对接受过基础基因改造的人来说，不会有任何影响。”

“六个G对我都没影响。”里昂很自豪地插了一句。

“你害怕了，孩子？”夏田问我，“不用怕。隐形着陆舱比任何飞船都可靠，没有什么东西能破坏它，明白吗？任何宇宙防御系统都发现不了它。它就是冰，最普通的冰。”

我知道他们说的都对，可还是觉得有些发慌。

“我曾经六次乘着这个空降。”斯塔西又说道，“两次是训练，四次是执行任务。有一次甚至空降到了一颗正在打仗的星球上。”

“我们在里面不会被冻死吗？”我还是有所顾虑。

两位斗士都笑了起来。

“我会给你们拿一床棉被。”夏田一口应承，“冻不死的。嗯……不过倒是有可能冻出鼻涕来。”

“那就再来条手帕。”我说。

我们和斯塔西告别了。他紧紧地拥抱了我们，抚摸了一下里昂的头顶，对我眨巴了一下眼睛——目光瞄向的是等离子鞭。

斯塔西坐进自己那辆笨重又平平无奇的“多瑙河”里，疾驰而去。

“咱们走啦，孩子们，”夏田大声说，“得飞上五个昼夜呢，有的是时间刨根问底，但是起飞可不能耽误。”

III

冰火使命

最珍贵的自由永远存在于人们心中。

1

在进入新科威特大气圈之前一个小时，我和里昂钻进了隐形着陆舱。这个寒气四溢、晶莹闪亮的大冰球，几乎把飞船的空投通道给占满了。

着陆舱的舱门也是冰制的，里外都可以打开。夏田打开舱门，递给我们一个普通的麻布空气净化袋。里面的化学药剂能持续三个小时发挥效用，这对我们来说足够了。

当然，夏田并没有给我们真正的棉被。棉被一旦被发现，我们的身份就会暴露。我们拿到的是一张草编的垫子。我们把草垫铺在自己身下，固定用的安全带也是草编的。

草来自新科威特，我们穿的衣服也是那儿生产的。小刀和带超音速钓钩的渔竿当然也是新科威特的产品。斗士们把一切都安排得井井有条，缜密无遗。

“怎么样，舒服吗?”夏田问。

着陆舱只容得下两人躺着。里昂抓紧时间动手固定自己的双腿，他把草编的带子穿进稳态冰塑形而成的左右两个半环里，再一一系结实。

“挺好，”我回答夏田，但心脏怦怦直跳，“你关门吧，一切正常。”

夏是个好人。他跟斯塔西不太一样，但也很好。在飞行期间，我们跟他几乎成了密友。夏让我们尝试了在超空间通道里驾驶飞船，虽说自己也是全程备着副驾应急。他还教了我们几招斗士的硬功夫，是那种不需要成人的力气也能施展开的拳脚。我们也谈到了伊涅伊，不过夏所知甚少，跟我们几乎没什么可讲。

“我会一直看着你们，孩子们，”夏指了指投放通道上方的监视探头，“我们没办法通讯，但如果你们改主意不想着陆了，就想办法让我注意到，挥挥手，敲敲舱壁……就是千万别从里面开舱门，太危险!”

“我们不会改主意的，夏！”里昂态度坚定，“快去吧，你得开始操作了。”

夏点点头，把沉重的冰舱门慢慢复位，我们也帮着从里面一起使劲儿。终于，门插落进凹槽，夏开始旋转把手。周遭顿时安静下来，只听得见里昂因为吃力发出的喘息声。我垂下双手，隔着厚实的透明冰层看着斗士。冰层略微扭曲了他脸上的线条，超大的鼻子、细小的眼睛、歪斜的下巴，像哈哈镜里的影像，真是滑稽……不过，从他的方向看我们肯定也跟畸形儿差不多。

我向夏挥了挥手。

舱门锁死后，夏从胸前的口袋里掏出了一个药剂管，打破封口的一端，把里面的液体随意洒在了着陆舱的外表面上。着陆舱并没有任何变化，但斗士看上去颇为满意。他神气十足地拍了一下着陆舱的外壳，等到冰层发出一声低沉的回响，夏田便登上短梯走出了通道。舱门关上了，好在通道里的灯光没有熄灭。

“要是催化剂出了问题，着陆舱可就要在空中解体啦！”里昂故意压低了声音，“你能想象吗？砰的一声，我们就都没啦！”

我打了个寒战。

“你一点儿也不害怕吗？”我问里昂。

“不怕。这些我都经历过。嗯，不是亲身经历，是在梦里。”

我能理解他说的是什么梦，没再多问。

“你别紧张，”里昂有些窘迫地看着我，“超稳态冰特别结实。我们一进入大气层，它就会开始挥发。挥发的冰能形成气垫，挡住等离子云的侵袭。你看，他们考虑到了所有情况。接着，着陆舱的一部分会与主体分离，形成一个翼面，我们就会进入自旋状态……”

“要是我们掉到峭壁上呢？”

“那就糟糕了，”里昂顺着我的思路说，“我们会摔得很惨，或者直接掉到大海里。要是离岸边太远，我们就完了。”

我知道他这是在捉弄我。夏说过，空投的落点是严密计算好的，误差不超过十公里。我们会落在一片森林里，所以用不着担心。可一说到落水的问题，里昂就蔫儿了，他不太擅长游泳。在隐形着陆舱里落地并不可怕，他怕的是水。

“掉进海里的话，我会拉着你。”我安慰他说，“我会抱着你的脑袋，抓住你的头发。”

“可别抓疼了啊。”里昂很认真。

我们不再说话了。虽然我俩都戴着表，但并不想看时间。表上的数字变化得极慢，有时候甚至都停止了。

“你知道什么恐怖故事吗？”里昂郑重其事地问我。

“嗯。”

“讲一个呗？”

在这种时候，我什么故事都记不起来。能勉强想到的，只是一个小孩子之间常讲的荒谬段子。

“有一个男孩从学校回家，”我只好讲起来，“他看见爸爸妈妈把社会保障卡忘在桌子上了。他们并不是糊涂虫，只是太匆忙……”

“社会保障卡是什么？”

“这个……嗯，就像信用点卡，不过有一套规定的生活保障标准……你们不是住在空间站吗？那里没有这种东西？”

“没有，我们那里空气和暖气都是免费的……”里昂有些不好意思，“你接着讲吧。”

“嗯……这个男孩把社会保障卡收进了柜子里，开始上网。他打开了一个网站，对话界面先说的是‘成年人请入内，孩子请离开’。显而易见，他选择了‘我是成年人’。接着又出现一则提示：‘请输入社会保障卡号’。他没有多想，直接输入了父母的社会保障卡号。成功进入网站后，男孩看到了各种奇奇怪怪的成人娱乐。他抱着平板，看得入了神。这时门铃突然响了。男孩打开房门，发现门外站着一位社会服务局的女官员——‘孩子，你的呼吸频率太快啦！’男孩吓坏了，赶紧保证以后会慢点儿呼吸。这时候，那个女人拿出了一块膏药……”

里昂大笑起来，“真是胡说八道。就算把呼吸放慢，消耗的氧气量也不会改变。”

我一时间不知说什么好。他大概是真的不觉得这个故事有多么荒谬可怕。

“你别生气，”里昂用胳膊肘捅了捅我的腰，“我给你讲一个类似的故事吧，比你的故事可怕多啦！有一个小男孩，他有个可怕的姐姐。父母允许姐姐到过渡区玩儿，还送给她一套崭新的红色太空服。至于小男孩，大人还不允许他去。他的太空服也很普通，儿童用的。”

“过渡区？”

“过渡区……就是空间站下面的最外围，那里没有重力，也没有空气。”

“哦。”我将信将疑，想象着过渡区的样子。那种地方能有什么好玩的？

“男孩一直央求姐姐把自己带上。可姐姐说：‘不行，我不带你，你还太小，不会检查呼吸阀’……呼吸阀是太空服里的空气再生装置，维持呼吸用的。”

里昂使劲儿晃了晃空气净化袋，这就是我们的空气再生装置。

“着陆舱有点儿闷呢……接着说回男孩，他很生气，有一次竟然偷偷换掉了红色太空服里的呼吸阀，把一个全满的换成了几乎用完的。他以为即使空气耗尽了，姐姐也能靠应急呼吸阀回来。那女孩跟自己的朋友一起去了过渡区，玩着玩着，朋友跟她说：‘我的空气快用完了，咱们快回去吧！’女孩不想回去，就把自己的应急呼吸阀给了朋友。可女孩没想到，自己的空气很快也用完了。她害怕了，就让朋友把应急呼吸阀还给她，朋友也吓坏了——自己正用着，没法儿给她呀。女孩就这么死了。第二天晚上，弟弟因为姐姐的死一直躺在床上哭，哭着哭着就睡着了。突然，他在梦里听见有人说话：‘把应急呼吸阀还我！’他睁开眼睛一看，姐姐的太空服站在墙角，鼓胀着，玻璃视镜里溅满了血！男孩吓坏了，跑到父母面前，把实话都说了。父母就给了他一个没开封的呼吸阀，跟他说：‘姐姐如果再来，你就给她这个应急呼吸阀。’”

“他们没用皮带抽他吗？”我愤愤地问，“全因为他，姐姐才死的呀。”

“大概抽了吧。”里昂没反驳我，“可现在惩罚他又有什么用呢？姐姐都已经死了。到了第二天夜里，太空服又来了，它对男孩说：‘把应急呼吸阀还我！’男孩就拿出了父母给的应急呼吸阀。太空服给自己安装好呼吸阀，然后笑了，‘现在我有力气了，我要掐死你！’呼吸阀的开关打开了，预备发力。可没想到这个呼吸阀产生的不是空气，而是一氧化碳！这正是父母的计划。太空服瞬间鼓胀起来，变成蓝色，终于爆炸了。可惜男孩也死了，吓死的。”

“你是傻瓜吗？”我气不打一处来，“这叫什么故事？简直是胡说八道！”

“为什么？”

“呼吸阀怎么可能再生出一氧化碳？你在学校没学过化学吗？肯定不对，应该是太空服把男孩给掐死了。”

里昂想了想说：“要是男孩被掐死了，那他父母是挺可怜的。可如果他什么事儿都没有，那不是根本没受到任何惩罚吗？”

“那又怎么样？”

“我觉得，所有这些故事都是成年人编的，”里昂说出自己的看法，“就是为了警告孩子们不要做蠢事，别泄露信用点卡的号码，别拿空气开玩笑……哎，你真的不觉得闷吗？”

我警觉地看了看空气净化袋，“没有啊，一切正常。”

“在我们那儿，孩子们从小就被反复警告，千万不能拿空气开玩笑。”里昂因为自己的敏感有些不好意思，“我记得还有首歌谣，大人让我们背下来……‘大风吹，警笛响，慎记坐稳莫乱逛，待到风定笛声断，再躺再行不慌张……’”

“我们在卡利耶也学这个！”我兴奋起来，“‘有裂缝，出空膛，危险极大要提防……’接下来歌里还说到一个小男孩，他发现空气从一个洞往外泄漏，就用自己的手堵上，对不对?”

“没错儿!”里昂一个劲儿地点头。

这时，灯光灭了一下，随后又亮了起来。

“怎么啦?”里昂慌张地看了看表，“奇克列伊，就剩下三分钟了!”

我们僵直地躺在垫子上，不再说话了。没有闲聊来分散注意力，我们立刻就感觉到了飞船在微微抖动。重力补偿装置也无法完全抵消掉空气湍流的影响。

“我们已经在朝大气层下降了。”里昂跟我解释，好像我察觉不到似的，“天哪，接下来会发生什么呢……”

着陆舱似乎在飞船中腾空跃起，应该是夏调整了重力方向。

下方的对开舱门突然打开，着陆舱跌落空中。

静。悄无声息的静。

原来我们刚刚一直被噪声包围着，即使在封死的着陆舱里，机械的轰鸣也能透过冰层传进来。

现在，耳边只剩我们自己的呼吸声。下方的新科威特星近在咫尺。

新科威特星看上去不再是一颗圆球，而是云影婆娑、黄绿相间的大平原。在地平线另一边，地面形成的弧度依稀可见，不断向下延伸而去。新科威特的太阳正在脚下的地平线彼端升起。着陆舱的冰面像水晶一样凛凛闪光。

“哦，天啊……”里昂喃喃自语。

周围的星星还很明亮，甚至有些刺眼，跟在太空中看到的一样。着陆舱平稳地下落着，没有任何颠簸，但仍有某种迹象显示，我们已经结束在轨飞行，处于着陆状态。

“失重状态可真过瘾，是不是?”里昂问我。

我没有回答。我甚至没反应过来自己已经处于失重状态，也没意识到我们被困在一个小冰窟中，浑身绑着草编的带子，摇摇摆摆地下坠。我望向斗士的飞船，它正在迅速离去，越行越远，离地面越来越近。真是一艘让人放心的好飞船……

“奇克列伊！”

“干吗？”

“你怎么了，睡着啦？”里昂侧过身子，盯住我的眼睛，“你看，多酷啊！看那太阳！”

“什么太阳？”

“地球的太阳啊，人类诞生地的太阳，就在那边，你看啊！”

我看过去。只是一颗星星而已，普普通通。

“我真想到地球上去看看。”里昂说，“一定要去澳大利亚、日托米尔，还要去伦敦。我还想去伊甸园星。你看那边，那就是伊甸园……不对，我们看不到，它在地平线下边……阿瓦隆在哪里，你看见了吗？”

在我看来，里昂是有些害怕，所以才说个不停。不过我没点破这一点。我们就这样看了五分钟星星，研究哪些是我们的，哪些是异族的。新科威特的太阳越升越高了，炫目的阳光洒满了着陆舱，刺得人睁不开眼睛。这时候要是有一副墨镜就好了。可见，连法戈斗士也有疏忽的时候。

“你发现了吗？我们已经转了个方向。”里昂兴致勃勃，“这是空气阻力在起作用……我们现在正处于五万米高的地方……不，应该更高……”

“我们会顺利落地吗？”

“会的！”

现在，着陆舱已经底端朝前预备着陆了。底端的冰层变得越来越晦暗，开始慢慢融化。刺眼的阳光也变柔和了，像是透过毛玻璃照射进来。

斗士们也许真的从不出错。

不知不觉中，失重的感觉消失了，一如出现时那样。我们已经紧紧贴在垫子上。刚开始重力还很小，后来已经和在正常陆地上无异了。

“最高会达到四个G呢。”里昂说。我也知道这一点，我们都接受过超重力适应性测试。

“再快点儿就好了……”

“你是说重力加速度吗?”

“我是说快点儿着陆!”

身体承受的压力越来越大。终于，我在瞬间感觉到了一阵轻松的震颤。光线也变得明亮多了，但那光亮并非太阳光，而是某种刺目的淡红色光线。

“好了好了，要进入大气层了。”里昂念叨着。

我低头看了看着陆舱的底端，那里已经完全不透明了，但依然能看到一团火焰。那燃烧的火球仿佛在为我们开路。火舌沿着舱体向外舞动，火星四溅着，又被远远甩到着陆舱的身后。

“他们不会……发现我们吧?”我战战兢兢地问。这的确让人害怕。那片等离子云跟我们之间只隔着不到半米厚的冰层，而且冰层正在融化!

“应该不会，我们是特地选择在黎明区域降落的，”里昂回答我，“这时段太阳特别活跃，会对雷达形成干扰，肉眼也很难发现。”

亮光开始黯淡下去，失重的感觉又出现了，第一次跳弹过程完成了。我们冲撞到了大气层，速度受制，在阻力作用下被弹起来，偏离方向，就像一块扁平的石头在水面弹起，又开始新一轮下落。

“好可怕。”我没想到自己会发出这样的感叹，“里昂，你难道一点儿都不害怕吗?”

他没有马上回答，过了好一会儿才不情不愿地嘟囔:“有那么点儿……”

突然，着陆舱的四周又燃起了火焰。这回的震动更强烈了，着陆舱晃得仿佛老爷车开在坑洼路上。超重的感觉也越来越强烈。

着陆舱再一次左右摇摆起来，持续了好几分钟，准备最后一次“下潜”。

“奇克列伊，”里昂看向我，“你知道我现在在想什么吗？万一等我找到了父母，来到他们面前……他们认不出我该怎么办？”

“怎么好端端的想起这个？”

他咧嘴笑了笑，但脸上的表情并不开心。

“你还记得我做的那些梦吗？虽然我知道那不过是梦，但爸爸妈妈会知道吗？也许他们真的相信了，相信那些梦都是真的！那样的话，他们肯定会认为自己的儿子里昂早就长成大人了。现在要是见到了我，一定会说：‘孩子，你大概是病了吧？’”

“你父母绝对不会这样说。”

“你这么想？”里昂心不在焉地问。

“一定不会的。”

“可他们都被洗了脑……”

“那也没关系。”我极力表现得坚定不移，“你的弟弟有可能认不出你来，你妹妹也有可能，但父母肯定能认得出你。”

里昂终于安下心来。重力又增大了，他伸了伸四肢，让自己躺得更舒服些，“小孩子是不会梦到那些的。他们怎么能理解那么复杂的事呢？他们应该有自己的梦，小孩子的梦。他们应该梦见了各种小动物，或者孩子气的冒险……他们看的动画片里大概也有那种程序。”

“要是能把在背后搞鬼的家伙找出来就好了。”我低声说。

“然后把他的头扭断。一定要找到。”里昂咬牙切齿，“但愿我们能顺利降落……”

里昂果然也在害怕……

着陆舱开始第三次，也是最后一次冲击大气层了。超重力的压迫感真不是闹着玩的，我们必须咬紧牙关挺过去。着陆舱周围的空气完全变成了一层火网。舱体剧烈抖动着，冰层在不断分解、滑脱。我知道这并不危险，只是着陆舱在分离不必要的部分，以便形成两翼，但眼前的景象还是让人毛骨悚然。

火焰终于熄灭了，超重感也逐渐消散，我们又看得见下方的星球了。视野非常清晰，像平时从飞机向下看一样。着陆舱开始在空中平稳下降，暂时还没有自转的迹象。

“我们的位置还太高。”里昂似乎猜到了我在想什么，“或者是……”

里昂不用费心猜测第二种情况了。我们运气不错，就在里昂边说边伸长脖子往外看的时候，着陆舱摇晃了一下，随即开始旋转。

“乌拉！”里昂欢呼起来，“开始着陆啦！”

现在，着陆舱已经不是原来那副光洁的透镜模样了，顶部和底部有几处冰层已经脱落融化，外形更像是一颗中间圆两头薄的枫树籽。在冰翼面的作用下，我们越转越快……

刚开始还挺刺激。整个世界绕着我们旋转，太阳在天上跟我们兜起了圈子，空气摩擦的呼啸声盖过了我们兴奋的呼喊声。

慢慢地，我们开始恶心反胃。我和里昂被甩到着陆舱的两端，紧贴着舱壁。

“把眼睛闭上！”里昂大喊着。

我闭上眼睛，但恶心的感觉还是没减轻。离心力对我们的控制比下落的时候强多了，想吐的感觉也愈发强烈。我极力忍着，直到听见里昂呕吐的声音，我再也忍不住了。好在我们几乎什么也没吃，只吐了些残渣和酸水。

我们仿佛乘坐着发了狂的旋转木马……

两年前的某一天，我和伙伴们去了旋转木马游乐场。我们班在全城数学竞赛中表现突出，得到的奖励是任意游乐场通用的免费门票。游乐场里人不多，我们立刻奔向了最有意思的旋转木马——“云霄飞舟”。除了绕圈旋转，木马还能同时上下翻飞，飞升二十多米之后，又头朝下猛冲，让你觉得马上就要撞到地面，舟毁人亡了。不知道是谁一时兴起，请求管理员让我们多玩一会儿。管理员咧嘴一笑，让大家把安全带都扣好，答应多给我们三分钟，可他足足让我们转了十分钟。前五分钟还挺好玩儿，可到了后来，所有人都开始呼喊，央求管理员快停下来。那位管理员装出没听见的样子，一直向我们挥手微笑。“云霄飞舟”终于停下来的时候，所有的孩子都动不了了，两个男孩还尿了裤子，只能等着别人来解安全带，把自己搀下木马。有的孩子还哭了，嚷嚷着要向市政府投诉。可管理员说一切都是我们自己造成的，想要占有超过制度规定的社会资源，就该得到宝贵的教训——人要克己守法。

我们也没去投诉。

而眼前这幅情形，真是想投诉都不知道投诉谁。我和里昂被甩得东倒西歪，晕头转向，心惊胆战。我们很想睁眼看看离地面还有多远，看看下面是森林、湖泊，还是悬崖峭壁。可是睁开眼睛一定会更痛苦……

不过，我还是感觉到着陆舱正在向地面靠近。似乎有一股力量改变了着陆舱的运动状态，舱体颠簸得愈发剧烈，旋转的速度也变慢了。

忽然间，四下里哗啦啦地响了起来——是旋转着的着陆舱撞到了树枝。我们在森林上方疾驰了几秒，像割草机的刀片般斩断了一些树木的枝叶。终于，着陆舱翻向一边，撞倒了几根树干，又顺势像轮子一样在树林中滚动穿行。我全身被撞得疼痛难忍，但还是咬牙睁开了眼睛。周围满是粗大的树干，草地上有茂密的灌木丛，上方是无尽的蓝天（难道我们片刻之前还在天上吗？）四散纷飞的鸟群交替掠过……又撞倒了两棵树之后，着陆舱终于底朝天停了下来。

我们黏在了草垫子上，眼前天旋地转，金星乱冒。

“你……还活着吗？”里昂有气无力地问。

“啊……”我刚一张口，喉咙里又涌起一阵恶心。

我们根本就没力气挣脱，就这么挂在草垫上，五六分钟之后才开始试着挪动身体，费了好大的劲儿才挣脱下来。想打开舱门，可徒劳无功，舱门和舱壁已经融为一体，冰只能从外面开始融化。

“我刚才还在想，这下我们得撞成碎渣儿了。”里昂满口抱怨，“你没看见山吗？不出十公里以外。”

“什么山？”

“大概是哈里顿诺夫岭。”里昂得意地跟我解释，“看来我们是落到了着陆区的北部边缘。没关系，多走一段儿路就行。”

我敲了敲舱壁，“前提是这冰能融化。”

“要等一会儿。”里昂吃力地蹲了下来，双手护着头以防撞到舱门，“哎哟，后背可真疼！着地的时候撞到了！”

“我好像还行……”

头还是有些晕乎。我和里昂呆呆地坐着，面面相觑。

真希望能快点儿到外面去。

过了十来分钟，一滴水落在了我的脖子上。是冰开始融化了。

“啊，我们要冻死在这里啦！”里昂很兴奋。

当然，我们没被冻死。

水滴变成了小雨，雨又变成了瀑布。号称超级坚固的稳态冰，融化起来居然十分痛快，仿佛雪花掉进了燥热的房间里。不出两分钟，水就没到了膝盖。着陆舱瞬间轰然一震，裂成了两半。我们因为久违的自由而兴奋地大叫起来。

融化的冰水渗进了松软的草地里。脚下的碎冰块在咔嚓作响，空中有群鸟啾啾鸣叫。着陆舱在树林间留下了一条长长的深沟，好像被一架巨大的犁翻过。四周弥漫着森林特有的树脂香气，让人神清气爽。我们跳过水洼，向空中挥手大喊，声音赛过了鸟鸣。

我们着陆啦！

“这里是夏天！”里昂兴奋不已，“夏天，夏天，是夏天！”

一切顺利，我们着陆了。头还晕着，身上也脏兮兮、湿漉漉的，双腿被冰水冻得发僵，但最可怕的时刻已经过去。虽然新科威特已经被可怕的敌人占领，可我们现在还顾不上那些。我们身处真正的原始森林中，远离城市，可以花上几天时间体验一番真正的森林冒险——燃起篝火过夜，在溪流湖泊里钓鱼维生。要是运气好的话，还能感受狂风暴雨，跟猛兽狭路相逢。阿瓦隆的森林野餐跟这相比又算得了什么？

“看，那边有个湖！”里昂指着树林后面说，“不小心的话可能会掉进水里……”

透过树林的枝叶，依稀可见水面上淡蓝色的光。除了里昂手指的方向，另一边也有一片湖。我想起了在阿瓦隆看过的那张地图，我们应该是落到哈里顿诺夫岭北麓的“湖区”了。

这一带有很多的小湖泊，谢苗诺夫卡河就是从这里发源，首都阿格拉巴德就位于这条河下游的三角洲区域。从这里到首都有一百五十公里……可真不算近。我们大概得在森林里走上一星期吧！

“咱们游泳去？”我提出建议。里昂稍微迟疑一下，然后点头同意了。

我们往湖边跑去，着陆舱已经在身后消融殆尽。

树林一直延伸到水边，没有任何浅滩，不过也无妨。这片湖的确很小，直径也就三十多米，湖水蓝得像颜料。我们很快脱了衣服，跳进水中。经过刚才的冰水洗礼，凉凉的湖水都有些烫人了。里昂只在近岸的地方扑腾，不敢让水没过脖子以上，我却一口气游到了湖中心，又游了回来。不过我并没有笑话里昂。

爬上岸以后，我们想尽快在阳光下晒干自己，可倒霉的是，太阳恰巧被一片浮云遮住了，周围凉意顿生。

“咱们搞个篝火吧？”里昂提议说。他全身哆嗦，牙齿打战。还没冷到那个地步，他估计是装装样子。

“行啊。”我用T恤衫擦着身上的水。

“是不是还得搭个窝棚啊？”里昂又说。

我们对视了片刻。

“我们今天哪儿都别去了。”我干脆说，“明天也不走。就当是休息日啦。”

“好啊，还得吃点儿东西。”

不过，我们决定晚点儿再找食物，先着手收集树枝，那些被着陆舱撞倒的树木再合适不过了。我们就在湖边不远处拢起了篝火堆。火种不成问题，我带了半盒火柴，里昂还有个打火机。篝火烧得很旺，可一直坐在火边也挺无聊的。

“我去钓条鱼吧。”里昂提议说，“你再去砍点儿粗树枝搭窝棚用。”

“为什么是你去钓鱼，我去砍树？”我不高兴了，“你会钓鱼吗？”

“理论上会，”里昂倒是很诚实，“先在松软潮湿的地面上挖个小坑，仔细翻腾土壤，找些蚯蚓和潮虫做鱼饵；把找到的鱼饵穿到鱼钩上，要小心别弄死；然后吐点儿口水在鱼饵上，再把鱼钩甩到距离岸边三到五米的水中……”

一想到还要鼓捣蚯蚓，我立马拒绝了这个差事，“行啦，我去砍树枝。”

搭窝棚用的树枝并不难找。已经化成一摊水的着陆舱再一次帮上了忙，它在不久前着地时冲击树木留下的成果十分丰富。我收集了一大堆断了的树枝，开始在篝火旁边搭窝棚。我决定不叫里昂过来看最后的成品，先让他好好体验一下钓鱼的辛苦。但我莫名觉得，要是换自己去钓鱼，一定会满载而归。

然而，里昂才过半个小时就回来了。他手里拎着两条鱼，个头儿挺大，每条差不多得有三斤。

“行啊你！”我也不得不夸他了。

两条鱼还在挣扎，尾巴甩来甩去。里昂有些怀疑地看了看自己的战利品，但手抓得更紧了。

“这些够吗？”

“大概够吧。”我也不是很有把握，“你抓到蚯蚓啦？”

“没有。我想着先试试用超声波抓鱼，结果真的抓到了。”

“可真会投机取巧……”我看着他一脸得意的样子说，“那就来烤鱼吧。”

“怎么烤？”

“要把鱼头切掉，然后割开肚子，清除掉内脏，再用泥裹起来，放到炭火上烧。”

里昂哆嗦了一下。

“你不帮着一块儿弄？”

我摇了摇头。

我们无奈地看着这两条不幸的鱼。鱼嘴在无声地开开合合，鱼鳞好像在逐渐失去光泽，鱼眼覆上了一层膜。

“那边有榛子树丛。”里昂开口说，“沿着岸边再走远一点儿……榛子也很有营养，是不是?”

我点了点头。我们毕竟还没饿到要吃生鱼的地步。

“走吧。”我赞同他的想法，“咱们把鱼放了。它们一到水里就能活过来。”

“它们肯定会告诉别的鱼，见到鱼钩一定要躲着游。”里昂又唠叨一句，“走吧。你这个窝棚搭得真不错……”

我回过头望了望。现在看起来，这个窝棚并没有多好，太小，而且歪歪斜斜，风大一点儿就能给吹倒，下雨肯定会里外都淋透。

“谢谢。”我说，“我们以后能搭得更好。要学的还有好多呢。”

我们在岸边就近放生了鱼。一条鱼立刻游走了，另一条待在原地没动，不过看到它已经在晃动鱼鳍，渐渐有了活气儿，我们便出发去摘榛子了。榛子真的很大，很香。我们在树丛中忙乎了整整一个小时，吃得心满意足，还摘了很多作为储备，毕竟天黑以后就没办法摘了。

“不管怎么说，我们还是应该学会抓鱼和宰鱼。”里昂忍不住说出了自己的想法，“还得学怎么打兔子，猎鹿。”

“这里还有鹿?”

“不知道。往山上去应该有吧。你能想象吗?我在梦里什么都吃过了！有一次还吃了死掉的马。在梦里倒没什么，不可怕。可要是在现实里……”里昂面露难色。

“没事儿，我们都能学会。”我想鼓励鼓励他，“咱们再去游会儿泳吧?”

第二次下水时，我们觉得暖和多了。也许经过半天的折腾，我们已经恢复了体力。在岸边打闹一阵儿之后，里昂又练习了一会儿游泳，看起来颇有长进，还说自己在水里碰到了一条鱼，差点没徒手将它抓住。

“大概就是我们放生的那条吧，”我站在齐脖深的水中调侃他，“游回来跟你说谢谢呢。”

“这里的生物都不算凶猛，你不记得吗？”里昂很认真地问我。

“没错，我记得。”我也很认真地回答，“每片湖里也就只有那么一两条鲨鱼吧。”

“对！专吃小男孩儿！”

“为什么？女孩儿它们也喜欢呢！”

里昂作出凶狠的样子，挥动起自己的细胳膊，一边搅动起水花一边大叫，“这里哪儿有女孩儿？我可是条饿坏了的鲨鱼！我不要吃男孩儿，他们太脏了！”

就在这时，岸上的灌木丛里，也就是我们把衣服脱掉的地方，有什么东西动了一下，紧接着传来某个人嘲弄的回应：

“说得没错，男孩儿太脏了，而且一个个都骨瘦如柴。”

里昂被这突如其来的动静吓得直往水里钻，几乎不见踪影。我也一时惊在原地动弹不得。

灌木丛传来一阵唰唰啦啦的声音，一个十三四岁的女孩走了出来。她看着也挺瘦，穿着迷彩图案的裤子和T恤，脸和双臂脏得可以，还涂着绿色，手里端着一张弩。

“怎么着，鲨鱼，不接着扑腾啦？”女孩用弩瞄准里昂，听上去像是挖苦，可眼睛却充满警觉，手上的武器端得一丝不苟。

“谁更脏还不一定呢。”我已经回过神来，“你是谁？”

“要回答问题的是你。”女孩泰然自若，“别乱动，我可是一射一个准儿。”

我和里昂对视了一眼。

这里不愧是原始森林！

“你是守林人的女儿？”里昂问道，“要不就是童子军？你别误会，我们可没做、也不想做任何坏事啊。”

“待着别动！”女孩厉声打断里昂的话，接着又甩了甩头，像是要把头发甩到后面。可她的头发其实特别短，跟男孩差不多。或许是不久前才理了短发，老习惯一时改不掉，“你们叫什么？从哪儿来的？在这里干什么？”

“我不会回答你的！”里昂也提高了嗓门儿，“捣乱鬼，快把你手上的玩具放一边去！”

一支短箭呼啸着从他的耳边擦过。还没等我们反应过来，女孩又搭上一支箭，绷紧了弩机。

“别瞎嚷嚷！你们叫什么名字？”

“他叫里昂，我叫奇克列伊。”里昂已经不敢再吭声了，我赶紧回答，“我们能不能先上去？水里太冷了。”

“上来吧。”女孩答应了，同时向后退了一步。

“那你先转过脸去好不好？”我请求她，“怪不好意思的。”

可女孩只是蔑笑了一声，“别要滑头，你们又不是光屁股下水的。快上来。”

她用脚尖把我们的衣服往水边踢了踢。我们上了岸，只觉得自己是彻头彻尾的傻瓜。还有什么能比这更让人难堪——赤身裸体地站在一个持弩的女孩面前，还要接受她的审讯？而且她的确是个神箭手……

“你也别太猖狂了……”里昂一面抓起裤子迅速往腿上套，一面嘟囔着，虽然语音含混，但颇有气势。但随即，里昂还是沮丧地抬起头，看着欺人太甚的女孩说，“怎么着，就让我们这么湿漉漉地穿衣服？你转个身吧，当一回好人行不行？”

“我转身倒是没问题，”女孩不屑地笑着说，“可要是让其他人看见，你们就不害臊啦？”

“哪儿还有什么其他人？”里昂环顾四周。

女孩把两只手指放到嘴里，响亮地吹了一声口哨。随即，“其他人”就从灌木丛里出来了！

还有十来个女孩！不，不止……得有二十来个。最小的大概十岁，最大的差不多有十五岁。她们都穿着迷彩服装，周身涂着绿色，还手持同一种弩。她们的眼神中也都透着鄙夷，没有丝毫包容。

里昂哑口无言了，赶紧把牛仔裤套在了湿漉漉的短裤外，又把外套穿上。

2

我们一行三人走在树林里，女孩在前，我俩在后。其他女孩们又隐没在了树林中，我时不时回头，还能看到树枝隐隐摇动。

“你怎么称呼？”过了五六分钟，我意识到这女孩不会主动跟我们说话，就开口试图打破僵局，“不知道名字可不方便！”

“娜塔莎。”女孩回答。

“我们这是去哪儿？”

“到了就知道了。”

我和里昂交换了个眼色，真是无计可施！

我用手摸了摸腰带。只需要两秒钟，我就能把等离子鞭抽出来，接着让那个女孩缴械投降，虽说这不太绅士……可怎么对付别的女孩呢？要是她们从四下里众弩齐发，那该如何是好？我可不是斗士，没有本事把飞过来的箭一一击落。

“喂，你们为什么这么不客气？”我又问，“我们是得罪谁了？难道那里禁止游泳？或者是私人领地不得入内？我们什么都不知道，我们只是迷了路！”

“已经迷路很久了。”里昂又补上一句。

“很久？”娜塔莎突然来了兴趣。

“一个多月了。”

“撒谎。你们那窝棚里根本还没住过人，是你们刚搭起来的，而且还搭得很烂。”

这句“很烂”让我不太开心，但我没动声色，“我们之前住在别的湖边。可那里的鱼被吃光了，榛子也让我们给摘没了，所以就决定迁到这里来。”

“为什么？你们一个月都没能出去吗？落到这份儿上，还真不是一般的笨！”

“我们害怕……”我故意嘟囔着说。

“怕什么？”娜塔莎停下脚步，紧盯着我们看。

“你们自己不知道吗？”里昂挑衅似的回应，“不是一般的笨？城里的人们都出事了！全都昏睡过去了！这个星球可能遭到了攻击！所以我们立刻逃到了这里，大概我们是唯一没有昏睡过去的。”

“所以你们就给吓成了这样，整整一个月都不去搞清楚状况？”娜塔莎厉声责问我们，“就躲在森林里？”

我和里昂不作声了。就算故事是编的，可还是觉得羞耻。

“这就是男子汉？”娜塔莎语气轻蔑地说，“难怪人家说啊，一女不让十男。”

“是谁这么说的？”里昂有点儿气急败坏。

娜塔莎稍稍迟疑了一下，“甭管谁说的，说得对就行。”

“那你们呢？想必是没被吓坏吧？”里昂反戈一击，“你们可不是在躲，是在跟伊涅伊打游击战呢！”

娜塔莎的眼光立刻变得警觉又凶狠。

“伊涅伊？你们怎么知道是伊涅伊？你们不是马上就跑了吗？”

我强忍着才没给里昂一巴掌，可他却十分镇定地把话给圆了回来，“我们起初是搭车逃走的。车上有电视，我们看见苏丹发表讲话了，他说我们跟伊涅伊联合了。似乎是有什么特别的武器洗脑了这里的人，大家现在都变成傀儡了。至于我们，大概是没起作用。”

“那我们倒要看看，你们到底是不是傀儡。”娜塔莎挥了一下手，“往前走。”

就这样，我们又走了两个小时左右，经过了十多片小湖，还穿过了一片深浅莫测的沼泽（这时候其他女孩都凑过来一起同行了）。最后，大家来到了一座山脚下的丘陵地带。小山岗的顶部长满了树木，可坡上却光秃秃的，一棵草都没有。娜塔莎警觉地四下察看，像是担心有埋伏。不过什么事也没发生，只听见树林里的鸟鸣。每到晚上，山雀总要从树林飞回哈里顿诺夫岭那边。

“你们也知道害怕吗？”我想调侃一下。

娜塔莎不信任地看了我一眼，低声说：“我这是谨慎。玛丽娅！”

一个女孩跑到她跟前。

“窗口期是什么时候？”娜塔莎问她。

玛丽娅一边斜眼看了看我们，一边从外套口袋里掏出一台平板电脑查看，“再过十七分钟，有一个四分钟的窗口期……”

“来不及。”

“再过四十二分钟，还有一个九分钟的窗口期。”

“这个行。”娜塔莎看了我一眼，“你们会跑步吧？”

“跑？当然会啊。”

“再过四十分钟，我们的上空就不会再有影像侦测卫星了。”娜塔莎解释说，“那些能量侦测卫星我们不怕。”

我突然明白了为什么她们要使用那种原始武器，不由得点了点头。

“在这九分钟里，我们得跑到那边去……”娜塔莎指了指距离最近的那个山头上的树林，“要是落下了，我就得射死你们。我可不是在吓唬你们。”

我相信她没有骗人，里昂也信。

这比我想象中难得多。

我本以为，跑到树林对我们来说轻而易举。我跑步能力极好，九分钟内跑多远都不在话下。可我没想到，原来沿着山坡往上跑会这样费劲儿。

碎石块、难以察觉的小树丛、大坑小洼——种种麻烦简直像是刻意来到你脚下。我和里昂从一开始就落后了，那些女孩几乎都跑在了我们前面！她们哪里来的这股敏捷劲儿？

只有娜塔莎和另外一个女孩始终紧逼在我们身后，手里拿着绷紧弓弦的弩，不断对我们恶语相向。但凡是在文明点儿的星球上，她们都会立刻被送到教养院去。就算没有她们在身后驱赶，我和里昂也会拼了全力去跑，毕竟跑不过女孩子还是挺丢人的。更可怕的是，一旦摔跤落后，她们就“不得不”一箭射中我们。

我们及时赶到了树林。除了押着我们的两个姑娘，其他所有女孩都已经藏身在树林里了，并且把自己的弩对准了我们来的方向。我和里昂上气不接下气，勉强挪动双腿跑进森林，立刻瘫倒在树下，而那两个冷酷无情的押解者却神态自若地站着，连气都没多喘一口。十来个女孩赶到她们身边，带着好奇的神情上上下下打量我们。

“玛丽娅！情况如何？”娜塔莎急切地问。

“嗯。”玛丽娅点头回答，“还差二十秒钟。”

我躺在地上喘着粗气，心里想，我永远也不要结婚。就算要结，也一定要找个穆斯林姑娘，她们受到的教育是要处处听从丈夫。

还有人说俄罗斯的女人又温顺又听话。

这些女孩可几乎都是俄罗斯人。

显然，全是些谎话。

“快起来，窝囊废。”娜塔莎命令道，“难道要把你们像小孩儿一样抱着走？”

女孩们都轻蔑地笑了起来。

我站起身，用口水洇了洇两只手上划破的血痕。里昂没有穿鞋，一直是光着脚在碎石上跑的，此刻他正一脸愁苦地揉搓双脚。

“给他点儿绷带。”娜塔莎看了看里昂，对其他女孩吩咐道。一个女孩拿给了里昂一卷绷带和一个小药瓶，但里昂摆手拒绝，硬撑着站起来。他的双脚受伤不轻，还渗着血。

“还挺傲气。”娜塔莎撇了撇嘴说。

不过这回没人应和她。

我们被女孩们围着往山顶走去。这里的树木长得很奇怪，令我产生了好奇。

“疼吧?”娜塔莎问了一句，不知是问我，还是问里昂。不过，我们俩都没回答她。

过了几分钟，我们来到了一片营地。这里是真正的野外露营地，就像电影里童子军们搞的那样。山丘顶上地势平坦，树林也格外茂密，一些树枝搭成的窝棚散布林间，显得十分隐秘。几堆篝火上还搭有树枝编成的网子，大概是为了分散烟雾，遮挡住火光。这地方当然不可能有泉眼，不过，某些树上挂着个头儿很大的透明水袋。看得出，一切都安排得井井有条。

“立定!”一声令下之后，娜塔莎走向了一个最大最坚固的窝棚。窝棚周边的地面铲得很平，上面有层层叠叠的车辙痕迹，像是有人一连几个小时在这里骑车转圈儿。

出于谨慎，我把手放在了等离子鞭上，看上去像是叉腰站着，实际上做好了战斗准备。

娜塔莎用手敲了敲窝棚入口的边框，就好像在敲门，看上去挺好笑。

“进来!”有人回应道。那人的声音并不悦耳，还有些发颤。

娜塔莎掀开帘子走进了窝棚，飞速又小声地说着什么。我只听清了只言片语:“间谍……呼啸和巨响……马上就往那边跑过去……五十来米长的着陆痕迹……说是迷路了……撒谎……间谍……”

原来如此!她们是听见了我们着陆时的声响，所以才没相信我们说的话。

跟娜塔莎对话的人听起来十分气愤，语气里满是责备，声称不应该把“间谍们”带到这里来，应该就地审问他们——“怎么能留下后患?!”

我终于记起了这是谁的声音!

“尤里·谢麦茨基!”我大叫起来，兴奋得直跺脚，“阿瓦隆来的养猪大王！”

棚子里有什么东西跌碎在地上，接着传出嗡嗡的马达声。所有女孩都把弩瞄准了我，但我并不顾忌，继续大喊：“尤里！我们是奇克列伊和里昂啊！您一定记得我们！在空港！您还记得吗？我就是那个从空港来的男孩！”

一台残疾人的电动轮椅加大马力从棚子里猛冲了出来。这位秃顶老人死死盯着我。他还是一身正装，扎着领带，左手握着一柄小螺丝刀，不断颤抖着。我记得谢麦茨基是戴着假肢的，在我喊叫的时候，他可能正在修理或者调整什么。娜塔莎也跟着他出来，站在轮椅后面，把自己的弩瞄准了我。

“是从空港来的那个孩子？”谢麦茨基惊讶不已，“是你，跟着那个……”他一时卡住了。

他仔细打量着我，又看了看里昂。眼神灵活得完全不像老人。

“‘你们要把这孩子带到哪儿去?!’”我极力提醒他，“您还记得吗？”

“上帝啊！圣徒啊！”老人激动地叫了起来，“姑娘们，把你们的武器拿开吧！这是朋友！”

可能因为事出太意外，我的双眼一下子涌出泪来。我扑到谢麦茨基面前，脸贴在他胸前哭了起来。那个镶着钻石的领带夹硌得我生疼，但我还是没把脸移开。老人身上散发着昂贵香水的味道，还夹杂着烟味和机油味。老人用干枯粗糙的手掌温柔地抚摸着我的头顶。

“我说，姑娘们！”谢麦茨基说话语气严厉，好像刚才要求原地审讯我们的不是他，“你们怎么能这样呢？”

“爷爷，我们……”我勉强辨认出娜塔莎满含歉疚的声音。

“哎哎哎，”谢麦茨基接着跟她们算账，“这也要怪我，是我把你们训练成了一群女骑士……哭吧，哭吧。”他最后一句话是对我说的，“我真是拿这帮弓箭手们没辙……”

谢麦茨基让我放声哭，我却不想再哭了。我表情尴尬地站起身来，看了看周围的人。女孩子们的脸上没有笑容，个个看上去都面有愧色。

特别是娜塔莎。

这时，谢麦茨基又下达了新命令："一队，生火，做饭；二队，站岗，监听无线电信号；三队，休息；卫生队，把男孩们的伤处理一下；娜塔莎，我十五分钟后听你详细汇报。"

他精神饱满地冲我点了点头，就掉转轮椅回到自己的窝棚了。我和里昂还没定下神，已经有两个女孩过来照应我们了，我们也不再拒绝。她们给我们的伤口消了毒，打了绷带，注射了破伤风预防针，还给里昂弄来了几乎全新的运动鞋和袜子，虽然颜色有点儿扎眼，一看就是女孩穿的，不过里昂没有介意。

娜塔莎涨红着脸，神色紧张，看来是在为自己要面临的责难而惴惴不安。

"娜塔莎，我们真的没生气。"我开口说道。面对这个皆大欢喜的结局，我想表现得像动作片里的英雄那样宽宏大量，"我们看上去确实形迹可疑，我们都能理解。"

女孩点了点头，可还是往谢麦茨基的窝棚那边多看了一眼。

"她逃不掉爷爷的责备。"卫生员女孩一边用酒精棉为我擦拭血痕，一边无奈地解释说，"他对娜塔莎可凶啦。"

"为什么呢？"我没明白。

"为了不想让别人以为他护短，宠着自己的孙女。娜塔莎其实是老爷爷的重孙女，可他就管她叫孙女。"

我这才明白，娜塔莎的确要遭殃了。不过，掺和到他们之间未必是好事儿，谢麦茨基反倒会更加严厉。

"我真高兴你们不是间谍。"卫生员女孩继续说。她长得很可爱，就是挺瘦的，跟其他女孩一样，"有一次，我们真的抓到了间谍。"

"然后呢？"

"我们审问了他，然后处决了。"女孩冷漠地回答，"不可能放他走的。"

我非常不想对谢麦茨基撒谎。实际上也没有这个必要。当我们走进谢麦茨基的窝棚，坐到他对面的垫子上之后，老人马上就表明了自己的态度。

“首先，不用对我们解释任何事。明白吗？”他严厉地盯着我们，“我都明白，而且……”

老人突然眨了眨眼睛，“我在空港就全明白了。法戈斗士可不会去救一般的小孩儿。斗士们都是从小就开始培养的，这在阿瓦隆可尽人皆知。所以，我的队伍可以全凭你们调遣。”

坏了！谢麦茨基是把我们当成小斗士了。

不知道他还兀自揣测了些什么……

“我们要到首都去。”我也只好直奔主题了，“您能帮忙吗？”

“当然。”老人点了点头，“娜塔莎，摩托艇还能用吗？”

“充着电呢。”他的孙女随声应答。

娜塔莎站在谢麦茨基背后，正用探测仪仔细调控轮椅控制盘，“爷爷，你又连线数据流了？”

“嘘！”谢麦茨基朝我们眨了一下眼睛，“别担心，我的神经没有问题。有些计算任务要是直接连上机器来做，十分钟就能搞定。娜塔莎，那辆摩托艇什么时候能用？”

“明天早上吧。”娜塔莎晃了晃脑袋，又像是要把并不存在的长发从脸上甩开，然后转头看着我。

“这么安排行吗？”谢麦茨基问。

“嗯……行。”我有点儿惋惜，森林七日冒险算是没了……可有什么办法呢？

“你对我们还有什么指示吗？”谢麦茨基郑重其事地问我，并没有因为听令于两个孩子而感到丝毫窘迫。

“您能不能跟我们讲讲，这是一支什么队伍？”里昂好奇地问。

“这是一支好队伍。”谢麦茨基露出了怜爱的微笑，“‘快乐伙伴’嘻哈歌舞团。”

“爷爷！”娜塔莎气呼呼地叫起来。

“他们两个有权知道一切。”谢麦茨基很坚决，“我到新科威特来，是为了给孙女加油的。出事之前，她是歌舞团的领唱，新科威特搞了一个星际联欢节，而我呢，是‘快乐伙伴’的赞助人……”说到这里，他咳了一声，“嗯，直说吧，我是经理人、老板。事变刚发生的时候，我们是准备逃离的。感谢上帝啊，女孩们全都安然无恙，洗脑程序没对她们起作用。在空港碰见你们之后，我又仔细考虑了一下，意识到我们是走不成了，就把这些女孩带出了城。我当初真的应该立马起飞，不该妄图带走那么多人！”他边说边用拳头砸在了轮椅的扶手上。

“我当时也跟你说了……”娜塔莎迅速插了一句。

“所以，我和‘快乐伙伴’们就来到了山上……”

“爷爷！”

“好，好。现在我们是‘伙伴’帝国特别行动队。按照紧急状态法，我，作为退役的星际安全军大尉，有权利动员组织任何帝国公民来执行特别行动。”

“您做过星安军？”里昂语气里满是崇敬。

“很久之前的事了。”谢麦茨基点点头，“可我现在依然宝刀不老……小兄弟，我们一辈子都不会退休的。”

“原来你们之前是跳嘻哈舞的？”我讶异地问娜塔莎，“现在都能打游击啦？”

“这有什么可吃惊的？”谢麦茨基替孙女回答道，“你知道姑娘们在歌舞团的训练强度有多大吗？那绝对是军事化管理。”

“你试试来个单手支撑三周翻……”娜塔莎说完，脸有些红了。

我想起女孩们使用起弩来有多干净利索，在森林里跑起来又有多快。歌舞团出身，难怪呢！

“这些姑娘们还学过散打呢。”谢麦茨基接着说，“这对调节呼吸和锻炼灵活性很有好处。我可不是吹牛，让娜塔莎跟任何一个成年男人对打，都能把他给打趴下。当然，如果对方没经过特殊训练的话。”

“你们之前执行过什么任务？”我想多了解些情况。

谢麦茨基和娜塔莎对视了一下。老人点了点头，娜塔莎开始历数过去的成果：“击毙将近七十名对手；摧毁三辆步兵战车、一辆重装坦克、两辆侦查摩托车和四只自控气球；炸毁两个军事仓库、七公里单轨运输线、总长度六十九米的两个穿山隧道和一座长度一百八十米的三跨桥；散布将近四万张传单；三次成功切入全球资讯系统播放《抵抗运动新闻》专辑；传播超过三亿份电子邮件，鼓动大众参加抵抗运动；编写并传播近四十个讽刺官方军队和伊涅伊统治阶层的笑话。”

听到这里，我和里昂忍不住笑出声来，但谢麦茨基带着责备的神情看向我们，“别看不上，孩子们！十个恰逢其时的笑话带给社会体制的打击，比一颗原子弹还有威力！俗语说得好，一只鸡一粒米，百鸡百日缸见底！”

“我们还收集到了大量情报，”娜塔莎继续播报，“持续进行面向大众的宣传教育工作；还计划进行……”她稍有犹豫，“大规模的威慑行动。就这些。就是这些对吧，爷爷？”

“一次导弹攻击。”谢麦茨基提示说，“还有行动队内部情况。”

“我们对首都发起过一次导弹攻击，但战果不详；还有一次占领了一座军火库，里面有一套‘西蒙风’导弹系统；队员中无人牺牲，有个别负伤和染病的情况；全员情绪饱满，随时准备继续为帝国效力。”

“看，这就是我的姑娘们。”谢麦茨基骄傲地说，“以前只有一个孙女，现在，有三十五个。”

“那您能不能再说说，这个星球上到底发生了什么？”我又问，“帝国方面对实情了解得很少。”

谢麦茨基叹了口气。

“我们能得到一些消息，所以还知道个大概。整个星球情况都很糟糕，孩子们。民众都通过神经元接口被洗了脑，这你们知道吧？”

我点了点头。

“洗脑程序隐藏在伊涅伊制作的节目中，通过神经元接口传输的只是启动指令，对吧？”

我又点了点头。

“问题确实严峻。”谢麦茨基又叹了口气，“目前的状况是这样的，洗脑攻击覆盖了百分之八十五到百分之九十的成人居民。说是成人，其实是十岁以上的人，但低龄儿童也有受到波及的。这些禽兽，连动画片里都植入了他们的程序！甚至那些幼儿启蒙教育节目里都有。只有那些很少看娱乐和启蒙教育节目的人幸免于难——总有些人着迷于不同的事物，比如旅游迷、传教士、工作狂……还有那些鼓噪‘退回自然’运动的自然派们。不过，就算是这些人，也都不一定能撑得太久。首先，他们怎么可能同全社会的“亲伊涅伊”态度对着干？反对自己的父亲母亲、妻子丈夫、儿女、朋友……所有人都会苦心规劝你，归顺伊涅伊才是人生的意义；其次，你们知道心理诱导吗？若是让一个健全者生活在精神病人的环境里，他最后就会相信精神病人的逻辑。最致命的情况是，一些受人尊敬的名流正持续不断地宣扬那些歪理，要不了两个月，新科威特的全体民众就都会效忠伊涅伊和那里的总统。”

“那个女总统？”我追问道。

谢麦茨基点了点头，“是啊，茵娜·斯诺。”

我不自觉地笑了一下。

“这名字可真是响当当。”谢麦茨基注意到了我的表情，“那个女人……哦嗬，可不简单……”

“她长什么样儿？”我问。

谢麦茨基从口袋里掏出一张纸，递给了我。这显然是从一本高级杂志上撕下来的，纸面凸凹不平。照片上是一个身量不高、身穿宽松白色衣服的女人，站在一群兴奋微笑着的人中间。那些人有的穿着军装，有的穿着商务范儿的正装，有的穿着宇航员的密封服。女人一只手牵着一个身穿鲜艳套装的儿童，另一只手搭在一位坐轮椅的残疾人肩上……我偷眼看了一下谢麦茨基的轮椅——比照片上要气派些。

而女人的脸上却蒙着厚实的白面纱。

“谁都不能看她的脸吗?”我大为惊讶。

谢麦茨基点了点头，没说什么。

“说不定，她根本就是异族!”我惊呼道，“穿着密封服的臭烘烘的紫姑人！或者是别的异族!”

“没人对这个感兴趣。”谢麦茨基回答，“那些被洗脑的人都相信她是一位善良、可亲又聪明的中年女士。你发现了吗?那些人如此急切地往她身边凑，就像是绵羊抢着要出圈。”

“一群傻瓜。”我说道，但不知为何，同时看了一眼里昂。

里昂盯着那张图片，一脸笑意，跟围绕在茵娜·斯诺总统身边的那些人差不多。

我把那张纸卷起来，交还给谢麦茨基。里昂浑身一震，笑容立刻从脸上消失了。

“新科威特现在就是这个状况。”老人深深叹了口气，“你们还不赶快行动吗?”

“我们还没决定要做什么呢。”我回答道，“我们有自己的任务。”

“我明白。”谢麦茨基又叹了口气，“人人都要坚守职责……好啦，孩子们。你们给我们带来了很大希望，真的。你们能到这里来，这本身……好好休息一下吧。明天一早，我们就会带你们去首都。”

“爷爷，我来开摩托艇。”娜塔莎态度坚决。谢麦茨基没有跟她争辩，只是叹了口气。

晚上，我们都聚集在了篝火旁，除了谢麦茨基，他在窝棚里看一台便携电视机。不知道是真的需要从伊涅伊的宣传中挖掘什么信息，还是不想让女孩们因为自己在场而感到拘谨。

“伙伴”帝国特别行动队英姿飒爽的战士们在听我们讲阿瓦隆的事情。她们毕竟都来自阿瓦隆。听着听着，一些女孩已经泪光盈盈，但没有人哭出来。

“阿瓦隆现在有各种别致的新年枞树啦！”里昂连讲带比画，“那是多态枞树，不光颜色能变，形态也能变。到了新年，你们家里有彩球树，我家的是铃铛树，她家的是彩灯树。庆祝跨年的时候，卡米洛特的上空还通宵上演激光秀……”

真难以想象，新年的时候，里昂还处于被催眠状态呢。他居然全都记着……那天我俩去看激光秀，后来斯塔西来了，再后来罗琪和罗西也来了……我们还一起坐车去卡米洛特兜风……

一想到阿瓦隆的朋友们，我又陷入了忧愁。树枝编成的密密实实的防护盾用绳索吊着，悬在篝火上边，把火光反射到了女孩们脸上。黄里透红的火苗上下翻腾，烟雾从防护盾的四周溢出，形成一个圆圈，袅袅升上了夜空。一个小女孩开始时兴奋地盯着里昂，渐渐地迷糊起来，把头靠在伙伴的腿上打起了瞌睡。

我悄悄起身离开了篝火，往谢麦茨基的窝棚看了一眼，老人正紧盯着电视机屏幕，专心地看着什么，还时不时咂巴着嘴。

我去了树林里散步，但小心起见，我尽量不走出树荫的地界，停在林木的边缘望向远方。远处可以看见哈里顿诺夫岭深色的山影，在最高峰上，有一个小红点在隐隐闪光。

“那里是气象站和阿格拉巴德战备台[1]。”身边有人说道。

我吓了一跳，转过头来，勉强看清了黑暗中的娜塔莎。她坐在地上，下巴顶着蜷起来的膝盖，看着远方的山。

“你在这里干什么?!”我因为惊吓而有些气恼。

可娜塔莎心平气和，“看山呢。那山真漂亮，可是非常难爬，又冷，又容易跌下来。”

我坐到她身边，问道：“你整天战斗，不觉得害怕吗?”

“害怕。”娜塔莎诚实地回答，“所有人都害怕。但达扬卡不觉得害怕，她有点儿迟钝。基拉和米尔塔也总说什么都不怕，可我觉得她们是

1. 当国家电视台被敌人攻占后选用的备用电视台。

在说谎。”

“你有一个勇敢的爷爷。”我说。

“是的，而且很聪明。他跟我们讲了很多事，那时候我们还没决定做游击队员。他讲了伊涅伊的事，还有……这个那个的。”

“他最后说服你们了。”

“说服了。他跟我们说，最珍贵的自由永远存在于人们心中，藏身在灵魂深处。哪怕是最可怕的暴君，也不能剥夺一个人独立思考的权力。伊涅伊想要做的就是剥夺这种权力，而最终是杀死我们，还是把我们变成傀儡已经不重要，他们只是想让我们不再是我们。”

“嗬。”我感叹了一声。

可我心里想的是，如果把一个人永远关在监狱里，那才是更加可怕的。毕竟傀儡们根本不会意识到自己已经失去了自由。

“做一名法戈斗士很难吗？”娜塔莎突然问我。

“什么？啊……有时候吧。”

“你们真的什么都不怕吗？一点儿都不怕？”

我很想承认自己并不是斗士，可此情此景又很难否认。

“斗士们也会害怕。”我说，“特别是在事关他人的时候。”

黑暗中，娜塔莎几乎难以察觉地点了点头。

“奇克列伊……”

“什么？”

“我总是在想，我们肯定会死的。”她说，“我们不可能一直躲在这儿吧？要是他们往这儿射一颗导弹，那就全完了。”

“你们藏得很隐蔽啊。”

“虽然我们足够小心谨慎，但早晚会被抓住的。你看，我们现在只敢在山顶上点篝火，因为这里有间歇泉，经常会有温泉涌出来。可不管怎么说，我们早晚会被发现，除非帝国能派人来帮助我们。”

我没有接话。我不知道该对她说什么，也不知道帝国什么时候能对伊涅伊开战。

“奇克列伊……你亲我一下吧。”娜塔莎突然说。

我一下子蒙了。

“我还从来没接过吻呢。”娜塔莎说，“你想啊，我们随时可能被杀死，而我还一次都没有和别人接吻过，那多遗憾啊！你能吻我一下吗？”

“嗯……”

“你不喜欢我？”

“喜欢……”我回答她。实际上，我对她并没有什么特别的感觉。

“亲一下吧，就一下。”娜塔莎把头转向了我。

斗士们也是要学接吻的吧？我其实也从来没有接过吻呢！我很想跳起来逃走，可这时候逃走也太丢人了。

娜塔莎已经闭上了眼睛，我稍稍有了些勇气。

豁出去了，又不是得跟她结婚！

我小心翼翼地把双唇凑到她的嘴上。

没什么特别的……只是不知为什么，我的心跳变得很快。

“结束了？”娜塔莎悄声问。

“嗯……”

“谢谢。”娜塔莎说得有些勉强。

突然间，有股莫名的力量推了我一下。我向娜塔莎俯过身去，重新吻上了她的双唇。这一次好像跟刚才并无太大的不同，但不知怎么，有一种被电流击到的感觉。娜塔莎大概也有同感，立刻低声叫起来。我一跃而起，往篝火那边跑去。

在距离火光还有几步远的地方，我停住了脚步——姑娘们好像还在听里昂信口开河。在我身后，树枝响了一阵儿，娜塔莎也跑掉了，但不是朝着篝火这边，而是奔向了爷爷的窝棚。

我来到篝火边坐下，但心脏依然在狂跳。

没有人注意到我的动静。离开篝火去方便一下的确不是什么怪事。

3

卡利耶的穹顶区也有一条河，首尾相连，循环流动，人们需要不断过滤河水。而在阿瓦隆和新科威特，河流都是天然的，我已经渐渐习惯这样的景观，而且格外喜欢。

我们正沿着一条山间小河顺流而下，这条河又给人以别样的感觉。

我们在凌晨四点离开了营地，那时天还没亮。我、里昂和娜塔莎一起出发，还有另外两个女孩。谢麦茨基跟我们在营地里告别。一一拥抱了我们几个之后，他还发表了一番送别辞："疾风知劲草，烈火见真金，身负重任更能显出你们的英雄本色。祝你们马到成功！"

四十分钟后，我们来到了一条蜿蜒山间的河流岸边。这里的水势不像在上游山谷里那么凶险，但仍然十分湍急。浪头拍打在河道中凸出的礁石上，水花四溅。河道被地势分隔成数段，每段之间有明显的落差。河水格外清澈，甚至能看得到水底的石头。一般的小船在这样的河里很难前行。在岸边，我看到了一艘隐蔽在岩石中的小摩托艇。这样的摩托艇一般只供一人驾驶，而且必须是成年人。

"你们快坐好。"大家把摩托艇拖到水中后，娜塔莎下了命令。我和里昂紧挨着坐下来，娜塔莎则站到了驾驶盘前。她朝另外两个女孩挥了挥手——她们只是为了送我们一程。两个女孩神色不安，想必也觉得在这样的河流上开摩托艇并非易事。"你们抓紧了啊！"娜塔莎警告我们，"要是给甩下去，可就完蛋了。"

"没有安全带什么的吗？"里昂问道。

"什么？你是从外星来的吗？要是摩托艇翻了，你又被安全带绑住了，那不得被压个粉身碎骨啊！"

"那救生衣呢？"里昂不死心。

"我们没有救生衣，水凉得刺骨，掉进河里就会抽筋。还是抓牢扶手吧！”

娜塔莎全身紧绷，双手在驾驶盘上忙来忙去。

摩托艇蓄势待发。

我觉得有点儿头皮发麻。

“出发！”娜塔莎大声下令。我看到她紧张得后背僵直，一对肩胛骨在单薄的毛衣下高耸着。她将身体向前一倾，后方的发动机桨叶深深压进水中，摩托艇随即冲向前去。

这气势！我只在电影里才看到过。

摩托艇顺流疾驰而下，飞转的桨叶时不时掠出水面，轰鸣声震耳欲聋。娜塔莎的身体随着摩托艇的跃动灵活地左右摇晃。我们明白，自己也应该像娜塔莎那样做。可是，要克服远离水面的本能太难了。如果要顺势晃动，几乎得没入小艇两侧飞卷的浪花中，而那下面可都是尖利的石头啊！况且现在还是半明半暗的黎明时分！

“腾空！”娜塔莎大喊道。我们瞬间跃向空中，随着发动机加足马力的刺耳呼啸，我们跨越了两个河段间的落差，“安全了！”

我特别想回头，看看岸边的那两个女孩还在不在，是不是还在向我们挥手。可转头面对疾驰而过的河岸——那感觉太过刺激，我只能死盯着娜塔莎的后背。我能感觉到，身旁的里昂也是紧张得一动不动，任由冰凉的水花和凌厉的冷风扑在脸上。

我不知道这种疯狂的激流腾跃持续了多长时间。不过，周围的地形渐渐有了变化。山丘岩壁逐渐向侵蚀平原过渡，河道中嶙峋的礁石消失了，河段落差也越来越小。河道变得开阔，水流变得平缓。

“好了，我们总算是活下来了！”娜塔莎高声说。她已经全身湿透，我和里昂也没好到哪儿去。

“你不会冻出病吧？”我高声问娜塔莎。

“什么？”她把发动机的马力稍微调小了一些，轰鸣声变成了呼啸声，交流也变得容易多了。

“你不会冻出病吧？”

“会！”娜塔莎爽快地回答，“不过没关系，爷爷能治好。奇克列伊，你不生气吗？”

“为什么要生气？”我隐约猜到了原因，但还是问了一句。

“因为一开始，我逮捕了你们俩。”娜塔莎说完笑了起来，甚至还转过身来，迅速地向我眨了一下眼睛。

女孩子真是讨厌！她们怎么这么爱捉弄人？

“没事儿。人总有马失前蹄的时候。”我不甘示弱地回答。

“噢，可别来这套！”娜塔莎反应有些剧烈，“这都是爷爷惯用的话术，我一听就犯怵！”

娜塔莎驾驶着摩托艇，朝岸边靠近了些，我们更明显地感受到了摩托艇的速度之快。

“还需要很久吗？”

“还有一个多小时。”娜塔莎回答，“奇克列伊，把膝盖并拢。”

我一头雾水，但只好照着做。她立刻坐在了我的腿上，还没忘调侃一句：“别以为我喜欢这样。我只是站累了。”

“你可别忘了看好方向！”里昂不安地回了一句。

“轮不到你来指点我！”

天色渐亮。太阳还没有从地平线那边升起来，但东方的天空已经变成玫瑰色，薄薄的云朵也开始发白。一点鲜亮的灯光从空中划过——那是一座很大的低轨空间站滑入了黎明的曙光。

“我们不会被发现吧？”我问。

“我们已经通过最危险的地段了。”娜塔莎回答说，“这条河段已经有船只来往了，不会有谁对我们起疑的。”

“你回去也开这辆摩托艇？”

娜塔莎摇了摇头，“不行，能源不足。再说白天也容易被发现。我会找个地方待两天……我们有安全屋。”

关于安全屋的具体信息，娜塔莎没有多说，我也没多问。

她做得没错，免得我被抓住以后做出什么不利的供述。

我们已经来到了有耕地的区域。田野里的喷灌装置在缓慢运转，低矮的植物从上方形成了一圈圈迷蒙的虹影。这里看不见人影，所有的农活儿都是自动化的。

“这片种的是什么？”里昂从我肩膀后面探过头来。

“番茄。”娜塔莎的回答简明扼要。

“我喜欢番茄。”里昂说。

“那你走运了。有一次我们在这里躲了两天，吃番茄吃到吐。你知道经过暴晒后的番茄气味有多难闻吗？”

我不禁想起了小时候被老师嘲笑的经历。那时候我上一年级，跟同学介绍神奇的“食品工厂”，说那里能制造出牛奶、番茄和鸡蛋，大家都笑得直不起腰。番茄不是在工厂里造的，直接种植要省事得多。

天完全亮的时候，我们经过了一个小村庄。岸边有行人走动，但他们似乎并没有注意到我们。

“要靠岸了。”娜塔莎提醒我们，“这里有条路直通河岸，我会让你们在那儿靠岸，你们到路边去拦个顺风车吧。那条路经过空港，一直走就能到阿格拉巴德。”

也就是说，我们会路过汽车旅馆！

我和里昂对视了一眼。里昂什么也没说，但我马上明白了他在想什么。万一他的父母还在那里呢？

“开车的人会不会怀疑我们？”我问。

“不会，应该不会。”娜塔莎看起来很有把握，“你们就说自己是从曼德里来的。曼德里就是那个我们路过的村庄，那里有一间罐头工厂。你们可以说父母是工厂的员工，而你们自己……干脆就说来阿格拉巴德找亲戚？”

摩托艇缓缓靠了岸。娜塔莎让船头停靠在砂石滩头，然后从我的膝盖上站起身来。我们俩尴尬地对视了一下。

“那么……握个手吧！”我说。

娜塔莎的手掌冰凉，她肯定要冻病了。

“转告爷爷，我们感谢他！”里昂一步跳上岸去，回头朝小艇的方向高声喊着，“他可真是位救世主！奇克列伊，别磨蹭啦！”

“那，就再见啦。”我对娜塔莎说，“你要小心……”

“我会的。”娜塔莎答应我。

我也像里昂那样往岸上跳，但不小心踩在了水洼里，弄湿了双脚，惹得里昂一阵大笑。娜塔莎按下了退行挡，摩托艇慢慢从浅滩离开。娜塔莎又望了我们一眼，随即弯腰加速，摩托艇跃上了河心航道。

“她太酷了！”里昂赞叹不已，“我看你是爱上她了，对吧？”

我本想反驳他，但又改了主意，“你傻吗？她把我们送到这里可是冒着生命危险，她是把我们当成了法戈斗士。”

“其实这么说也没错，”里昂若有所思，“就算我们不是真正的斗士，可毕竟……算啦，你别生气。”

我并没有生气。我在想是否应该做个祷告，期望娜塔莎平安无恙。可我又立刻回想起自己也曾经祈祷父母不要离开。

我放弃了祷告的念头。

一股新鲜面包的香味弥漫在卡车驾驶室里。这辆卡车运的是建筑板材，面包是司机随身带的，放在后排像摊床一样的座椅上。那是两块大个头的圆面包，硬皮泛着油光，裂口露出的芯儿又是那么柔软。

“小伙子，你们掰一块尝尝。”司机热情地劝我们，“城里人还会烤面包吗？营养保障计划搞了快一百年了，让人民注重健康饮食，可人们最爱的还是面包啊！”

我们很容易就拦到了顺风车。站在路边刚一挥手，头一辆路过的大卡车就停了下来。这辆车大得惊人，几乎要赶上斗士们的飞船了。司机一头黑发，皮肤也黝黑，微笑着探出头看了看我们，接着一挥手，“上车！”

“季马叔叔，用家里的微波炉不是也能做面包吗？”里昂问道。他悟性颇高，很快就学会了司机说话的口音。

“哎呀呀，小伙子！”司机笑了，“面包啊，只能诞生在烤炉里。你得用手去翻，用木柴去熏！可现在呢？尽是些微波、超声波、正电子波……小伙子，你们再喝点儿牛奶吧！”

里昂小心翼翼地拿起一只看上去颇为可疑的塑料瓶，里面装的是牛奶。

“这是真正的牛奶，”司机颇为骄傲，“当然不是刚挤的，是冷藏过的牛奶。如果是合成奶，就算是最贵最高级的，我喝了以后肚子也会难受得折腾一天……”他又哈哈笑起来。

保险起见，我用衣袖擦了擦瓶口，然后喝了一口。我倒不是嫌弃里昂，只是瓶子看上去真的很脏。

牛奶真是好喝！香极了，而且很浓稠，还有一种……遗忘已久又让人魂牵梦萦的味道。

“怎么样？”司机郑重地问我们，“味道的确不一般吧？这可不是从石油和锯末里提炼出来的，是活生生的奶牛产的奶呢。”

我惴惴不安地咽下牛奶。还真是奇怪，没有任何不良反应，感觉还不错。大概真的不必害怕，新科威特的人们都完全正常嘛，跟阿瓦隆人相比并没有什么异样。难不成这位司机逃过了洗脑？我偷偷看了一眼他的太阳穴——神经元接口的型号比我的新——“山本工业”产品，带无线接入功能。

真是搞不明白。

“我只能把你们丢在城郊啦。”司机带着歉意说，“我这辆大家伙没法儿进市区，只能从工厂开到仓库。”

“没事儿，我们就在城外下车。”里昂赶紧说，“我们要去汽车旅馆那儿，离宇航空港不远，我爸爸在那里……工作。您的牛奶真好喝，谢谢啦。”

司机点了点头，又突然说：“你要谢的不是我，小伙子。”

“感谢总统。”里昂马上跟了一句，但声调明显变了，“也要谢谢您，叔叔。”

“帝国都不成样子啦。”司机叹了口气，“只能吃合成食物，没有尊严，没有真情。要不是有伊涅伊……”

他说这话的时候，样子没有任何不同，看起来还是那么善良热心，还是那个乐于助人的好叔叔，会搭救路边的孩子，还不吝用美味的面包牛奶款待他们。然而，我的耳畔警报骤响，里昂的眼中也立即流露出警觉和不安。

“叔叔，您觉得，帝国会跟我们开战吗？”里昂小心翼翼地问。

司机脸上的肌肉抽紧了。

“战争在所难免。”他的语气生硬，“不过，小伙子，你们不用操这个心，好好学习就行。”

“我们学着呢。”里昂说得很坦然，“可我们也为总统担心啊。如果需要的话，我们也要参战。”

司机一只手把着方向盘，另一只手拍了拍里昂的后脖颈。

“哎，”他显得心事重重，“皇帝也是多管闲事。他干吗要干涉我们的生活？你们也听说了？那次轰炸？”

“你是说那次‘西蒙风’导弹攻击？”我想到谢麦茨基跟我们提过的战绩，于是试探着问他。

司机点了点头，“‘西蒙风’……可不是吗？每个孩子都知道，我女儿就在那所学校上学。”

里昂的眼睛瞬间睁大了，像老式的神经分流器一样又圆又大。我也呆若木鸡。难道“伙伴”行动队做了这么没谱的事——炸学校？炸孩子？

“现在学生们只好居家学习了。”司机继续说，“感谢总统，轰炸是在夜里发生的……你们的学校也被炸了？”

“是的。”里昂的回答让我很意外。司机点了点头。

“听说轰炸了十所学校。那些恶魔，歹毒到这分儿上，下次会是什么？炸医院？下毒？皇帝昨天不是还派特使来了吗……”

他突然不说话了。

“干什么来了？”我追问道，“没听说啊。”

司机叹了口气，“实在是让人无话可说……总统跟特使会谈的时候，特使的保镖们就进城活动了。后来当场抓住了一个，他正在往蓄水池里投放细菌……”

“什么?!”我震惊不已。

“皇帝想搞破坏，小伙子。”司机的面部肌肉又抽紧了，“那家伙原来是个法戈斗士，专搞破坏的杀手，根本就不是保镖。他想通过供水管道传播天花样鼠疫，让我们整个首都的人都死光光，连妇女、孩子和老人都不放过！”

“抓住他了吗？”我追问道。我眼前浮现出了夏田的脸。他想杀死千千万万的人？他跟我们飞行了一周，总是笑盈盈的，暗地里却准备搞大屠杀？这绝不可能！

“抓住了。”司机回答，“明天晚上就要在广场上公开处死，法庭已经判决了。那位帝国特使也被驱逐了……就该这样，跟他们没什么好谈的。都是些杀人犯、暴徒，让上帝宽恕他们吧。”

顷刻间峰回路转，让人一头雾水。他说的保镖是夏田吗？他要被处死了吗？可他绝对不会做这样的事啊，这一定是谎言！

“你们不要去广场，小伙子们，”司机又说，“你们没必要去看这种场面。”

“我们不去。”里昂说完看了我一眼。

前方已经看得见阿格拉巴德的摩天大楼了。这些楼群熠熠生辉，天蓝与鹅黄相间，高傲地矗立着。

“当然，我们不会去的。”我也这样回答，“您看到了吗？马路右边有个汽车旅馆的指示牌，我们就在那里下车！”

这里一如从前。

还是那么青葱翠绿，还是那么温暖可人。熟悉的小房子和小帐篷映入眼帘。有几个人在远处的空地上准备烧烤野餐。挂着“入住”牌子的那幢小木屋敞着门，里面传出欢快的笑声。我和里昂对视了一眼，朝那里走去。

一位神态亲切的姑娘坐在桌子旁边，我马上就认出她来了，正是她在一个月前帮了我的忙。我以为她是在跟别人说笑，原来不是，这里只有她一个人。她在读书，因为书里的内容而发笑——她读的是真正的书，纸质的。

我们进门后，姑娘带着笑容看了我们一眼，点了点头，又埋头进书本中。不过，她马上又抬起头来仔细看了看我，然后大叫起来："奇克列伊！你是一个月前失踪的那个小家伙！"

"我才不是小家伙。"我忍不住反驳道。

姑娘有点儿尴尬。

"你别介意，我们谈起你时都是这么说的……当然，你不是小家伙。那你——是里昂？你也在我们这里住过吧，跟父母一起？"

里昂只是点了点头，急切地等着姑娘说起有关父母的事。可姑娘说起了别的话题。

"上帝啊，你们都哪儿去啦，孩子们？大家都特别担心，到处找你们，把树林搜了个遍，湖里也找过……想尽了各种办法！"

我觉得她没骗我们，说的都是实情。园区里的人的确会竭尽全力寻找我们。

要撒谎的倒是我们。

"那天晚上……"我开始编故事，"大家都昏睡过去了，太可怕了……里昂正好到我这里来了，但没告诉父母。我们想多玩一会儿……我旁边的房子里住着一位船长，他也没有睡，看见我们就大喊起来，说有敌人入侵了，让我们快往森林里跑……我们就跟他一起坐车去了森林那边。他把我们放下，就自己开车去首都了……我们就一直待在森林里。"

姑娘拍了一下手。

"孩子们，你们可真是……大家都说这船长是个杀人狂！有人在他住的那间房子里发现了一位被杀死的警察！上帝啊，你们居然能幸免！”

“我说什么来着！”里昂叫了起来，还使劲儿从旁推了我一把，“他真是个奇怪的人，眼神那么凶！幸亏我们早下车了，要不然他会把我们大卸八块的！”

“是你自己要上车的呀！”我也配合着喊起来。

这类临时脚本我们准备了好几个。我们非常清楚，斯塔西是逃不开的话题。毕竟伊涅伊的间谍一直盯着他，一定会向上级报告有关他的事。

“话是这么说没错……”里昂故意吞吞吐吐起来。接着，他急切地看着姑娘问道，“请问我的父母，他们在哪里？”

“你爸爸进城里去了。”姑娘回答，“安娜贝尔女士和两个孩子……你还有一个弟弟和一个妹妹吧？他们在这里，还住在那个房子里。还没有找到你，所以你妈妈不想离开……”

话还没落音，里昂已经转身奔向门外了。

“您别见怪。”我说，“他太想念父母了。”

“你的父母留在另外一颗行星上了，是不是？”姑娘问我。

我点了点头，“是，他们留在另外一颗行星上了。我走啦，再见。”

“我叫安娜。”姑娘莞尔一笑，“奇克列伊，你要是愿意，可以住原来的房子，现在正空着呢。哦，对了，前两天来了一封移民事务部给你的信。”

“那个，我改天来拿吧。”我边说边走出门去，瞥见了里昂的身影——他已经冲进房子的大门了。

里昂的妈妈见到他会有什么反应呢？她可是被伊涅伊给洗了脑……

“笨蛋！”我对自己说，“不管怎么说，她还是妈妈呀。”

安娜贝尔女士对我也颇为照顾，不过当然比不上里昂的待遇，久未相见的妈妈甚至想亲手帮儿子洗澡。里昂不得不双手撑住浴室的门，大叫着拒绝妈妈一起进来。安娜贝尔女士抱着我瞧个不停，边哭边感叹我太过瘦弱，身上还有那么多伤。于是我得到了一大块热乎乎的肉饼。房子里像炸了锅似的。里昂的小弟弟号啕大哭，他根本忘了里昂是谁，怎么也不愿意相信自己还有个哥哥。里昂的妹妹则相反，扬起小拳头捶着浴室门，哭唧唧地想要里昂快点儿出来跟自己玩。安娜贝尔女士在厨房里，围着微波炉和烤箱忙个不停，一会儿给丈夫打电话，一会儿又忙着告知好友，自己的儿子已经找到了。

我悄悄来到露台，坐在被太阳晒得暖暖的栏杆上。不一会儿，里昂的小弟弟跟了出来。他已经哭够了，坐在离我稍远的地上，开始玩两个玩具汽车。我看着这个孩子，心里想，里昂的父母应该是完全正常的，他们似乎没有遭遇那些事。也许伊涅伊并不那么可怕，他们只是在帝国的问题上给所有人洗了脑。除此之外，人们并没有受到什么影响。

“咣，咣！”里昂的小弟弟拿着两辆玩具汽车撞到一起，嘴里模仿着车辆的声响。在他眼中，这两辆汽车应该是宇航战机，“去死吧，万恶的帝国饼（兵）……报告宗（总）统女士，任务完成……”

毫不意外，伊涅伊连这么小的孩子都不放过。不过这也不奇怪，在帝国的其他星球上，孩子们也都会玩战争游戏，但获胜的总是帝国军队。

“遵命，陛下！”小家伙叫着，“切（彻）底消灭低（敌）人！”

他突然站起来，把一辆小车扔到地上，接着开始毫不留情地用脚猛踩。我猜想着，一定是里昂的出现让他情绪不稳，气急败坏。接下来，他一定又会大哭，一把鼻涕一把泪。这对小孩子来说也很正常，特别是被宠坏了的孩子。

然而，这个小家伙既没哭，也没叫。

他依然在踩那个玩具汽车，一丝不苟，全神贯注，就像一个成年人。穿着小凉鞋的两只小脚一刻不停地用力践踏着塑料玩具。玩具挺结实，玩具制造商想必也很了解被宠坏的孩子，但他们一定想不到会有这般执拗的小家伙。他一脚又一脚地踩着，气喘吁吁，把小车翻来覆去，只为了踩起来更方便。小车时不时滑向一边，他还要追过去，继续用自己的脚跟和脚尖折磨它。

终于，塑料玩具车哗啦啦碎成了一堆圆形的小零件，看得出是儿童玩具专用的安全塑料。小家伙又坐到地上，开始拉扯凉鞋。我从栏杆上跳下来，坐到他身边帮他脱鞋。

“脚疼。”小家伙冷冷地看着我，边说边揉自己的后脚跟。

“你这傻瓜，使这么大劲儿踩它干吗？”我问他。

“我才不是傻瓜，”小家伙生起气来，“我是萨萨（沙）。”

“你为什么要把它弄坏，萨什卡[1]？”

“它是敌人，是帝国饼（兵）。”他不假思索地说，“你才是傻瓜。这是从飞行堡垒来的伊欣将军和艾迪扬教朔（授），他们是最可怕的帝国饼（兵）。”

我想起了动画片《帝国飞行堡垒》和其中的主角：勇敢的伊欣将军驾着一艘神奇的腾跃机仗义行侠；聪明绝顶的艾迪扬教授在飞行城堡里发明出各种奇异的装置和武器。他们云游星际，保卫帝国，无往不胜。看来，这部动画片也是在伊涅伊制作的，表面上是赞颂帝国，实际上却暗暗诱导孩子们对帝国生出敌意。我也看过这个动画片！不过看的次数不多。我只觉得它是给小娃娃看的，太幼稚。要是我多看上几回，保不齐也会被洗脑……

没准儿这动画片里的程序已经生效了，只是因为我的神经元接口太旧，才没被触发？一旦被触发，我就会开始仇视帝国，仇视阿瓦隆，怨恨斯塔西，甚至怨恨起动画片里可笑的卡通人物……

“你怎么不说话？”萨什卡问我。

“我在思考问题。我在想，要是把敌人俘虏了不是更好吗？”

“不行，他们都会逃跑的。”小家伙应对自如，“你跟我一齐（起）

---

1. 萨沙的小名。

玩儿吗?”

“我是大人了,”我说,“不玩儿玩具车。”

萨什卡没再问。对他来说,我真的算是大人呢。

“奇克列伊!”安娜贝尔女士在叫我,“快过来!”

“来啦!”我答应道,同时心头一震——她喊我的声音跟妈妈一样,“马上……”

里昂身穿睡袍坐在沙发上,安娜贝尔女士正兴致勃勃地拿着一个电推子,要给他理发。里昂显然不太放心,不断地央求妈妈:“可别像上次那样!妈妈,别理得太短!”

“好,好。”安娜贝尔女士随意敷衍道,“注意别让碎头发遮住嘴巴,否则你会窒息的。”

“妈妈!”里昂有些气急败坏了,“就剪到这儿,不能再短了!”

安娜贝尔女士冲我眨了眨眼睛,像是准备恶作剧。里昂的头发的确太长了。

“奇克列伊,你先去洗澡吧,待会儿我也给你理理。我给你准备了一条新浴巾,那条绿色的。干净衣服也准备好了。T恤和短裤是新的,裤子和衬衫是里昂的,都洗过、熨过了。你要自己洗头,还是我帮你洗?”

“妈妈!”里昂还是气哼哼的,“奇克列伊已经是大人了!我也是大人!”

“在妈妈这儿,你们永远都是小孩子。”安娜贝尔女士有些不满,“好了,别动啦,闭上眼睛……”

她手里的理发推子嗡嗡地响了起来。

我赶紧钻进了浴室,免得里昂再受刺激。里昂的小妹妹在洗手池边玩水,我把她哄了出去,锁上了门,然后往浴缸里放水,倒上浴液。

我把脑门贴上了瓷砖墙,闭上了眼睛。门内有水声,门外有理发推子的嗡嗡声,里昂为头发长短争辩着,他的小妹妹又哼唧了起来。

我想起了第一次见到里昂父母的时候。他们知道我是个孤儿,也知道我身无分文，在这里无依无靠……但他们并没有打算拥抱我，亲吻我，给我理发，或给我找衣服穿。

里昂的妈妈变成了另外一个人，这不太正常。她变得愈发善良、愈发体贴了，但这并不是她的本意。

她是被程序塑造成这样的。

4

里昂起初并没有察觉。他只顾着高兴，为妈妈的肉饼高兴，为妹妹能一直想他高兴，为自己的亲人都平安而高兴。他甚至在面对我的时候显得有点儿歉疚，同时也带着掩饰不住的庆幸，好像在说，看到了吧？没发生任何可怕的情况。

安娜贝尔女士对于帝国的事只字未提。里昂试图提起那位被捕的斗士，她也只是懊丧地摆了摆手。

到了晚上，埃德加回来了。

“爸爸！”里昂大喊着扑向门口。我本能地想要背过身，但好奇心还是占了上风。我望向门口，嗓子里一阵干涩。

不管埃德加对空间站居民的看法如何，他看起来的确是典型的空间站人后代。埃德加个头颇高，略显清瘦，手指修长，皮肤黝黑，长着一头短发和一对肿眼泡。他穿得很单薄，短袖衬衫配短裤。在空间站生活的人都这样，他们在低重力环境下冻惯了，皮下血流速度较慢，因此到了星球上总会觉得热。

里昂跳起来搂住了父亲的脖子，我开始担心埃德加会被压垮。不过他站得挺稳。几秒钟后，他双手扶着里昂的肩膀把他推开，仔细地上下打量儿子，然后开口说：“你长高了，儿子。”

“爸爸！”里昂还是不住口地唤着父亲。

埃德加摸了摸他的头发，“我们可担心死你了。你回来了，奇克列伊……你们怎么会想到要藏进森林里呢，儿子？”

里昂又开始讲述我们的故事。埃德加听得很认真。里昂讲到我们和斯塔西船长一起离开旅馆园区，又被送到了森林边境；我们远离城市，躲进山里，“像外星入侵电影里那样”；我们住进看林人的小屋，靠钓鱼和捕兔子充饥。里昂煞有介事地说，我们害怕回城，因为看见天上有那么多飞船，而且首都方向时不时传来爆炸声。不过，我们最后还是决定回来。我们坐着自己扎的木筏子，顺流而下来到了一个小村庄，才发现原来大家的生活还像往常一样安定。后来，有一位好心的司机让我们搭车，还让我们吃面包、喝牛奶。

“还真是惊人的历险啊。”埃德加虽然这样说，但我能感觉到，里昂讲的故事他半个字都没信，他一定会立刻戳穿我们的把戏。然而，埃德加不动声色，“我认为，你应该能从这些经历中得出教训，儿子。不能盲目地逃避自己没弄懂的难题。应该直面自己的恐惧，去战胜它！你荒废了整整一个月，没有及时跟上课程。不过，”他想了想，又说道，“从另一方面来说，你收获了在森林里生存的宝贵经验，这是一次严肃的生活之课。我一点儿也不生气！”

“爸爸……”里昂泄气地嘟囔着。

我忽然想起，从阿瓦隆来的路上，里昂已经设想过父母会用什么态度对待他。他们刚开始当然会喜出望外，但接下来肯定免不了一顿揍，虽说他爸爸一贯反对体罚。

看来，里昂是更希望受罚的。

“来吧，小伙子们。”埃德加换上家常的拖鞋，“你们先上桌，我洗洗手就来。”

“我做了你爱吃的焗菜。”安娜贝尔女士说，“还买了一个里昂喜欢的冰激凌蛋糕。萨什卡，波琳娜，你们也洗洗手，准备吃饭！”

两个小家伙紧跟着父亲向浴室跑去。

餐桌铺着漂亮的绿色台布，我紧挨里昂坐着。他显得有些沮丧，脸色阴沉。我猛然意识到，眼前这一切似曾相识。

是电视剧！或者《爸爸、妈妈和我们》《伊甸园悲喜剧》一类的家庭题材电影。不大不小的秘密、不轻不重的问题、听话的孩子和逆反的少年……一定会有人离家出走或者失踪，他会在经历种种逆境之后回到家中，大家都为他迷途知返而高兴。当然免不了一番道德训教，最后是节日餐桌前的大团圆——这些都是影视剧中必不可少的元素。

埃德加和安娜贝尔女士的表现一如这些剧集里的角色。

“我建议，给孩子们也倒上点儿葡萄酒！”埃德加说道。

里昂难以察觉地颤抖了一下。

夜深以后，我和里昂在他的房间躺下睡觉。房间里只有一张床，里昂的父母给我在地上铺了一套被褥，躺上去很舒服。里昂在餐桌上有些低落，一直沉默寡言。直到我们关了灯以后，才听见他低声问我：“你说，奇克列伊，他们这是怎么了？我们现在该怎么办？”

我反问他：“他们之前不也是这样吗？”

里昂的脑袋摇个不停。

“可……他们也没变得更糟吧，对不对？他们爱你，还……”

“他们不一样了！”里昂从自己的床上弹起来，往我这边探身，压低声音说，“傻瓜，他们完全变了！”

“像在电影里。”我不想让他太伤心。

“对！我可不想生活在电影里！要是让你跟这样的爸妈……”他停下不说了，不安地看着我。

我仰面躺着，两眼紧盯着天花板。我并没有因为里昂的口不择言而生气。我只是觉得眼下的境况比我的遭遇要好些，毕竟父母是为了保障我的生活而死去的，是他们自己主动选择去死。

能活下来总是更好的。

“奇克列伊……”

“能跟这样的爸妈在一起，也是好的，”我回答里昂说，“真的。”

“对不起啊。”

“嗯。你以后再别这么说了，里昂。”

他模糊不清地嘟囔了句什么，又来回翻了个身，继续说道：“可他们还想把我从家里赶出去！”

“别瞎说，他们没想赶你走。”

实际上，里昂并没有说错。我们坐在桌边吃饭的时候，父母跟里昂提起，他们恐怕还得在旅馆园区再“住上一段时间”，因为最近从伊涅伊来了许多移民，住房不够用。每天从这里进城上学会非常不方便。所以，里昂最好能去寄宿学校上学，那是阿格拉巴德专为农家子女和孤儿开设的寄宿学校。他可以在休息日回父母这里。这一想法跟父母无微不至的态度显得格格不入，里昂大为意外，一时间蒙在原地，一句争辩的话都没说出口。换作是我，怎么也得吵上两句。埃德加自己也是每天都要去阿格拉巴德上班的，他在那里的一家宇航发动机工厂工作。他完全可以在上班时带里昂过去，下班再接回来，这根本不是什么难事儿！

“他们的确是想赶我走。”里昂很坚定，“你知道为什么吗？”

“为什么？”

“因为他们被洗脑了，程序起作用了。为什么父母会害怕孩子离开家，特别是长期离家？因为他们总是觉得孩子还小，怕他们出事……”

“你妈妈不也是这么说的吗……”

“可她根本就不这么觉得！”里昂急得喊了起来，随即又压低了嗓音，“她已经把我养大成人了，你明白吗？她连我的孙子们都给带大了。在她的认知里，我已经是个成年人了！”

“瞎说！”

“才不是瞎说，在我的梦里……”

“那是你的梦。你怎么知道你妈妈梦见了什么？再说，她肯定什么也记不起来了，全都忘了。”

“脑子里是忘了，可她肯定梦见过什么。比如，她生活在伊涅伊联邦，而我已经长大了。她在兵工厂里上班，萨什卡在战争中被打死了……要不就是我被打死了……她当然会忘记这个梦，可是在潜意识里，这种认知还在。所以她才能毫不担心地放我离开。”

大概真是这么回事。我无话可说了。

里昂继续慷慨激昂地说着：“你明白这个伊涅伊干了些什么吗？迫使人们去过别人的生活，过伊涅伊想要的那种生活。如果强迫一个人一辈子都过那种生活，他一定会习以为常，会认为一切都是理所当然的。你看……”

“以前你可没觉得这有什么不好。”我忍不住提醒他。

“我那时候傻嘛。”里昂已经快要哭了，“我希望爸妈能恢复原来的样子。我受点儿惩罚都没关系，只要他们别送我去什么‘好学校’……”

“咱们还是想想该怎么救夏田吧。”

里昂一筹莫展，“要是我们能跟谢麦茨基联系上就好了。”

“干什么？二十个女孩子能救夏田？”

“两个男孩就能了吗？”

“我还有等离子鞭呢。”

“哈！”里昂轻蔑地叹息一声，“等离子鞭！连块电池都没有。”

“随便装块儿电池就能管用。照相机的电池都行。”

里昂不作声了，半晌又懊丧地开口：“就算你的鞭子能用，我的中微子枪也能顶点事儿，但我们还是什么都做不了。那可是在市中心，苏丹王宫前的广场上。到处都是警卫，还有那么多人，还都是些成了傀儡的人，他们誓死保卫伊涅伊，根本不会把你的鞭子当回事儿。”

“要是这位总统女士也去行刑现场呢？可以抓住她当人质……”

“她是杀不死的。”里昂平静地回答，“这我很清楚。她无处不在，永生不死。”

“难不成她是上帝？这都是宣传话！”

“可能吧，但我们的确不可能成功。”里昂很平静，“我记得有这么一件事，是在梦里，帝国的士兵们把总统女士给抓了，逼迫伊涅伊投降。可她对士兵们笑了笑，然后命令他们对着飞船开枪……最后，飞船爆炸了，总统女士和士兵们无一幸免。可到了第二天，总统女士又出现在电视上，还表示很赞赏士兵们的做法。”

“这不可能！”我坚决不相信，里昂重重地叹了口气。

我们什么结论也没得出来，只好睡了。

第二天早上，里昂的爸爸真的带我们去了阿格拉巴德。

埃德加的车是那种塑料结构的“肥皂盒”，外形简单光滑，俗气至极。这种车要是出了什么毛病，都不值得拉去维修，直接更换组件就完了——发动机组件、驾驶盘组件、前座组件、车轮组件……

“这车非常经济实惠。”埃德加坐进司机位，跟我们解释说，“坐好了吗？挤不挤？”

“还好。”里昂回答。车里其实很不舒服，不管怎么调整姿势，我俩的膝盖都要顶到前座靠背上，不过没必要和埃德加说这个。这些汽车都是在伊涅伊生产的，那就是好车。

“好好学习，”安娜贝尔女士送里昂出门时叮嘱说，“你落下了好多课，要追上才行。别没事儿总打架，跟紧奇克列伊，他是个坚强的孩子，能保护你。要珍视你们的友谊，互帮互助是最神圣的感情。记着每天要洗两次手和脸，你知道的，每颗星球都很脏。”

里昂不住点头，脸渐渐地红了。他为妈妈感到难为情，可自己又无可奈何。

“给我带把疆（枪）。”小弟弟央求里昂。

里昂跟萨什卡暂时没有什么隔阂，他拍了一下小家伙的后脑勺，“你就玩儿你的魔方吧！”

妈妈意外地站在了里昂一边，“萨什卡，你别犯傻。里昂还没当兵，他要去学校上学。他会给你带书回来的。里昂，你给他带本书吧，好不好？”

“要关于抓间跌（谍）的书。”萨什卡郑重地提出要求，之后才想起哥哥拍了自己的后脑勺，哼哼唧唧地哭起来。

只有妹妹看上去真心难过，因为失而复得的哥哥马上又要离开了。她一脸伤心站在一边，不时用脚尖踢着甬道上的沙土。我努力观察着波琳娜，可转念又想到，这可能也是伊涅伊特意安排的角色。父母要毅然决然地把长大的孩子推向成年人的世界；弟弟苦苦央求给自己带回武器和关于抓间谍的书；而小姑娘负责表达感伤和忧郁。

谢麦茨基明明说，不是所有新科威特人都中招了，有百分之十五左右的居民还是正常的！可他们都在哪里呢？

“亲爱的，我们走啦！”埃德加从车里探出头。安娜贝尔笑意盈盈，快速而又矜持地吻了他的脸颊。

里昂背过身来。

车开到园区的出口时，我想起了那封从移民部来的信。

“埃德加先生，请稍等一下，”我请求道，“我要去拿一封信，跟居留权有关的。”

埃德加看起来不大高兴，但还是把车开到路边停了下来。

“我去去就来，”我抱歉地说，“马上。”然后立刻往办理入住手续的小房子跑去。

今天也是安娜当班。我向她问好，她没多说什么，立即打开嵌入墙中的一个小保险柜，帮我找信。

“马上就好，奇克列伊……应该就在这儿啊……”她一边说，一边踮起脚尖往柜里看，保险柜的位置还挺高的。

不知为何，我脱口冒出一句：“您还很正常。”

姑娘停顿了片刻，然后继续翻腾保险柜，掏出一个信封递给我，“你也不是‘冰冻者’，奇克列伊。”

“冰冻者？”

她点了点头，“很多人在入侵的夜里昏睡了过去，我们就这么称呼他们。那些人退化了，失去了感情和判断力。”

我呆住了，怔怔地看着安娜。她看上去一点儿也不像敌人的间谍……但也不像地下抵抗者。

稍做迟疑后，我问道："'我们'又是谁？"

"没昏睡过去的人。大概有十分之一吧。"安娜平静地解释，"旅馆的老板帕金斯先生也不是冰冻者，还有我们的电工师傅……"

"那你们……"我若有所失，"那你们怎么办呢？"

"活下去啊。"她嫣然一笑，"奇克列伊，你不用怕。并没发生什么可怕的事，只是大部分人都成了伊涅伊的拥戴者。可那又怎么样呢？"

"没'怎么样'吗？"我激动起来，"他们现在已经不是自己了！"

安娜叹了口气，用眼神示意角落里的一个小沙发。我坐过去，她也坐到了我旁边。

"奇克列伊，对许多人来说，这甚至有益无害。就拿我来说，我男朋友……以前我们有事没事总吵架……"她有些不好意思，"可现在，我们俩情投意合，比以前融洽多了！我的父母原来一直闹着要离婚，爸爸想另娶妻子，妈妈坚决反对。现在他们已经相安无事了。"

"你妈妈现在不反对了？"我刻薄地问她，自己也不清楚这股怒意从何而来。

安娜有些恼火，"奇克列伊，你怎么能这么说？"

"对不起。"我小声说。

"我们被夺去了很多东西。"安娜的语气又缓和下来，"大家都变得心平气和，相亲相爱。酒鬼不再喝酒了，孩子们不再逃学了，收受贿赂的自首了，逃税的也乖乖向国家主动补税了。"

"可这些都不是出自本意！"我几乎喊了出来，"大家都被洗了脑，你们不明白吗？"

"这的确是一种武器。"安娜倒没有反对我，"而且是伊涅伊搞出来的，没错儿。可那又怎么样呢？谁当统领有什么区别呢？听皇帝的也好，听茵娜·斯诺的也好，我觉得无所谓。重要的是，我男朋友不再拈花惹草了，爸爸不再跟妈妈大吵大闹了，人们能真正彼此尊重了。"

"如果有一天，那个斯诺总统要求你们用手走路，吃蜘蛛，你们也会同意？"

安娜忍不住笑了，“奇克列伊，你们是在森林里被吓坏了。茵娜·斯诺是位聪明的女士，伊涅伊也没人想要干坏事，可说起帝国……”

“他们要同帝国开战，难道这也是耸人听闻？”我问安娜。

“瞎说，没人会开战的。”安娜很自信，“所有星球都会逐一加入伊涅伊，总统女士会取代皇帝，人们相互之间会变得更友善。就是这么回事。就算要开战……也不会是多么可怕的战争。”

我摇了摇头。她什么也不明白。现在已经没人再看伊涅伊那些用心险恶的电视节目了，所有人的无线接口都已经被屏蔽。科学家正在想尽办法治疗冰冻者。战争在所难免。

“奇克列伊，你在胡思乱想些什么？”安娜拍了拍我的头，“去城里走一走，看一看，你就会知道大家都变得有多好。”

“您可以去举报我。”我说，“可不管怎样，我依然认为这是一场阴谋。”

“我没想要告发你。”安娜又忍不住笑起来，“我可不是冰冻者。不过，其实对冰冻者来说，别人怎么想都无所谓，他们只会管好自己的事。”

门咣当响了一下。

“奇克列伊，”里昂气哼哼地叫我，“爸爸要迟到啦！”

他来得正是时候！

“抱歉抱歉，这就走。”我跳下沙发，抓起信封，“再见！”

“一切顺利，奇克列伊！”安娜友好地跟我道别，“别再胡思乱想了！一切都会好的！”

我们往车的方向跑去。

“她说什么呢？”里昂边跑边问，“我爸爸着急了……”

“以后我再跟你说。”我敷衍他，“埃德加，对不起，我找了半天信封……”

埃德加不满地摇了摇头。我们还没来得及把车门关好，车子就开动了。

“这里面是什么?”里昂指了指信封。

我撕开严严实实的信封，里面是一张打印文件，落款是漂亮的签名和印章，另外还有一张小塑料卡片。我迫不及待地浏览，锁定最关键的内容:“尊敬的……申请收悉……根据《移民法》……乌拉!”

“批准啦?”里昂也兴奋起来。

对现在的我来说，获得新科威特的居留权有什么用呢?我已经得到了阿瓦隆的居留权——那是最难取得居留权的星球之一，在整个银河系，只有地球和伊甸园星的居留权更胜一筹。更何况，新科威特现在已经被伊涅伊侵占了，拿到这份居留权已经没有太大价值。

可不管怎么说，我还是感到高兴，非常高兴。毕竟这个权利是我自己争取到的。为了这个，我离开了卡利耶，做了运算湿件，冒着那么大的危险才如愿以偿。要不是伊涅伊，我现在该活得多么幸福啊!

“埃德加先生，您看!”我把卡片递给他。卡片上有我的照片、名字、生物识别芯片和一串长长的数字编码。

“真不错!”里昂父亲的语气里并没什么感情。他还在为我耽误了时间而闷闷不乐,“奇克列伊，我想，你以后一定会更有责任心，更明事理，是吧?”

“会的。”我回答道。还是顺着他的话说吧，毕竟，变成冰冻者并不是他的错。

“生活里不光有欢乐和冒险,”埃德加继续说,“要及时认识到这一点才好。现在你觉得每一天都过得很快，每长一岁却需要很久。可等你长大成人，一切就颠倒过来了。长大后的每一天都会让你觉得无比漫长，日出和日落之间简直就像隔了一个世纪。到了夜里更是加倍难熬……然而，岁月却流逝得飞快，一次生日刚过，又到了下一次生日;一个新年刚庆祝完，又临近下一个新年……总是让人觉得来不及，顾不上。你会盼着再多一分钟、再多一小时、再多一天，可时间永远不够。”这一席话让我感到惊恐。

简直是毛骨悚然!

里昂的父亲完全变成了另外一个人。他和伊涅伊入侵之前判若两人，但也没完全变成剧集里的角色。有什么东西让他备受煎熬，他想要挣脱开，但无济于事……

“爸爸……”里昂低声叫着。

埃德加浑身一抖，视线离开了道路片刻，再开口说话时，又变了语气：“所以，奇克列伊，你应该变得更懂事才行！还有你，我的儿子，你也该更听话些！”

完了，他又变回冰冻者了。

“爸爸，你是不是常常有既视感？”里昂忽然发问，“感觉眼下发生的事都是以前经历过的？比如我们以前就曾这么坐着车聊天？比如……比如整个人生都已经活过了一遍？”

“当然啦。”埃德加平静地回答，“所有人都有这种感觉。这完全正常，没什么可怕的。你可以跟学校里的心理老师谈谈，他全都能给你解释清楚。”

里昂没再多问。

在马路上来回绕了几圈后，我们很快来到一座狭长的建筑前，这建筑不是很高，藏在一片花园里，外墙用五颜六色的彩砖装饰，顶部还耸起了几个尖塔和圆顶。尽管如此，这栋建筑还是给人一种了无生气的感觉，跟任何一所学校的教学楼毫无区别。

不过，埃德加显然不这么觉得。

“很漂亮，是不是？”他问里昂，“就跟我以前给你讲的童话一样啊……里昂，你还记得吧？”

“记得，”里昂的语气有些怀疑，“可并不像啊。”

里昂父亲把车开到楼门的一侧，小心翼翼地停在两辆校车中间。我们下了车，开始四处张望。

里昂的父亲并没有完全说错，这算得上是一幢漂亮的建筑。我在卡利耶的学校只是一片普普通通、整齐划一的办公楼群，阿瓦隆的学校也没这么亮眼。而这里还有奇花异草装点的各色花坛，其间错落着一个一个小喷泉；人行步道上铺的全是碎石子儿，石子儿不是灰色，而是金灿灿、黄盈盈的。

里昂拿上了自己的背包，而我两手空空。昨天里昂的父母给我换了身装束，但没给我准备什么行李。大概冰冻者都是这样，头脑里缺根弦儿。他们只知道循规蹈矩，但在细节方面总是会忘这忘那。

大门口的岗亭里坐着一位警卫，但并没跟我们说什么，也没叫我们停下，于是我们顺着宽大的台阶一路上到三楼，来到两扇对开的门前。门是老式的，没有安装自动装置。里昂的父亲不安地看了一眼手表，然后推开门，往里面张望了一会儿，小心翼翼地问道："秘书先生？"

有人回应了一句，埃德加便让我和里昂跟着他一起进去。

这是一间接待室，里面坐着一个脸上长着粉刺的小伙子，看起来只有十六七岁，正坐在电脑前忙着敲键盘。他瞟了我们一眼，又继续盯着显示屏。我偷偷瞧着，发现他用的键盘很有意思，竟然是全息键盘，浮在桌子上方若隐若现。从我们的角度看过去，键盘几乎隐形。小伙子仿佛挥舞着手指在半空中瞎比画，根本不像是在工作。

"奇克列伊！"埃德加疾言厉色地叫我，我赶紧跟上他。小伙子继续在那里忙活着，他大概是个高年级学生，平常会在学校里勤工助学。可他为什么不使用神经元接口工作呢？这种全息键盘一般只在公共场合使用，在不方便连接神经元接口的时候。

接待室通向校长办公室的门是实木材质的，颇引人注目。埃德加敲了敲门。等到有人应答后，我们便走了进去。

"校长女士？"里昂父亲的语气里满是谦卑。

"请进，请进。"女校长从办公桌后面站起身来，"这是您的儿子吧？长得可真像爸爸！你好，里昂！"

"您好。"里昂一脸窘迫地回答，大概是为父亲的举止而感到羞愧。

"那你就是奇克列伊？你好，奇克列伊！咱们认识一下，我叫阿拉·涅伊捷。"

寄宿学校的校长是一位中年女士，个头不高，体态柔弱，一张脸和善可亲，眼睛里笑意盈盈，让人感觉她随时要乐出声来。女校长有条不紊地跟我们搭起话来。

“别担心，我已经安排了孩子们住的房间，是最好的套间。”这是对埃德加说的。

“你愿不愿意做个发言，跟大家讲讲你们在空间站的生活？我们这些孩子里还没有谁在开放空间里生活过那么久呢。”这是在对里昂说话。

“我听说，你已经得到了新科威特的居留权。我们一般会指定有居留权的孩子在学习小组里做组长，你不反对吧？”这是在问我。

大家你一言我一语地聊了几分钟。面带粉刺的秘书小伙子脸色沉郁地走进门来，手里端着茶和糖果，还有给埃德加的一杯咖啡。埃德加神色不宁地看了看手表，但还是坐下来喝起了咖啡。

校长给了我们每人一册厚实的《别拉赫学院宣传册》，里面有很多彩色图片，反映的是学生们在学校期间的学习、生活和体育活动情况。宣传册上介绍说，这所学校的创始人是伟大的印度教育家布赫拉玛先生。他在自己的垂暮之年从“恒河-2”行星来到新科威特定居。因此，学校的环境陈设保持了一种印度的民族特色（印度是地球上的一个古老国家）。学校根据学生年龄划分出四个不同区域，分别以印度著名的城市来命名——德里、加尔各答、孟买和金奈。

我饶有兴趣地翻看着宣传册，可心里却萦绕着一个不安的想法。校长是从哪里得知我有居留权的呢？信封存放在旅馆园区的保险柜里，只有埃德加和里昂两人知道……还有安娜……啊！

我抬起头，看了看涅伊捷校长。

“奇克列伊，你有什么问题要问吗？”她语气柔和地问我，“说吧，别不好意思。”

“抱歉，我不是想问学校的事。我想问问您有女儿吗？她是不是在汽车旅馆工作？”我尽量平静地问。

“奇克列伊！”埃德加严厉地对我说，“你又……”

“没事儿。”涅伊捷校长笑了一下，“奇克列伊猜得没错。他指的是安娜，对吧？”

我点了点头，“你们长得很像。”

“你的观察能力可真强。”校长笑着说，“是的，没错儿。是她建议埃德加先生带你们来我的学校的，这所学校是整颗行星上最好的。你不会把这件事告诉别人吧，奇克列伊？”

我耸了耸肩，又赶紧点了点头。

“她二十分钟前给我打了通电话。”校长压低了嗓音，仿佛女儿能偷听到她说话似的，“她说你好像情绪不佳，并不想出远门。她叮嘱我要特别关注你。真是多此一举，关注孩子们的情况本来就是我的责任。不过，你别跟她说我把打电话的事告诉你了，好不好？”

涅伊捷女士微笑了一下。我不大自在——她为何对我这么温柔？不过同时又觉得挺高兴。新科威特曾经也有过关心我的好人，那不是被洗脑后的善意，而是天性使然。

“我不会说的。”我一口答应。

“那就太好了。”校长又看向埃德加，“您是不是着急要走？您走吧，这里没什么问题了。”

埃德加飞快地拥抱了一下里昂，又拍了拍我的肩膀，便急匆匆地出去了。

“咱们去看看学校吧。”涅伊捷女士建议道，“我们这儿一早就开始上课，不过，我批准你们今天休息。参观一下学校，去城里逛逛……你们还没来过阿格拉巴德吧，两位小外宾？”

“没有。”我回答。

危机四伏的谈话又要开始了。

“你们为什么会去森林里呢？”校长双手扶住我们的肩膀，眼睛时而盯住我，时而又盯住里昂，一边问道，“我也能理解，男孩子都爱冒险什么的，可不光是这样吧？”

“我们只是被吓坏了。”我做好了应对的准备，“大家都躺倒在地，像石头一样……”

涅伊捷女士频频摇头，“真是小幻想家……好啦，孩子们，不管发生了什么，都是过去的事了。我们再也别去想那些没有意义的问题了，好不好？”

又一个冰冻者。她完全不相信我们的话，她绝对是冰冻者。

“好的，不想了。”我赶紧表明态度，“我们只是想着体验一下古人的生活，想在森林里待上两天，谁知后来迷路了。”

“我们这里设有定向赛跑课程。”校长安慰我们，“你们以后有的是机会参加真正的野外活动。现在，我带你们去看‘孟买’区，那里住的都是十二岁到十四岁的孩子……”

5

印度是一个诱人的国家。在“孟买”区，墙上到处都是古老的印度壁画，色彩鲜艳，内容复杂。画上的人物形象多样，有些人是蓝色皮肤，有些人长着四只甚至六只手。画上还有一种神奇的野兽，那是在地球上才有的大象。我恍惚记得大象是会飞的，我在某个儿童动画片里看到过。不过我不好意思问别人那到底是不是真的。

学校里还有好几个室内花房，里面种满了茂盛的热带植物，还有几只如假包换的鸟儿飞来飞去。体育馆设在地下，我们乘着巨大的电梯来到下面。体育馆里有几个游泳池，一个大球场，还有一个田径场。一些男孩正在泳池里游泳，球场上有一群女孩在打排球。见我们过来，他们不住地打量偷看，但没有人凑过来。大概是因为校长跟我们站在一起。

“别拉赫学院的目标是培养未来的政府官员、企业经营者、文化艺术领域的领头人……”阿拉·涅伊捷神态庄重地说着，“也就是精英阶层。我们的教育条件全是最好的。”

“您这里的学费肯定很贵吧？”我问道。

“一部分是由国家承担的。”校长委婉地回答。

但我并没有就此打住，“那是谁替我们付学费呢？”

“学校。我们有一个基金会，专为有前途的学生设立。”

我和里昂相互看了看。

“我们……是有前途的学生？”里昂有些疑惑。

我们乘着电梯往回走，准备去参观“盂买”区的宿舍。阿拉·涅伊捷有些犹豫，她似乎不想跟我们说谎，但又不能把实情告诉我们。

“你们非同一般，”她终于开口说，“你们的举动不一般。”

“您是指躲进森林里？”里昂想问个明白。

“是啊。新帝国需要这样的人。我的女儿说你们回来了，我便立刻想到，应该把这两个孩子接到我们这里来。”

涅伊捷又带着那种友善的笑容看了看我们。我突然又觉得，她可能并不是冰冻者，只是不愿意谈及伊涅伊入侵那天的事。

校长带我们顺路看了看“盂买”区的教室，接着就把宿舍的钥匙交给了我们。这里不是一般学校里的那种集体宿舍，而是两个学生住一个房间。稍做交代后，她便离开了。

走廊里只剩下我们俩。我和里昂情绪低落，不知所措，同时又惶惶不安。最近发生的事让我越来越厌恶。真想回到森林里，去抓鱼，摘榛子，睡窝棚……

“咱们看看房间？”里昂提议道。

我们很喜欢这里的宿舍。房间以对角线为界，划分出了两个三角形的区域，每个三角区域里都有一张床、一个柜子、一张书桌。一个三角形以橘黄色调为主——橘黄的地毯、橘黄图案的壁纸，连床褥也是橘黄的。而另一个三角区域里，一切都是深蓝色的。书桌上摆着很高级的平板电脑，配备大容量电池、高清显示屏和全息键盘，还有各种书写用具——看来学校的课程里也包含古典教育。桌上另外还有些其他的学习用品。

“我的书法还不赖。”里昂自夸道。

我的字也写得不错，但不知道算不算得上极好，就没跟着吹嘘。

“你选哪一边？”里昂问。

“橘黄色这边。”我没有犹豫。

“那我就选蓝色这边。”里昂没有反对，“挺好的。嘿，你看，窗户外面景色多棒……”

窗户在蓝色一侧。不过，通向浴室的门可是在我这边。浴室不大，但很舒适。

我们从窗户向外眺望。从五楼的高度看得见围绕学校的花园和附近的街道，对面还有一座很漂亮的清真寺。

我看了看里昂。

“走吧。”他心领神会。我们都明白，不能在这里谈重要的事。学校到处都装有监听设备，有些地方还有监控摄像头，以防学生胡闹。

离开之前，我看了一眼衣柜，发现里面有两套校服。一套偏日常：蓝裤子、蓝外套、浅灰色的衬衫、一条领带，领带上有“孟买”区的徽标——一只长鼻子小象。另外还有一顶帽子和一双皮鞋。另外一套是同种样式，但外衣和衬衫都是白色的。

里昂在自己的衣柜里也看见了两套衣服，他立马脱下自己的外套试穿起来。

“你看，是我的尺码，大小正好呢！”里昂很兴奋。

我也试了一下外衣。尺码合适，简直是为我量身定做。

“他们知道我们的身高、体重。”里昂看了看我，揣测道。他光脚站着，只穿着裤子，左右打量裤子是否合身。

“他们还知道我们各自会选择哪种颜色。”我补上一句，“衣服回头再试吧？”

里昂点了点头。衣服的接缝处或者鞋里极易暗藏窃听装置，我们未必找得到。窃听设备看上去可能就像普通的缝衣线，每隔二十四小时就一次性把收集到的信息转成加密信息包批量发出去，任什么探测器都查不出来。

"好，以后有的是机会穿呢。先去城里逛逛吧。"

我们又换回自己的衣服。

走廊里，四个和我们同龄的男孩迎面走来，一看就是刚从体育馆回来，还穿着运动服，肩上背着挎包。他们的头发还湿着，应该刚冲完澡。

"新来的啊？"其中一个男孩看起来很高兴，他个子比别人高，身体也比别人壮，一看就是领头，"你们就住在这里吗？"

"是。"里昂忽然走到了我前面，"我们就住这里。"

"那就得认识一下啦。"那男孩回答，"明白吗？"

"比试比试？"里昂平静地反问。那男孩点了点头。

"那就来吧。"里昂不甘示弱。

我心中涌起一股不祥的预感。我不喜欢打架。如果不算上小时候的打闹，我只跟别人打过四五次。

所谓的"不打不相识"，真是个荒唐的传统。

"来！"那男孩马上回应道。他甩下书包，朝里昂跨了一步。

眨眼间，里昂似乎跳了一下，又立定在原地。而那个比他还高一头的男孩已经倒在地上，双手捂住脸，挨打的鼻子流出血来。他还小声地哼唧着，像一条受了欺负的小狗。

"谁再来？"里昂问。他的嗓音变得十分陌生，冷漠又凶狠，"我会把他的下巴打掉！"

剩下的几个男孩呆在原地，盯着里昂，眼神里不是恐惧，而是沮丧。

"你们把他带去医务室吧。你，"里昂抬手指定一个男孩，"你来负责。"

谁都没再多话。三个男孩搀起自己的伙伴，沿着走廊离开了。一滴滴血顺着受伤男孩的脸颊流下来，在地毯上留下一串深色的圆点。

"你疯了吗？"我低声责备里昂。与此同时，我突然回想起自己第一次见到里昂的时候，他也问过我要不要打一架。

没准儿，那时候他可能也想这么教训我一顿。

里昂转过身来。他的脸色有些难堪，但并无歉疚之意。

“就得这么对付他们，奇克列伊。走吧。”

我没跟他争辩。

我们默默地沿着走廊迈步，顺着楼梯下到底层，走过在岗亭值班的警卫身边，来到了学校的庭院里。

“你真是个神经病。”我在里昂的后背上推了一把，“你干吗把他打得那么狠?”

里昂走得很快，并不回答我，只是摆了摆双手。直到我们走出了学校大门，他才说话：“就得这样。”

“为什么?!”我厉声问他，“打就打了，可为什么要这么……”

“我记得那些梦。”里昂断然回答。

“跟梦有什么关系?”

“那些梦，”里昂再度提起，“是关于我如何进军校的。梦里也是这样，有人说要‘认识一下’……你别以为这仅仅是打一架的问题。如果让他们占了上风，他们也会痛扁我们。可我来这么一手，他们就怕了，以后也就再不敢生事了。”

“总之是你不对！要是他们梦见的跟你不一样呢?”

“肯定一样。”里昂斩钉截铁地说，“这正是伊涅伊所希望的，你明白吗? 伊涅伊企图培养一种战斗意志。他们要的是经过磨炼的、真正的战士。那些英雄剧集都是这个套路，你还记得吧? 小伙子到部队里参军，一开始一定会被痛扁一顿，接着就会慢慢跟所有人建立起友谊。”

“我们又不是在军队里，是在学校里啊！你把人打成这样，我们能跟谁交上朋友?”我嘲讽道，“见到你，大家都会躲得远远的!”

“可能吧。”里昂倒是没有反驳，“可要是不揍趴他们，躺在医院里的就不是那家伙，而是我们了。”

里昂或许是对的。毕竟他在梦里经历过这些，猜得到其他男孩会有怎样的表现。可一想到他用力挥拳，把那个壮实的男孩撂倒在地的画面，我心里就不舒服。

“你是在哪里学会打架的?”我又问道。

“梦里。”里昂嘿嘿一笑，“他们其实也有这个本事，你明白吗? 只不过他们还没意识到这一点。像这样过上一次招，他们马上就能学会。”

“可是你知道吗?”我神情严肃地跟他说，“要是你总回忆自己的那些梦，并且按照梦里的情节行事，你一定会心智扭曲的。你可能真的会变成伊涅伊期盼的那种人……那种训练有素的人。”

里昂终于停住了脚步，转身看了看我。

“你希望自己成为那种人吗?”我继续问，“一出手，先把人的鼻子打断，再出手，开始发号施令。那你索性专门干这个好了，为斯诺总统而跟帝国战斗。”

“我不希望这样。”里昂带着歉意说，“当时我脑子一时发热……我回忆起了梦里的场面……我们被痛打一顿，然后被背到了医务室。这些家伙挨了罚，来找我们和解。想到这些，我心里就生出一股恶气来。我以后再也不这样了。”

“我们最好去找家商店。”我缓了缓语气，“我要买一块电池。”

“啊哈!”里昂点了点头，又笑了一下，“走。”

我们在清真寺旁边找到了一家商店。那里主要卖些书、祷告用的小毯子、穆斯林特供食物，还有能把人裹得严严实实的暗色衣服。不过店里还有一个区域，专卖各种小电器、配件和电池。我查看了电子目录，选了一种适用于电钻和一些其他设备的电池。直到这时，我才想起自己身无分文。

“妈妈早上给了我一点儿钱。”里昂猜到了我的难处，“给。”

我去售货员那里交了钱。电池是一只金属小扁方块，体积虽小，但颇有分量。

“你喜欢自己动手组装东西?”售货员笑着问了一句。

“是啊，”我回答道，“打孔。”

我们来到街上，找了一个僻静的岔路口拐进去。这里空无一人，周围的墙上也没有窗户。我解下自己的“腰带”，握在了手里。

鞭子活了过来。“带扣”慢慢开始膨胀，变成了蛇头形。我正琢磨着该怎么装这个电池，鞭子的侧面忽然弹开了一个窄缝，我便把电池塞了进去。

鞭子颤抖了一下，接着尾部往上抬起，伸向了我的神经元接口，然后我开始听到一些断断续续的音乐和对话，不是用耳朵听，而是用神经元接口。这是活跃起来的等离子鞭在进行频段检索，把各种广播节目、电话交谈和其他一些莫名其妙的片段传送给我。

“哇，你可真行。”里昂赞叹道。

“打住！”我对着武器小声说，“保持休眠！”

鞭子迅速退离接口，安静下来，不再动弹了。我随即把它紧紧系在腰上。就在这时，恰好有一个行人从街口路过。他停住脚步，满是狐疑地看了看我，“哎呀呀，真不知害臊，都多大的孩子啦！”

“我只是松一下腰带，裤子太紧了！”我满脸通红，赶紧解释。

路人又往地上看了看，确实没发现任何不文明的痕迹。

“您错怪他了。”里昂打着圆场，“他只是不好意思在大街上整理裤子！”

这颇为奏效。

“是我唐突了，小伙子。”路人很诚恳地向我道歉，“是我错怪你啦。”

里昂冲我眨巴了一下眼睛，然后低声说：“这里真不错，大家都这么彬彬有礼。”

这话倒说得没错，要是在阿瓦隆，成年人是断不会向小孩子道歉的，哪怕确实是自己冤枉了对方。

“没事。”我说，“我没生气。”

我们在阿格拉巴德一直逛到了晚上。我们去了一趟广场，那里就是夏田将被处死的地方。广场中央搭起了一个很高的木台子，大红的幔帐从台子上垂下来。当时人还不多，我们试图凑近木台，看看能不能藏在台子底下，等夏田被运来的时候，悄悄从下面撬开他的笼子。可是一个警察拦住了我们，他礼貌而郑重地告诉我和里昂，这里要处决一个犯人，孩子们最好避开，也不能在附近看热闹，因为这是执法活动，不是嘻哈歌舞演出……

我俩只好离开。

我们嘀咕了一阵儿，猜测夏田会如何被处死。里昂觉得是枪毙，因为台子上并没有绞架，也没有要搭的意思。我却觉得是斩首。可再怎么猜测也是无用。一看到广场，我们就明白一切都是白费功夫。广场上能容下五六万人，再厉害的等离子鞭也没法儿帮我们救下斗士的命。就算是神勇的谢麦茨基带着他的女孩们杀进来，也同样无济于事。夏田算是死定了。

“咱们就别看了吧？”里昂有些惶惶不安，“我真不想看这个！”

我陷入了沉思，胸口一阵憋闷。我也坚决不想看行刑过程。我不禁回想起我们坐在夏田的飞船里闲谈、吃饭的情景，又回想起他给我们讲斗士们的奇闻逸事时的模样……那些故事肯定都是瞎编的，他怎么会把那些机密信息告诉我们？不过听夏田说故事实在妙趣横生，我们总是笑个不停……

“要是我们明明知道却不过来，”我心绪不安，“那也太对不起他了。夏田在这里太孤独了，朝广场上望过去，能看见的只有敌人。”

“你觉得他能看见我们吗？”里昂带着怀疑看了一眼广场。

“他能感觉到我们在。他是斗士。”

里昂点了点头，又咬紧了嘴唇。

“我们必须来。”我坚定了自己的想法。

离行刑的时间还有四个小时。我们又在市中心转了转。这里很漂亮，房屋建筑各有风格，而且跟居住区的建筑截然不同。小商铺里有各种好玩的东西，几个咖啡厅也都在营业，只是客人不多。不过，我们既没心思吃喝，也没兴致观光。

“你说，广场下面会不会有下水道什么的？”里昂的想法一个接一个，“从下水道潜入台子底下……不行，这不是好办法。最好还是劫持一架直升机……”

都是些荒谬的想法。我明白，他自己也清楚。我们心有余而力不足，能做的只有去广场上看行刑。

“人要死的时候，是不是很可怕？”里昂又问起来。

“你不是在梦里见到过吗？”我脱口而出，“比如说，我死的时候。”

“可那是在梦里……”里昂有些忧郁，“如果是真的，那会是什么感受？不是有个间谍被斯塔西打死了吗？”

“的确很可怕。”我回想起来，“人要死的时候，真的很可怕。那次事发突然，我都没来得及反应。但伊涅伊的间谍当时是想打死我，跟夏田不是一回事儿。”

“那你觉得，他们说夏田来这里散布鼠疫的事，是不是谣言？”

“是谣言。”我果断回答。

然而，我心里又是一阵不安。万一这是真的呢？斗士们在乎的是整个帝国，而不是某个个体，甚至也不是成千上万的民众。如果斗士真的接到命令去炸毁星球，或者把病毒散布到供水管道里，他们绝对会照做。

过了一个小时，我们完全没心思转悠了，便往广场走去。

人群聚集起来真是快。晚上六点之前，广场上还几乎没什么人，可一过六点，广场入口就好像打开了水闸，人们从各处汹涌而来。大概是到了下班时间，最先赶来的大都是身穿制服的男男女女，可能是政府部门的官员；紧接着到来的一批人在着装方面随意许多，看起来都是些私营公司的白领；再后来就是工厂的工人们了，他们前往广场要走的路更远，也更容易辨认出来。

还不到七点，广场上已经人满为患，但还有人陆陆续续地赶来，人群越来越密集。我跟里昂被挤到了最前面，尽管我俩并不想太靠近木台。不少成年人用责备的眼光看着我们，但没有谁要求我们离开。他们大概也明白，现在想从人群里挤出去已经很难了。

“真不应该来。”里昂嘟囔着，“我想上厕所了……”

“这里哪儿有厕所？”我有些来气，“你就忍着吧！”

离八点还剩十五分钟，广场上空出现了一架带有新科威特政府标识的巨大直升机。它缓慢地降落在台子上，但没有马上停机熄火，而是维持一定的升力，防止自己的重量把台子压垮。机尾的门打开了，走出来十几个警察、几个穿政府制服的人，还有……夏田。

人群屏住了呼吸。

夏田被押送到木台中央，那里有一小块隆起的部分，像个凳子。夏田身穿一件皱巴巴的灰色长袍，手腕和脚踝上都套着磁力镣铐。斗士神色平静，目光并没有落在人群上，而是看向空中。

警察在夏田的两侧排开，每个人都把手放在了激光枪上。

“是枪毙。”里昂在我耳边低语道，“枪毙倒还好些，不是很痛苦。”

这时，直升机忽然向空中腾起，悬停在一百米左右的高空，机舱里抛下一根粼光闪闪的细缆绳。

人群发出一阵惊叫。

一个穿政府制服的人抓住缆绳，拉开底端的圆环，往夏田的脖子上套。夏田用鄙夷的眼光看着他做完这一切，接着又将目光移向了空中。

“真是卑鄙，”里昂低语着，“绞刑是最羞辱人的死法！”

另一个身穿政府制服的人走到了木台一侧，开始发表讲话。不知安放在哪里的扩音器把他的声音传播开来，在广场上空回荡。大概不只是广场，全城各处应该都能听得到！

说话的人是阿格拉巴德的检察官。他宣读了一份法庭判决，判决中说，阿瓦隆公民夏田潜入伊涅伊联邦新科威特，其持有的文件表明其身份是皇帝特使的保镖，来新科威特执行外交公务。然而，尽管身受联邦的盛情款待，夏田公民却以怨报德，秘密离开旅馆房间，潜入首都供水中心，在企图朝净水装置投毒时被警卫人员当场抓获。进一步分析表明，他所携带的容器中藏有鼠疫病毒，这种危险的传染病能扼杀新科威特数以百万计居民的生命。经审讯，夏田的身份是法戈斗士，一个秘密恐怖组织的成员。该组织隶属于皇帝本人。法庭判决剥夺破坏分子夏田的外交豁免权，判处其（广场上鸦雀无声）——死刑，以绞刑方式执行。绞刑的具体流程为，将长度一百米的结实绳索一端的圆环套上夏田的脖颈，绳索的另一端固定在执法直升机上，直升机悬停在离地一百米的半空中，检察官发出指令后，直升机上升至两百米高度……

检察官口中的话并不难懂，但非常繁复拗口，像一份老旧的历史档案。他的语调也庄重阴郁，一如老电影里的情景。

最后，检察官看向夏田，问他还有没有什么话要说，是否有最后的愿望——抽一支烟、喝一杯酒、注射一针兴奋剂，或者请任何一位公认教派牧师前来祷告。斗士看了他一眼，摇了摇头，然后又望向空中。

里昂把脑袋伏在了我的肩膀上，我知道他不想看到行刑的场面。此时的里昂完全没了早晨跟学校里男孩打架的那股气势。

接下来，又有一个身穿政府制服的人走上木台，人们陆续鼓起掌来。

原来这个中年人就是苏丹，新科威特的统治者。他发表了一段简短的讲话，谈到有关信仰崩塌、慈悲为怀和秉公执政之类的话题，然后声称自己已经权衡了各种因素，决定不使用自己的赦免权。

人们开始鼓掌。

突然间，所有人都欢呼起来，连里昂也被吓了一跳，跟着众人的视线转头看向了木台另一侧。这股躁动显然不是因为行刑时刻已来，而是出现了某个与行刑无关的突发情况，并且比行刑更加重要。

一位个头不高的女士从那几个穿政府制服的人身后走上台来，她身穿普通的长裙，手臂上戴着钩花长手套，脸上蒙着面纱。

“是总统！”里昂兴奋地大叫起来，“总统女士！”

人群沸腾了。

所有人都往木台前拥去，我差点儿被人群挤倒。因为兴奋，有人大喊，有人哭泣，有人大笑。人群中居然还有不少孩子，女人和孩子们被抱起来骑到肩膀上，只为了能更清楚地看到茵娜·斯诺总统。我也突然被一个魁梧大汉举了起来，坐在了他的宽肩膀上。他的脸因为兴奋过度而扭曲，既在哭又在笑。

“你好好看看，孩子！”他朝我大喊，“好好看，记住啊！”话音刚落，他就开始自顾自喊起来：“总统女士！总统女士！”

我什么也做不了，只能看着。旁边一个看上去挺柔弱的年轻人也把里昂抬了起来，放在了自己肩膀上。我环视四周，发现这股高昂的情绪感染了每一个人——大家不仅想亲眼看到茵娜·斯诺，还想帮助别人也看清楚。就在不远处，一个成年男子也被人抱了起来，因为他个头矮小，淹没在人群里，肯定什么也看不到。

这阵势，我们还怎么搞突袭救夏田啊！

我们太蠢，太天真了……要是我们胆敢攻击站在台子上的那些人，这些民众能把我俩撕成碎片，捣成糨糊，拆成分子原子！

“你怎么不出声啊？有什么不好意思的！”扛着我的魁梧大汉对我吼起来。

我不敢不出声了。

“茵娜·斯诺！茵娜·斯诺！”我也开始大喊，“总——统——女——士——”

人群完全疯狂了。茵娜·斯诺抬起一只手向子民们致意。

接着，她抬起了另一只手，所有人顿时安静下来了。

“邪恶催生邪恶，善良孕育善良。”茵娜·斯诺开口了，她的声音也被扩音放大了。但不知为什么，我依然觉得她是在我耳边悄声低语，那语气诚恳亲切，仿佛只跟你一个人说话，而不是面对大众。她的嗓音也很奇怪，好像在不断地改变音调和语气，而且似曾相识。

“总统女士……”我低声重复着。我能感觉到，广场上的每个人都在叹念着这个词，轻柔的声浪扩散开去，弥漫阿格拉巴德的每一条街巷，每一间厅堂。

“这个人，带着死亡来到我们中间。他要把可怕的死亡、残酷的死亡带给阿格拉巴德的每一个公民。我并不为自己担心，因为我是不死的。可他能把死亡带给你们，我的朋友们，我的孩子们。在这个时候，应当采取的最简单、最公正的行动，就是处死这个名叫夏田的人。”

人群默不作声，他们在等待。茵娜·斯诺看了一眼夏田，然后转过头去。

“然而，这就是真正的公正吗？我想跟你们探讨一下。这个人是法戈斗士，一个经过基因改造的杀手，一个恐怖分子。他们在阿瓦隆的实验室里被培养、训练。他从不知道自己的父母是谁。他的基因来自数十个人，他从小就被教导如何杀人和背叛他人。他已经被剥夺了人类的情感，变成了无情的人、残酷的人。他们既不会爱，也不会感到痛苦。他只是那个穷途末路、色厉内荏的政权手中的工具。是的，帝国，是帝国不惜要让整个银河系都浸染人类的热血，要让我们无助又孱弱地成为异族的猎物。可是，我们是否要在这茫茫的血海之中再加上新的一滴呢？我知道，想让这个人痛改前非，机会无比渺茫。但这个机会是存在的。我们能容许自己大发慈悲吗？我们真的已经足够强大了吗？我们有自信吗？我们已经做好准备去宽恕了吗？”

人群沉默不语。我也沉默着。我不知道该如何回答。我想要的是什么？是处死夏田，还是慈悲为怀？这需要总统女士给出提示，作出解答。

“我们不能以邪恶来回应邪恶。”女总统完全是在低声耳语。

我浑身哆嗦，闭上了眼睛，思绪瞬间变得清晰起来。

这不是在蛊惑人心吗？

这个茵娜·斯诺真是一派胡言！这就是名副其实的煽动！什么叫“邪恶催生邪恶”？把致命病毒传播到整颗星球这种事，夏田绝不可能去做！要想达到这个目的，何必让人当恐怖分子铤而走险？只要从近地轨道抛下一个小小的稳态冰着陆舱，让它在首都上空解体，不就大功告成了吗？斗士们根本不是没有情感、冷酷残忍的人！帝国也从没想过要大开杀戒！

可是，我为什么也开始像茵娜·斯诺所希望的那样去思考了呢？我没有被洗脑啊！

也许是因为我只身一人处于心意相同的千万人之中？这就像一股数据流，虽然没使用任何设备，但所有人的大脑都连在一个端点上，不自觉地成了某个计算体系的湿件。

群体取代了个体，你要用群体的眼睛去看，要用群体的耳朵去听，要以群体的嗓音去呼喊。

我不敢再想下去。

“我们要不要放了这个人？”茵娜·斯诺发问了。她向上方看了一眼，看着那架悬在空中的直升机。暗色的面纱贴在她的脸上，描摹出了脸的轮廓。

人群发出惊叹声，盼望着能窥见总统女士的脸。

“放这条皇帝的鹰犬滚回他的主人那里去，让他带去我们的蔑视、我们的意志、我们的力量。我们放吗？”

“放！”人群发出整齐的回应。我的耳朵都快被震聋了。扛着我的魁梧大汉像个孩子一样蹦着，挥着双手。我也被迫跟着左摇右晃，他赶紧扶住我，把我放了下来，兴奋地大叫道：“她是多么善良啊！孩子，她是多么善良啊！多善良！”

“你真是个神经病，冰冻脑子。”我说。他反正也什么都听不到，他已经忘了我的存在，继续使劲儿摇晃着双手。周围的人们又都变得怒气冲冲。

木台上已经有人把夏田脖子上的绳套解了下来，一架木制阶梯从上面放下来，直通人群之中。

“就让他走吧，”茵娜·斯诺又说道，“公民们，给他一条生路。你们不要碰他，让他离开这里，去空港坐上他自己的飞船飞走。任何人都不要动他！”

夏田耐心地等待着。又有人把他手脚上的镣铐解开了。他捋了捋头发，走到茵娜·斯诺面前，跟她说了句什么。夏田的话听不清，但女总统的回答一清二楚。

“你们的心理战术对我没用。到了全人类都唾弃皇帝、结成一个大家庭的时候，我自然会摘掉面纱。你走吧，斗士，回到你的主人那里去吧。”

这位法戈斗士耸了耸肩，然后不慌不忙地从阶梯往下走。人群向后方躲闪，为他让出了一条通道。

夏田环视四周，继续往前走。一条环绕着他的圆形隔离带形成了，并且紧随着夏田移动。人们都极力跟他保持距离，仿佛他本人已经身染那种鼠疫病毒。

我没注意到是谁第一个开始向夏田吐口水的，因为立刻就有人跟着做，慢慢地，左右的人都争先恐后地往夏田的脸上啐着。

夏田好像并没有注意到飞溅的唾沫星，仍然泰然自若地走着，径直朝我的方向来了。圆形隔离带也随着他的步伐移动。

我紧张得发抖，试图从他的前进路线上躲开，但为时已晚。人群涌动，把我推搡到了直面夏田的最前排。我身边的人都在横眉竖目地叫嚣，如同孩子斗气一般啐个不停。夏田的视线扫过我，并无半点动容，但我能感觉到——他认出了我。

我嘬起满口的唾沫向夏田吐去，然后大声喊道：“滚蛋！滚蛋！”

话音刚落，我就被挤到了一边。人圈又往前移动了。我又吐了一口，朝着夏田的后背。

我从未有过这么恶毒的表现。

难道做一名法戈斗士，还须承受如此的磨难？

脖子被套上绞索，任由无耻之徒对你百般凌辱，巧舌如簧地声称你罪大恶极——这都是“做一名法戈斗士”所必须承受的事？

穿行在狂暴的人群中，遭万民唾弃，在别人的口水中挣扎喘息？

还要往自己朋友的脸上啐唾沫？

如果我面对的是斯塔西呢？

我不想做法戈斗士！

我也恨死了那些让法戈斗士遭遇如此磨难的恶人们！

我能理解所有的一切，我不是个小孩子。皇帝也并非清白无辜。他一味地相信那些参议幕僚们，无所作为，不去解决我们卡利耶遭遇的那些不平不公。

茵娜·斯诺呢？或许她本意是想要造福世人，并且不惜为此编造种种谎言。

但是她现在的所作所为绝不是慈悲。

是卑劣。

因为她知道，人们会唾弃夏田。她想要的不是绞死夏田。在发动星际战争的时候，绞死一个人并无意义。她想达到的目的是诋毁法戈斗士，诋毁帝国，诋毁皇帝本人。

她把夏田称作皇帝的鹰犬，为的就是要挑起战争。为了达成自己的目的，她需要一场真正的战争！而且必须让世人相信，是帝国首先发起了挑衅！

她的目的究竟是什么？

“奇克列伊！”里昂抓住了我的胳膊，“我差点儿没找到你！”

他像个病人似的左摇右摆。周围的人们还在推来搡去，里昂只能死死拽住我，他看我的眼神里满是惊恐。

“你现在明白了？该明白了吧？”他大叫着。

“明白了！”我回答道，“里昂，冷静！全都结束啦！”

是的，对我们来说，全都结束了。而对于夏田来说，磨难才刚刚开始。到了晚上，我们会在新闻里看到，他如何一步步走到自己的飞船跟前——穿过人群中的通道，始终保持的圆形隔离带并不能让他躲开人们啐来的唾沫。

而此时，我和里昂紧紧地相互拉扯着，在人群的裹挟下，一下向东，一下又向西。人群中的每一个都那么彬彬有礼、诚恳亲切，热心地扶助、照应两个男孩。要不是这样，我们早就被踩死了。

6

走回学校的路上，里昂的情绪渐渐平复下来，但说起话来还是怒气冲冲：“你都看到了吧？她是怎么蛊惑人心的？她都对我们做了什么？你也喊起来了，我都听见了！”

“她是在用一种特别的方式说话。”我说出了自己的想法，“斗士们也有这个本领，用这种方法发出命令，听者都会服从。只不过斗士们还做不到同时影响这么多人，而且这一招对女总统完全不管用。你看到了吧？夏田试图让她摘掉面纱。”

“哈，这些人！”里昂鄙夷地咒骂，“一群冰冻者！”

“我不是冰冻者，你也不是。可我们都跟着一起呼唤她。”我跟他争辩起来。

里昂看见路边的垃圾桶旁扔着一个空易拉罐。他俯下身，本想把易拉罐捡起来，但马上又改了主意。他四下望了望，做了个鬼脸，然后使出全身力气把易拉罐一脚踢飞。易拉罐发出了刺耳的声音，跟空塑料瓶被踏破的声音差不多。

“真是犯傻。”我说道。

我双手插在衣袋里自顾自往前走，既不想踢空罐子，也不想砸玻璃，或者咒骂女总统。做这些事，跟里昂的小弟弟踩踏玩具汽车一样可笑。我们不仅仅是两个不喜欢伊涅伊联邦和女总统的孩子，我们还是侦察员，是法戈斗士的助手。

“皇帝应该下令开战。”里昂突然说道。他看了我一眼，面无表情，“这些人没救了，只会对那位女总统百依百顺。必须要开战。”

“那你的父母怎么办？”我问道。

里昂眨了眨眼，脸上浮现出懊丧的神色。

“他们会站在伊涅伊那边。”我没有隐瞒自己的想法，“他们会为茵娜·斯诺去战斗。你的小弟弟，还有小妹妹，他们都会自告奋勇去打仗。你爸爸会拿枪上前线，你妈妈会在工厂或是矿山里没日没夜地干活。”

“那我能不能请斗士们把父母接走……再给他们洗洗脑？”里昂恳切地问我，“斗士们应该不会那么狠心吧？”

“斗士从来不会乱发慈悲，”我不以为然，“只有斯塔西有些时候与众不同。”

“那你就该赶紧离开。”里昂说，“情况明摆着，肯定要开战。皇帝不会咽下这口气的，就算他上了岁数，可自尊心还是有的。你赶紧离开，告诉帝国我们得到的情报。我留下来，跟父母一起见机行事。”

“你就留在学校里，”我说，“什么也别做。可是，我们到底得到了什么情报呢？”

“就是茵娜·斯诺要跟帝国开战啊。”里昂说。

“她疯了吗？”我问里昂，“你自己好好想想，帝国的星际舰队是什么样儿，伊涅伊的舰队又是什么样儿！皇帝的统治下有多少颗星球，茵娜·斯诺又有多少颗！就算新科威特的人都成了冰冻者，愿意跳火坑，可这种花招放在其他星球上已经不灵了！所有星球居民的无线接口都已经断开了，程序没法儿再起作用。就算有人已经中招，现在也在接受救治了。这幅局面，她怎么会想开战？难不成她还有什么终极武器？像电影里的‘死光’？唰！一下子就能把所有的星星都湮灭，把所有的飞行器都烧成灰……”

里昂浑身一激灵，“没准儿真有呢？她很可能是想让皇帝先动手，这样就有借口啦！”

“为什么需要借口？”

“为了不让异族把她看作挑衅者。我还记得在梦里，不光是我们跟帝国作战，半身人也给了我们不少帮助……”

他说着突然怔住，惊恐地看着我。

我一把抓住了里昂的肩膀，“这些内容你跟斗士们说了吗？”

“嗯……记不清了。好像……”

"'好像'什么?"

"好像是说了……"

"糟糕!"我恍然大悟,"就是这么回事!她跟异族有勾结!可能就是跟半身人。半身人可是战斗种族,小个子们都这样。等到帝国向伊涅伊发起攻击,半身人就会介入,他们的战舰可不是一般的厉害!如果我们猜得没错,局面就变成一对多了!"

"得尽快通知斗士们。"里昂也紧张起来。

"怎么通知?写封信寄到阿瓦隆去?"我反问里昂。

"写信也不是不行,加密呗。"

"那谁来告诉我们密码呢?"

我俩站在原地面面相觑。

半晌,里昂开口问:"你倒是说说,他们难道没安排任何联系方式,就把我们派过来了?"

"斯塔西说,会有人来找我们。"

"什么时候?谁来找?万一我们很快就弄到了有价值的情报呢?可他们居然还不跟我们联系。总该有点儿动作吧!给个暗号,发封信……办法那么多!"

"他们会来找我们的,一定会。"我态度坚决。

里昂却面带疑虑摇了摇头,"不管怎么说,这都不合理。他们不应该这样,奇克列伊!"

关于和阿瓦隆对接这事,我们可以争辩到天黑,但现在说得再多都没用。

我几乎确信,到了晚上,我们肯定会遇到麻烦。至少里昂一定会受罚。

可是打架的事压根儿没人提起,也没有人来找我们。我们在食堂吃了晚饭,时间太晚,食堂里只有我们俩。回到房间后,我们在桌子上发现一个信封,里面装着下周的课程表和学校的内部管理守则。我看了一遍守则，没发现任何让人不愉快的内容。只是其中的第六条下方有一道划痕，像是用长指甲使劲儿做出的标记——“不建议学生通过斗殴方式解决争议，除非已经事先尝试过所有可能的和解方式”。里昂的桌子上也有一样的信封，守则上同样的位置也有一道划痕。

“这是让我们自己反省。”他嘀咕了一句，语气里透着些惭愧。

柜子里又多了几套衣服，有内衣和睡衣，还有运动套装。里昂看到这些新衣服，立刻把白天的事忘在了一边。我坐在床上，摊开衣服，不禁深思起来。

这些衣服可不是那种用合成布料制成的便宜货，不是那种发给不想工作的懒汉们的救济物，而是棉麻材质，使用植物原料制成。众所周知，亚麻这种植物，除了在地球上，几乎已经绝迹。

还记得父母送过我一件礼物，是一条用棉布制成的牛仔裤，我简直高兴得睡不着觉！虽然新科威特比卡利耶富裕得多，但学校竟然送给我们如此珍贵的衣服，用意何在呢？

我沉浸在思索中，没有立马察觉到腰上的等离子鞭有所异动。鞭子还围在我的腰上，但头部却立了起来，向各个方向探寻。它忽然愣住了，嘴巴微张，像根小天线似的打探着什么，但并不准备喷射等离子束。

下一秒，鞭子便从我腰间溜了下来，回身钻进了衣袖里。

我什么话也没说。屋里没有监控摄像头，可没准儿会有窃听器。我默默等待着。鞭子在我胳膊上绕了个弯，又从衣服下面爬到肩膀上，然后连上了我的神经元接口。

我的眼前出现了一块虚拟屏幕。我看到整个房间被分解成了若干个小方块。这些小方块很快被一一渲染成绿色，但位于门框上方的一个方块是红色。随即，一道细细的光波直射了过去，红方块开始变成黄色。剩下的方块继续被渲染成绿色，但再没出现变红的情况。

我全都明白了。

“里昂，门楣上有一个监控装置。”

“啊？真的？”他停止摆弄那件带有小象图案的睡衣，惊慌地打量起房门来，“你怎么知道的?”

“鞭子。”我比画给他看。

“你干吗?”里昂压低声音警告我，“疯啦?”

“没事儿，别怕。鞭子已经把装置给屏蔽了。”我安慰他说，“不光是屏蔽了，效果比屏蔽还要好……”

“什么意思?”

等离子鞭并没有对我解释任何事，但我能明白它的举动。我开始试着向里昂解释其中的奥妙。

“它把装置重新编程了。监控装置这会儿依然在传送图像和声音，但已经不是真实影像了，而是根据之前记录下来的画面和声音重新合成的。除非仔细研究，否则他们看不出其中的古怪之处。现在鞭子准备把装置恢复正常了，我们得装成若无其事的样子，该干什么干什么，该说什么说什么，这也是为了以后需要屏蔽的时候能有素材造假。”

“明白啦。”里昂有些失落。他肯定希望等离子鞭能一劳永逸地把监控给解决掉。

“但是夜里我们可以完全把它给关掉，”我把好消息告诉里昂，“咱们就可以聊天了。好啦，赶紧坐好吧!”

里昂叹了口气，又拿起了睡衣。我向等离子鞭发出指令，接着也开始翻看新衣服。

新衣服里倒是没藏任何窃听或信号发送装置。这反倒让人奇怪。他们觉得到了外面就没必要再监视我们的举动吗？还是换了某种方式从远处监控我们？第二种情况实在危险。我们在校外可没想过做任何掩饰。

“我以前有一件画着刺猬的睡衣，”里昂开口说道，“可漂亮了。”

“后来穿坏了?”

“不是，小了。现在给萨什卡了。奇克列伊，咱们下一盘象棋吧?”

我本想说自己不怎么喜欢象棋，里昂突然声调诡异地补充了一句：“咱们不是每天都下象棋吗？今天还没下呢。”

这真是个好主意！这样一来，监控装置就可以一直传送下棋时的影像，两个孩子从早到晚痴迷下棋，这样的嗜好也不算很特殊吧？监控我们的人应该不会起疑心。

“来吧。”我表示同意，“拿平板来。”

我们各自打开了自己的平板电脑。两台平板通过光信号成功联机，接着我们启动了游戏应用——象棋在教学软件里是必不可少的。一开始，我俩下得没滋没味，也许是因为带着目的在下棋。后来，我们渐渐入了迷，整整下了一个傍晚，直到半夜才停下。十二点一到，电脑屏幕开始闪烁，一行提示出现在眼前：“睡觉时间到！违反作息时间有害健康！”

我们已经攒够了充足的视频素材。监控画面前的家伙们如果感兴趣的话，可以去研究我们都用了哪些步法。

这一天以冒险开始，注定也要以震撼结束。

我们在床上躺着，在黑暗中谈论着最近发生的一切。监控装置已被屏蔽，传送出去的只是我们睡梦里的呼吸声。

“我要说说我的想法。”里昂边梳理思路边说，“看来他们仍然在怀疑我们。我们认识斯塔西，又凭空消失了两个月，的确很难让人相信我们编的故事！可是当权者也没有充分的理由逮捕我们。于是，他们就决定把咱俩安排进这间学校，方便随时监视。”

“你想得可真够复杂的。”我说。

“因为我不相信会有这样的好事！”里昂从床上坐起来。窗户外面的亮光勾勒出他的身影。入夜以后，天空中逐渐汇聚起乌云，学校四周的花园里一片黑暗，但小径上还亮着些五彩的路灯。

“这个女校长也太关照我们了，是不是？”

“那为什么监视工作做得那么马虎？”我反问里昂，“就安了一个摄像头，真寒碜！”

“没准儿，是你的鞭子没查出来其他装置？”

“胡说！”我不高兴了，“如果还有别的，它一定能查出来。”

“等等，我好像听见……”里昂突然岔开话题。可我已经顾不上他听见了什么，因为里昂背后敞开的窗户上突然出现了一个人的脑袋！

“啊！”我大叫一声，从床上跳起来。里昂转过身去，也吓得大叫，直接滚到了地上。

“别出声！”我们听见一个熟悉的声音。

窗台上又出现了一双手。这位深夜来客纵身一跃跳过窗台，落到了里昂的床上。

“娜塔莎？”里昂惊呆了。

居然真的是娜塔莎。她的打扮可真怪！起初我还以为她什么都没穿，后来才看清，她穿着一套非常轻薄的深色连裤紧身衣。

“别出声，这里可能有窃听器！”娜塔莎飞快地说，“我要检查一下……”

她跪坐在床上，伸出右臂，腕上的手镯闪着微弱的光。

“摄像头在门框上边。”我坦然地告诉她，“不过已经不起作用了。”

“在哪儿？为什么不起作用了？”娜塔莎一边问，一边伸着胳膊往各个方向挥来挥去，“哎呀，还真是……你们是怎么把它弄坏的？”

“这就是我们自己的本事啦。”我没直接回答她的问题，“你是怎么到这儿来的？”

我记得学校楼房的墙面十分平坦，没有任何凹凸起伏的装饰，彩色壁砖也衔接得十分贴合。就算是专业的登山队员，不靠辅助工具也没法爬上来。

娜塔莎没有回答。她从床上站起身来，走到墙边，轻盈地向上一跳，一只手攀住了墙面，把自己整个儿悬了起来。

“非均质胶？”里昂惊呼起来，“我知道，我在电影里看见过！”

娜塔莎滑动了一下黏在墙面上的手掌，轻松地脱离了墙面，跳到了地上。

“没错儿，是非均质胶。”她的语气里透着失望，显然是暗暗期盼我们会惊掉下巴，“总这么悬着，手都累麻了！”

“真酷，真酷。”里昂赞不绝口，娜塔莎这才恢复了神气。

“可你是怎么找到我们的？是不是……发生什么事了？”

“朋友们，你们这里有没有什么吃的？”娜塔莎顾不上回答里昂的问题，“我从早上到现在还什么都没吃呢。”

“我这儿有。”我赶紧说。

当然，从食堂顺东西不是什么有教养的行为。我拿了一块夹肉三明治和一个白菜馅饼，只是怕熬夜太晚肚子饿。

我拿食物的工夫，娜塔莎把一根搭在窗上的细绳交到了里昂手里。绳子的另一头系的是娜塔莎的衣服。

“把衣服拉进来。”她叮嘱里昂，“我先用肥皂洗个手，碱性物质能把胶水洗掉。你们的洗手间在哪儿？”

“我来开灯。”我伸手去按床边的开关。

“别开灯！”娜塔莎赶紧制止我，但为时已晚，灯已经亮了。

原来如此！娜塔莎穿着一件薄薄的连体紧身服，连脑袋都裹住了。但这件紧身服并非像我以为的那样，由普通的黑色棉纱织成。有那么一瞬间，我以为灯光还没照到她身上，她就消失了。娜塔莎的身体轮廓在颤动，和空气融为一体，然后立刻变得透明。我们的视线能穿过她，看见她身后的墙。娜塔莎浑身上下只剩一张脸飘浮在半空中。

我伸手试探一下，结果碰到了她隐形的腹部。

“傻瓜。”娜塔莎有点儿生气。

“这是什么？”里昂愈发好奇了。

“这叫隐形服，很久以前的技术啦，现在的特工都不用了。不过它确实很厉害，不反射任何光线，还特别轻。”

“你这些装备都是从哪儿弄来的？”我非常好奇，“你把所有装备都带在身上吗？”

“朋友们，让我先洗洗澡吧。”娜塔莎央求道，“不然我没法儿吃三明治，会粘在手上的。”

“是啊，还会粘住肠子。”里昂调侃道，“快去洗吧。”

他把绳子往胳膊上绕了两圈，开始用力拉吊在窗外的东西。娜塔莎转身进了浴室。

“我不太安心。”水声响起之后，我对里昂说。

“你不喜欢娜塔莎？”里昂狡黠地做了个鬼脸。

“我不希望她来这里，这可不在我们的计划之中，一定是发生什么事了。”

里昂点了点头。他把绳子收起来，抓起装衣服的包裹，来到浴室门口敲了敲门，等娜塔莎打开了一条门缝，把衣服塞了进去。

“要是谢麦茨基有办法跟阿瓦隆联系上呢？”里昂说，“我们就能把得到的情报传送回去了。”

娜塔莎很快洗完了，从浴室出来的时候已经换上了平常的齐膝短裙和短袖衫。她大概把那件能隐形的紧身服塞进了包裹里。

“快吃吧。”我对娜塔莎说。虽然我和里昂非常不安，但在她吃东西的时候什么都没再问。已经是凌晨一点多了，早上我们一定会睡眼惺忪……

我突然意识到，今天是没法儿再睡了。肯定有什么情况发生，而且非常紧急。没准儿，我们那个悄悄潜伏在新科威特、为斗士们收集情报的计划也要泡汤了。

“娜塔莎，我们被安排进这间学校不是偶然吧？”我问道。

娜塔莎点了点头，嘴里还嚼着最后一口三明治。她不自觉地舔了舔手指头。在成为游击队员之前，娜塔莎绝不会做出这种动作，她的爷爷可是阿瓦隆的百万富翁。那样的豪门有各种餐桌礼仪和行为规范，吃饭要用到十副刀叉……

“我们的身份暴露了吗？”我继续猜测。

“不完全是，”娜塔莎摇了摇头，“目前还没暴露……你们还有没有吃的？朋友们，是这么回事……你们上岸以后，我又往前赶了一段路，那里有个地方……”

她右手一挥，像是决定把一切说个清楚。

“那里有个老码头，基本上已经荒废了。码头的看守人是我们的朋友，也是抵抗组织的成员。我本想在他那儿稍微歇歇脚，然后再回森林。起初一切都挺顺利，谁也没发现我。看守人让我泡了个热水澡，我才没被冻病。我泡了两个小时呢!”

“你还睡了一觉，吃了顿饭。”里昂拿腔拿调地跟了一句，“说正题吧!”

娜塔莎不慌不忙地说：“急什么呀？你们急也没用。我接着说……看守人那儿的网络能连接到警察局，而且是合法的，因为那个码头看守人也是警察局的线人。我在休息的时候查看了网上的通告，警察局的通告不多，因为现在基本上没什么犯罪行为。我看见了一则举报，举报中说，一个月前失踪的两名少年又出现了，他们交代的前因后果非常荒谬：在森林里走丢了。”

“真是这么写的——‘非常荒谬’?”我忍不住问道。

“是‘经不起推敲’。”娜塔莎回忆了一下，“我想，这下可坏了，你们要被抓了。我又查看了针对那则举报的指示：暂时不要采取任何措施。举报人是警察局安插在汽车旅馆的眼线，做出指示的是行为文化部。”

我知道这个“行为文化部”。斗士教过我们，这是伊涅伊的反间谍机构。

“要是警察局把你们抓起来，”娜塔莎平静地分析道，“那倒是简单了。要么审问一下就放走，要么逮捕入狱。可是一旦反间谍机构掺和进来，那就不一样了。这说明伊涅伊打算跟踪监视你们，把你们抓个现形。”

“那你为什么还到这儿来?”我慌了，“娜塔莎，如果事情真的这么严重，那他们一定会全天候监视我们的！周围可能会有我们查不出来的窃听监控装置！如果真是那样，你现在说的话就全被他们听到了呀!”

“有可能，”娜塔莎并不否认，“不过也不一定。要想把间谍抓个正着，头两天一般不会有什么动作。你们会把自己的住处搜上一遍，发现什么也没有，便安下心来，放松警惕。再过一段时间，他们才会在你的屋子里装上窃听器、摄像头，往你的衣服里藏进话筒、定位器什么的，天上还会有卫星盯着你……”

“你是怎么知道这些的？”

“爷爷说的。”娜塔莎回答得倒是干脆。

“可如果监视已经开始了呢？要是把你跟我们一起抓起来呢？”

“你们更重要。”娜塔莎说，“爷爷跟我说了，如果有什么状况，要不惜一切代价救出你们。我绝不会泄露任何机密，抓住我一百回也是白搭。我们的营地已经转移了，接下来的计划只有爷爷自己知道。了解这些之后，我跟我们的看守人朋友商量了一番，他说我应该来找你们。我的装备也是他给的。我们查了查资料，发现你们被安排进了这所学校，于是我就来了。”

我和里昂相互看了一眼。

这叫什么事儿啊？这些地下抵抗组织全力以赴地与伊涅伊作战，却为了救我们，拿自己的生命冒险……而我们呢？一无所知，一无所长！

“娜塔莎，谢谢。”我说，“那我们现在该怎么办？”

她一脸惊讶地望着我。

“我们的任务非常简单。”我继续说下去，“空降到这颗星球，观察这里的动向。我们不能做出任何破坏行为，只能去看，去记。所以我们决定在这里扎根儿生活下去，就这些。”

“明白。可现在你们不能再这样大摇大摆地过日子了。”娜塔莎猛地摇了摇头，“你们得转移到地下！”

“躲进森林里？”我有点儿兴奋，心脏怦怦地跳着。

只要能躲进森林，我们就再也不用伪装成冰冻者；不用刻意躲开摄像头和窃听器；不用听茵娜·斯诺那蛊惑人心的声音；不用随时担心被捕或者遭到挑衅；也不必眼睁睁看着善良和诚实的人们遭到侮辱。我们可以搭起窝棚或者找个洞穴，在森林里住下来，开启渔猎生活。偶尔去趟附近的小村子，补充些食物和衣服。我们还可以帮助谢麦茨基和他的

“伙伴”队伍。皇帝迟早会重整山河，惩治恶棍。里昂的父母会被治愈，把里昂接回身边。而我要回阿瓦隆，或者和里昂全家一起回去。他的父母应该也会喜欢阿瓦隆吧？或者我们都留下来？不，最好还是去阿瓦隆。我们可以时不时地去拜访谢麦茨基，和他一起抚今追昔。我还会跟娜塔莎去同一所学校上学。斯塔西会常来做客，跟我们讲述自己的奇遇和冒险。我会再次和斗士们一起工作，帮助他们保卫银河系的和平……

“不能去森林。”娜塔莎说，“我不知道伙伴们现在在哪里。万一被人跟踪了呢？我们要躲在城里。”

“我们一起？”我问她。

“对。今天就得离开，趁他们还没有防备。”

“唉。”里昂一边环视房间，一边唉声叹气，“可这里的条件多好啊！”

我很理解他。我也觉得这挺荒唐的，居然刚在学校落脚就逃跑。然而娜塔莎看我们的眼神那么郑重，那么不安。她可是为了我们在冒生命危险！码头的那位地下战士也在冒险。但他们心甘情愿，就是为了要把我们从伊涅伊反间谍机构的监视下救出去……

我正犹豫不决，又忽然想起了斯塔西的小屋，想起了那个浑身赤裸的间谍被挂在墙壁上，还有他那冷酷的、非人的嗓音——“这个男孩对伊涅伊来说无足轻重”。

我浑身一哆嗦。

“里昂，快收拾东西吧。”

“这些衣服是不是可以带走？”里昂问。我忽然意识到，他以前也从没拥有过这么多漂亮又奢侈的新衣服。

“不行。”娜塔莎用遗憾的口吻说，“什么也不能拿。”

“我们检查过了，上面没有定位器……”我说。

“问题不在这儿。”娜塔莎欲言又止，“反正……嗯，你们明白的。”

“拜拜啦，我的小象睡衣。”我看了看里昂，故意长叹一声。他忍不住笑出声来。

“娜塔莎，我们怎么逃走呢？跳窗户？”

“用不着。”她摇了摇头，“我先歇一会儿，然后从窗户出去。你们早上提前一点儿出门，我们在街上碰头，然后我再说该怎么办。”

“我们要逃课了。”里昂说，“干脆先把某人打个头破血流，再去城里东游西逛一整天，然后吃一顿，睡一觉，之后就溜之大吉！太爽了！”

他的声音听上去并不是很高兴。

“应该留个纸条给校长，”我说出了自己的想法，“说我们不好意思在如此昂贵的学校上学，所以决定离开……”

“多此一举。”里昂不屑地说，“没人会相信的。”

“不信拉倒，至少比一声不吭就走要好。”

“兄弟们，让我睡一会儿行吗？”娜塔莎打断了我俩，“你们能不能在四点钟把我叫醒？”

我们把里昂的床腾给她，在平板电脑上设定了早上四点的闹钟。

娜塔莎的装备的确不错，不过她显然太久没有休息过了。这不，脑袋一挨枕头就睡着了。我看向里昂，他的眼神跟我一样透着羞愧。一个女孩子，不久前还忙着唱歌跳舞，现在却为帝国而战斗，实在让我们自叹不如！

“咱们也睡会儿吧。”我建议道，“下次睡觉，不知道会是什么时候了……”

里昂小心翼翼地给娜塔莎盖上被子，冲我点了点头，然后说：“咱俩降落到敌人的星球上，却跑到学校里上起学来，真够傻的。但我很开心，反正在梦里我已经学成毕业了，不如去打仗。”

“你在梦里也打过仗了呀。”我提醒他。

“这可不一样。”里昂摇了摇头，“打仗不是能习以为常的事。每一次上战场，都像是第一次。”

IV

克隆人与暴君

大脑是无比珍贵的工具，

绝不能落到敌人手中。

Танцы на снегу

1

在我的印象中，阿格拉巴德是个由宫殿和花园组成的城市。

那是我来到新科威特首都的第一个夜晚。那时候，我坐在斯塔西的车座上，怀里抱着失去意识的里昂，看着一片片庞大的居住街区不停地从窗外掠过。优雅的小房子坐落在花园中，窗户上呈现出各种节日场景，交通要道宽敞气派，大小商店的橱窗五光十色……

阿格拉巴德的各个区域都不尽相同。在簇新且宜居的街区背后，是开拓者们建起的第一批房屋。那些房子外形粗陋，墙皮斑驳，低矮但坚固，现在依然住着人，不过也都被洗了脑。阿格拉巴德的新区有的一切，这里也应有尽有，但二者之间存在着某种难以捉摸的差别，旧区像是蒙着一层灰尘。这里对茵娜·斯诺的赞颂也完全是另一种格调，言辞有那么点儿粗鄙，语调有那么点儿夸张，表情有那么点儿怪异，仿佛谈论的是某个绯闻不断的流行歌星，而根本不是什么“万民之母”或“总统女士”。

我们正是转移到了这样的地方。一栋名为“罗斯托克[1]”的公寓，专门收容反社会儿童。

娜塔莎的主意很棒。躲进森林里太困难，又不能住在大街上。而这种收容所跟学校宿舍截然不同，是个再合适不过的去处。

“罗斯托克”公寓是一座两层高的长方形筒子楼，和其他建筑相隔甚远。楼的四周也有花园围绕，但十分陈旧荒芜，不像“别拉赫”的花园有人精心照管。公寓里的每间屋子能容纳十到十二个人，整个公寓共有将近八十人居住。这里一切都需要自己动手。成年人只有七位——三位教导员、一位厨师、一位医生，还有心理咨询师和警卫。

1. 罗斯托克（Росток）一词在俄语中，意为“萌芽”。

超过半数的被收容者是没有被洗脑的。倒不是因为伊涅伊的武器对他们不起作用，只是这些男孩女孩既没看过有关发明家艾迪扬和伊欣将军的动画片，也没看过《欢乐一家亲》和《安东和女儿们》，更别提伊涅伊制作的教学节目了。尽管这些孩子们的神经元接口比我的“增强型”强得多，但伊涅伊根本没机会把程序植入他们的脑子里。

然而在我看来，这些孩子有没有被洗脑，其实差别不大。

冰冻者辨认起来很简单，他们夸赞茵娜·斯诺时更卖力气，更神采飞扬，在学习方面也格外下功夫。正常的孩子们也会赞扬伊涅伊和女总统，也会拿着平板电脑按时上课，想出各种办法在测试中蒙混过关，以便开始下阶段的课程。起初我以为这些孩子是头脑迟钝，小时候没能治好。但后来我发现并不是那么回事。一些孩子压根儿就不想学习；另一些孩子想学习，可想学的不是学校里教的东西。

我和里昂使用伪造证件混进了收容所。现在我叫基里尔，里昂叫卢斯杰姆。我们的文件里写着，我们的父母都是某个热带岛屿的渔民，我们的问题分类是“社会意识淡漠，思想蒙昧，道德观念扭曲”——最后一点听起来尤其刺耳。

娜塔莎还叫娜塔莎，但她的身份是我的妹妹。

“罗斯托克”的女孩不多，不超过十个。

虽说我们被定义为“对社会有害的青少年”，但实际上，这里并没有任何严厉的管制措施或者监控机制。心理咨询师是个年轻人，但显得萎靡不振。在跟我们谈话时，他开门见山地交了底：“你们是社会中有缺陷的成员。你们都有能力正常生活、愉快成长，但你们的行为却把自己与社会隔绝开来。社会并不会因此而有什么损失或者不便。没有人会想去救助你们，努力让你们达到平均生活水平。毕竟总得有人去做苦活儿糙活儿，比如运垃圾、清理下水道、测试新药物。不过，出于人道考虑，社会还是给了你们一次把握命运的机会，让你们能够改过自新，成为一个健全的人。好好学习吧，如果成绩优秀，就有机会转去更好的学校。你们的父母也许会再把你们领回家……”

我们当然异口同声地答应他会努力学习。他随口夸了我们几句，但显然根本不相信我们的诺言。

我们就这样住进了“罗斯托克”。

看得出，这里的一些孩子是爱打架的，但没有人叫嚣着要跟我们“认识一下”，原因不难理解。冰冻者认为打架是一种不合规矩、不被接受的行为。“罗斯托克”不能跟高贵的“别拉赫”学校相提并论。在“别拉赫”，不打不相识是一种规矩，就像在电影里一样。而在“罗斯托克”，一旦正常的小流氓们想挑事打架，被洗脑的孩子们就会蜂拥而上，那种空洞的眼神和汹涌的怒气，仿佛要把挑事者置于死地。

他们可能真的打算这么做。

不过，“罗斯托克”还有许多低调的鬼把戏，那些冰冻者对此也毫无办法。比如，一旦输掉某个游戏，就得在一段时间里成为别人的奴仆。奴仆必须完成主人任何心血来潮的奇怪要求，像是睡觉前给人挠后脚跟儿解乏，或者给别人讲故事解闷之类的。差不多所有岁数小、体质弱的孩子都曾经沦为这样的奴仆。那些冰冻者自己从不掺和这类游戏，但也不妨碍别人玩。

有人试图拉我们加入这种游戏——“咱们来玩一把‘赢者通吃’吧”。好在娜塔莎给我们提前打过预防针，我们便一一回绝了。没有谁敢强迫我们加入这种游戏，我们可是有两个人呢。而且我们知道，要是起了争执，那些冰冻者会站在我们这边。

我们开始认真学习课程，确切地说，是做做学习的样子。因为这里所有的教学内容都非常简单。同时，我们尽量不跟别人来往，保持低调，见机行事。我们只打算在“罗斯托克”忍上一两周的时间，然后再另寻去处。娜塔莎认为，我们最好还是到别的城市去。

在这里隐姓埋名地过日子非常轻松。虽然一日三餐没滋没味，可毕竟没人总盯着我们。教导员只管留作业、出题目，然后看测试结果；警卫有时会无精打采地在各处走走看看，但更多时候是待在自己的房间里，或者去体育馆做做运动；那位心理咨询师几乎从来不出自己的房门，整天用接口看一些视频节目。要是有人找上门来，他便露出一脸的苦相，仿佛在采石场服苦役。

这种无处不在的惨淡气氛实在难熬……

到了第三天的傍晚，我已经快闷死了。里昂去了体育馆，想做做器械运动。我坐在教室里百无聊赖地玩俄罗斯方块。真想下下象棋或者玩点儿什么益智游戏。可电脑很容易被伊涅伊监控，那我们的伪装就会被拆穿了。玩俄罗斯方块靠的是反应速度和空间思维能力，就算头脑空空，也能玩得很利索。

教室还算不错，能容纳二十个学生。墙上画满了壁画，但没人在意画的内容。天花板上亮着廉价的日光灯，听说照明效果很像地球上的太阳，有助于调节情绪。可是每当天色暗下来，这种灯光只会让人更加郁闷，尤其是在教室里几乎没人的时候。

赫伯特坐在一旁的课桌边，正全神贯注地盯着平板电脑。这个胖乎乎、满脸雀斑的小伙子看上去比我大一两岁。

赫伯特是个冰冻者，学习起来全力以赴、奋勇争先，可惜事倍功半。这要怪他自己，他本该从最基本、最简单的课程学起，却总想挑战高难度问题。我偷偷看了看他在平板电脑上的学习过程，发现他其实并不笨，只是学习方法不对。他的父亲是一位猎手，以抓捕某些珍稀动物为生。对赫伯特来说，跟着父亲学打猎才是更好的出路，犯不上用三角学、物理这些东西折磨自己。不过，赫伯特被洗了脑，一门心思要上学读书。眼下，他正试图搞清楚热核反应堆的工作原理，可是他连核裂变和核聚变有什么区别都没弄懂。

我赢了一局俄罗斯方块，然后看了一眼赫伯特。他刚好又搭起了一个新的反应堆模型，把控制棒接通电源，点下了“启动”键。屏幕上的反应堆轰然爆炸，大大小小的碎片、傻眼的科学家、电路组件和中微子四处乱飞。赫伯特痛苦地长叹一声，两眼发直地盯着平板电脑。

“要我帮帮你吗?”我忍不住问他。

赫伯特点了点头。冰冻者通常会尽力相互帮助，也愿意接受别人的帮助。

“你应该从更容易的级别开始。”我坐到了他身边，把核物理学教程往回翻，同时把学习者年龄参数调到八至十岁。这部分的学习内容里没有复杂的公式，但多了很多有趣的历史细节，“就是这里。我们先从核弹学起吧？”

“好。”赫伯特表示同意。

“很久很久以前，在中世纪时期，”我挪开平板，自顾自讲解起来。小时候，我读过一本特别精彩的核物理学历史书，内容写得妙趣横生，所以我对这部分历史了如指掌，“人类还只在地球上生存。地球上有很多国家，有的好，有的坏。坏国家包括俄罗斯、德国和日本，它们对好国家发起战争——美国和以色列。坏国家建造了很多很多战斗机，轰炸了好国家的舰队。注意，不是宇航舰队，而是海军舰队。一场长期战争就此开启。”

屏幕上开始播放一部影片，解说员的声音低沉有力：“在美利坚合众国，有一位名叫阿尔伯特的小男孩，小名叫作阿尔卡。他是个非常聪明的男孩，热爱学习，特别喜欢学核物理。有一次，一架高速飞机飞到了阿尔卡住的城市。一位勇敢的飞行员走下飞机，对大家说：‘这场灾难让人措手不及。敌人在苦涩的大海里现身，从寒冷的冻土地走来，向我们发起进攻。子弹呼啸，炮弹轰响，我们和敌人的搏斗日夜不息。我们的战士不少，但敌人更多。人民啊，现在不是睡觉的时候了，我们要共同御敌！’

“于是，父亲吻了阿尔卡，然后选择坐上飞机去参战。

“每天夜晚，阿尔卡都要爬上屋顶盯着天空，期盼父亲的飞机飞回故乡。可是天上总是空空荡荡……日复一日，年复一年。终于有一天，那架高速飞机又出现在地平线上，可是机翼已经布满弹孔，机舱玻璃也满是裂痕。飞行员从飞机上下来，他身体消瘦、满脸疲惫，头上缠着绷带，双手沾满机油。他对大家说：‘请振作起来吧！战争已经到了最危险的关头！敌人太多了，我们的人太少了。子弹呼啸，炮弹轰鸣，大家

都得去支援前线！'

“于是，哥哥告别了阿尔卡，也坐上飞机去参战了。

“每天夜晚，阿尔卡都要爬上屋顶盯着天空，期盼父亲和哥哥的飞机飞回故乡。可是天上总是空空荡荡……到了白天，阿尔卡便努力学习。他一直在思考，什么武器才能把敌人打败？终于有一天，在黄昏时分，那架高速飞机又飞来了。机翼摇摇欲坠，铆钉脱落，机身遍布弹洞。飞行员从飞机上下来，瘫倒在地。一阵喘息之后，他对大家说：‘还有谁没有参战？我们已经没有战斗力量了。敌人实在太多，而我们的战士都已经牺牲！大家快去支援啊！'

“年老的祖父走到飞行员跟前。他想爬上飞机，但双腿抬不起来；他想驾驶飞机，但双手握不住操纵杆；他想瞄准敌人，但眼睛已经看不清。老人失声痛哭。

“这时候，阿尔卡走向前来，对大家说：‘这样不行，我们不能靠人数占胜敌人，要靠智慧赢得胜利！我已经发现了制胜秘诀！我知道怎样做能让所有敌人瞬间败下阵去！'

“阿尔卡给飞行员看了一张纸，上面写了一个简单的公式：$E=mc^2$。大家便开始全力以赴研究公式，很快就依此造出了世界上最早的两颗原子弹。

“飞行员把原子弹小心地装上自己的飞机，飞回了前线。

“敌方最大的两个基地映入眼帘——广岛和长崎。飞机高高爬升，把原子弹投了下去。

“大地升腾起火焰，烟雾弥漫了天空。所有的敌机都在顷刻间被摧毁，所有的战舰都被瞬间淹没。敌军们吓得失魂落魄，认输求饶。

“再后来，阿尔卡的父亲和哥哥都从战俘营回来了。他们又生活在了一起，比之前还要幸福！”

“有意思，”赫伯特沉吟了片刻，开口说道，“跟我以前看过的版本不太一样。”

“你觉得这个版本不是真的？”我问他。

“那倒不是，以前我看过阿尔伯特造出原子弹的故事，只不过没这么有趣。”

“不要看那些枯燥的东西。”我接着说。

能帮到一个比我大的小伙子，我觉得特别高兴，就算他是个冰冻者……

“那咱们再来看看，第一颗原子弹是怎么造出来的……”

我花了整整一个小时，才让赫伯特搞清楚核物理学的基本原理。但我一点儿也不心疼这一个小时，赫伯特学得这么吃力并不是他自己的错。

原子弹当然是可怕的武器。不过，科学家阿尔伯特并没发现最关键的制胜秘诀。有一种武器比核弹更加可怕：用洗脑取代毁灭，将对手变成自己的盟友。这种武器会让人忘记世界原本的样子，对各式谎言深信不疑。以前从未有人发明出这种武器。

“那你自己接着学？”我问赫伯特。

“好的，谢谢。”

我回到自己的座位上。让他自己学吧，下面的内容要简单些，他应该能应付得来。

我又开了一局俄罗斯方块，决心要打破自己的纪录，不过未能如愿——门开了一条缝，娜塔莎往教室里探头看了看。

“你好，基里尔。”她边说话边警觉地看了一眼赫伯特。娜塔莎不喜欢那些冰冻脑袋，“你在忙吗？”

“还好。”我把手里的平板放下。娜塔莎说话的语气另有深意，像是有什么好消息要告诉我。

“那出来一下。”说完，娜塔莎就退回到走廊上。

“我也答应要帮她……看看数学……”我下意识地对赫伯特撒了个谎。

“好啊，再见。”赫伯特抹了一下脑门，又盯住电脑屏幕。我为什么要跟他撒谎呢？我是跟娜塔莎一起学数学，还是在幽暗的角落里接吻，对他来说都一样。

关于接吻，是我想多了……首先，娜塔莎似乎早已经忘了我们在山上接吻的事；其次，走廊上不止她一个人，还有一个女孩，和她年龄相仿。

“这是艾丽。”娜塔莎向我介绍那女孩。我之前没见过她，她可能是临时来收容所拜访朋友的。这种情况并不常见，但有过先例。

“我是基里尔。”我不喜欢这个陌生名字，可现在也没办法。

艾丽有一头棕红色的头发，身材瘦弱，笑脸盈盈，样子挺惹人喜欢的，只是眼神过于机敏，透着几分尖刻。她跟娜塔莎一样，穿着套头衫和裤子。跟我握手致意后，她问娜塔莎：“我们去哪儿?”

“去花园里。”娜塔莎说。

看来是有什么秘密要谈。收容所里没有任何监控装置，娜塔莎的探测手环和我的等离子鞭都没有暴露，不过我们还是尽量去公寓外面谈论重要的事。

我们顺着走廊来到公寓门口。警卫正坐在小亭子里赤裸着上身，欣赏自己的胸肌。见我们过来，他随口叮嘱道：“外面下雨呢，带个防护罩。”

迷你力场防护罩是公用的，在门边的一个小柜子里。我拿了一只家庭版大号，展开后足足有一米半。我把扣环调节到自己的头围大小，戴好，然后把力场释放出来。能量储备不多，但也无妨，我们不会在外面待太久的。

外面的确下着毛毛细雨。防护罩很管用，雨滴落在了看不见的屏障上，在我头顶形成一道圆弧。两个女孩一左一右紧紧靠着我，双手抱着自己的胳膊肘。我倒没觉得不好意思，只是呆呆站着，两眼望着阴云密布的天空。

天气不算很冷，但毛毛雨让人升起一股骤然的凉意。真是一场奇怪的雨。

“秋天到了。”娜塔莎小声地说道，“秋雨绵绵……”

没错，是秋天！这还是我第一次见识秋天呢！在卡利耶，一年里基本上没什么季节变化；我第一次来新科威特时是夏天；去阿瓦隆时则赶上了冬天。

而现在，新科威特已是秋天了。

“秋天会下雪吗？”我不禁问道。

“不会，基本不会。”娜塔莎回答，“这里的气候和别处不一样，冬天只是多雨，不会太冷，气温在零度以上。也幸亏如此，不然我们在山里就更艰难了。”

我担心地看了看艾丽。

“她是我们的人，抵抗组织的成员。”娜塔莎的解释让我放下心来。

“嗯。”艾丽笑着说，“你叫奇克列伊，是吧？”

“是。”

“艾丽是我的真名。”

我们边说话边朝花园走，来到一座歪了半边的木头凉亭里。亭边亮着一盏昏暗的路灯，四下无人。

“咱们就在这里说吧。”艾丽停住了脚步。她一言一行都镇定自若，像是个拿主意的人。

我们走进凉亭，坐在长椅上。防护罩察觉到环境有变，自行关闭了。一些雨水落在了我们身上。艾丽又笑了起来。

“傻瓜科技。”我随口说道。

“科技不都这样？”艾丽附和了一句，“你们这里一切正常吗，奇克列伊？”

“挺正常的。你是谁？”

“我是从阿瓦隆来的。”

“你怎么证明？”我倒不是真的不信，只是不喜欢她那一副领导架势。

“拉蒙让我向你问好。”

我点了点头。难道还能指望她随身带着什么证件？

“明白了……夏田怎么样了？”

“夏田？他没事。从头报告一下吧，奇克列伊。”

我真不喜欢“报告”这个词，不过是一个小丫头，居然对我指手画脚。

“我们着陆很顺利。着陆舱融化了，跟计划的一样。我们想在湖里洗个澡，结果……被‘伙伴’给抓住了。”

娜塔莎骄傲地一笑。

“我们在那儿待了一天。”我继续说，“其实娜塔莎更清楚这一切！”

“你继续说。”艾丽命令道。

“后来，娜塔莎开着摩托艇把我们送到了曼德里村。我们又搭了辆顺风车，到了汽车旅馆，找到了里昂的父母。里昂的父母第二天把我们送到了‘别拉赫’。那所学校的待遇好到出乎意料，简直像是做慈善……”

“我知道，接着说。”

“当天晚上，娜塔莎溜进了学校里，她说行为文化部盯上了我们。第二天一早，我们就跑出来了。娜塔莎把我们带到了这里。我们已经在这儿躲了三天了。”

艾丽点了点头，“明白了。你们掌握到什么重要情况了吗？”

“嗯……”我想了想，“我们觉得伊涅伊正在向帝国挑衅。一旦帝国出兵，伊涅伊就会向异族求救。他们很可能跟半身人签了什么秘密条约。”

“明白。”艾丽沉吟了片刻，“关于这些，皇帝应该全都清楚。可眼下能有什么对策呢？”

“这我就不知道了。”我应付了一句。我越来越不喜欢这个艾丽了。

“我也不知道。”艾丽站起身来，用手指在凉亭的柱子上不住地打着鼓点儿，她看起来更像是一个成年职业女性，而不是个女孩，“伊涅伊越来越强大了。这里的人们心意相通，连那些没被程序洗脑的人也加入其中了。他们还在建造新的战舰。可在帝国的其他星球，冰冻者数量还在不断增加。”

“怎么会呢？”我吃了一惊，“所有人的无线接口不是都被切断了吗？”

“许多人依然在用接口看视频，处理各种工作。洗脑程序的启动指令也能通过一般的网络传输，只要黑进去就行。”

我明白了。情况的确不容乐观，就算伊涅伊还不能立刻占领足够多的星球，可是只要循机而动、步步蚕食，最终一定会达到目的。只要派一名间谍潜入一颗星球，黑进当地的信息网络，输入程序启动指令，很快就能制造出成千上万的冰冻者。

“真糟糕。”我打了个寒战，坐立不安，“艾丽，那皇帝应该采取什么行动呢？”

“我考虑的也是这个——该怎么办呢？”她叹了口气，“算啦，还是想想怎么完成你们的任务吧。”

“嗯，我们的任务是随时……”我努力组织语言，“随时听候调遣。要不，我们去找游击队？”

“不行。”艾丽若有所思地看着我，“你有武器吗？”

“我有等离子鞭。”我没对她隐瞒。

“哇！”艾丽显然吃了一惊，“这我可真没料到。不是只有法戈斗士才能携带等离子鞭吗？”

“是啊，可我是他们的助手啊。这条鞭子……其实是个残次品，能力有限。”

“可杀死一两个人应该没问题吧？”她这话说得轻描淡写，让人不寒而栗。

“是的，没问题。”

“那好，有个任务要交给你们三人。亚历山大·贝尔曼，伊甸园星的大寡头，昨天秘密访问了新科威特。贝尔曼基金会，贝尔曼造船企业，听说过吗？”

我没听说过，但还是点了点头。

“贝尔曼来这儿，”艾丽继续说，“是要跟茵娜·斯诺达成一项秘密条约。他的造船企业正在加紧为伊涅伊建造宇航战舰。从审批文件上看，这批飞船的用途是为阿瓦隆壮大商用船队。但是，有位员工以前曾是战队的军官，他看出这批飞船有双重用途——只要配备上武器，它们就能用作战舰。他立刻跟斗士们取得了联系……用的是以前的关系渠道。在最后关头，贝尔曼的背叛行为终于被揭露出来。皇帝签署了一道密令，对亚历山大·贝尔曼做出了死亡判决。明白了吗？”

“让我们去执行吗？”我猜测着问。

“是的。你们要去处决亚历山大·贝尔曼和他的女儿。”

“这关他女儿什么事？”我没明白。

“她是贝尔曼唯一的继承人。要是她死了，贝尔曼的造船企业和所有财产就都归帝国所有了。不光如此，他的女儿跟我们几乎一般大，才十三岁。可是，贝尔曼给她做了一项非常罕见的手术，他把自己的一些个性特质移植到了女儿的意识里——他的生意头脑、经商风格和基本价值取向等等。这么说吧，只要他女儿还活着，那么一切功夫都是白费。”

“她在哪里呢？”娜塔莎问。

“跟贝尔曼在一起。”

“那贝尔曼为什么会背叛帝国？”我追问道，“他是被洗脑了吗？”

“没有，”艾丽变了脸色，她似乎很不喜欢“洗脑”这个词，“贝尔曼比别人更早察觉到了伊涅伊出现的情况。早在十年前，茵娜·斯诺就找他合作，要他为伊涅伊建造飞船战队。贝尔曼分析了各种因素，认为伊涅伊会取得最终胜利。更糟糕的是，他接受了伊涅伊的思想主张，决定背叛帝国，换取伊甸园星总督的职位以及部分自治权，他还要求屏蔽伊涅伊的心理同化程序。”

“也就是说，屏蔽程序是有可能的？”

“是的。”

“那冰冻者能够治愈吗？”

“也可以。被强加的意识还会残存，但经过治疗，人们可以逐渐地接受新东西、产生新想法。”

太棒了！看来，新科威特和伊涅伊联邦其他星球上的人都还有救，里昂的父母也可以恢复如初……他得多高兴啊……

“你们得杀掉贝尔曼。”艾丽重复了一遍。我顿时像被浇了一盆冰水。

“艾丽，我们不是斗士。”我说，“怎么才能接近这个贝尔曼呢？他可是个百万富翁……”

“他是亿万富翁。”

“那就更难了！”

“但你们必须去。”艾丽重复着那句话。

娜塔莎失望地看着我，像是在期待我能说出“去就去！”

可我并没有那股冲动，我不想杀人！就算是杀叛徒！我从来没杀过人！

“艾丽，我们的任务是潜入这里暗中观察！斗士们压根儿没有教过我们如何作战！”我已经顾不得那么多，就让他们认为我是个胆小鬼好了！

“奇克列伊，我是在向你传达命令。”艾丽冷冷地说，“当然，你可以拒绝执行。你们的担保人是斯塔西，要是你拒绝，他会有麻烦。”

“后果很严重吗？”我一时间不知说什么才好。

“他会被追责停职。斗士要是没了事做，就是个可怜虫，奇克列伊。当然，帝国会给他养老金、住房、各种福利待遇，还有荣誉勋章什么的。可斗士们绝对适应不了那种无所事事的生活，那不符合他们的本性。斗士一旦走到了那一步，往往都会死得很快。”

我被逼进了死胡同。不对，不是死胡同，死胡同只有一个出口。

我突然真切地理解了父母在赴死之前的感受。那并非是一条死路，更像是一条走廊——你可以往前走，也可以往回走。走廊的那头通往地狱，这头通往你平生最厌恶之事。这种厌恶如此强烈，让人宁可选择地狱。

“我们没那个能力。”我说，“艾丽，我们不过是两个男孩儿加一个女孩儿，没能力像战士那样去战斗。就算是娜塔莎，怕也没那个能力。再说，我们也没有像样儿的武器。这个贝尔曼身边的安保严密程度肯定跟茵娜·斯诺本人差不多。让我们去，只会误事。”

“我会帮助你们。”艾丽说，“你们一定能接近贝尔曼，问题就在于你们愿不愿意。”

我没接着说下去。娜塔莎用询问的目光看着我，她已经久经沙场，想必是愿意的。

“怎么样？”艾丽站起身来，双手插在腰上，“你决定吧。”

“我们同意。”我开口说道，“我是说，我同意，你还得问问里昂。可我们怎么去……”

“贝尔曼是假借别的名字到这里来的，”艾丽不慌不忙，“所以安保方面不敢太张扬。他落脚在郊外的一栋政府别墅里，房子周围有电子报警系统。到时候，我们会把警报系统断开，巡逻队的时间表也会给你们。别墅里面保镖不多，就三个。到了预定时间，我会想办法把他们从生活区支走。你们要对付的就只有贝尔曼和他的女儿亚历山德拉。他们可都不是训练有素的战士。”

“我们能对付得了。”娜塔莎抢先表了态，“艾丽，没问题。奇克列伊只是担心会有风险，毕竟这任务事关重大。没问题，我们能拿下。”

“能拿下。”我也附和了一句。

“那好。”艾丽看我的眼神掠过一丝疑虑，但随即恢复了坚定，“娜塔莎，咱们明天早上碰头，具体细节我再告诉你们。”

她以男孩之间的方式跟我握了握手，又跟娜塔莎吻别，接着便走出了凉亭。雨还在下，但细如牛毛。

“要送送你吗？”我站起身来问道，但本意并不想这么做。

“免了，我又不是糖做的，淋点儿雨没事。”艾丽冷笑了一下说道，然后一头冲进暮色之中，没几步就不见了踪影，再无声息，像是隐没在了森林里。

“她是法戈斗士?”娜塔莎悄声问。

“什么?不会的，从没听说女人也能做斗士……你不是认识她吗?”

“我白天去了趟城里，给我们在码头的朋友打了个电话，想问问有没有爷爷那边儿的消息。他跟我说，有一个过去的朋友想见我，是我从前的邻居。他是在暗示艾丽从阿瓦隆来……”

“那她真的是从阿瓦隆来的?”

“嗯。她说自己也是被秘密空投到这里来的，大概是为了某个行动。”

我想了想，觉得娜塔莎说得有道理。帝国肯定不想再拖延下去，已经准备要开战了。这当口，每个人都应该因地制宜地发挥作用。要是我们能消灭背叛者（“消灭”一词比“杀死”给人的感觉好多了），那将是对伊涅伊的有力打击，相当于摧毁几十艘战舰呢！要是贝尔曼真把这些战舰造出来，伊涅伊一定会用它们去攻击阿瓦隆、伊甸园、地球、卡利耶……

“奇克列伊，你不想去执行任务吗?”娜塔莎问道。

此刻，我们俩并排坐在一起，低声细语地说着话。这感觉非常奇妙，好像……好像我们谈的不是战事，而是私密的悄悄话。

“是啊。艾丽只是在逼我同意，你发现了吗?不是我决定的，是她替我决定的。”

“毕竟她的地位更高。”

“不是因为这个！再说了，我又不是战士。”

“我觉得，你是因为别的原因才答应的。”

“什么?”

“你在意她是个女孩儿。”

如果是在明亮的地方，我的脸肯定会涨得通红。不过，当你知道黑暗中谁都看不清自己，也就不会有脸红的反应。

“没有的事！她要真是个女孩儿，做派就不会这么没教养了。”

“你这是性别歧视。你肯定还会说她是‘装腔作势’。”娜塔莎愤愤不平。

“女孩子就不该对别人发号施令！”

“还有呢？我们是不是也不该参加战斗？我们战斗是因为有人怕死！你也不想想自己，还吹牛说能超空间跳跃呢！”

我们本来凑得很近，为的是能暖和一点儿，可此时娜塔莎却刻意跟我拉开了距离。尖刻的话在我嘴边呼之欲出，我想说，他们那种游击战只会让更多人自相残害，用导弹袭击学校更是愚不可及。

可不知为何，我说出口的却是另一番话：“我们的确能进行超空间跳跃。我在飞船上做过运算湿件。”

“噢。”娜塔莎只是应了一声，就不再说话了。

“我不在意她是不是女孩儿。”我接着说，“如果是你来指挥，我无话可说。毕竟你是打过仗的，而我没有。可这个艾丽，我对她一无所知。好吧，就算她是斗士们派来的，就算她有职位在身，可为什么非得要挟别人？”

“她要挟你了吗？”娜塔莎有些吃惊。

“你没听到吗？斯塔西会受处罚。斯塔西是我的朋友，最好的朋友……不，问题不在这儿。总之，我不想看到他被人指责，不想看到他因为我而不得好死。那还不如我自己去死。”

“这个斯塔西应该是成年人吧？那就轮不到你为他难过！”娜塔莎情绪激动地说，“他应该能做出正确的决定。要是出现失误，那是他自己的责任，就应该接受处罚！这不是理所当然的吗？成年人就应该关心孩子，保护孩子，并做出正确的决定！他们的生活经验比我们更多，做出的决定不会有错！”

我看了看娜塔莎，只觉得哭笑不得。换了我在卡利耶的时候，一定会同意她的想法。这想法天经地义，整个自然界都是这样运行的，人也是自然界的一部分。我们上自然课的时候做过实验，看到过当小猫被带走时，猫妈妈会多么愤怒不安。老师说，这是一种古老的本能，也是一种重要的本能，正是出于这种本能，父母才会对我们关怀备至，成年人才会去保护儿童。

然而，这并不是真理的全部。

如果一个人是你的朋友，你就应该把他放在心上。就算他比你强，比你聪明，就算他犯过错……我是在很久以前明白这一点的，三个月以前，在卡利耶，当爸爸妈妈决意赴死的时候。我们本应该不论怎样都患难与共，哪怕不得不离开穹顶区。至少我当时应该有所坚持，而不是一味顺从父母的意愿。

所有这些，我怎么能对她解释清楚？

“斯塔西救过我的命，”我说，“虽然他根本没有义务这么做。换作是你，如果爷爷陷入险境，你会不去救他吗？”

“可他是我爷爷啊……”

“那又怎么样？他也是一个老人、一个残疾人。对社会来说，你比他重要得多，你为什么要因为爷爷担惊受怕、铤而走险？”

“谁担惊受怕啦？”

“谁一大早就去打电话，打探消息？”

娜塔莎哑口无言，过了一会儿才说：“可这样做难道不对吗？难道我不该为爷爷担惊受怕？你也不该为斯塔西担惊受怕？”

“在我看来，这样做才是对的。”我说。

娜塔莎抓起我的手，“你真奇怪，奇克列伊。我说说自己的想法，你别生气。有的时候，我觉得你不过是一个愚蠢又胆小的毛孩子，阴差阳错卷进了危机里。可有时候，正好相反，我又觉得你比我们所有人都聪明得多，勇敢得多。”

“现在你怎么觉得呢？”我忍不住好奇。

“我觉得冷死啦！我们要冻病了！”娜塔莎一下子跳起来，把我从椅子上拉走，“走吧！再不回去，里昂又要胡思乱想了！”

里昂一点儿也没惊讶。

当然，在集体宿舍里没法儿谈这些，我只好在夜里把他叫醒，一起去了盥洗间。

盥洗间是淋浴房和厕所的混合体，面积很大。一面墙是一溜排开的马桶隔间；另一面墙是一排洗脸池；而第三面墙上架设了一连串淋浴喷头。不知他们为什么把所有设施都塞进一间房里，这是老式军舰才有的配置。每逢早晨，这里总是人满为患。

我迅速检视了一遍马桶隔间，确认没人后，就拉着里昂来到窗户前，跟他讲了艾丽的事和我们得到的新任务。

"我就知道。"里昂马上说，"在阿瓦隆时我就想到了。"

"想到什么？"

"斗士们为什么要把我们派到新科威特来？代价高不说，还无利可图！"

"可还是让我们来了。"

"所以他们是有别的目的。我们其实是敢死队。"

"什么意思？"我警觉起来。

"我在梦里听说过。敢死队就是——训练一些普通人，然后派去执行非常危险的任务，一般都有去无回。斗士们明白，必须有人做出牺牲，完成重任……于是就想利用我们。"

里昂说这话时一本正经。他坐在窗台上字斟句酌，我站在他跟前屏息静听。

"为什么偏偏挑上我们？"

"哈！这不是显而易见吗？我们本就来自新科威特！不会有人对我们刨根问底，怀疑我们为帝国办事。他们找不到任何证据！"

"鞭子就是证据。"我没有完全相信里昂的解释。

"那也未必……你可以说是从斯塔西那里偷的啊。"

"斯塔西不会让我们去做玩儿命的事，"我态度坚决，"绝对不会！"

里昂耸了耸肩，“也许吧。可你怎么就能断定他把一切都告诉你了？他是斗士，斗士的本性比军人或警察要冷酷得多。这不光是纪律的问题，他们的头脑就是那么设计的，执行命令是他的天职。就算斯塔西知道我们此行的真正目的，他又能怎么样？”

我回想起斯塔西和我们告别时的情景，愁绪油然而生。

他当时的确忧心忡忡。他不赞成派我们到新科威特来，但没法儿跟议事会争辩。

“那我们现在怎么办？”我不能不承认，里昂的判断合情合理。

“完成任务。”里昂说。

“可是……”

“不然能怎么样？”里昂甚至笑了出来，“继续在这里躲着？他们早晚会找到咱们的。就算找不到，等舰队来轰炸新科威特，大家就都完了。最好还是执行命令，那样总还有一定的机会生还。冒冒失失地跟伊涅伊对着干，或者跟斗士们顶着来，那是大笨蛋才会干的事儿！”

他思索了片刻，又沮丧地说了一句：“真不该把那些女孩儿也给牵连进来！她们本来可以在森林里平安无事过日子的。”

“你这是在怪我？”我说，“都是我……要不是我救下了等离子鞭……”

“别瞎想了，不管怎样我们都会被派过来的。”里昂满不在乎地挥了挥手，“没准儿，把鞭子给你，不是为了检验你的忠诚度，而是一种激将法。就算你不拿鞭子，他们也会想办法塞给你别的什么东西。”

门响了一声，彼得走了进来。他是没被伊涅伊洗脑的孩子之一，不过他的日子过得也不比那些冰冻者好。他阴郁地看了我们一眼，开口问道：“你们是在抽烟吧？”

“没有。”我回答，“只是闲聊一会儿。”

“闲聊……”彼得显然不相信我说的话。他凑近了一些，用鼻子使劲儿嗅了嗅。当然，我们身上一点儿烟味都没有。不过彼得反倒愈发来了精神，“嘿，哥们儿，让我也来几口？”

"胡说，我们没喝酒！"我又气又急，"不信你看嘛！"

我从窗台边走开，转了一圈。我身上只穿着裤衩背心，哪儿有地方藏酒瓶子？里昂没有学我转圈，但在窗台上挪了挪地方，好让彼得看清楚，自己身后也什么都没有。

"俩傻蛋。"彼得颇为失望，边说边用手指头在额头边画了个圈儿。

2

艾丽没跟我们一起去。

她连人影儿都没出现，根本没想着确认里昂是否同意执行命令，仿佛对里昂的决定早已了如指掌。

说实话，我并没因此而失望。没了这个颐指气使的阿瓦隆女孩来指手画脚，我还真巴不得呢！

白天的时候，娜塔莎在餐厅里找到我们。我们手端托盘，排队用微波炉加热食物。餐厅里只有两台微波炉，队伍移动得很慢。前方有人懊丧地骂出声来——他的汤碗在炉里爆炸了。都怪他自己，没有把碗的盖子取下来。

"今天，"娜塔莎一脸微笑，但眼神显得紧张又沉郁，"咱们吃完饭在凉亭见面。"

我顿时没了胃口，勉强吃了点儿饭——肉排配土豆泥、绿豆汤、蔬菜沙拉和糖煮水果。只有沙拉是厨师自己做的，其他都是即时加热的半成品。厨师这个职位实在是多余，他们只逢周五和周末才亲自做上点儿东西。

我和里昂几乎没有行李，除了我的鞭子，而鞭子也是随身携带的。出了餐厅，我们就直奔凉亭而去。

娜塔莎不在亭子里，而是坐在外面的草地上。夜里露重，草丛湿气犹存。娜塔莎双手后撑，仰头看着天空。我不由得也朝天上看去，但并没有发现什么特别的。有一艘飞船正准备降落，拖出一道细长的航迹。

“我们来了。”里昂开口说，“你看见什么了？”

“飞船。”娜塔莎回答的时候并没有转身，“好漂亮啊，是客运飞船，从伊涅伊来的。”

我浑身一激灵，猛然想起了卡利耶的穹顶区，还有达伊卡坐在河边对我说的话……

“娜塔莎，你想过要当一名飞行员吗？”我问。

“女孩没法儿当飞行员啊，傻瓜。”她迟疑了片刻才回答。

“别管那个。你自己想过没有？”

“想过。”

里昂当然不明白我为什么这样问。而我此刻突然意识到，自己以后再也不会用“货色”这类的词来形容女孩了，哪怕是最不招人喜欢的女孩——比如自以为是的艾丽——我也不会再用轻蔑的态度来对待她们。

“我也想过。”

听到我这样说，娜塔莎用一种异样的眼光看了看我，大概这让她觉得，我早就知道自己注定当不成飞行员。

“你们两个准备好了？”她问我们。我点了点头。

“车在街口等我们，不远，会一直送我们到别墅。”

难道行动就在今天？

这也不奇怪。斗士们办事从不拖延。

“走吧。”我努力露出笑脸。真是不可思议——两个男孩和一个女孩在敌方星球身陷重重追捕，却要去追杀一个亿万富翁。还没做好万全准备，就这么轻装上阵了。

我真是笑不出来。

等着我们的是一辆普通出租车。我还以为，要执行如此重要的行动，一定会有一批抵抗组织成员前呼后拥。可实际上却只有这么一辆再普通不过的、国有出租车公司的橙黄“鲑鱼”。开车的司机还是个冰冻者——我现在已经学会如何区分冰冻者和正常人了。

“去蝴蝶公园？”司机非常友善地问。

“是。”娜塔莎笑意盈盈地回答，“那里很美，对吧？”

“没错。”司机颇为认同。我们赶紧上车。里昂想坐在前排，但司机很坚决地摇了摇头，“十六岁以下儿童禁止坐前座。”

娜塔莎又问了两个问题，司机便兴致勃勃地给我们讲起了那个公园。冰冻者都有这个特点，谈起某个话题来总是不厌其烦。一旦察觉别人对什么东西感兴趣，他们非得把自己知道的一切都讲出来不可。娜塔莎是故意向司机提问的，为的是让他沉迷其中，顾不上问我们乱七八糟的问题。

不过，有关这座蝴蝶公园的故事的确很有趣。人类最开始在新科威特殖民的时候，这里还没有哺乳动物，只有昆虫类、爬虫类和某些很原始的鱼类。人们很快发现，新科威特的昆虫无法和来自地球的动物共生。地球的浮游生物进入新科威特的海洋后，本土鱼类也开始奄奄一息。于是人们建立起了两个生物保护区，一个在海上，一个在陆地。不过，这两个保护区都在远离首都的另一块大陆上。于是，人们在阿格拉巴德附近造出了一座大型隔离穹顶，跟卡利耶的穹顶区类似，用以保留“天琴座第四行星”（也就是新科威特）一部分的原初自然环境。这里有土生土长的草木、本地蝴蝶、甲虫和蜥蜴类爬虫。这座蝴蝶公园的美丽有口皆碑。大蝴蝶尤其引人注目，有些蝴蝶的翅膀展开足有二十厘米宽，颜色也特别鲜艳。此外，它们几乎都能发出荧光，因为求偶活动都是在夜里进行的。

“我小的时候，”司机滔滔不绝地讲着，“也特别喜欢去那座公园。要是父母允许，我更爱在晚上去。那时候，要是遇上蝴蝶的繁殖旺期，你可以花钱买张特许证，用网兜扑蝴蝶。想捉住蝴蝶可不容易，得看运气……我到现在还保存着四个标本呢。真是漂亮啊……”

“现在不行了吗？”里昂问道。

“不行了，他们说这样做不人道。”

“真可惜。”里昂叹了口气，“真想当个蝴蝶猎人。”

他侧过脸看了我一眼，像是在询问我，他是不是应付得很出色。

但这个蝴蝶猎人笑话没能让我开心。

实际上，我们的目的地并不是公园。可总不能对司机说“去政府别墅‘绿松石馆’，我们要在那里逛逛”……

刚一驶出城界，穹顶就出现在视野里。从远处看，穹顶显得很小，但我一眼就认了出来——标准的L-2型殖民区穹顶，直径九百米，高七十米。卡利耶的宇航空港也使用这种穹顶，只不过没有银色的防辐射屏面……一想到卡利耶，我不由得叹了口气。卡利耶的穹顶散布在矿井和露天矿场周围，带陶瓷防护板的巴士在穹顶之间来去匆匆。说来奇怪，那颗环境恶劣的星球有什么值得我挂念的呢？

但我此刻的确非常难过。

“送你们到公园门口？”司机问道。

“对，麻烦您啦。”娜塔莎礼貌地回答。她俨然扮演起了领头人的角色。一个女孩指挥男孩行动，一般人都会感到好奇，可司机并没什么反应。大概是因为他们都热爱女总统茵娜·斯诺？

司机停在路边，我们下了车。车费已经事先付过，司机向我们摆摆手，马上开走了。

“行动开始？”里昂问。

我们并没有展开任何行动，而是绕过停满私家车和旅游巴士的停车场，来到了附近的小商店，每人买了个冰激凌。大人们看到这幅情景，便不会对我们有任何怀疑。如果见到一个少年满街闲逛，人们总会怀疑他有什么不轨行为；可他要是吃着冰激凌，大家就只会把他看作一般的小孩子。所以，我们并不急着吃，只是将包装纸撕开。冰激凌冻得够硬，就这么拿在手上，一个小时都不会化掉。

穹顶的周围有宽一百米左右的沙土环带，一条条水泥小路彼此间隔着，各自穿越环带，引导人们进入穹顶。看来这是隔离带，为的是防止地球植被侵入穹顶区。隔离带内部还有一圈规整的绿草地，再往里，才是被保护的原生植被系统。我们选了一条小路穿过隔离带。

“咱们往右，沿着穹顶的边缘走。”娜塔莎低声说，“看，一直走到那座公园。那里会有一条小路，沿着路往前走，就能看见一个‘私人领地’的指示牌。从那里再往左转，一直走到溪水边，然后沿着溪水一直走到围墙。那段围墙的警报系统会在十七点零七分的时候断开。我们要在十七点十二分翻过围墙，并且在两分钟内跑到离围墙一百米以外的地方。”

“那里是公共区域吗？”里昂问。

“是花园。”娜塔莎稍加说明，“再花上十分钟稍微歇歇，躲在喷泉的后面等巡逻队过去。”

“什么喷泉？”里昂很好奇。

“我哪儿知道？艾丽说会有喷泉。巡逻队一过去，我们就赶紧往别墅跑，从后门进。进去后先躲在二楼，或者三楼。别墅内部的警报系统没有启动，是贝尔曼自己要求的，他不喜欢任何监控设备，还自己随身带着干扰仪……真是活该。贝尔曼和女儿晚上七八点会来到别墅，我们就在那时把他们解决掉。”说到这里，娜塔莎的语气依然非常平静，“二十一点十三分从原路返回。要是我们能严格按照时间表行动，就不会有任何问题。完成任务后就可以回公寓睡大觉了。”

“我们要买张公园的门票吗？”我问，“可以用作不在场证明……”

“不在场证明？要是买了门票，电脑就会记录下我们进出穹顶的时间。那不是留下证据了吗？”

“事情暴露以后，司机会把我们供出来的。”里昂说出了自己的担忧，“我是说万一，他毕竟是个冰冻者……”

“艾丽说了，司机那边会有人去处理。”娜塔莎打断了里昂的话。

我浑身一震，“什么意思？”

“就这意思！”

“这跟说好的不一样！”我大喊起来。

“我们可没说好任何事！”娜塔莎的眼里冒出了怒火，“这是战争，奇克列伊！是真正的战争，你不明白吗？”

我怎么能不明白呢？我们来这儿可不是为了跟贝尔曼和他的女儿一起喝茶……大寡头要背叛帝国，这是罪有应得。可出租车司机呢？他不过是被洗脑的普通人，是受害者，并没有任何过错。

“反正这不对。”我说，“不应该这样做。”

“不可能有别的解决办法。”娜塔莎仍然怒气冲冲，“这是战争。是不是，里昂？”

里昂转眼看向别的地方，既不理娜塔莎，也不理我。

我没再说什么。

我们贴着穹顶的边缘走着，不时看看透明围墙里的小世界。那里生长的树木跟外面的不一样，叶子是深色的，树干是圆环形的，表面覆盖着绒毛。树叶之间，不时有东西闪闪发亮——那大概就是蝴蝶吧？可惜从外面没法儿看清楚。我心里想，如果任务顺利完成，得找个机会去穹顶里好好看看。

可怎样才叫顺利？

把贝尔曼和他的女儿杀死？

我真想大哭一场，不是抽泣，而是号哭，像婴儿那样。抽泣是出于痛苦，而号哭是因为无助。

“警卫会把我们打死的。”娜塔莎突然冒出一句，“我不相信艾丽能把所有事都搞定。我不信！”

听了这话，我突然一个激灵。可不是吗？怎么保证我们一定能绕得开警卫？艾丽那个自以为是的丫头完全可能言过其实，实则百密一疏……警卫应该不会射杀我们，毕竟我们肯定不会先向警卫挑衅。可逮捕是一定的——这倒是不错的出路——我们乖乖地执行任务了，可没能完成，这可不是我们的错。要怪就只能怪斗士自己，谁让你们派一帮半大孩子来承担如此重任呢？

“你小声点儿。”我提醒娜塔莎，“动静太大了。”

娜塔莎惊讶地看了看我，但没说什么。

我们悄无声息地沿着小路走进了公园深处。附近没有人影，小路上人迹罕至，衰草丛生。头顶上时不时有啾啾鸟鸣，但看不见鸟的踪影。

“这里可真美……”里昂轻声低语。我没打算责怪他。

那块标识着“私人领地”的指示牌看上去很旧，有些掉漆。牌子竖立在小路正中间，一个低矮的水泥墩子上。旁边还有一盏射灯，为了来客能在天黑之后依旧看得清牌子。但射灯的外罩早已经被打破，里面的灯泡也被人拧走了。我们走到墩子前，听话地转向一边，走到了溪水旁。

“我们能走到围墙底下吗？”我问娜塔莎。

“要保持至少十米的距离。”娜塔莎回答我。

沿着溪水没走多远，我们就看见了别墅的围墙。围墙并不算高，一米半左右，是用灰色的水泥板筑成的，贴近地面的部分已经布满了青苔。水泥板的表面有一道道横条，仿佛在故意诱人向上爬。围墙的上方横贯着一圈纤细的金属丝——那是警报器的感应线。墙边长着很多树，但并不结实，没法儿借助树枝跳进墙里。

“咱们等着吧。”娜塔莎对我俩说。

我们坐在灌木丛里等待，一点一点把冰激凌吃完。娜塔莎时不时看看手表，后来干脆把表摘下来放在自己前面。里昂倒显得尤其镇静，他用舌头舔着冰激凌，咂巴着嘴慢慢品味。我和娜塔莎都吃完了，他还在舔，也根本不去看表。

“做好准备。”娜塔莎的声音里透着紧张，“还差一分钟。”

里昂一口把剩下的冰激凌吞下肚，舔了舔包装纸，把它扔进小溪里，又在水里涮了涮手，然后蹲下身来，随时准备一跃而起。

“还差二十秒。”娜塔莎理了理自己的头发，又看了我们一眼，然后急切地用手画了个十字。她的脸突然红了，好像吹了寒风一样。

可我一点儿也不激动。我只希望立刻被抓住，然后一切就能尘埃落定了。

“开始！”娜塔莎一个跃步，直奔围墙而去。

但里昂跑到了她的前面。到达围墙边后，他跪了下来，双手撑住水泥板。娜塔莎明白了他的用意，很轻盈地登上里昂的后背，纵身一跃，翻过了围墙。我紧随其后。我踏上里昂的背时，他咳了一声。我没有翻过墙头，而是稳住身形骑在墙上，朝里昂伸出手去。他抓住我的手，向上猛蹿，我们俩一起跃到了围墙的另一边。

墙那边俨然是另一个世界！

外面荒草连天，秋风习习，而墙里却是一派夏日景观。园林布局优雅，照料得十分精心，干净的小径错落其间。溪水流过装有加固铁网的洞口穿墙而入，不再哗哗倾泻，而是涓涓流淌。四下里格外温暖，甚至有些热，一群群蝴蝶在花坛上翻飞起舞，虽不像穹顶里的蝴蝶那样大而鲜艳，但格外惹人喜爱。他们大概对别墅区域进行了气候控制，那可真是耗资巨大，不过政府也不缺钱。

“快！”娜塔莎扫视了一下四周，低声下令说，“往前跑！”

我们向前猛跑，顾不上看脚下的路，时而沿着碎石小路狂奔，时而干脆踏上草地，穿过树林。一百米的距离只花了半分钟时间，可我们没看见喷泉。里昂伸手往右一指，叫道：“在那儿！”

果然，这座喷泉其实十分惹眼。它的面积很大，光是水池的直径就有二十来米。池里水很满，正中央有一组雕塑，造型非常奇怪：一个身穿老式宇航服的青铜巨人在水中挺立，一手遮挡着淋到面部的水流，另一只手端着激光枪，手指紧扣扳机；他的背后是一组人物群像，主要是妇女和儿童；人群的后方有一块巨石，石头表面的浮雕是一些人物的局部造型。巨石周围分布着歪七扭八的水管，水流从中喷出，升空的高度有三米左右。

“真是难看得可以！”里昂禁不住感叹道。

“进水池。”娜塔莎给了我俩指示。我们蹚着水进去，混进了那群覆满绿苔的湿漉漉的青铜人像之间。娜塔莎做出决定：“我们就在这里等一会儿。”

站在雕塑中间的感觉很滑稽。我摸了摸身旁一个青铜小女孩的手，她睁着没有眼珠的眼睛看向巨人，一副满怀希望的样子。

“这是个什么雕像？”我随口问了一句。

娜塔莎先是不屑地摆了摆手，然后说道：“可能是为了纪念首次登陆新科威特。当时有一架登陆机坠毁在丛林里了，全靠一名飞行员，才把几乎所有乘客都救了出来。”

“哦，也就是说，这座喷泉就是漏油的燃料箱喽？”里昂阴阳怪气地说。他显然很不喜欢这些雕像。

“别吱声！”娜塔莎低声说，同时靠紧了石头。

我俩不再说话，藏进了青铜群像中间。过了一分钟，小路上出现了巡逻队——两个男人和一个女人。

水池里的飞行员雕像大得像个巨人，这些警卫人员也不遑多让。不同之处在于，他们穿戴的不是老式宇航服，而是陶瓷材质的轻便战甲。隐形防护面罩没有开启，武器也没在手边，他们显然并不认为会遇到什么麻烦。那个女人既没穿战甲，也没拿武器，完全是日常装束，穿着凉鞋，手里提着一个不算大的塑料手袋。我们屏住呼吸，偷听他们的谈话。

“他一天不换新的警报线，我们就得继续这么东奔西跑。”女人听起来非常愤怒。她应该没有被洗脑，否则说起话来不会如此情绪丰沛。

“多一份文件他都不愿意签呢！”一个警卫对女人表示支持，“生怕别人想起他来，逼着他退休。”

“我得写份儿报告。”女人继续咬牙切齿地说，“每天都闹出点儿故障，这得到什么时候……”

他们一边说话，一边不慌不忙地走着，朝围墙的方向去了，一眼都没往喷泉这边看。等到那几个人的身影消失在树林里，说话的声音也听不见了，娜塔莎才挺直了腰，对我们说：“好了，开始行动……”

我们从水池中出来，朝着藏在花园深处的房子跑去。那是一幢很漂亮的房子，带着圆柱和尖顶，大门上方还有带棚顶的凉台。我暗自期盼着能有人把我们喝住，可再没见到半个警卫人员。我们没有从大门进去，而是绕到了房子后面。娜塔莎惊喜地朝某个地方一指，那里有一扇不大的木门，正半开着。

“那儿!”

我觉得，这门是特意打开等着我们的。应该是那个跟警卫在一起的女人打开了这扇门，还切断了警报系统。她大概是负责安保系统的专家……

“奇克列伊，你还在磨蹭什么?”娜塔莎叫我。她跟里昂已经往门里迈步了。

我回望了一眼安静的花园，然后认命地跟着他们走进门里，来到一间小小的前厅。娜塔莎气哼哼地把我推向了一条不知通往何处的走廊，她自己则弯下腰去，用一块抹布仔细地把我们留在地板上的湿脚印擦干净。我看向里昂——他一脸委屈，上身光着。原来那抹布是里昂的衬衫。

“我之前没有考虑到这一点。”娜塔莎一边轻轻擦拭足迹，一边退向走廊，“把鞋脱下来吧，咱们光着脚走。”

神机妙算往往会败于细节上的不慎。要是有人一直跟踪我们，就算警报系统被关闭了，我们也无处可逃。脚印会彻底出卖我们，就像中世纪那些关于边防军和反间谍的故事情节。如果我们这次能幸免于难，全要感谢娜塔莎的谨慎。

我们路过了几个陈设简朴的房间。一间房里只有监控台和几块显示屏，另一间房里放了沙发和座椅，应该是警卫人员的休息室。再往前走，沿途的房间陈设变得丰富起来，但也说不上奢华。有些是带床和衣柜的卧室，有些是摆放着电视机和转椅的起居室……还有一间厨房，面积超大，设备齐全。里面有两台微波炉、普通的燃气炉灶，以及多开门的烤箱、炸锅、食品加工机和一大堆我叫不上名字的器具。

“这些房间都是供服务人员使用的。”娜塔莎边看边跟我们解释，“别墅里有时候要举行大规模的招待会，一次要接待好几十人呢……我们往这边走。”

走出厨房，穿过一扇左右双开的大门，我们来到了餐厅。

这里堪称豪华！

餐厅里有一张巨大的椭圆形餐桌，由浅色的实木制成，椅子都带有高耸的雕花靠背。墙上挂着几幅油彩绘制的风景画。透过窗户可以看到花园，还有我们藏身的那座喷泉。不知为什么，从这里看过去，花园里的景致更加漂亮。

“现在去哪儿？”里昂问。他显得有些不知所措，因为这间餐厅实在太过空旷，太过明亮，也太过雅致。

“咱们上楼。”娜塔莎做出决定，“那里还有间挺大的餐室，还有客房。”

里昂不住咂舌。

我们走出餐厅，上了楼梯。楼梯挺宽敞，漂亮的地毯被一根根漆金的细杆固定在台阶上。到了二楼，我们开始寻找贝尔曼和他女儿的房间。这实在不容易，这一层共有十多间卧室，门都锁着。我暗暗想着，要是有一套开锁工具在手边就好了。就在这时，等离子鞭从我腰间倏地一窜，钻进了袖子里。

可不是嘛，有这么一件无所不能的斗士神器，还用得着什么开锁工具呢？

鞭子只花上不到一秒钟的时间便能打开一道门锁。看来那些锁并不复杂。我猜想，等离子鞭一定是先扫描门锁的构造，确定电路中各部分使用频率的高低，接着就能精准地输入密码，不用一一尝试数字组合。

前六间卧室没有住人的迹象，第七间初看上去也不像有人住，但娜塔莎出于谨慎往浴室里多看了一眼，结果发现那里有牙刷、刮胡刀、古龙水和一些男士化妆品。又一番仔细搜寻之后，我们发现，这间一丝不苟、一尘不染的房间里确实住着人——衣柜里有几套正装、十来件衬衫和领带，床边还有一本侦探作家广史宏的作品集《带镜面密封头盔的宇航服》。这本书我读过，很有意思，不过基本上算是儿童读物。

接下来的两个卧室是空的。我们来到第十间卧室。从浴室里的化妆品判断，这里应该住着贝尔曼的女儿。她的床头也有一本书，但比父亲床边的那本严肃多了——《政治动荡条件下的企业发展方略》。

“在学公司管理呢。”里昂带着嘲讽的腔调说，“看看人家，呵呵……可不像我们这些乐天派。”

我和娜塔莎不约而同地怒视了一眼里昂。

“啊，我就是……有点儿紧张……不好意思啊。”

“说话也不先过过脑子……”娜塔莎嘀咕了一句，“你找什么呢？”

里昂正往衣柜里看，听到娜塔莎问他，便回过身来，“你把我的衬衣拿去了，我就一直这么光着身子不成？这件背心怎么样，适合我吗？”

那是件蓝白相间的纯棉无袖短衫，虽然颜色鲜艳，但男孩穿着也挺合适。我耸了耸肩，里昂立刻穿上了。娜塔莎也不置可否。现在这情形，偷东西已经算不上什么大事了。

“贝尔曼父女俩回来，会先回各自房间换衣服。”娜塔莎分析道，“应该不会有服务人员在场，所以他们是独自一人……咱们可以分头行动，我跟里昂对付贝尔曼。而你，奇克列伊，对付女儿。”

“为什么是我对付女儿？”我着急了。

“你有等离子鞭。”

“那又怎么样？难道她比一个成年男人还厉害？”

娜塔莎叹了口气，“贝尔曼差不多有七十岁了，而且特别胖，大肚子像河马。而他的女儿是运动型的女孩儿，还受过训练，会格斗术……没准儿还随身携带武器，你可不能掉以轻心。”

“你们怎么对付贝尔曼呢？”

“闷死他。”娜塔莎说得很干脆，“你办完之后来找我们。”

再争辩下去已经无济于事。我本想说自己不能对一个女孩下狠手——就算她是个混蛋，想要背叛帝国——但最终还是忍住了。箭在弦上，无路可逃。

“你最好藏进浴室里。”娜塔莎向我建议，“万一她不是独自一人进门呢？我们也要藏起来，等贝尔曼一进浴室，我们就从背后动手。”

“我们用什么家伙呢？”里昂煞有介事地问。

“走廊尽头应该有个健身房。我们去拿上两个哑铃，或者再带上点儿有分量的东西。不过得悄悄过去，没准儿警卫已经回来了呢。”

“走吧。”里昂点了点头，“加油，奇克列伊，别畏畏缩缩的啦。”

“我们等着你啊。”娜塔莎补充了一句。

娜塔莎和里昂出去了，留下我一个人在房间里。他们的动作如此干脆利落，我根本来不及反应。现在，我只能像个无头苍蝇似的在房间里转来转去。这间房里还有一道门通向另一个房间。我打开门看了看，好像是个会客室，空空荡荡的，应该没人进去过。我回到卧室，走到窗前，往花园里看去。从这个方向看不到喷泉，但能够看到园林深处的一个水池，还有些体量不大、但足够精巧雅致的建筑物。空中流云徐徐，太阳正向地平线滑坠。一切都显得静谧安详，如梦似幻。我离开窗边，带着一种莫名的好奇心来到衣柜前，开始翻腾亚历山德拉·贝尔曼的东西。

细数别人的东西是一件饶有趣味的事。柜子里挂着些长裙、短袖衫、短裙、裤子和毛衣什么的，数量多到足够给“罗斯托克”公寓里的孩子一人发一件。光是鞋就有十来双——有便鞋、运动鞋和靴子，还有一种特制的鞋，我叫不上名字，不知道是用来运动还是跳舞。衣柜的隔板上还放着成堆的新衣服，连包装都没拆过。我捡了一件打开，发现里面是带花边的粉红色内裤，我脸上一阵发烫，赶紧扔下，关上了衣柜门。

真是见鬼！我明明正准备杀死亚历山德拉·贝尔曼，一个我从未谋面的女孩，但我为什么会对她如此好奇呢？那些杂物根本不值得关注，可是……

太羞愧了。

可我无法控制自己，继续在衣柜里翻腾起来。

有钱人总是要随身带很多东西，大概他们真的用得到。就算他们去另一颗星球出差、谈判，也还是会找时间看戏、就餐、观光名胜、出游打猎……除了衣物，柜子里还有许多别的东西。比如，一个小箱子里面装满了美发工具，光是吹风机就有三个。浴室里不是有很好的吹风机吗？为什么要自己带？一只精巧的手提袋里装着小药箱，新科威特难道没有医生吗？也许贝尔曼父女俩不信任这里的医生？首饰盒没有上锁，里面放着各种珠宝首饰。有些是一般的金银宝石，有些则十分罕见贵重，连我都认得出。但我也只是在各种电视剧和新闻里看见过。其中一条项链是用"隐形钻石"做的，这种矿物有正式的学名，但我忘了。我好奇地拿上项链走到窗前，想借着亮光看个仔细。奇怪！铂金的环扣上好像什么都没有，一些普通的钻石颗粒和隐形钻石相隔着连接起来，看起来仿佛毫无依托地悬在空中。我用手触碰了一下——那些隐形钻石的确存在。最大的一颗钻石上甚至隐约可见我的指纹。真是神奇。

还有一种用连心石做成的耳环，可以随着主人的心情而变换颜色。我把一只耳环贴到自己的脸上，原本奶白色的宝石很快变成了醒目的红色。没错儿，我此刻的确忐忑不安、忧心忡忡。这种首饰应该只有那些对自己信心满满的人才敢戴，要不然，你的喜怒哀乐和真情假意都会暴露在别人面前。

我把首饰都放回了盒子里，摆回原来的位置。我不是小偷，不想拿走这里的任何东西。虽然这些小玩意儿中的任何一个都能……

都能怎么样呢？

抵得上卡利耶的一份生活保障金？可无论如何，妈妈爸爸还是无法活过来。

也就是说，它们对我来说毫无价值。

我一边看着表，一边在房间里来回转圈。时间还太早，我便又开始翻腾床头柜，找到了几本书——有经济学书籍，也有普通的畅销小说。我拿起一本广史宏的小说集（现在我知道贝尔曼是从哪里拿到那本侦探小说当作睡前读物的了），翻到《一名慷慨学者的案件》一篇。广史宏的小说十分精彩，能让人一读再读而不觉厌烦，哪怕你已经知道谁是罪犯。不过，这一本我还没读过。

我没敢冒险坐到床上，床铺整理得太过整洁了。屋子里的几把软椅看起来很舒适，可坐在那里看书容易出神，我就没法发现贝尔曼父女是不是回来了。

于是，我坐到了门边，把门微微开了个缝儿，以便能听到楼下的任何细微声响，接着便读起小说来。这是一个克隆侦探和他忠实朋友的历险故事。起初我还有些心不在焉，但后来逐渐静下心来，完全沉浸在了故事之中，一口气读到了接近真相的地方。小说情节扑朔迷离，山重水复。到了最后，大侦探说出了自己那段著名的独白：

“……当然，我不过是个克隆人。可是，你们也不要忘了，在必要的时候，一个真正的人也会毫不犹豫地做出卑劣之举！我们来想象一下这样的场景：三天前，午夜时分，在藏书室里，灯光熄灭了。静寂之中，听见一阵轻轻的窸窣之声。只有你们，在座的各位，才有可能从因为疏漏而没有关好的保险柜里拿走那张光碟。难道不是吗，上校？”

“您这是在暗示什么？”军官大叫起来，手中的烟卷落到了地上，“我这里也被搜过了，和所有人一样！我能把这张混帐光碟往哪里藏呢？”

“这正是我百思不解的。其实我从一开始就知道罪犯的名字……”

读到这里，我听到了楼下的脚步声。片刻之后，又传来了一阵响动……是大门打开了吗？

我赶紧起身，合上小说。到底谁才是偷走光碟的案犯——是霍华德上校、阿纳斯塔西娅修女、黑客欧文，还是交响乐团里的哪位乐手——我最终也没搞清楚。我掩上房门，在屋里走来走去，犹豫着该把那本书放回原处，还是留在身边。最后，我决定把书放回床头柜。在最后一刻，我还是忍不住把书翻到了最后一页——“是的，我的朋友。

这就是第二长号手辉煌的职业生涯的结局”。

切！第二长号手，那个暗恋女指挥的家伙！我真是完全没有怀疑过他！

我迅速扫视了一遍房间，检查一切是否正常，然后躲进了浴室。我站在浴室门的右侧，按摩浴缸的旁边。书里那些机关算尽的计谋、引人入胜的转合，以及尴尬可笑的遭遇全都结束了。眼下才是真正的险境，真正的磨难。

亚历山德拉·贝尔曼在五分钟后走进了卧室。这期间，我一直站在黑暗的浴室里，等离子鞭紧贴在我的右臂上。我还没做好杀人的准备，而鞭子早已严阵以待。对它来说，这件事轻而易举，它就是为此而存在的。

一声门响，脚步声近在咫尺。有什么东西砰的一声被扔到地上。就这么站着干等实在煎熬，我真想看看是怎么回事。浴室的门没有关死，留了很细很细的一条缝，我终于还是没忍住，小心翼翼凑近一只眼往外看。

一个女孩站在窗边，正在往楼下望。从背影看，她应该比我还小，头发是浅色的自来卷，穿着苏格兰花呢短裙和军绿色的短袖衫。她耳朵上细小的耳环晶莹闪亮。

见鬼，真是出师不利。她如果是个身强体壮的大块头姑娘，我动起手来会自在得多……

女孩把双手抬到了胸前，我没马上反应过来她要干什么。直到她抓着短袖衫，把它从头顶脱下来，随手甩到地上，我这才意识到她是在脱衣服。该死！

我赶紧把头从门缝处扭开，耳根子也开始发烧。这可真是丢人现眼，偷偷翻女孩的东西不说，还偷看人家脱衣服！要动手就赶紧动手啊！

等我定了定神再往外看去，亚历山德拉这时候已经脱去了短裙，身上只剩下三角裤和胸衣。不过对她来说，胸衣实属多余，只是为了显得成熟而已……

“这破烂儿真是讨厌死啦！”亚历山德拉突然大声叫起来。她说起话来是伊甸园星口音，听起来不像是在叫骂，倒像是在朗诵诗歌。随后，她把双手伸到背后，开始解胸衣。我不由自主地从门边仓皇逃离，结果膝盖撞到了浴缸上。站定之后，我抬起了右手。亚历山德拉应该是想洗澡，所以才脱光了衣服。等她一走进浴室，我就会发动攻击，让她没时间害怕，没时间惊慌……哎，为什么偏偏是我来解决她呢？

亚历山德拉赤脚走在地毯上，几乎没什么声音，但我能够感觉到她正在靠近。右臂上的等离子鞭迅速地向前挺直，微微抖动着，开始蓄积等离子束的能量。

千万不能慌……

在灯亮起来的同时，浴室门也打开了。

突然亮起的灯光让我僵在原地不知所措，完全忘了要攻击亚历山德拉。就在这瞬间，门打开了。

我呆呆地站着，右臂伸向前方，鞭子也保持着开火的架势。

在我面前，在浴室的门口，站着一个赤裸裸的男孩。

一个小男孩！

怎么会这样？难道贝尔曼骗了所有人，他的孩子不是女儿，而是儿子？

“要是打扰到了你，那我等会儿再来。”这个“贝尔曼的女儿”格外镇静，“可你应该把门锁上才对。”

刚才那种悦耳的口音消失了，他现在说起话来铿锵有力，完全像是个……嗯，阿瓦隆人。而且，那嗓音也让我觉得耳熟。再看那张脸……要是把那傻里傻气的鬈发摘掉……

我后退几步，离开了浴缸，擎着鞭子的手臂仍然对准这个假冒女孩的小子。我是不是在哪里见过她……他？

“你在这里搞什么鬼，奇克列伊？”小男孩先发问了。

“你是谁？”我慌乱地喝问。

“我是那个穿大衣的男孩！阿瓦隆行星，卡米洛特，实验社会学研究所，六号电梯，二层半。你又在这里搞什么，小家伙？”

我放下了胳膊，鞭子也缩进了袖子里。我认出来了，他就是那个建议我和里昂不要来新科威特的小斗士。

“真是莫名其妙……”我压低声音问道，“亚历山德拉在哪里？”

“被软禁在家里，跟她老爸一起。你要是不准备开火，那我可要穿衣服了。”

我哑口无言，只点了点头。难道法戈斗士冒名顶替贝尔曼父女潜入了新科威特？我差点儿就开火了……

“你也不必后怕。我都出现在你面前了，你的鞭子还没开火。也就是说，你并不是真的想杀人。”小斗士已经回到了卧室里。他好像读出了我的心思。

我拖着僵硬的双腿从浴室里走出来。小斗士已经穿好了衣服，动作一如既往的快。他现在一副中性打扮，穿的不是那身短袖衫和短裙，而是衬衫、牛仔裤和运动鞋。显然，他并不喜欢穿女孩的衣服。

“你叫什么名字？”我问道。

“亚历山大。”小斗士边嘟囔，边不耐烦地把一对耳环夹到自己的耳朵上，“你到底在这儿干什么？你是怎么到这儿来的？”

“地下组织决定把你们解决掉……”

“真该揪着你的耳朵揍上一顿。”亚历山大得意扬扬地说，“你就该挨顿鞭子，然后去不良少年学校接受训诫。”

“我已经去过那儿了……”说着说着，我突然想起了什么，“你爸爸！”

亚历山大顿时脸色惨白，“快走！不，先等等……”

他先探头往外看了看，然后对我点了点头，随即蹿到了走廊上。

我紧随其后。

贝尔曼卧室的房门没上锁。我俩几乎同时跑了进去。

一个胖乎乎的秃顶老头站在房间正中央，若有所思地轮番看着里昂和娜塔莎——他们俩躺在床上一动不动，悄无声息，但好像还活着。

“不可抗力。”老“贝尔曼”说道。他转身看了看我，又摇了摇头，“这里还有一个……”

“你的奇克差点儿没打死我。”亚历山大凶巴巴地说，“你没事吧？”

“怕是要肿起来了。”假大亨挠了挠自己的后脑勺，“里昂的反应太剧烈。当然，一般人都是这样。他吓了我一跳。”

“活该。”亚历山大丝毫不留情面。

“嘘。”老头儿制止了他，然后问起我来，“奇克，你能不能跟我说清楚，你们怎么到这儿来了？你就准备一直像个木头桩子似的站着？”

“斯塔西，”我脱口而出，双眼不由自主地噙满了泪水，“斯塔西……”

出卖斯塔西的只有那双眼睛。虽然他的双眼变得像老人那般浑黄，可目光还是一如从前。

“斯塔西。”我像个傻子似的喃喃重复，眼泪夺眶而出。

斗士几步走到我身边，把我拥在怀里。他的大肚子结实又温暖，像真的一样。他的双手也变得格外苍老，血管暴突，皮肤干涩。

“好啦好啦……没事了，奇克列伊。他俩马上就能醒过来……你先冷静。”

“一切都完了……我们白白来到这里，把所有事儿都搞砸了，还差点儿干掉你们……”我嘟嘟囔囔地说道。泪涟涟的双眼让我感到一丝羞愧。亚历山大一定从来都没哭过。

“想干掉我们可没那么容易，孩子。跟你们在一起的女孩是谁？”

“娜塔莎……抵抗组织成员。”

“你们可真是够野蛮的。”斯塔西很生气，“女孩怎么能动手杀人呢？居然还赤手空拳！看看你们把她给逼成什么样了？这不是女人该干的事！”

“跟我们没关系，她原本就是游击队的。”我依然依偎在斯塔西身边，一脸委屈地对他解释，“是她指挥我们的。”

“明白了。是‘伙伴’行动队的吧？”斯塔西轻轻把我推开，仔细看了看我的脸，“去洗洗脸吧，我来帮这两位杀手恢复知觉。”

打开浴室门的时候，我感到心惊肉跳。我想象着娜塔莎和里昂是如何站在里面，准备给进来的人致命一击。没错，地上有一个哑铃，不远处还有一支棒球棍。一块地砖已经碎裂，显然是失手落下的哑铃砸的。

“别怕，那里再没杀手啦。”亚历山大尖酸地说，想必是发现我在走进浴室的时候有些迟疑。真是好眼力……

我先在洗手池里蓄了一些水，然后才开始洗脸。我到现在也没法儿改掉这个节约用水的习惯。镜子里的自己依然红着眼睛。随它去吧。

斯塔西来了新科威特。这可太好了。

我忽然觉得内心一阵轻松。我们总算没酿成大错。虽然抵抗组织把一切都弄乱套了，虽然我们的三人行动小组丢了脸，但这些都无所谓。斯塔西肯定会有办法的。我们一定能脱身回到阿瓦隆，远离这颗凶险又不幸的星球，远离邪恶的伊涅伊和它的总统……

回到房间里的时候，娜塔莎已经苏醒。她坐在床上，不停地用手撩着额头上的碎发。里昂也坐了起来，但双眼紧闭，像个木偶。斯塔西给他按摩着脖子，还时不时按压某些穴位。里昂偶尔发出几声哼哼，听起来很享受。

“真够傻的，”斯塔西边按摩边说，“两个人同时攻击一个走进门的人，不自乱阵脚才怪呢。虽说你们肯定得不了手，可这操作也太蠢了。”

“可我还是把你绊倒了。”里昂突然开了口。显然，他已经恢复常态，甚至已经明白了斯塔西在说什么。

“绊倒了……那倒是。感谢上帝，让我一眼就看清了攻击我的人是谁，所以没下狠手，这才让你得逞……头不疼啦？”

“还是有点儿疼。”

“那就没办法了。吃片药吧。行啦，你没事了。”

里昂睁开了双眼，面有愧色地看了看我。

这时，娜塔莎忽然说话了：“你们这是……”

亚历山大抿嘴笑了起来，明显是幸灾乐祸。

“现在不是笑的时候。”斯塔西打断了亚历山大，“孩子们，快告诉我，是谁要你们来杀人的？什么时候下的命令？为什么你们要听他的呢？”

“是艾丽。”娜塔莎一脸愧疚，“她是……”娜塔莎看着我，又追问了一句：“他真的是斗士吗？”

“千真万确。”我一口肯定。

“艾丽是抵抗组织成员。”娜塔莎接着说，“她告诉我们，抵抗组织决定清除伊甸园星来的富豪贝尔曼，说他准备投靠伊涅伊……”

“这里根本不存在什么抵抗运动。”斯塔西正色道，“不过是谢麦茨基搞了个游击队而已。伊涅伊为了达到宣传的目的，才没剿灭你们。‘伙伴’组织的每一次反抗活动、每一次物资打劫，包括你们那个毫无用处的‘抵抗运动新闻’节目，都被伊涅伊用来做帝国的反面宣传了。”

娜塔莎脸涨得通红，“这不是真的！”

斯塔西叹了口气，“不能更真了，孩子。我不想说任何贬低你们领导者的话，也不想贬低你们的队伍。可实际上，要是伊涅伊真的想打垮你们，你们一天都熬不过去。”

“可艾丽说……”

“你以前认识这个艾丽吗？”

“不认识，”娜塔莎愈发窘迫了，“是一位可靠的人向我介绍她的！是一个码头看守人，他一直在帮助我们。”

“他可能在行为文化部遭到了逼供，或者从一开始就是敌方奸细。而这个艾丽——就是个伊涅伊的特工。”

“她只是个小女孩啊。”里昂替艾丽辩解起来。

“娜塔莎也是个小女孩。”斯塔西笑了，“这确实很糟糕，孩子们。你们能理解这一切吗？”

“你的真实身份暴露了，对吧？所以他们才命令我们来把你干掉？”我恍然大悟。

“可以说是这么回事。”斯塔西点了点头，“不过还有可疑之处。要是伊涅伊真的识破了我们的假身份，那就应该立刻把我们解决，或者来个将计就计。派你们过来，这做法可不高明。除非……”

“是测试?”亚历山大推测说，“如果我们是真的贝尔曼父女……”

“如果真的是贝尔曼父女，孩子们就能得手。”斯塔西回答，“贝尔曼的女儿和贝尔曼本人会一命呜呼。伊涅伊不可能做这样的测试，贝尔曼对于伊涅伊来说太重要了。”

“也就是说，他们知道了我们的身份。”亚历山大语气平静，“真可惜。看来他们的确做了基因测试。”

斯塔西两手一摊，“伊涅伊没有贝尔曼家的基因图谱。再说，我们通过了标准化身份识别，他们没有理由再做复查。”

“可贝尔曼的女儿变成了儿子。”我忍不住插了一句。

“他们不检查这个。”斯塔西笑了一声，“我们也是别无选择，斗士中没有女性。而且为了完成这项任务，亚历山大必须在超空间跳跃过程中保持意识清醒。”

“我们还坐在这里干什么?”娜塔莎突然站起身来，“要是他们已经开始怀疑你们，或者已经查明了真相，那就应该赶紧逃跑啊!”

“只有弄清楚确切情况，才能采取紧急行动。”斯塔西平静地回答，“现在局势还是一片茫然，不能确定我们是否已经暴露，不能确定等待你们的会是什么，也不能确定……”

他看了一眼亚历山大，“你来说说，实习斗士，按照书上的说法，借鉴以往经验，现在应该怎么做?”

“继续以既定的身份行动。”亚历山大回答得很迅速。

斯塔西点了点头。

不过，亚历山大还没说完。他继续说道：“真正的贝尔曼父女如果能化险为夷，制服行凶者，一定会亲自审问他们，可能会严加拷问或展开心理攻势。审问之后，他们要么杀掉行凶者，要么把他们交给警卫人员，要求再次严刑逼供。”

斯塔西来了兴趣，“你建议先动刑拷问，然后处决？”

亚历山大歪过头看了我一眼，稍做思考后回答：“也不一定。只要服用一些吲哚类意念解析药物就可以。服药后可以进行深度侦讯。副作用是对近两三周的经历有逆行性失忆[1]。”

斯塔西沉默了。

“我主张用这个方案。”亚历山大越来越激动，“我们的任务太重要了，不能铤而走险。再说，这是完全合乎人道的……”

“我有办法让你得失忆症，用不着任何药物！”里昂跳起来大叫道，“你这个混帐东西！”

“给我闭嘴。就是因为你们，整个行动才……”亚历山大还没说完，里昂已经从床上抄起一只枕头向他砸过去。场面看上去十分可笑，仿佛是孩子们的枕头大战。不过里昂不是在开玩笑。亚历山大轻而易举地把飞过来的枕头拨到一边，甚至没有起身。可里昂灵敏地蹿起来，一个转身朝亚历山大踹过去，小斗士连人带椅子翻倒在地。片刻间，里昂又扑到了亚历山大身上，抓起刚才落在地上的枕头，全力压在小斗士的脸上。

我惊慌失措地跳了起来。我该把他们拉开，还是帮里昂一把？

娜塔莎惊叫起来，到底是个女孩。

而斯塔西一直无动于衷地在一旁看着。他这是怎么了？

亚历山大翻过身来，把里昂推到一旁，正准备还手，但里昂灵敏地偏过头去，小斗士用尽全力的拳头砸到了地板上。拳头想必很疼，但他并没有叫出声来，而是反手抓住了里昂的脖子。里昂也没出声，使足力气挥起拳头向他脸上砸去。里昂瞄准了鼻子，但亚历山大的闪避能力也并不逊色，拳头最终只击中了他的面颊。

“住手……”斯塔西终于开口了。他用的是一种法戈斗士的特殊语调。里昂和亚历山大立刻松开了对方，从地上爬了起来。

---

1. 遗忘了造成失忆的事件之前所发生的事，但能记得失忆之后所发生的事。

“真是个神经病！”亚历山大气哼哼的，“我都手下留情了，可他还没完没了！”

“一对一决斗——不合格。”斯塔西仿佛在给我们上课，“你已经用尽全力在反击了，可还是没能制伏他。不行，这可不行啊，萨什卡[1]！”

亚历山大垂下了脑袋，又嘟囔了句什么，但没再争辩。

“脸上这道印子留得不错。”斯塔西接着说，“我本想自己动手给你点儿教训，倒是里昂帮了我们这个忙。都坐下吧！”

不仅是两个打架的，我和娜塔莎也坐了下来。

“你接着说，实习斗士。”斯塔西又发话了，“你说了贝尔曼的做法，那斗士又应该怎么做？”

“跟贝尔曼一样嘛。”亚历山大很不服气。

斯塔西摇了摇头，“你真的是小组里最出色的？看来法戈斗士开始退化了。这一刻来得太早了，我一直以为斗士还能撑上两三代……我们不能像贝尔曼父女那样行事，萨什卡。那样只能证明，代替贝尔曼父女来到新科威特的是两个冷血杀手。我们此刻的行事方式，应该既不像贝尔曼父女，也不像法戈斗士。”

“那该怎么做？”亚历山大一脸愁容。

“需要不讲逻辑。”

3

空气中弥漫着一股肉焦味，很难闻，但并不是烤制食物的味道。大概因为和肉一起被烧着的，还有化纤布料。

这间餐厅很大，里面的壁炉也极大，足够烤制一整头牛。壁炉里橙黄的燃气火焰中放着三只口袋，里面装的是冻肉和我们的衣物。我、娜

---

1. 亚历山大的小名。

塔莎和里昂都从贝尔曼的衣柜里找出了衣服换上——幸好他是个大富豪。我浑身只留下了鞭子。不管谁劝，我都没同意把鞭子也扔进炉火里。

此刻在壁炉里燃烧的应该是我们三人。

对于亿万富翁贝尔曼来说，这做法匪夷所思；对于冒名顶替大富豪的斗士来说，也堪称奇葩之举。把杀手打死，然后就地焚尸灭迹！这简直是历史小说，或者是某个落后星球的刑事档案。

不知为何，我们都站在壁炉前呆呆看着。东西一定会烧尽的，干吗还要排队来闻这难闻的气味呢？

不过，我们都站着不动。

又有人敲门了。

“贝尔曼先生？您确定一切都正常？”警卫的声音里透着不安。

斯塔西朝我眨一下眼睛，然后走到门边大吼道：“年轻人，你们难道听不懂通用语吗？我正在冥想！”啧，亚历山大·贝尔曼的嗓音可真够难听的。

这算哪门子解释？在这种臭气熏天的环境里冥想，除非戴着防毒面具！好在警卫不敢跟总统请来的贵宾较真儿。

“骨头有点儿少。”斯塔西回到我们身后，看起来有点儿担心，“这肉的质量太好了。”

“反正都会烧成灰的。”亚历山大不以为然。他还是气哼哼的，生我们的气，特别是里昂，也生斯塔西的气。

斯塔西不置可否地耸了耸肩。他拧了拧壁炉上的控制杆，让喷出的火焰烧得更旺些。

“要不要加点儿钙质？”娜塔莎小声问，“石灰粉或者类似的什么东西……以防伊涅伊研究烧出来的灰……”

“他们一定会研究。”斯塔西对娜塔莎的意见表示赞同，“萨什卡，里昂！冰箱里有干酪，全拿过来。再从应急药箱里拿些复合维生素片来。”

两个孩子冷冰冰地互相看了几眼，然后一同离开了。斯塔西轻声笑了笑，“像两只斗气的小狼崽……没事儿，到了晚上他们就会和好了。”

“真的吗?”娜塔莎将信将疑。

“打出来的友谊才地久天长。”斯塔西意味深长地说，“不用担心，他们迟早会明白这个道理。我们无法模拟出人体烧成灰之后的真实成分，但这个办法可以为我们争取时间。”

“时间会很充裕吗?”我问。

“那倒不至于。不过我们并不需要太多时间。晚上贝尔曼父女就要坐飞船离开了。”

“那我们呢?”我紧张起来。

“你们也离开，不过只能待在行李舱里了，没办法。”

“伊甸园星很漂亮吗?”我边想边问。

“是啊，伊甸园星的美丽名副其实……等等，这关伊甸园星什么事儿?”斯塔西摇了摇头，“奇克列伊，我们不去伊甸园星，我们去伊涅伊。”

“啊。”娜塔莎一声惊叹。

“不管是伊甸园星还是别的帝国行星，我们都去不了。”斯塔西开始解释，“可如果去伊涅伊，没人拦着我们。我们上路的时候，那些特工们会抓耳挠腮地研究这里发生的一切。他们肯定能研究出结果……”他微微一笑。

里昂和亚历山大回来了，把几包营养干酪、维生素片和一只冻鸡扔进了火中。斯塔西不住摇头，但并没反对把冻鸡也扔进来。

“已经这么鸡飞狗跳了，做点儿蠢事也无妨。好啦，孩子们，你们走吧，臭味儿闻得够多了。我在这儿等它们全部烧完。”

“如果是真人，烧起来臭味更大。”亚历山大还是那么尖酸刻薄。看来，打架时让里昂占了上风这件事对他伤害不轻。

“你怎么这么坏?”娜塔莎突然质问道，“你可是个斗士。”

亚历山大一撇嘴，没有作答。

倒是斯塔西替他回答了这个问题："很遗憾，正因为他是斗士，才这么坏。走吧，孩子们。"

过了半个小时，斯塔西还在餐厅里，等着"我们的尸体"在壁炉里烧成灰烬，而我们已经开始跟亚历山大谈笑风生了。他可能已经彻底平复了心情，也可能是刻意控制住了情绪。

亚历山大坐在软椅上眉飞色舞，"这是惯例，一点儿也不复杂。基本学业完成以后，实习生便会开始执行任务。一般来说，会从简单的任务开始，不过这次挺特殊，需要由一个小男孩来假扮小女孩。受过训练的女孩上哪儿找？所以斗士们让我接受了迷惑术的强化训练。为了检验效果，我还在圣厄休拉修会的女童收容所里待了三天。效果还行，没人察觉我的异样。之后，我们就飞到了伊甸园星，在贝尔曼家的房子里跟他们同住了一周。哎呀呀，他们那个凶劲儿啊……特别是亚历山德拉。不过也没什么，他们没过几天就冷静下来了，甚至开始帮助我们。"

"'也没什么'这词儿，是亚历山德拉的口头禅吧？"里昂嘲讽地问道。

"是啊。斗士们可不用这些虚词，容易让人听出破绽。"

里昂点了点头，像是在赞同他的话。

"萨什卡，我能不能……"娜塔莎已经在梳妆台周围转了好几遭了。她欲言又止，眼睛直直地盯住装着润肤膏的小瓶子。

"当然。"亚历山大点了点头，"这些玩意儿可把我给折腾坏了，我研究了一晚上才弄明白这些东西该往哪儿抹。你试试那瓶深度护理霜吧，含珍珠粉和荷花精华素呢。"

"真的有效果吗？"娜塔莎颇为吃惊。

"当然没有。是珍珠还是榛子壳，能有什么区别？可那一瓶值四百个信用点呢。"

娜塔莎惊叹了一声，立刻开始动手往脸上抹。亚历山大又继续跟我们说起之前的话题："后来，我们就悄悄离开了伊甸园星。贝尔曼父女原本计划让自己的替身留下来……说实话，我们就是以替身的身份混进他们家的。可最后正好相反——我们悄悄来到了新科威特，而贝尔曼父女留在了家里，以替身的身份扮演自己。他们这家人向来特立独行，搞出什么名堂都不会有人觉得奇怪。”

“那你们准备在新科威特干什么呢？”我问道。

“总之不是为了救你们……具体目的我也不知道，行动负责人是斯塔西。”

就算亚历山大知道，大概也不会说。

“在会见伊涅伊总统的时候趁机杀了她？”里昂兀自猜测着，“不过……”

“不过所有人都说，她是杀不死的。”萨什卡点了点头，“但是，如果能弄清这个传言是真是假，倒也不错。”

“弄清楚了吗？”里昂刨根问底。

“没有。总统不见我们，只派了几个幕僚来。她有时间在广场上装模作样，就是没时间见我们……”萨什卡一脸愤恨。他显然也知道茵娜·斯诺对夏田的羞辱，而且并不打算善罢甘休。

我突然觉得，萨什卡其实并不那么让人讨厌。他的脾气是坏了点，可是，从出生开始就接受严酷训练，以杀人和出生入死为生活常态，他的性格还能多好呢？这个萨什卡是个“试管婴儿”，连自己的父母是谁都不知道，从小身边就只有教官和老师。三岁以前，小斗士们有保姆陪伴，也只有她们会温柔地对待小斗士。三岁以后，可以夸奖，可以鼓励，但拥抱、摸头和拍肩膀这类动作几乎没有。

我不明白，为什么与邪恶为敌的勇士们注定要生活得如此悲苦？当然，我指的不是维持城市治安的普通警察，而是像法戈斗士，或者帝国禁卫军那样的超人英雄——禁卫军也是从很小的时候就得接受特殊的培养方式。

斯塔西曾经说过一句话，我当时听了只知道傻笑，并没有真正明白其中的含义——“要想跟滔天大恶做斗争，就要有滔天大善。”

现在，当我看着萨什卡的时候，终于明白了这话的真意。斯塔西从不会抚摸萨什卡的脑袋，从不会去拍他的后脑勺。只有在执行这样重要的任务时，斯塔西才会在人前扮演体贴入微的好爸爸角色。可这终究是假的。萨什卡也从不期待斯塔西会拥抱自己，或者温柔地对自己说话。

萨什卡是个真正的战士。

他就是人小志大的滔天大善。

虽然我生长在一颗贫穷的星球；虽然我的所知所能不敌萨什卡的十分之一；虽然他现在已经是个英雄，而我还是一个在英雄身边纠结迷茫的小男孩，我还是觉得他可怜。他比我要不幸得多。

真庆幸，我不是个法戈斗士！

“你们知道茵娜·斯诺是怎么发迹的吗？”萨什卡开始向我们发问了，“不知道吧？我们翻腾了好多档案材料才搞清楚。她大学时学的是社会学，毕业后从事过社会学、心理学方面的工作，拿了硕士学位。后来，伊涅伊发生了经济危机，茵娜·斯诺的专业工作丢了，她又去电视台做起了晚间新闻主持人。她的形象非常讨人喜欢……”

“她的脸没毛病吧？”里昂来了兴趣，“为什么总戴着面纱呢？”

“脸很漂亮。”萨什卡一口肯定，“她可是非常受欢迎的主持人。不过，七年前她不再自己出镜了，而是转到了市场营销部做策划，研究哪些节目受人欢迎。打那以后，伊涅伊的节目立刻变得格外火爆，比如《帝国堡垒》之类的儿童节目、家庭主妇看的肥皂剧、真人秀，还有教育培训节目《十分钟做好一顿饭》什么的。”

我想起来了，我偶尔也会看《美食来啦！》，那是一档真人秀。一些风趣的青年演员比赛做各种美味菜肴，一边吹口琴、弹吉他、变戏法，或者再搞些其他花样来娱乐观众。看来，伊涅伊的节目多多少少也渗透到了我们那里。

“她在这方面的确有天赋。”萨什卡继续说。我不知道他是在复述斯塔西的话，还是在说自己的看法，“她能分析出人们喜欢什么，不喜欢什么。当然，别人也能做到，可她做得尤其出类拔萃。不过，她为何会想到利用程序对人进行心理控制，又是怎么把程序嵌入节目中植入人脑——我们还不得而知。大概有人帮她吧。说起利用程序，她在竞选伊涅伊的总统时便首战告捷。她刚从政不久，在媒体上也就亮相了几回，可立刻就受到所有人的爱戴！前任总统突然主动辞职，下令提前选举。想不到吧？那时候没有人明白是怎么回事，她就在整个伊涅伊星球激活了程序。接下来就一发不可收了……”

“萨什卡。”我打断了他，“那你们弄清楚程序是怎么起作用的了吗？”

他点了点头，“搞清楚了，还是多亏他才弄清楚的……”他边说边朝里昂点了点头。里昂一时得意，脸都开始泛红了，“就是让人脑像电脑那样运作，类似载流运算。载流运算时，大脑在进行五维导航，而这个程序则会建构出一个完整的虚拟世界，让脑主人在其中生活。受程序影响的人们对此毫无察觉，只是觉得自己从睡梦中醒来，继续像以前那样生活。他们的总统变成了茵娜·斯诺，而皇帝突然开始欺压人民。战争就此打响了。他们在一夜之间过完了整整一生，这一生的经历让他们确信茵娜·斯诺是个大好人，是最优秀的领导人。”

“所有人做的梦都一样吗？”

“当然不是。院士、家庭主妇和三岁小孩的梦能一样吗？大家各有各的梦。那些憧憬冒险奇遇的，会在梦里冲锋陷阵；那些想发大财、住豪宅的，会在梦里得到家财万贯；那些向往美好爱情的，就在梦里陷入热恋……但每个梦里都有茵娜·斯诺，也有皇帝。斯诺是好人，皇帝是坏蛋。”

“可梦总会结束。”我边说边用余光瞥了一眼娜塔莎。她此刻全身心沉浸在那些面霜、香水和口红上，无暇顾及我们在说什么。森林里可没有这些东西，她是怎么挨过来的？

“梦会结束，甚至会被遗忘。”萨什卡点了点头，“她原本就是这么策划的。可人的性格从此会天翻地覆！这些梦对于老年人的影响最弱，他们的生活阅历太丰富，已经不容易改变信念了；有些人承受不住这样的变化，会神经错乱，或者患上僵直症；而年轻人，特别是孩子的性格还在形成中，他们立刻就能变成伊涅伊想要的那种样子……与其说是伊涅伊，不如说是茵娜·斯诺！”

“这都是她一个人的罪责？”一直认真倾听的里昂忽然发问。

小斗士点了点头，“是啊，的确如此。一个人能作恶到如此地步，历史上也罕见。我们有一套历史进程虚拟模型，非常精准，如果在某个具体的历史节点消除某个大独裁者或者大科学家，引起的改变并不显著。比方说，让地球上的第二次世界大战少持续五天；或者，换成别的国家挑起战争，不是德国；甚至让拿破仑在滑铁卢反败为胜——可他的军队损失殆尽，到了秋天就被推翻了。再怎么试，二战的结果都一样。可是，当我们尝试让茵娜·斯诺从历史上消失，历史的面貌便迥然不同：伊涅伊成了一颗普通的和平星球，它没有崛起，也没有出现任何心理同化现象。”

沉思片刻后，他不情愿地承认：“不过，这个女总统的确是杀不死的。”

“怎么会呢？”我迷惑不解。

“看样子，她是制造了自己的克隆体，把自己的思维记忆都复制到了克隆体上。即使杀死了一个茵娜·斯诺，马上就会出现另一个一模一样的斯诺。虽然她本人还不能做到长生不老，可她的统治确实是能代代延续的。”

“我听说，皇帝的祖父也是个克隆人。”里昂抛出一句话，然后挑衅似的看了看萨什卡，“大家都这么传。”

“是。”小斗士迟疑片刻，还是承认了这一点，“我们也听说过。不过那不一样……上一任皇帝没办法生孩子，所以才克隆了自己，把他培养成了继位者。”

“他哪点儿比斯诺好呢？”里昂不以为然。

“他没有复制自己的记忆！”萨什卡有些急了，“克隆体奉行的完全是另一种政策！正是在他当政的时期，我们和紫姑人的关系才有所缓和，还……你们这些人，没学过历史吗？”

我们历史的确学得不好，所以不再跟他争辩。不过，萨什卡还想进一步说服我们：“个体的长生不老无法实现，只能把一个人的意识原原本本地移植到他的克隆体身上。克隆体自身不能有思想，只有这样才能全盘接受主人的意识……就好像是，嗯，电脑里的备份文件。现在还没有这种技术，将来也未必会有……”

这时，斯塔西走了进来。这个大肚子男人顶着一张陌生的脸，嗓音古怪，但我已经能接受他就是斯塔西的事实了。他一进门便说：“不完全对，实习斗士。这种技术在理论上已经成熟了，只是还需要一次革命性的技术飞跃，把理论转为实践。”

萨什卡点了点头，接着问斯塔西：“烧完了？”

“烧完了，全成灰了。你们准备好了吗，孩子们？”

娜塔莎赶紧胡乱抹掉鼻子上多余的面霜。

“别急。”斯塔西连忙制止娜塔莎，“我现在要给你打上一针，让你进入休眠。我们时间不多，所以针剂浓度比较高，你得忍一下。不过，你先去趟卫生间……对了，你们几个都得去一趟！萨什卡，你找一找药箱，看里面有没有大号的尿不湿。”

“什么？”里昂面色窘迫起来。

“你们差不多要连续十二个小时动不了。再好的行李箱里也没有厕所。”萨什卡嘿嘿一笑，钻进衣柜里找药箱。娜塔莎一言不发，但是烧红了脸，像给热水烫着了似的。

后来我才明白，斯塔西并没抱有任何幻想。壁炉里的灰再多，“大富豪”的举动再奇怪，也只能迷惑伊涅伊的反间谍机构一段时间，不可能真的骗过他们。

斯塔西的所有安排都以一个渺小的机会为赌注，那就是女孩艾丽确实是地下组织的联络员，抵抗力量也的确获知了贝尔曼来访的情报，并决定把他清除掉。

但我们都对斯塔西深信不疑。既然他做出此番安排，就一定能成功。他之前就顺利地把我们从新科威特救出来了！

连娜塔莎都被这种信任感染了。

亚历山大也相信计划能成功吗？我无从得知。毕竟他是斗士，擅长掩饰自己的情绪。

就这样，在被塞进行李里时，我们只觉得很刺激，心里没有一丝一毫的恐惧。

娜塔莎的待遇最好。她被安置在原本给萨什卡准备的休眠舱里，既干净又宽敞，头部位置还有透明的观察窗。从小斗士那里借来的连衣裙也很合身，娜塔莎穿着非常好看。萨什卡还给娜塔莎展示怎么在休眠舱里播放音乐来消磨时间，不过，斯塔西坚决反对打开播放器。

里昂的运气差了点儿。他被装进了一个大皮包里，但必须保持蹲坐的姿势，防止前后颠簸的幅度太大，让搬运工察觉出问题。斯塔西把衣服塞到里昂周围，把他紧紧固定住。萨什卡笑嘻嘻地给里昂拿了条紧身牛仔裤，可这么紧的裤子塞不进尿不湿，于是里昂只穿了件毛衣和尿不湿就进了皮包，牛仔裤被他垫在了身下。

我的位置最不舒服——一个方形的行李箱，不够长也不够深。我既不能蹲着，也不能躺着，只能坐在箱底，弯腰弓背，就像半开的折刀。

“能坚持吗？”斯塔西不安地问我。

“没问题，我挺结实的。”

斯塔西不住摇头，但没再说什么，只管把各种柔软蓬松的衣物塞到我周围。我并不怎么担心，甚至窃喜自己能套上一件宽松的运动短裤，遮住傻乎乎的尿不湿。万一我们被发现了呢？像个婴儿一样穿着尿不湿从箱子里爬出来可太丢人了……

我只顾着考虑尿不湿的问题，完全没意识到——被抓住后因为尿不湿而丢脸，应该是所有后果中最不值一提的……

头顶一声嗡响，眼前顿时一片黑暗，只有几个小孔里透进些微弱的光线。

“大家听仔细了。”斯塔西尽量压低嗓音，“现在我要叫服务人员过来了，他们会帮着把行李装车运往空港。你们别出声，别动弹，呼吸要平稳，千万别说话。就算你们觉得已经被人发现了，也不要轻举妄动。不论发生了什么——不要采取任何行动！所有问题都交给我来处理！”

他沉默了一会儿，又补充说：“再过六个小时，等行李运进货舱，你们就可以出来了。那时候应该还没起飞。不过，我们是重要宾客，在起飞前可能会被请去见船长，如果没能及时把你们拉出来，你们就多忍耐一会儿，别出声。这是一艘现代化旅游飞船，带重力补偿系统，超重的感觉应该不会很强烈。从到达近地轨道，到进入超空间通道，间隔不会少于一个小时，我们完全来得及把娜塔莎的休眠工作准备好。”

我们在跃迁的时候可以安稳地待在行李舱里，而娜塔莎如果没有及时进入休眠状态，会立刻丧命。想到这里，我浑身一抖。

“一切都会顺利的。”斯塔西又说话了，“相信我们。”

斯塔西和萨什卡出去了，四周一片寂静。装里昂的皮包就在旁边，我本想跟他说说话，最后还是决定遵守斯塔西的命令。

我们没听见开门的声音，却听见了说话声——

“哎呀，你瞧，这么多破烂东西！这些都得我们两个人来搬？”

“这是我们的工作。干活儿吧。”

我马上意识到，说话的人里，第一个是正常人，第二个是冰冻者。他们逐渐靠近，合力抬动了行李箱，那个正常人低声骂了一句。

那两个人粗鲁地拖箱子往前走，我随着箱子左右摇晃，脑袋直发晕，甚至有点儿想上厕所。明明二十分钟前刚去过，真是倒霉！我决定忍住，转移注意力到外面的动静上。

周遭一片混乱。附近总有人跑来跑去，不知是新的服务人员还是警卫。有两个声音在讨论——

“那个老家伙到底在搞什么名堂？把装饰性壁炉里填满了莫名其妙的垃圾。”

“味道简直太难闻了，像是在里面烧了死人。我们也没法儿问这个老畜生！”

“等他一走，我们就写个报告。”我听出来了，这就是那个嚷嚷着要上告警报系统故障的那个女人。她的声音里满是哀怨，好像已经猜到了贝尔曼在壁炉里烧的是什么，却不能立刻说出来，“壁炉先别收拾，找人来查查是什么灰……”

她到底是谁？是地下组织的人，还是反间谍机构的特工？如果是前者，倒真的值得同情。她可能是在怀疑自己的战友们牺牲了，被这个邪恶的富豪焚尸灭迹了。

其他行李也都被搬了出来，包括装着东西的，也包括装着娜塔莎和里昂的。萨什卡突然出现了，他开始指东指西，发脾气要性子，一会儿要打开箱子，一会儿让人小心贵重物品……我的天，他假扮女孩子说起话来可真是别扭！过了一刻钟，行李被悉数搬上了车，终于可以不用再听他那副怪嗓音了。

可我想上厕所的欲望越来越强烈……

车终于开动了，但速度很慢，左转右转，应该是还没到大路上。行李稍微有些摇晃，但不是很严重，看来路况还不错。我尝试着挪动位置，想放松放松身体，结果发现手脚都已经麻木了。六个小时后我得变成什么样儿啊？怕是会手脚蜷曲、弯腰驼背，要恢复正常，估计得费些力气……

我努力胡思乱想——此刻应该有无数艘宇宙飞船从银河系各处朝伊涅伊蜂拥而去——勇敢无畏的帝国伞兵正准备去解放被入侵的星球。我想着皇帝和茵娜·斯诺，想着斯塔西和卡利耶……说起卡利耶，那里大概没人会在意伊涅伊的反叛。

但渐渐的，我脑子里只剩下了一件事。我实在是憋不住了。真是羞愧难当，穿着短裤做这件事更是难上加难。然而，别无选择。

完了！

裤裆湿漉漉、热乎乎的。没过多久，裤裆又变得冷冰冰。太丢人了。

婴儿居然能忍受戴着尿不湿好几年！一边尿个湿透，一边还能咧嘴大笑！

真好奇，我那两位朋友都能忍得住吗？不知怎么，我觉得他们应该和我一样，在这种条件下会立刻想去厕所。我想象着勇敢的娜塔莎那副窘迫模样……要劝服她戴上尿不湿应该很难。斯塔西得给她讲那些负责维修飞船的宇航员，讲他们在舱外工作时也必须戴着尿不湿。到最后，娜塔莎即使同意戴上，但也一定会说只是“以防万一”。

不，我不会去嘲笑她，不会明知故问尿不湿有没有派上用场。我也不会跟里昂提起尿不湿的话题。我相信他们也不会说，因为他们自己一定也有忍不住的时候。当然，斯塔西会理解我，他总是很善解人意。

车终于停下来了。我感觉到装着自己的行李箱被抬起来搬着走了。搬行李的似乎不是警卫，说话的声音很陌生。我听着他们的谈话，吓得不敢动弹。

“往海关那边搬吗？”

“还能往哪儿？欸，不对，等会儿，这是VIP级的，不用验关，直接送货舱。”

行李箱被放了下来。

“你得弄辆电瓶车来。这箱子挺沉的，抬着费劲儿。”

“要不，咱们过一下安检机？”那个提到VIP的人忽然又改了主意，“看看那些有钱的狗东西都带些什么玩意儿。”

“你指望里面有什么？”另一个人嘲讽地问他，“五十公斤毒品？肢解的尸体？偷渡客？”

“黄金和钻石！”装卸工打着哈哈回答道，“就是好玩儿嘛。”

“别啦，折腾什么？”另一个人沉默了一会儿回答道。这几秒钟让我觉得度日如年，“你没长眼吗？看看这里有多少箱子要搬？箱子里肯定有安防探测器，物主会知道行李是否被查验过。你是不是想被炒了？”

“我宁愿去码头上扛大包，也好过搬这些价值两个信用点的行李。”说完，那装卸工使劲儿啐了一口，“算啦，我找车去。”

“两个信用点太夸张了。”另一个装卸工沉吟着，“一个半，差不多……”

有什么东西啪的一下黏在了行李箱上，就在距离我的脸几厘米的箱子表面上。下一秒，箱子表面又被蹭抹了几下，用的是鞋底。

像贝尔曼这样的人，无从得知别人会怎么对待自己的东西，也不会知道餐厅的厨师会怎么给他们做那些昂贵的菜式。在卡利耶，我父母的一个熟人在城里最好的酒店工作。不是那种空港的小旅馆，而是城市中心广场边上、紧贴着市政府大楼的大酒店。她跟我们说过，在收拾豪华套房的时候，常常会遇到一片狼藉的场面——“这些有钱的畜生连马桶用完了都懒得冲”。她经常直接用客人自带的牙刷来刷马桶。后来，她被解雇了，大概是因为她不仅跟我的父母说过这事儿。当然，事情没有闹大，只是从那以后，她被禁止再从事服务行业。可毕竟不是所有品行卑劣的人都口无遮拦。那时候，我并不觉得吃惊。对这种不好好做事的人，就应该从严惩处。我只是在心里暗暗打定主意，以后住酒店，我绝不把自己的牙刷放在服务人员找得到的地方。

一阵嗡嗡的发动机声音传来，是电瓶车到了。行李被搬上了货斗，车开始移动。我知道自己的朋友近在咫尺，但我们没办法开口交谈。

电瓶车走了很久。阿格拉巴德的宇航空港太大了……我还记得自己第一次踏上新科威特的土地时，居然直接独自在停机坪上穿行！那时我太傻了，完全没意识到自己随时可能被飞船的力场提升机和无人驾驶货车撞倒。

我又想起了跟着斯塔西逃跑的情形……月黑风高的暗夜，我双手搂着无助的里昂……周遭那些被洗脑的人随时可能恢复意识，向我们冲过来……

好在最后一切都有惊无险！

这一次一定也能化险为夷。我不断给自己打气。

电瓶车停了下来，行李被卸下，四周变得悄然无声，我心里的恐惧越来越强烈了。娜塔莎在真正的休眠舱里会很舒服，里昂也不会有什么大问题。可我的脚已经没有知觉了，腰背也疼得不行。真想换个姿势，挪个位置。如果一整夜都保持这个姿势，估计明天早上他们见到的就是奄奄一息的我了。

可我还是强忍着，一声不吭地躺着。

外面又传来说话声——

“这些要我怎么往船上放啊？不行，你们能不能等一会儿再说？四百公斤！这是轻捷型快船，不是客货两用的干线飞船！”

“货运调度先生，可这是VIP舱啊……”

“这艘飞船载的都不是一般人，领班先生。这里有四个客舱，明白吗？海森堡将军一家都在这儿，他要到总参谋部任职，随身带了全套的古董武器。知道超重多少吗？五百二十公斤！科尔涅乌洛夫院士随身带的是地质学实验品……我建议他把行李放到货舱里的时候，你没听到他说了什么吗？还有那两个审计师，带着一大堆文件材料……还有这两个该死的克隆人……”

“他们不是克隆人，是普通的双胞胎兄弟。”

“这他妈有什么区别?！克隆人，双胞胎……”

“求求您啦！我也有一个双胞胎兄弟，调度员先生。”

一阵短暂的寂静。

“抱歉。我也不想难为您，可我真的不能往客舱里再放上七百公斤！那样飞船的平衡就破坏了。到了超空间通道里，导航定向会难上加难。”

“是四百公斤。”

“您那位施密特先生至少有一百五十公斤！再加上他的女儿和他们的私人物品，差不多得有三百公斤！我们恐怕得在起飞的时候把他们赶到公共起居舱里去。这只是一艘小型的轻捷快船，还不明白吗？你们的宇航空港难道就没发生过超载惨剧吗？”

“那您让我怎么办？”领班开始兜圈子，“告诉那些总统办公厅关照过的VIP乘客，你们的东西带不走了？好吧，那您把这个拒绝书签了吧。我也省事儿了。在这里签字！”

这大概就是不可抗力吧？谁能想到一个亿万富翁的行李居然会被拒载！这些行李会被放到寄存处，斯塔西会从那儿把行李弄出来，我们只能等着搭乘另一艘飞船……一想到之前的罪都白受了，我真是要崩溃。

“咱们别把事儿闹大了。”货运调度员的语气缓和了下来，“我看看啊——有四件行李？”

“对。”

“两个箱子，一个皮包，一个休眠舱……这些个神经病，放着客舱里特备的豪华型休眠舱不用，非得带着私人休眠舱满银河系跑！好吧……第二货舱里还可以装三百公斤……”

“这里可是四百公斤。”

“留下一些。你们用晚班飞船给运过去，再补上几句道歉的话。”

领班冷笑起来：“这哪行？你也不想想，要是发现少了一个箱子，这种客人得弄出多大的风波？”

“我能想得到，您说的没错。来根烟吗？”

“哎……好吧。谢谢。从地球弄的？”

“是啊。真正的烟草只有地球上才有。”

“伊甸园星的也不差。”

“是不差，但那是完全不同的品种。太阳、土壤和水都不一样……行啦，把东西装到货舱去？”

“要是我没记错的话，在飞行期间，第二货舱是不能进的。”

“没错儿。不过没关系，两个昼夜穿不上燕尾服而已，他们应该能忍受。咱们把这个休眠舱装进货舱里，让施密特小姐使用船上特备的休眠舱吧，没什么大不了的。这个大皮包和行李箱也装进来。剩下的那个箱子您就晚上再发走吧，没准儿能跟这艘差不多时间到，他们不会发现的！”

我一下子冒出冷汗来，但并不是因为自己的箱子可能要留在新科威特。

飞行期间不能进货舱！也就是说，进入超空间以后，虽然娜塔莎在休眠舱里，但没办法进入休眠状态。她的身体细胞会察觉出外界环境的变化……她会死的！

事情怎么会变成这样？

该怎么办？大喊大叫吗？可斯塔西嘱咐了，不管发生什么情况都不能作声！

娜塔莎大概根本想不到，灭顶之灾就近在眼前！休眠舱有个观察窗，但是完全隔音。

怎么办？

"请问，您这是从哪里搞到这些卷烟的？我倒没什么兴趣，可我的岳父……"

"当然是走私的。我们在'伊涅伊3号'上截获了一大批，然后在员工内部搞了个拍卖，原价起拍。"

"还有这好事儿？"领班的声音里流露出由衷的羡慕，"我们这儿可没这个习惯。"

"你们可以跟工会投诉一下。这种拍卖在伊涅伊早就是惯例了，也有助于提高员工的警惕性，哈哈哈。"

领班也跟着笑起来，"像这些免检的行李，都有可能携带走私物。"

"常有的事。有一次我们载过格拉尔吉卡的大使，那是个不起眼的星球……不说啦，快！这个、这个和这个装第二货舱。不用加固，我待会儿自己来弄。"

"这个，"随着轻轻地一拍，我在行李箱里晃了一下，"交寄存处，安排延期转运。"

我真想大叫出声。装着我的行李箱被人抬起来带走了，有时磕碰到门框上，有时又被咒骂着扔到地上。我想要大叫的冲动越来越强烈。

但我终于还是忍住了。斯塔西嘱咐过，不论发生什么事都不能出声。我捂紧嘴巴，默默流着眼泪。我要控制自己，像个成年人那样，像个真正的男子汉那样，像一名法戈斗士那样。

尿不湿里又是一阵热，我实在是没力气了。

4

我非常讨厌无助的感觉，特别是身体上的无助。

比如在学校里，一个常常欺负人的高年级学生被低年级的受气包们泼了水。可那个高年级学生以为是你做的，把你的脑袋按进了放满水的洗手池里，还冠冕堂皇地说:“我惩罚你，不是因为你们弄脏了我的衬衫，而是因为你们这帮小混球浪费了这么多水!”你想辩解自己并没参与这件事，只是在一边看热闹。可你被按在水里发不出声，抓着你的高年级同学又比你高大，比你有劲儿……

比如，你突然病得很重，头晕目眩，站都站不起来，体温高得吓人。妈妈手忙脚乱地把毛巾浸满凉水和伏特加，一块接一块地敷在你的大腿上，还不断劝说父亲动用医疗保障金，叫救护车来……而父亲一言不发，因为他们正考虑再给你添一个小弟弟或者小妹妹，要是动了医疗保障金，那以后……

在这种无助中，最可怕的一点是，你知道任何努力都无济于事，再怎么挣扎也不可能摆脱困境。如果你强忍住抽噎，跟欺负你的人解释，你根本没有往他身上泼水，只是看热闹来着，那么你的脑袋又要被按进水里了。惩罚你的理由就变成了“只看热闹而不去制止那些小混球”；救护车来的时候，你的烧已经退了。你一身虚汗，四肢无力，耳鸣目眩。妈妈在央求上门的医生不要记录这笔费用:“其实他自己能好，我们只是被吓蒙了……”直到父亲喝令她不要再低三下四，妈妈才停下。父母没有指责你不懂事，用冷水洗澡才着凉伤风。但你明白，爸爸妈妈没法儿再生小弟弟或者小妹妹了，这全都是你的错。

眼下的困境如出一辙。我仿佛被装在薛定谔的箱子里。我现在不知所措，也不知道怎样做才是对的。我可以选择大喊大叫，让人去救下娜塔莎，也可以选择一声不吭，等着斯塔西及时发现问题，化解危机。

如果我选择喊叫，薛定谔的箱子就会被打开，一切秘密昭然若揭。我会发现自己做了错误的选择，一切计划都被我毁了。

如果我默不作声，总会有人发现我的。等箱子打开以后，我会觉得自己应该大叫出声，那样就能救活娜塔莎，而斯塔西也能想出办法把握住局面。

当然，换句话说，我只是害怕承担责任，所以不敢做出任何决定。不过，我从很早以前就明白一个道理：当你身陷无助、不知如何是好的时候，最好别采取任何行动。那样损失会少一些。但如果你有哪怕一星半点儿的自信，还是应当立刻行动起来。

而现在，我没有任何信心，半点儿都没有。我只能记着斯塔西说的那句话："不要采取任何行动！问题都交给我来处理！"

就让他来处理吧。我继续蜷在行李箱里，舔干流到嘴边的眼泪，忍受着湿乎乎的尿不湿，默不作声。行李箱外已经半个小时没动静了，四下里一片寂静，这件行李可能已经被人遗忘了。斯塔西帮我调整姿势的时候，我把胳膊放到了一个好位置，腕上的手表就在我眼前，我还能看见时间。只要稍微抬一抬胳膊，让鼻子触到表上的照明按钮就行了。

外面突然传来一阵动静。一扇门开了又关，脚步声越来越近。有个人在低声念叨着什么，仿佛在自言自语——

"这可不成啊，我的先生们，这会出问题的，事儿可不能这么办……怎么不写个装箱单就把东西交到寄存处来了呢？要是那位施密特先生把七八公斤的钻石放在了行李箱里，那可怎么办？要是箱子里塞了个仓鼠笼子，小东西给憋死了怎么办？"

声音听上去是位女性，而且有些年纪了。我马上想象着，这应该是一位年龄过百的老奶奶，在宇航空港的寄存处临时帮工，挣点儿小钱补贴家用。我差点儿笑出声来。瞧瞧，重要人物的行李就是如此让人敬畏！调度员不想冒险查看，领班也避之不及，装卸工们更是不敢让箱子过安检！

可一个老太太却全无忌惮，准备打开这个谁都没敢动的行李看个究竟！

她可要被箱子里的“仓鼠”给吓一大跳了！

我心里暗暗希望老太太开不了行李箱的锁。那毕竟是复杂的电子密码锁，没有专业工具的话……话虽如此，可我同时又盼着箱子能被打开。那样总比我继续叫天天不应、叫地地不灵好得多。

老太太弄出了很大动静，我听见了一声敲击，像是什么金属物体碰到了锁面。并不奇怪，寄存处应该有电子开锁器，用以打开那些被人遗忘、丢弃的箱子。

“还挺复杂。”老太太嘀咕着，“嘿，亏他们想得出来……”

时间一分一秒地过去。要是用等离子鞭就方便多了。我刚动这个念头，鞭子就立刻从腰间滑出，钻到了衣袖底下。可眼下这个状况，它能帮上我什么忙呢？总不能让我跟一个老太太搏斗吧？难道非得向老人家开火不成？

没等我猜出鞭子的意图，头顶上的锁便咔嚓响了一声。紧接着，一道光亮穿过了我身上堆积的衣物。

“是谁把东西收拾成这样啊?!”老奶奶自言自语地嗔怪着，“全都皱巴了……”

箱子里的衣物正被层层剥开，我把头转了过来。

就在这时，我脑袋上的那件衬衫被一把撩开，我和老太太四目相对。

她没有我想象中的那么老，但确实不年轻了。如此慈祥的老太太只会在人们的想象中出现。她头上包着花格子头巾，鼻梁上架着副旧式老花镜，而不是遮阳的墨镜。

老太太浑身一哆嗦，眼镜差点儿掉在地上。

“上帝啊！”她发出轻微的惊呼，同时用一只手护住喉咙，仿佛已经喘不过气来，“神圣的上帝啊……”

“别动！”我本想大喝一声，可不知怎么，听起来却像是一句卑微的请求，而且声音几不可闻，“您不要动……”

“什么?”老太太好奇地问道。

“请您不要动。”我声音大了点儿。

老太太一边用手画着十字，一边怜爱地问我：“是谁把你塞进这里的，可怜的孩子？真是造孽呀！我这就叫警察来，叫医生来……”

“不用不用！”我总算大叫了起来，“您可千万别叫人来！”

要是老奶奶被洗过脑，一定不会听从我的请求。可她马上就不再吵吵了，看来是个正常人。老奶奶皱起眉头疑惑地问：“难道是你自己?”

“是我自己！”我像是抓住了根救命稻草，赶紧承认，同时挣扎着要从箱子里钻出来，但没能做到，“我是想……想要到伊涅伊去。”

“你别怕！”老太太边说边抓住了我的肩膀。她的双手出人意料的有力，轻而易举地把我从箱子里拉了出来。我终于恢复自由了。当然，我只能暂时哆哆嗦嗦地勉强挺直腰，双脚则完全不听使唤，肚子也在不断地痉挛。

行李箱被放在一间大屋子的角落里，立在一个长条形的暗色金属台上。屋内的其他空间差不多全被搁架占满，架子上上下下塞满了大小不一的箱子、背包、布袋、纸袋、盒子、密码箱、圆筒、包袱等。我还看到了两辆运动自行车（车把向内弯曲、脚蹬带着扣环）、一段大理石柱（两米多高，包裹着有弹性的缓冲防护带）、一辆儿童玩具汽车（连我都能勉强坐进驾驶室里去，特别是现在）、一条赛艇（里面还塞着不知道做什么用的垫子和船桨）和一座手持弓箭的裸体小男孩雕像（是某个神话传说里的神，我忘了他是管什么的，大概是狩猎之神）。

这些在星际之间来来往往的人们，携带的东西可真是无奇不有！

“你还站得起来吗?”老太太双手叉腰严厉地问。她虽然岁数不小，但体格还挺硬朗，身穿一身牛仔布工作服，脚蹬一双高筒工装靴，浑身上下只有头巾像是老太太戴的东西。我试图从金属台跳下来，结果差点儿跌倒在地，晃了几下才算站稳，活像个得了风湿病的糟老头。

“怎么能这么干呢?”老奶奶怒气未消，“你脑袋好使吗？想冒险是吧？想混进货舱里，可然后呢？不还是会被抓住吗？你以为挨顿骂就能放你走？你知不知道你父母现在得急成什么样子？”

“不会的，”见鬼，我怎么又想去厕所了，“他们死了。”

老太太的怒气顿时变成了怜悯。

“上帝啊……你遇到什么事啦，小家伙？”

“这里有厕所吗？”我已经要憋不住了。

“我带你去……”

老太太带我来到房间里一扇不起眼的小门边。冲进去之前，我用可怜巴巴的语气请求道：“您可千万别跟任何人提起我！求您啦！我一会儿把所有事都告诉您！”

老太太稍有疑虑，但还是点了点头。我就这样信了她，没再多想，赶紧钻进了厕所。

能把这万恶的尿不湿甩掉，可真是痛快！

我不记得小时候戴着尿不湿的情形了，想必我当时也总想把这玩意儿甩掉。

从厕所出来的时候，老太太已经在金属台边放了两把椅子，自己坐在其中一把椅子上，示意我也坐下。

“您没跟别人说我的事吧？”保险起见，我还是问了一句。

“没有。坐下说吧。对了，孩子，你叫什么名字？”

“奇克列伊。”

“奇克列伊，你记住，要是你敢撒谎，我立刻就把你送到警察局去！”

看样子，她真做得出来……我点了点头，承诺道：“我不撒谎。您相信我。只是……情况特别复杂。”

“坐下说。”老太太语气严肃。

我坐下开始讲起来。开始的部分全是真话，我讲了卡利耶，讲了父母的事，讲到为离开家乡而上了飞船做运算湿件……老太太有时惊叫，有时哀叹，而我心里一直拿不定主意——该从哪里开始说谎呢？

要不要讲我们去阿瓦隆的事？要不要讲法戈斗士？不行啊，这些都讲不得……虽然我非常不想对老太太撒谎，可还是下不了这个决心。

我开始讲述自己的历险——关于我跟里昂是如何躲进森林的；为何一个月后才敢回到城里；里昂的父母又是为何把里昂和我送到高级学校去；我们在那里受欺负、挨打、被嘲笑，于是逃进了收容所，跟那些难以管教的孩子们一起学习；可我们并不喜欢那间收容所，于是就决定逃离这颗星球……当然要逃去伊涅伊了，那可是最先进、最了不起的星球，是女总统的故乡……

我有些颠三倒四，不知该不该讲出里昂昏迷的事，更不知道该不该提起娜塔莎。最后，我的故事变成了三个孩子一起来到宇航空港，看到一堆无人看管的行李。于是我钻进了行李箱，结果被锁在里面，也无从知道两个伙伴是不是找到了藏身的地方。

听完我的故事，老太太沉默了一会儿，一只手不停地抚摸着自己松弛的面颊，像是要把皱纹给抹平。终于，她开口说："奇克列伊，我猜，你一开始讲的是实话，到了后来就是在撒谎了。嗯，也不全是谎话，一半一半吧。"

"怎么会呢？"我开始着急了，又强作镇定，"您为什么这样想？"

"小男孩我可见多了。我自己就养过四个儿子，孙子重孙就更不用说了……十二三岁的小男孩离家出走，去森林里玩上一个月荒野求生的游戏，这是不可能的事。"

"我都快十四岁了！"我争辩起来。

"没什么区别。你在撒谎，而且还很笨拙。就像在背书，都是编好的一套。"

我的后背直冒冷汗。这个老太太真是个不识相的傻瓜！我是不想朝你开火，才编了故事骗你！

"你要想好，奇克列伊。"老太太继续说，"要么就老实交代自己的身份，说清楚为什么跑到行李箱里。要么我就叫警察来。你是不是把行李箱里的东西给扔出去了？扔哪儿啦？你该不会是个小偷吧？不然怎么会进‘罗斯托克’?”

“您怎么知道收容所的名字?”我反问道,“我可没跟您提过这个!”

老太太摇了摇头,“这谁不知道啊?整个新科威特就这么一个收容所,电视里时不时就会出现,报纸上也经常写到。”

我已经不打算说实话了。我摇着头,站起身来,往边上退了一步,“我什么也不会跟您说啦!”

“那我可就叫警察了。”老太太边说,边从工作服的口袋里掏出了一只普通的一次性手机。

我想要拦下她,但还没来得及想好该怎么做,等离子鞭就立刻从袖子里窜了出来。鞭子没有喷出火舌,而是随着一声呼啸弹射出了一根细长的带子,击穿了那只聚合材料制成的轻薄手机。

“别动!要不您也得遭殃!”我威胁说。

老太太没想动,只是摘下了眼镜,不住地眨着眼睛,然后颤抖着问我:“孩子,你,你是那个……那个绝地武士?”

我别无选择,只能承认:“是法戈斗士。绝地武士是中世纪宇宙神话里的人物。”

老太太一副如释重负的模样,瞬间恢复了精神,嘴里还念念有词:“上帝啊……我终于等到了。”

“您是站在皇帝这边的?”我不放心地追问了一句。

“我效忠帝国!”老太太郑重其事地说,“我全听你的,年轻人!”

这句“年轻人”可真让人愉快,要知道她不久前还把我当成十二三岁的孩子呢。

“不会有人来这儿吧?”我问道,“我不能在人前露面……”

“那咱们走。”老太太应声而动。她刚要站起身来,又有些惶恐地问我,“你能走吗?”

“当然能。”不知怎么,我立刻对她全无戒心了,“刚才是因为怕您把事情闹大……我其实并不打算跟您动手。”

“那就走吧。”老太太站起来,把行李箱砰的一声关上,然后灵敏地把它放在了一旁的架子上，“这边，这边……”

在一排排架子后面，屋子的另一头，还有一扇门。打开门，眼前是一间没有窗户但很舒适的小屋子。里面有一张很窄的单人床、两把椅子和一张桌子。房间墙上挂着一块小壁毯，桌上有一个普通的电脑终端和老式可折叠键盘，旁边还放着一只橙黄色的塑料茶壶。我用手摸了摸，茶壶还是烫的。茶壶边还有一只剩着茶叶底儿的茶杯，一只小盘子里盛着饼干。

“你想不想喝点儿茶？”老太太盯着我问，“要吃点儿什么吗？或者先歇一会儿？别不好意思，奇克列伊，有什么想法就说。除了我，谁也不会来这间更衣室，我有时候在这里睡睡觉，喝喝茶什么的。”

我的确很累，可现在不是睡觉的时候。

“不啦，谢谢……对了，您怎么称呼呢？”

“阿达。我全名叫阿德莱达，可我不喜欢那么长的名字，叫阿达更好。你就叫我阿达好了，没必要恭恭敬敬的。”

我叫不出口。怎么能对一位老妇人直呼其名呢？她一眼就看出了我的犹豫，笑着说道：“就叫我阿达奶奶吧。孙子们都这么叫我，你这年龄当我的重孙挺合适的。”

我已经不记得自己的祖父母了。我不太清楚爷爷奶奶到底是在矿坑里遭遇事故去世的，还是病死的。姥爷姥姥在我出生那年自愿赴死了。我怀疑过他们这么做可能是因为我，大概是想把自己剩余的生活保障金留给我的父母用作育儿经费。这种情况挺多的，我们班上有不少同学都是靠这样才能出生。可是，爸爸妈妈不愿意说这些事，我也不想刨根问底。

称呼老太太为“阿达奶奶”也很别扭，起码第一声不太习惯……

“阿达奶奶……我要跟您商量一件事……”

她点了点头，坐在了床上。我坐到椅子上，稍微定了定神，“我确实对您说谎了。躲进箱子里的不止我一个人，还有我的同伴。”

“他们也是法戈斗士？”老太太频频点头。

“不是，他们不是斗士，里昂和娜塔莎是一般的孩子。老实说，其实我并不是真正的斗士，我是斗士们临时招募的助手。”

阿达奶奶没有因为我说谎而生气，我颇受鼓舞，又接着说下去：“我们有一个朋友，他是真正的斗士。新科威特出事的时候，是他帮助我们离开的。后来斗士们又派我们来了解敌情，可我们什么情报都没弄到，就被敌人发现了。我们正准备离开这里……”

“藏在行李箱里离开？”老太太双手一拍，“还有个女孩子也躲在箱子里？进入超空间通道以后她该怎么办呢？”

“问题就在这里！”我接着她的话说下去，“斯塔……我们的那位朋友原本计划在飞船上把我们从行李里救出来，再让娜塔莎进入休眠状态。可有几个白痴搬运工找不到多余的货位，就擅自决定把所有的行李都挪到货舱去！可是乘客不能在飞行期间从客舱进入货舱！要是……要是我们的朋友不能及时了解到这些情况的话，娜塔莎就活不了了！”

“货舱里已经没有装你的地方了？”阿达奶奶推测说，“所以他们就把你留下，等下一班飞船运过去？”

“是啊。他们经常这么干吗？”

“有时候会这样。”老太太沉吟起来。

“幸好我遇到了您。”我激动地说，“要不然，我真的不知道该怎么办了。我很怕会破坏斗士的计划，可必须得把情况告诉他。”

“让我来试试吧。”这位老太太真的非常勇敢，“你们的朋友是谁？”

我又开始纠结该不该说。不过，阿达奶奶接下来说的话打消了我的顾虑：“是那位施密特先生？这些箱子的主人？”

“是的。”我赶紧回答，“不过，他当然不是什么施密特先生，施密特是经过双重伪装的身份，您知道吗？他是假扮成了……某个人，伊涅伊政府用施密特这个假名字来称呼这个人，以免被人发现他的行踪。这里面有点儿曲折。”

“这我知道。”老太太一脸严肃，“这是活生生的间谍故事啊……你在这里坐一会儿，奇克列伊。我这就去试试跟这位施密特先生联系。我该怎么说，他才能相信我是在替你传话呢？”

我想了想说：“您告诉他，现在我已经知道，在去新星球之前要吃免疫药……我再也不怕得鼠疫了。”

阿达奶奶笑了。

“好，好。你别乱走动，奇克列伊！别人不会到这里来，但我得把门给锁严实了，以防有人在寄存处东张西望……你还要不要上厕所？”

“不用。”我脸红了。

“那就在这里等我，喝点儿茶，吃几块饼干，这是家常点心，我自己烤的。唉，这些斗士都糊涂了吗？战争的事儿，把这么小的孩子都给卷进来，东躲西藏，舞刀弄枪的……这哪是人干的事儿嘛……人怎么能这么干呢……”

阿达奶奶摇着头走了出去，门上的锁响了一声。她刚一离开，我就从椅子上跳了起来，在屋子里来回转圈。

我跟她交了这么多底，做得对吗？我甚至交代了斯塔西的身份。可为了救娜塔莎，还有什么别的办法呢？我们的斗士朋友假扮成了“施密特先生”——我说不说也没什么区别。毕竟，还有谁能把我们安置在行李箱里呢？

算了，不必再纠结了。可是，万一老太太把我给出卖了呢？

现在是不是应该赶紧跑掉？有鞭子在，开门锁不是问题。

可我能往哪里跑呢？这位老太太没有被洗脑，被她发现算我走运。周围的大多数人可都是茵娜·斯诺的忠实奴仆。要是阿达奶奶嚷嚷出去，我无论跑到哪里都会被抓住；要是她不出卖我，那就更没必要跑！

意识到自己完全无法左右目前的局面，我反倒放下心来。我们真是没用！斗士们也是一群傻瓜，他们怎么就鬼迷心窍地认定我和里昂能帮助他们呢？这倒好，我们什么有价值的情报都没搞到，就把自己给暴露了。斯塔西还得为我们铤而走险……

我走到桌边，随手晃了晃茶壶——差不多是满的。我拿起唯一一个茶杯，在房间角落的小洗手池里冲了冲，给自己倒上茶，又尝了一口饼干，味道不错……

阿达奶奶最后说的那句话突然在我的脑子里打转儿——“这些斗士都糊涂了吗？”

斗士们绝对不糊涂。

斗士们可能犯错，但绝不糊涂。

他们既然把我和里昂派到了新科威特，就证明有这个必要。

可必要性是什么呢？

一种不祥的感觉油然而生。我极力想摆脱它，尝试换个思路，从积极的角度去思考问题，可那股不祥的感觉在脑子里挥之不去。

斗士们绝不会做蠢事。他们派我们来，就是为了让伊涅伊的反间谍机构发现。

我把茶水一饮而尽，但尝不出任何味道，于是又给自己倒上一杯。还要等多久啊？阿达奶奶这是去哪儿了？她不必走远，只用去电脑终端那里，跟正在准备飞往伊涅伊的飞船取得联系，要求跟施密特先生通个话……

斗士们为什么要折腾我们呢？怎么想都没这个必要！不仅没有任何好处，还颇费周折——又是安排秘密空投，又是准备昂贵的设备，光是那个隐形着陆舱就得值多少钱啊！

我彻底糊涂了！

我大概真的只是个年幼无知、头脑简单的毛孩子。帝国和伊涅伊、斗士们和反间谍机构——他们都在玩自己的成人游戏。而我一步一步深陷其中，全因为斯塔西是个好人，我无法推卸他的安排，无法违逆他的意愿。

突然，一个令人不安的声音在我的心里幽幽低语：“你确信斯塔西是个好人？”

斯塔西亲口对我说过，我们的文明是非常现实、非常残酷的。他也说过这并不值得骄傲……可万一他自己认同这些呢？万一真相正如我曾经猜想的那样，他把我们从新科威特救出去，就是为了把我们当成标本来研究呢?

因为别人不经意的只言片语，我居然开始怀疑自己唯一的朋友……唯一的成年朋友!

因为愤懑，我一拳砸上桌子，差点儿弄洒杯里的茶水。为了冷静下来，我打开了电脑。但这台电脑只提供本地局域连接，而且只能查看行李信息，连扫雷和纸牌游戏都没有，那可是电脑的标配！无奈之下，我决定用行李查询系统搜索“施密特先生”的行李，但查询系统非常复杂，让人摸不着头脑。我费了好大劲儿才找到今天装运的行李清单，还没等看清楚，就听见了门锁的声响。不知为何，我不想让老奶奶看见自己在使用电脑，便立刻关机了。

阿达奶奶走了进来。

“我没能联系上他。”老奶奶一进门便说，“飞船已经在待命起飞了，我没法儿跟乘客联系。工作人员让我再等一个小时，等飞船进入过渡轨道以后再试试。”

“再过一个小时就晚了呀。”我大惊失色，“您不明白吗？到那时候就来不及了!”

她摇了摇头，“你先别急，孩子。你的这位‘施密特先生’是个大人物吧？所以政府才要为他的身份保密?”

“是个大人物。”我一口肯定。

“那就在起飞之后请求紧急降落吧，就说施密特先生肾炎犯了，需要立刻看医生……或者找些类似的理由。”

“那样就能降落吗?”我有些吃惊。

“这是架小飞船，专门为这些自以为是的老爷们服务，常常有各种突发情况发生……有那么一次，客运航班紧急降落，就因为一位议员夫人的狗要死了。”

“后来被救活了吗?”我莫名其妙问了一句。

“死了。可飞船还是降落了……你喝茶了吗?”

“喝了，谢谢。”

阿达奶奶坐到了床上，一只手撑起下巴，面容悲戚地看了看我，“唉，空港都乱套了，到处都是军人，还有当官的、志愿兵，全是些孩子。战争要爆发了，记住我的话。”

“真的?”我兴奋地叫起来，“战争快开始了吗?”

她苦笑了一下，“开始?战争啊……战争就从来没有结束过。没有伊涅伊的时候，跟异族打得昏天黑地。跟异族停战了——行星之间又打起来了……”

“很久没有发生过战争了。”我试图反驳她。

“大战没有，小战……暗战……一直没断过。各星球没有派出星际舰队互相攻打，是因为皇帝陛下不允许。只有皇帝才有权发动星际战争。可是，小打小闹、你争我夺，他可就管不着了。特工机构斗智斗勇，大亨富豪们要尽阴谋诡计，那些贸易战、心理战、细菌战……你听说过鼠疫吧?那就是我们人类自己搞出来的鬼玩意儿。在一个不起眼的星球上研究出来的，目的是对抗另一颗操控食品价格的星球。可病毒变异了，残害完了牛羊之后，倒霉的就是人类。这不是战争是什么?”

“不可能!”我脱口而出，“鼠疫是口蹄疫病毒变异来的!”

“你说得没错，孩子。可变异不是自然发生的。是有人刻意增强了病毒的传染性和致命性，让自己成为病毒的宿主……我们是自食苦果。”

“原来这些都是特工机构干的?这可太危险了!”

阿达奶奶点了点头，“战争从来就没有停止过，你现在明白了吧?我在这里见得太多了，宇航空港这地方，什么传言都听得到，包括你们那些斗士朋友。如果斗士只是拯救人类，保卫帝国，会有人反对他们吗?可他们却和各种金主沆瀣一气……”

我眨了眨眼睛，有点儿摸不着头脑。阿达奶奶惊奇地盯着我，“哦，小家伙，你还什么都不知道吗?”

“您指的是什么?”

“法戈斗士，他们并不是为皇帝效力的，你不知道吗?一开始，他们宣称自己只服务于最高利益——帝国的利益、人类的利益，而不是为了皇帝或个别人。听上去多崇高啊……但帝国和人类可不会像皇帝那样能付钱给斗士们。”

“那又怎么样？”我还没明白她的意思。

“斗士不需要维持舰队吗？需要！不需要培养小斗士吗？需要！受伤生病需不需要治疗？需要！你知道斗士系统里还有多少官员和小职员吗？需要多少个会计来安排行动支出，审核设备报废申请？需要多少协调员、谋士、监察员、新闻秘书、医生、维修工、按摩师、心理咨询师、管道工、通讯技师？这可不是一小撮人，这是个国中之国，有成千上万人呢！那几百个法戈斗士只是冰山最上面露出的部分。所有这些人都得吃好、喝好、住好，要养得起家。只有待遇足够好，斗士才不会轻易叛变！你想想吧，光是一次潜入敌对星球的秘密空投行动——那个超稳态冰着陆舱得花上多少钱，你知道吗？都够建一所小学了！用你聪明的脑瓜想想，这些钱从哪里来？当然，大小工厂会缴纳专项税金，富豪们会提供赞助，还有些慈善活动的收益……可这些不过是九牛一毛。另一方面，斗士们又不想依附皇帝，否则就是违反原则，就是与统治者合谋，腐败堕落，沦为压迫人民的工具。所以钱从哪儿来呢？”

“从哪儿来？”我喃喃地问。

“这时候，从某个星球来了一位大使。他找到斗士们说：‘你们是人类的守护者，是带来光明和希望的绝地武士。请你们救救我们的星球吧，把那些宗教狂热分子清除掉，我们会好好酬谢你们的。比如……捐上一大笔钱。’遇到这种情况，斗士们何乐而不为呢？于是，他们派出一个小组去杀死反叛者的精神领袖。”

我哑口无言，只觉得快要窒息，开始拼命地大口喘气。

“有时候情况也会正好相反。”阿达奶奶无视我的激烈反应，接着说下去，“那些宗教极端势力抢先一步找到斗士，对他们说：‘你们是人类的守护者，是带来光明和希望的绝地武士，拯救我们免遭权贵的残害吧，我们是笃信神圣正电子的和平教派。我们会好好酬谢你们的，比如说——捐上一大笔钱……’”

“那斗士们会怎么办？”

“斗士就会帮助他们。这可是拯救人类啊，这样的大好事，谁会反对呢？问题是，上哪儿遇到那么多需要拼死拯救的危难呢？只能从别的地方捞捞油水。所以啊，战争从来就没有结束过。只是伊涅伊这次把声势闹大了，人人都看得见。但凡有机会，皇帝的科学家们也希望能给人洗脑。”

“我不信。”我还是颇为抵触，“皇帝才不会这么做呢……”

“不会怎么做？要是有可能，为什么不让人们都变得更善良，更诚实？能让人们相亲相爱，不偷不抢不杀人，有什么不好？”

“那样的话，伊涅伊和茵娜·斯诺也情有可原？”我反问了一句。

阿达奶奶叹了口气，“我不知道，孩子。我也说不清楚。除了反对皇帝之外，好像还真没什么不好的。”

“可是，伊涅伊正在控制越来越多的星球，”我据理力争，“强迫所有人都服从他们。”

“人类本来就应该服从大一统政权。”阿达奶奶回答说，“你想想中世纪是什么情况，就是因为人类各自为政，所以战争才此伏彼起，没完没了。”

“大一统不是问题。”我辩解道，“关键是政权合不合法。”

“任何政权在最初都是不合法的。”阿达奶奶不动声色地回答，“现在的帝国，是颠覆了宇宙联邦才建立起来的；而宇宙联邦呢，是反抗母权制的暴动势力建立起来的。”

“可政权应该是由人民选举出来的。”我对她的话不以为然，“只有人们自己愿意，才能更换当权者。”

“大众从来不会自己做出任何选择。”阿达奶奶和我针锋相对，“大众选择的，永远都是那个最善于洗脑的政权。”

“就算任何政权都免不了骗人，免不了说空话，可还不至于要剥夺人们自主思考的能力啊！”

"大部分的人都不会思考。"阿达奶奶说，"而那些会思考的人……正是他们把政权抓在了手里。以前是这样，现在还是这样。"

"到了改朝换代的时机，自然就会出现新政权。"我极力让自己显得镇定自若，"如果政权永远不变，人类就要走到末日了。"

"没有永远不变的政权，孩子。"阿达奶奶意味深长地说，"的确，伊涅伊联邦的统治会持续很久，但总有它必须让位的一天。"

"茵娜·斯诺总统永远不会把权力交给其他人。她把自己给克隆了，政权只会从一个克隆体手中转移到另一个克隆体手里！"

"她的那些克隆体都是有独立个性的。"阿达奶奶回答，"虽然相互之间差别不大，可是她们都会成长变化。人类也会为自己选择新的道路。"

"可是，同一个人一次又一次地把政权转交给自己，这怎么看都不合情理。"我反驳她说，"做新皇帝的机会应该人人都有，就算是一个不起眼的小人物，也应当有机会做皇帝！"

"每位公民也都有机会成为总统的克隆体。"阿达奶奶语出惊人，"在银河系里，带有总统基因的男人女人、男孩女孩到处都是。"

我一时如坠雾中，低声问道："这从何说起？"

"一切都因克隆体而起，但也不仅仅跟克隆有关。很久很久以前，有一个人决心要改变世界，把世界变得美好、干净。他选择克隆了自己，但不是以男性形象，而是以女性形象。孩子，你多少懂点儿基因科学吧？"

我点了点头。是的，我知道男性可以克隆出女性，但反过来却不行，因为女性没有Y染色体。

"创造克隆体并不是什么复杂的事儿。"阿达奶奶继续说，"加速克隆体的生长进程，令其快速进入成年状态——这也不难。难的是什么呢？是把自己的意识移植到别人的脑中，而不影响后者正常的思维逻辑。但他真的做成了这件事，可能是幸运吧。不过，能想出这种点子，本身就非凡人。"

她笑了一下，“基因学家称他为供体。他和他的女性克隆体有一个共同的心愿——让人类变得更幸福。他们想永远消灭战争、疾病、贫困、不公，希望人们免遭异族的戕害。为了做到这一切，就得掌握政权，最高的政权。你能理解吧？”

“能。”

“可就在这个问题上，他们之间出现了分歧。供体——也就是那个男人——想躲在幕后秘密操纵世界，那样既能影响人类的发展进程，又不用承受最高政权的繁重负担。在地球上做个皇帝就能让他心满意足。可是女人却想彻底改变人类的体制。他们便就此分道扬镳。他们明白，如果不各行其是，二人势必会为了权力互相残杀。他们决定友好地分开，各走各的路，永远不再见面。但他们都相信最终胜利的会是自己。男人继续自己隐秘的长远计划。他开始研究人类基因，希望从个体层面来改变世界。也就是保留帝国的内外框架，但让新人类成为主宰。而女人采取了另一种方案……那已经是半个世纪以前的事了。几十年来，人类的足迹遍布银河系。为了繁衍更多克隆体，女人也开始贡献自己的基因……”

说到这里，阿达奶奶停下了。

“我明白，”我接着说下去，“我学过基因科学。我知道，有些人会在商店里购买孩子，按照目录名册来挑选自己未来的孩子。”

“正是如此。女人足足有两千多个孩子，他们散布在银河系的各处，一代一代来到世上。最近的一代是在十年前降生的。女人能够追踪掌握每一个克隆体的命运，但这种做法是明令禁止的。”

“克隆体？”

“是啊。女孩都是她自己的克隆体，男孩则是她供体的克隆体。孩子们长大之后，会在某个时刻获得自己母体的全部记忆。当然，不是所有克隆体都能做到这一点。只有那些开始迈向权力巅峰、愿意融合意识的克隆体，才能够获得自己供体的全部经验。茵娜·斯诺正是这些女性克隆体中的一个，她想出通过神经元接口植入程序的方法，潜移默化地向人们灌输行为规范，达到影响他人心智的目的。”

“也就是说，茵娜·斯诺根本不是最初的供体。”我喃喃自语，“我们可真傻……”

“没错。大权在握的确实是她，可那些战略性决策是由所有克隆体共同制定的。如果茵娜·斯诺忽然死掉，她的位置就会由克隆体中与她年龄相近、脾气相仿、能力相当的一个来代替。这样看的话，女总统的确……万寿无疆。”

“怪不得她总要戴着面纱。”我慢慢醒悟过来，“要是人们知道她有那么多的替身，非得吓坏了不可！”

“当然了。一旦人们发现真相，皇帝的特工就会立刻开始追杀生活在各个星球上的克隆体。现存的克隆体并不多，而且大部分还没有恢复意识。可为什么要白白向敌人亮出太多底牌呢？”

“茵娜·斯诺……”我思忖着，“茵娜·斯诺……阿拉·涅伊捷？”

阿达奶奶露出笑意，“你真聪明。没错，所有女性克隆体的名字都是按照统一原则来起的——由四个字母构成，而且中间的两个字母相同：茵娜、安娜、阿拉……而她们的姓氏都与“雪”有关：莫洛佐娃、齐敏娜、斯涅戈娃、梅杰里查、波泽姆金娜——用到了世上的各种语言。”

“还有艾丽[1]。”我补了一句，“她应该是最新一代克隆体，对吧？”

“没错儿，”阿达奶奶点了点头，“艾丽·赫拉德[2]。”

“那您叫什么？”我话锋一转，“阿达·斯涅戈？”

“阿达·斯涅任斯卡娅。”阿达奶奶回答道，“我获得全部记忆的时候，外面下着雪。在陌生的身体里察觉到自己的存在，而且是女性的身体——那种感觉非常奇怪。爱德华拉着我的手走出了实验室……我们在雪中喝起了伏特加，是那种特别烈的俄罗斯伏特加。我们手拉着手跳

1. 艾丽（Элли）一词在俄语中也为四个字母，且中间的两个字母相同。

2. 赫拉德一词与下文中的斯涅戈、斯涅任斯卡娅在俄语中有“寒冷”和“雪”的意思。

起舞来，为自己的疯狂大笑不止。”

“疯狂？”我眼前浮现出一副画面：一个男人和一个女人在雪地上翩翩起舞，但实际上，他们是同一个人。

我毛骨悚然。

“难道不疯狂吗？我给自己起名叫阿达，与供体的名字很相近。我本来姓加尔里茨基，后来决定换成斯涅戈，但听起来好像有点儿太新潮了，最后我还是决定用斯涅任斯卡娅作为姓氏。”

“我要杀了你。”我抬起了胳膊，等离子鞭早已在袖子里做好了攻击的准备，“我要杀了你，阿达·斯涅任斯卡娅！”

老太太微微一笑，“我还是喜欢听你叫我阿达奶奶。”

“别说废话，你可不是我的奶奶。”我低声怒吼。

“我当然不是你的奶奶。我是你的供体，奇克列伊·弗罗斯特[1]。”

5

我的姓氏跟父母的不一样，但我从未深究过原因。妈妈带我去过一次“儿童世界”，在店里翻看孩子的目录名册，想给我选一个弟弟或者妹妹，等到将来富裕的时候买回来养大。目录册里所有的孩子都有名有姓，姓名通常来自他们生物学意义上的父母。真相其实并不难猜。我班里的同学几乎都是被父母从那家商店里买回来的。在卡利耶，医生不建议人们自己生孩子。

说实话，这样的身世并不让我十分震惊。

但我不希望自己是阿达·斯涅任斯卡娅的克隆体。

“胡说。您在撒谎。”

“其实，我不算是你真正的供体，小朋友。确切地说，我们算是克

---

1. “弗罗斯特”意为“霜”。

隆兄妹。因为你是我的供体爱德华·加尔里茨基的克隆体，最新一代。”

“这不是真的。”我喃喃地重复着，眼里已经蓄满了泪水。

爸爸妈妈没等到富裕的那一天，我最终也没能有个弟弟妹妹。其实，我们已经选定了一个女孩，性格和外貌都是电脑推荐的。那是个非常快乐、活泼的女孩，我们都很喜欢。我更想要个妹妹，而不是弟弟。

眼前的老太太就是我的姐妹，那个讨厌的艾丽也是我的姐妹。还有汽车旅馆的可爱姑娘安娜、学校的女校长，甚至茵娜·斯诺总统，都是我的姐妹。

我还有无数个兄弟。

“这是真的，奇克列伊。”阿达奶奶非常严肃，“你很清楚我没说谎。你想想看，我有必要跟你折腾这么久吗？”

“我不想跟您搅在一起！”我后退了两步，顶到了墙上。阿达奶奶目不转睛地盯着我，并不搭话。

“我绝对不会让您钻进我的脑子里！”

“没人强迫你。”阿达奶奶突然激动起来，“所有拒绝共享意识的人，都能随心所欲地活着！我们唯一要求的是——跟我们站在一边。”

“为什么？”我有些恐慌。他们可能会把我塞到运算湿件的“瓶子”里，强迫我为他们工作。

“我们的大脑是无比珍贵的工具，绝不能落到敌人手中。”阿达奶奶严厉地说，“我们这些人各有所长，且天赋非凡。你可以因为某种原因不跟我们合作，但也不能跟我们作对。”

我摇了摇头。

“坐下，奇克列伊！”阿达奶奶给我下了命令。我从她的声音中感觉到了斗士们和茵娜·斯诺常用的那种语调，这是一种特殊的规训方法……一开始，听者会迫于压力而言听计从，到后来就会形成思维惯性……

我坐到了地板上。

“奇克列伊·弗罗斯特，我们很晚才辨认出你。”阿达奶奶接着说，

“那是在你逃离卡利耶，出现在新科威特的时候。我们本来决定不采取任何措施，反正这颗星球已经准备加入联邦了。可你偏偏又消失了……法戈斗士终究还是发现了你的身份。”

“斯塔西不知道我是谁!”

“真的吗?你觉得你们是偶然住在了同一家汽车旅馆?而他只是出于善心帮助了你?”

“没错!”

阿达奶奶不可置信地摇了摇头，“那么，他们为什么要把你给送回来，你想过吗?这次行动如此复杂，耗资巨大……为的是什么?”

我无言以对。

“法戈斗士们很清楚，落在他们手里的是一件多么有价值的东西。”阿达奶奶微微一笑，“可他们不知道拿你怎么办才好。去敲诈茵娜·斯诺?那不高明。他们知道，我们肯定不会为一个克隆人而做出什么让步。于是，他们就决定把你当作诱饵。他们让你空降到新科威特，看看会发生什么，会有谁出面跟你联系，哪些势力会参与其中。你是被利用了，还不明白吗?你的那些正义骑士利用了你，利用了你这个清白无辜的孩子!”

“可他们也别无选择!”我气急败坏地大喊起来，“你们，你们把几百万人都变成了傀儡!他们也都是清白无辜的!”

“几百年来，人们一直在把自己变成傀儡，自欺欺人，自吹自擂，谎话连篇，胡言乱语……所有政客都对自己的追随者非瞒即骗。”

“不是的!不全是这样!”

“奇克列伊，是谁跟你说，这些被洗脑的人再也不能恢复了?”阿达奶奶的嘴角带着一丝笑意，“我告诉你一个秘密，怎么样?看在咱们是亲戚的面子上。同化程序对人的影响只有三个月左右，之后效果就会逐渐减退。”

“您瞎说!伊涅伊星的人早就被洗脑了，可他们现在还是那个样子!”

“这很好解释，奇克列伊。他们不需要把人的脑子彻底搞坏。只要让人们接受另一种生活方式，崇尚另一种理想，效忠另一面旗帜，秉持另一种信仰。一旦开始改变，就能习惯成自然。知道为什么吗？实际上，人们并不在乎是谁掌权。没有人在乎新政权战胜旧政权是靠诚实的奋斗，还是靠狡诈的阴谋。重要的是，自家的锅里碗里要有吃有喝；头上要有屋顶遮风挡雨；电视里能看到自己喜爱的剧集；街头不要有太多的小偷流氓。这些才是举足轻重的事，奇克列伊，这些是生物的本能，是最基本的欲求。至于其他的部分，惯性和惰性能帮助人类适应一切。人们发动革命，是因为连最基本的需求都被剥夺了——这样的革命才符合人道。我们并不想搞垮帝国，不想让人们不得安宁……其实，要达成那样的效果再容易不过了，奇克列伊。但我们不会那么做，我们只会把人类的惯性引向另一个方向。人们还可以做自己，不会变成什么坏人。”

“胡说，”我反驳她，“我见过一个小男孩，他现在整天玩战争游戏，还恶狠狠地践踏自己的玩具。我还看到，当茵娜·斯诺侮辱夏田的时候，周围的人都是什么反应……”

“小孩子玩战争游戏，把玩具踩碎弄坏，在哪里都是常事；乌合之众也一定会欺侮那些特立独行的人。过不了几个月，新科威特的所有人都将回归正常。但小男孩们照旧会把玩具踩碎，人们扎堆儿看热闹的时候还是会喊打喊杀。在帝国的其他行星上也都是如此。那里的孩子们也会玩自己的战争游戏，只不过打的是伊涅伊。”

阿达奶奶站起身来，走到我跟前。这一回我没有闪躲，可能是因为无路可退，也可能是因为身心俱疲，无法动弹。

“我可怜的小兄弟。”阿达奶奶语气温柔地说道，“你看你，被他们愚弄成什么样子了？黑白不辨，是非不分。你生长的那颗星球太险恶、太残酷了……这都是你那个敬爱的皇帝的过错。从小到大，围绕在你身边的全都是狡诈和无情，所以你才会因为几句温柔的话就爱上杀人凶手和恐怖分子。不过，现在一切都将改变……”她用一只手轻轻抚摸我的脸颊。

我真正的爷爷奶奶都不曾见过我。他们大概只是跟妈妈爸爸一起去过"儿童世界"，在电脑里看到过我的模拟影像——婴儿期模拟图、三岁模拟图、五岁模拟图、十岁模拟图……奇克列伊·弗罗斯特，男孩，基因转化类型：适应高辐射背景行星，十五岁……性格特征：聪颖、好学、略固执、略自负。

以及——非常幼稚。

不，资料中不会直接标明未来孩子的缺点。就算要写，言辞也会足够委婉，把缺点变成优点。比如，"幼稚"可以替换为"容易相信他人"；"意志薄弱，容易见异思迁"可以被说成"脑筋活络，擅长结交朋友"……

"你死到临头啦，阿达·斯涅任斯卡娅。"我大喝道。

与此同时，从我的袖子里喷射出一道耀眼的等离子束。

随着一声惨叫，老太太的身体从我眼前远远飞出——她一侧的肩膀被割裂了，右臂不协调地下垂着，鲜血四溅。等离子束很弱，并没有烧伤她的肩膀，只是割伤了手臂，像是狠狠砍了她一斧头。

刹那间，房间外面喧嚣骤起，大有地动山摇的气势。

紧接着，房门被撞飞了，几道灰色的暗影冲了进来。外面再次响声大作，墙面上闪现出串串光点，随即，墙壁被炸出几个大洞。

等离子鞭剧烈地抖动起来。我还来不及弄清楚到底发生了什么，身体已经不由自主地行动起来，几步蹿到墙角，躲在了桌子下面。这是怎么了？难道等离子鞭支配了我的神经和肌肉？

那几道灰影朝我刚刚坐着的地方猛烈开火，石头墙面在爆击枪的冲击下腾起团团碎屑，像暴晒过的橡皮泥一样分崩离析。鞭子立刻反应过来，向着那几道暗影射出短短的等离子束，如同一串串耀眼的小火球。这几个人应该是阿达·斯涅任斯卡娅的护卫。他们穿戴的力场铠甲在等离子束的攻击下顷刻消解，一个个非死即伤。我随即一跃而起，跳过躺在地上的护卫，向门口冲去。

“别往死里打！”阿达奶奶在高喊，“别把他打死了！”

后背突然遭到重击——那是一股沉重而又冰冷的麻醉冲击波。

完了，我大概要死了。

我的脚步踉跄起来，双臂瘫软下去，呼吸也越来越困难。但我还在奔跑，是等离子鞭在支撑着我，强迫我迈开双腿，抵抗着一波又一波的冲击。

我拼命地跑，但没几步，神经系统就彻底瘫痪了，鞭子再也无力驱动我的肌肉。我扑倒在地面上，摔破了鼻子，鲜血越流越多，在眼前汇成一摊，可我却感觉不到疼痛。有人七手八脚地把我翻转过来，全身上下一通搜罗，又把我的衣服扒去。几个穿着力场铠甲的人小心翼翼地把等离子鞭从我手臂上抽走，像是在抓一条毒蛇。

远处传来阿达奶奶模模糊糊的声音：“快把这孩子送医疗室！出了差池，我要你的脑袋！”

没过一会儿，阿达奶奶也被送进了医疗室。有人开始对我一阵狂踢。

值得庆幸的是，我完全感觉不到痛。

我不太记得医疗室是什么样子，但那似乎不是空港附设的急救站，也不是城里的医院，而是某艘宇航战舰上的医疗站。那里的医生确实常常抢救被麻痹到不省人事的伤者。士兵学习使用爆击枪的时候，一般先拿麻痹枪做练习。强行登舰的时候，也主要使用麻痹枪，以免击毁飞船的保护甲。

我依稀记得自己挨了好些针，仿佛跳进了寒冷刺骨的冰水里。不过倒是不疼，还挺舒服。

睁开双眼后，我看到身边有几个穿浅绿色罩衫的人。我的一条胳膊上扎着输液的针具，浑身上下连接着叫不出名字的各式仪器，耳边只有嗡嗡的响声。渐渐的，皮肤开始有了知觉。

“老老实实躺好。”有人嘱咐我，语气并不粗暴，但也没有半点儿怜悯之情。

我闭上眼睛，老老实实地躺着。

我真是没用啊。我没能杀死阿达·斯涅任斯卡娅。因为我，斯塔西要被捕了，或许已经牺牲了。伊涅伊将继续跟帝国开战，也许胜局已定。

也许，一切理当如此？

也许阿达·斯涅任斯卡娅说得对，伊涅伊联邦比这个腐朽的帝国要好。

我强迫自己别再想下去。

后来，我终于能自行活动了。有人让我起身，还给我拿来了衣服，是一件尺码稍大的睡袍和一双拖鞋。我被领着穿过几条走廊……再后来出现了一段记忆缺失——他们大概使用了意识调控类药物，对我进行了审问。也可能是我再次昏过去了。

再接下来的回忆让我深感意外，简直如同梦境。我来到一间小小的屋子里，斯塔西、里昂和娜塔莎也在这里。我被放在了双层床上，脑袋一挨枕头就睡着了。

再次醒来时，我听到了谈话声。说话的是斯塔西，他用平常的语调说："老实说，我没有任何胜算。虽然反间谍机构一向乐于放任事态发展，但他们也明白，一旦放我们进入宇宙，风险就太大了。说实话，按我当初的计划，最多只能坚持到飞船待命起飞。"

"我们不能手动起飞吗？"这是里昂在问。

"不仅仅是电脑被控制住了。我猜，核能反应堆也已经被关闭了。这样一来，飞船就完全失去了动力，没法儿点火，也不能自动修复。"

"你事先不知道这些情况？"里昂追问道。

"我不知道。要是能早点儿知道，我就不会去占领控制室了。应当尽力避免无谓的牺牲。"

"可你还是将了他们一军！"里昂仍对斯塔西赞叹不已，"他们这下该知道了，法戈斗士可不是好惹的。”

斯塔西笑了，“他们本来就知道这一点。对抗总有个限度，徒劳的对抗只会得不偿失。你最好去看看奇克列伊，他呼吸的节奏变了。”

“我醒了。”我说完就从床上坐了起来。

这是一间囚室，收拾得十分干净整齐，甚至算得上舒适，可惜再舒适也还是个牢房。室内有三架双层床和一张固定在地板上的桌子。角落里的便池被一块不高的木板分隔开来。

所有人都在这间屋子里。斯塔西跟之前一样挺着个大肚子，但脸和双手已经恢复了年轻状态；里昂跟斯塔西坐在同一张床上；萨什卡躺在上铺，好像是在睡觉；另一张床上坐着娜塔莎和……谢麦茨基！他们俩在低声交谈着什么。娜塔莎冲我点了下头，便扭过身去，想掩饰已经哭红了的眼睛，而谢麦茨基却精神矍铄，一脸微笑。他的轮椅不在身边，一张薄薄的红被子盖住了双腿，被子上带有白布标签。

“感觉如何，奇克列伊？”斯塔西问我。

“还行。”我试着动了动胳膊。身体能正常活动，应该没有变成植物人，“我睡了很长时间吗？”

“两个多小时吧。你像是遭到了麻痹枪的连续轰击。”

“是的。”我望着斯塔西的眼睛说，“我本想杀死阿达·斯涅任斯卡娅。”

“阿达·斯涅任斯卡娅是谁？”

难道他真没听说过这个名字？

“供体。”我吐出一个词。

斯塔西马上会意地点点头，“茵娜·斯诺的供体？”

“是。斯塔西，你知道那位女总统，茵娜·斯诺，只是克隆体之一吗？”

“我们只是这么猜测。”斯塔西点了点头。我两眼紧盯着他，他不大情愿地继续说道，“没错，我知道。我们曾经抓到一个克隆人，她只比茵娜·斯诺小五岁。茵娜·斯诺不太可能在五岁的时候就克隆了自己。”

“阿达·斯涅任斯卡娅是茵娜·斯诺的克隆供体。”我继续解释，“她还有两千个克隆体，他们共同统治伊涅伊星球。许多克隆人都享有共同记忆，但也有一些克隆人拒不接受。”

斯塔西点了点头。看来这些事他不是第一次听说。

“斯塔西，那你知不知道，我，也是克隆人?”我直截了当地问他。

里昂顿时僵住了，娜塔莎惊呼了一声，紧靠到谢麦茨基身上。萨什卡在上铺翻了个身，俯下头来紧盯住我看了一会儿，然后笑着躺了回去。他脸上有好多处淤青的痕迹，像是被狠狠殴打过，但不是刚刚，而是好几天以前。小斗士现在一点儿都不像女孩了。

“知道。”斯塔西回答。

“一开始就知道?”如果他回答“是”，那我对他就再没话可说了。

“不是。我到了阿瓦隆才知道，而且也不是立刻知道的。我自己也被怀疑通敌，接受了很久的调查。”他沉默了片刻，又接着说，“我现在才明白，为什么要把我们几个关在一起。茵娜·斯诺还梦想着能把戏接着演下去……奇克列伊，你有什么想问的就问吧。我会回答你所有问题。”

“全部如实回答?”我追问。

“嗯。如果不能如实回答，我就不回答。”

“我辗转来到新科威特，又碰巧遇到你，这是怎么回事?是斗士们的安排?还是伊涅伊反间谍机构的安排?”

“按我的理解，这全是偶然。”斯塔西很果决，“任何复杂的行动中都会出现偶然事件，这便是其中之一。我们传讯了‘克利亚兹玛号’乘员，我飞到你们的星球调查过相关情况，还有你父母的死——这些全都是偶然事件，奇克列伊。茵娜·斯诺一开始也不知道你，他们并没有办法掌握每一个克隆体的境况。你来到新科威特也纯属偶然；你的父母确实为了你而牺牲了自己；‘克利亚兹玛号’的船员们也确实是可怜你，才允许你留下来的。你从飞船上下来之后，没有接受正规的移民检查，所以伊涅伊的特工很晚才发现你的身份。”

“也就是说，如果我当时按规定……”

“那样的话，伊涅伊的人会马上把你带走，毕恭毕敬地把你送到安全的地方。我觉得，你大概不会愿意被植入别人的记忆，但很有可能被说服加入伊涅伊的阵营，这完全有可能。”

“奇克列伊不会的！”娜塔莎气急败坏地大叫。可我知道斯塔西说得没错。一个天真幼稚的孩子，满心欢喜地从飞船里脱身出来。在那样孤单无助的时刻，怎么可能拒绝别人的帮助？要是知道自己还有几千个“兄弟姐妹”，怕是高兴还来不及呢！

我甚至可能会同意植入他人的记忆。

“为什么要把我们送回新科威特？”我又问道。

“为了看看伊涅伊的反间谍机构会有什么反应，也为了引出克隆供体。”

“可你什么都没跟我说……”我喃喃低语。

斯塔西抹了一下额头，沮丧地抬头往上看了看，可能是在检查屋顶会不会有监控装置，也可能是在思考该怎么回答我。

“我不知道你能不能理解，奇克列伊。”

“你先说！”我回答他，“我的理解力应该不差。”

“你知道吗，奇克列伊，爱的形式千差万别。有些人会主动送自己的儿子上前线，盼着他打胜仗，荣归故里；而有些人会揪着儿子的衣领把他藏到地下室里，甘愿自己赴死，也不让孩子遭遇任何苦难。我没有资格评判他们谁对谁错。你不是我的儿子，也还没有长大成人，不该被卷入战争。不论怎么看，都像是我在利用你，把你推入险境。可真相不是这样。我没有能力改变你的宿命。”

“什么宿命？”我穷追不舍。

“我也很想知道！但你的命运肯定不是在阿瓦隆上学读书，跟孩子们打雪仗。到了新科威特，你就能为一场伟大的战争出力，拯救千百万生命。你也做到了这一点。”

“做到了？我做到什么了？”我发出一声嗤笑，“我连一个克隆供体都没能杀死，还是向她正对面开火！我一事无成。除了在阿瓦隆上上学、打打雪仗，我什么也干不成！不是有萨什卡在吗？你可以把他扮成我的模样，派到这里来啊！和恶棍作战是法戈斗士的宿命！你们为什么非得把我的生活搅得一团糟？”

我猛地停住了，因为我想到了一个答案——他们只是为了把我留在新科威特。

但斯塔西没有这么说，倒是躺在上铺的萨什卡开了口：“斯塔西，你是在白费劲儿！他什么都不会明白的。奇克列伊说的也没错，他就是应该去学校上学，去踢足球，去河里游泳。”

“你们把里昂派到这里来又是为什么？”因为萨什卡突然插嘴，所以我更为光火，“为什么要折腾他呢？”

“是我自己要来的。”里昂的回答出人意料，“我想回到父母身边，就算他们被洗了脑，可还是我的父母。”

“娜塔莎？”我看了她一眼，“你觉得呢？我说得对不对？”

她耸了耸肩膀。倒是谢麦茨基开了口：“奇克列伊，人们不会让一匹千里马去犁地。你想象一下，如果你现在在阿瓦隆，而我们都在新科威特。你在阿瓦隆的学校里上课学习，然后回家，吃着比萨，看着电影。你希望这样吗？”

“想这些有什么用？我现在是在新科威特。”

“你试着想象一下嘛。”谢麦茨基仍坚持自己的意见，“这是一种方法。如果你不喜欢某件事，就去想象一下与之相反的情况。”

“这于事无补。”

“怎么会于事无补？你先别说得这么绝对。你告诉我，你想不想回到阿瓦隆？”

“想！”我气哼哼地说。

这时，斯塔西突然开口了：“去求求你那位供体，她能送你回阿瓦隆。”

我听了直想笑，但斯塔西并未理会，继续说道：“你还不理解，克隆人跟克隆人会多么地惺惺相惜，特别是在供体和克隆体之间。你可以对着供体开火，但她对你的亲近感并不会因此减弱。对于她来说，你依然是一个陷入迷途的、被人欺骗的孩子。她会抹去你所有关于新科威特的记忆，然后把你送回阿瓦隆。我说的是真的，只要你去求她，她就会帮你。”

“这根本就不叫惺惺相惜！”我大喊道，“你自己也明白吧？这根本就不是亲近！失去记忆和自杀有什么区别？”

“那你就求她让你留在这里，在伊涅伊联邦的星球上平安度日。”斯塔西继续说，“你就在这里上上学，踢踢足球，钓钓鱼。反正对你来说在哪儿都一样。”

斯塔西可能说的是实话。我还记得阿达·斯涅任斯卡娅声音里透出的那种不安——“出了差池，我要你的脑袋！”

“在哪儿都一样？要是开战了该怎么办？”

“不会开战的。”斯塔西神色颓唐，“帝国已经决定跟伊涅伊一对一谈判了。他们会承认银河系里有两种文明并存。双方可以安心维持各自的统治，各自建设自己喜欢的社会。让时间来证明谁优谁劣。”

“斯涅任斯卡娅绝不会同意的！她要的是统治所有人！立刻！马上！”

“她的确想统治所有人，但不是立刻，她清楚己方现在还没有太多优势。伊涅伊可以摧毁帝国，但无法战胜帝国。斯诺和其他的克隆人都不需要已成废墟的星球，皇帝也不需要。一旦开战，整个世界会成为废墟。”

斯塔西不再说话了。我看看里昂，又看看谢麦茨基和娜塔莎。他们看上去并不觉得意外。他们已经知道不会开战，他们全都信任斯塔西。

“我不想住在新科威特。”我低声说，“我不想做斯涅任斯卡娅的克隆体。我就是奇克列伊，从卡利耶来的奇克列伊！我就是我自己！”

无人回应。

“是你把我变成这样的。”我又对斯塔西说，“要自己选择自己的道路；把想法强加于人是不对的；奴性比死亡更加可怕；不能出卖朋友；一个人总要有所取舍——这些不都是你教我的吗？我该怎么在这里生活？我不能，无论如何也不能！”

我看了一眼里昂，他立刻躲开了我的目光。里昂能有什么选择呢？被洗脑的家人就在这里……就算给他选择的权利，又能怎么样？

“把我的记忆抹掉，送我回阿瓦隆去，这样更好。”我对斯塔西说，“这样我就不会记得自己是个独裁者的克隆体，也不会记得是你出卖了我。等你回到阿瓦隆的时候，就不用再跟我提起这些事了！”

“奇克列伊，我没有出卖过你。”斯塔西心平气和地说，“我也不会再回阿瓦隆了。我会在这里被处死，谢麦茨基也会被处死。至于萨什卡、里昂和娜塔莎，我说不准。不过，按照伊涅伊的法律，未成年人危害国家安全也会被定罪的。有机会逃生的只有你。”

我不住地摇头。

“情况就是这样，奇克列伊，你得正视现实。”斯塔西接着说，“他们把我定性为恐怖分子。我并没有帝国公职人员的身份，有关战俘的法律保护不了我。尤里·米哈依洛维奇[1]也是一样。从法律的角度来说——不论是哪一方的法律——我们就是一般的犯罪团伙，犯了谋杀罪、破坏罪、劫持飞船罪、伪造证件罪、妨碍公务罪，还有其他的小罪名。根据战时法律，不需要审判就能直接定罪。”

“希望他们不会拿那些女孩怎么样。”谢麦茨基语气凝重。

“尤里·米哈依洛维奇，您是怎么被抓进来的？”我问道，“您的队伍呢？”

“我们是昨天夜里被抓的，我们还在睡觉的时候，整个营地都被麻醉枪手给围住了。倒是没什么伤亡……”谢麦茨基苦笑了一下，“我希望没有。大约三个小时前，你还没来这儿，他们突然把我转到这间囚室了。”

1. 谢麦茨基的名字和父称。

“我们早就被盯上了。”里昂插话说，“大概在我们刚到汽车旅馆的时候。”

“入住登记的那个姑娘也是个克隆人。”我对大家说，“不过，她好像没被植入记忆……”

“她不仅是克隆人。她还是克隆人的克隆人。”斯塔西说，“我不知道这是什么奇怪的心理，但斯涅任斯卡娅的克隆体非常喜欢用这种方式繁衍。”

里昂瞪大了眼睛。

“这么一来，他们就能占领所有星球，取代所有正常人!”

“我倒不这么想。”斯塔西摇了摇头，“把克隆体安插进政府机构和要害部门，这完全有可能。可取代所有工人和服务人员有什么意义？谁愿意干这些累活儿呢？”

他说话的时候面带笑意，神态镇定。提到处死或战时法律的时候仿佛在说笑话。有那么一瞬间，我甚至觉得斯塔西只是在夸大其词吓唬我，为了让我同情他。

我又想起了自己的父母，想起他们那天晚上的欢声笑语。

“他们需要的是大权在握，那就足够了。”斯塔西继续说，“爱德华·加尔里茨基的所有克隆体，不管是男人还是女人，都只有这一个目标。权力是最有效的兴奋剂。”

“你又没跟我说实话。”我气呼呼地对斯塔西说，“你连加尔里茨基都知道，可一直瞒着我!”

我下意识地站了起来，走到了斯塔西身边……一下子把他抱住。

“为什么你要抱我，奇克列伊？”斯塔西语气温柔。

“因为你从来不会不小心说错话，”我强忍住眼泪，“因为……因为大家都在撒谎……”

“但是，会在说谎的同时感到内疚的人不多。”斯塔西低声说，同时用手拍了拍我的肩膀，“我的坦诚也有底线，奇克列伊。我不能违反议事会的命令，不能违背自己的诺言。还记得那个伊涅伊的间谍吗？那个卡尔中尉?”

“他叫卡尔?”泪水还在我的眼里打转儿。

“是。我记得住自己杀死的每个人的名字……奇克列伊，我不能轻易告诉你，你是敌人的克隆体。就算我想说，怕是也会跟卡尔一样，还没等张口就被干掉，奇克。”

“那现在你能说了?”我问道。

“现在能说了。”

“有什么不一样吗?因为伊涅伊和帝国开始和解了?”

“没错。”斯塔西和我对答如流。

我突然明白了。他现在是在说谎。这一切跟和解没有任何关系，这里另有原因。不过，斯塔西的谎话并不是对我说的，而是对别人——那些人此刻正在严密监视着我们，分析我们说话时的每一种音调、肌肉的每一次抽搐、眼里流出的每一滴泪水、额头上冒出的每一个汗珠。他在说谎——而且他希望我能发现，只让我发现。

因为一切都还没有结束!

斯塔西预见到了这间囚室，预见到了我的眼泪，预见到了会有摄像头无情地盯着我们。

斗士们并没有所谓严谨周全的计划。他们的所有计划都像是俄罗斯套娃，一个里面套着另一个，而你未必能看得到最里面的那一个。

“斯塔西，要是帝国胜利了，会拿那些克隆人怎么办?”我问道。

“那些没有参与反叛活动的克隆人，不会有什么事；那些同意接受供体记忆的克隆人，会处于严密监视之下，并且被剥夺繁衍的权利。”

“像我这样的呢?”

“不会有什么事。顶多就是偶尔接受观察，但不会被剥夺任何权利。”

“我不想要任何权利。”我接着说，“我只希望不要有战争，希望你不要被杀死，希望里昂、娜塔莎和所有的女孩们都能重获自由，希望谢麦茨基不会死!”

谢麦茨基低声笑起来，“这可就说不准了……你知道我有多大年纪了吗，孩子？大限到了，没有别的出路。”

我没有跟他争辩，又问起斯塔西：“要是我向供体求情，她能把你们都放了吗？如果我同意留在新科威特的话？”

斯塔西思考了片刻。不，这么说不准确。他不是在思考，他是在拖延时间。现在我已经明白了一切。

“你可以试试。”他说。

“她是不会放过我们的！”萨什卡高声说，“斯塔西，你怎么还指望这个？”

这个小斗士还是没明白！我从斯塔西的话语中捕捉到了一种微妙的音调，但连小斗士都没有察觉。也许斯塔西仅仅在暗示我？

我挺直了腰板，朝里昂眨了眨眼睛，可他只是一脸茫然地看着我。

我干脆对着空中大喊起来：“嘿，你们听着！我要跟供体说话！我要跟阿德莱达·斯涅任斯卡娅说话！听到没有？赶紧向她报告，说奇克列伊要求见她！”

没人回答我。但没过一分钟，囚室的门就轻轻地滑向了一侧，在门口出现了两个身着力场铠甲的警卫。远处的走廊里还站着另外几个。

“所有人都出来！”一个警卫大声命令。声音透过护甲的扬声器传出，显得冷酷又呆滞，仿佛动画片里的机器人在说话。

“你们让我怎么出来？”谢麦茨基愤怒地质问，“把轮椅还给我！要不就把我抬出去！”

一个警卫垂下脑袋，好像在倾听某个人的指示，然后点了点头，“轮椅现在就送过来。”

“搜查过了，没找到炸弹？”谢麦茨基嘲讽道，“每颗螺丝钉都查过了？”

“查过了。”警卫做出回应。

“你们开个账单吧，帮我仔仔细细地检查了一遍这个古董，我得付钱给你们。”谢麦茨基又不依不饶地挖苦了一句。

6

警卫领着我们穿过一条条走廊。原来我们还是在宇航空港里。

我们经过一段全封闭的悬空玻璃廊，就在出发大厅的正上方，紧贴顶棚。二十多米的空间之下，大厅里一派熙来攘往的景象。有人拖着行李箱，有人推着儿童车，有人背着大包小裹的行李。他们四下奔波着，大呼小叫，孩子们则兴奋地跑前跑后。咖啡厅里，不少乘客在等待飞船航班的消息；一些乘客在登记台前排队办手续；大厅里还有不少军人，汇聚在单独隔开的一块区域里，形成灰绿色的一片，分不出谁是谁。

斯塔西在等待什么？等一队帝国伞兵从天而降？

要真是那样，这里只会上演一场血肉横飞的厮杀，而不是出其不意的营救。伊涅伊已经做好战争准备。这里的男男女女全都能冲锋陷阵，连赤手空拳的小孩子都不会袖手旁观，瘫痪了的老人也要在一旁咒骂敌军。营救突围是不可能的。

那斯塔西还能指望什么？

我扭头看了看斯塔西，但没有开口问他。斯塔西是我们之中唯一被戴上手铐的——不是现代的磁力手铐，而是旧式的金属手铐，两环加一链。可斯塔西看起来并不介意。他一边走，一边跟旁边轮椅上的谢麦茨基低声交谈着什么。警卫们紧紧盯着他们俩，但并未阻止他们谈话。

穿过出发大厅之后，我们来到空港工作区域的走廊。这里来来往往的军人更多了。我们又经过一间大厅，厅门大敞着，里面挤满了士兵。他们坐在地上，怀里抱着老式的长筒光束卡宾枪。一股股酸臭的汗味冲出大门直扑向我们，通风扇大开着也不管用。他们可能已经在这里坐了一整天了！

可是，士兵们的面部表情十分凝重，情绪也格外饱满。帝国的战队如何能打得过上百万如此狂热的伊涅伊追随者？

“你不害怕吧，奇克列伊?”斯塔西忽然问我。

我摇了摇头。

“我曾经非常怕死，”斯塔西说，“但我怕的不是死亡本身。不知道为什么，一想到冬天里的墓地，我就怕得不行。天寒地冻，风卷着积雪到处飞舞，树枝都是光秃秃的，四下里一个人也没有。别说人了，连鸟和野兽都没有。想想就让人心寒。我那时候打定主意，我死以后，一定要让人把我埋在一颗温暖的星球上……要是还有尸骨可埋的话。比如说，埋在伊涅伊。”

“伊涅伊居然是颗温暖的星球?”我居然关心起了无关紧要的事。

“非常温暖。那里的气温从没低于零度。人们之所以叫它‘伊涅伊’，是因为星球的气候很特殊，大气层中的云彩绵长又轻薄，像一片片羽毛。从太空中的轨道上看过去，整颗星球仿佛被冻住了，结了一层霜。挺可笑的，是不是?”他顿了顿，又接着说道，“不过，我现在觉得，新科威特也一点儿都不差呢。”

“斯塔西，你干吗跟孩子说这些?”谢麦茨基有些不满。

“我在跟他告别呢。”斯塔西平静地说，“我希望你知道，奇克列伊……人各有命。不过，生命给了每个人机会去选择自己的结局。或许，这才是意义所在。”

他再没跟我说一句话。我很想拉住斯塔西的手，但又怕那手太冰冷。

终于，警卫们在一间大厅前停下了脚步。

这地方很奇怪。我原以为我们会被领到某个办公室，或者是某间病房，毕竟阿达·斯涅任斯卡娅也受了伤。

可这里看上去像是工厂的车间，或者是实验室。天花板下悬着横纵交织的桁架和起重吊索；一些巨大的金属密封罐和料池之间架设着天桥；机床虽已熄火，却仍然发出某种余响。我能想象得出，当它们运转起来时，声音一定震耳欲聋。

“有意思。”斯塔西开口说道，“这不是燃料电池再生站吗，先生们?

这是要让我们扮演一场生产事故的牺牲者?”

警卫们没有回答。看上去，他们也对这个目的地感到惊奇。

“把他们带过来。”远处传来了一声命令。是阿达奶奶的声音。

在警卫们的簇拥下，我们左右穿行在机床和金属罐之间。突然，那些熄火的机器设备启动了，四下里响声大作，轰隆声、尖啸声此伏彼起。谢麦茨基的机械轮椅在方砖铺成的地面上移动，有规律地咔咔作响，为这场交响乐增色不少。

顺着旋转坡道，我们登上了悬在屋顶下的金属平台，置身于好几辆游来荡去的起重吊车之间。

阿达·斯涅任斯卡娅看上去很正常，我的攻击似乎并未对她造成任何伤损。她还是穿着那身工作服，登着长筒靴，只不过头上已经没了头巾，而是缠了一条黑色的发带，紧紧箍住花白的头发。她的脸色苍白，左肩膀有些突出，应该是缠了绷带、上了夹板，把衣服给撑了起来。

她身边还站着一个人，是阿拉·涅伊捷！两个人的相似程度此刻一目了然。她们的身后还站着两个青年男人。起初，我以为是两个警卫人员，可定睛细看……

我浑身一阵战栗。那不是我三十岁时的模样吗?！这两个克隆人宛如阿达奶奶的男性翻版，正手持爆击枪站在那里。一个冲着我微微一笑，另一个则友善地点了点头。我后背直冒冷汗，赶紧把视线转向了一边。

“把斗士给我铐紧了。”斯涅任斯卡娅又命令道，“把老头儿的神经元接口线拔掉。接下来就没你们的事儿了。”

几个警卫立即执行了命令。斯塔西被推搡到平台的围栏边，左手腕上的那半手铐被拷在了栏杆上。一名警卫从谢麦茨基的神经元接口上拔走了接线，这样一来，谢麦茨基再也无法控制轮椅了。

“您确定我们可以离开?”一个警卫问。

“是的，军士。”阿达奶奶点了点头，“情况在我们掌握之中。”

“不必如此……”阿拉·涅伊捷低声说道。斯涅任斯卡娅看了她一眼，然后改了命令："你们站到平台边上去，注意看紧那个小斗士，另外几个也要盯住。"

几个警卫举手敬了个礼，然后退到了一边。

斯涅任斯卡娅对我们说道："先生们，我以伊涅伊联邦的名义问候你们。斯诺总统让我向你们转达她的歉意，她正与半身人进行紧急会谈，不能亲临此地了。"

"没什么。"斯塔西搭了腔，"我们理解。把人类争斤论两地卖出去，是件劳心费力的事儿。"

斯涅任斯卡娅勉强露出笑意，"收起你那套蛊惑人心的把戏吧，绝地武士。我们是在倾心竭力地为全人类的利益服务，而且做得不比你们差……"

"是法戈斗士。"斯塔西纠正她。

不过，斯涅任斯卡娅已经不再理会他了，"你感觉怎么样，奇克列伊？"

我沉默不语。总不能回答"还好"吧。

"奇克列伊？"

"谢谢关心。您还好吗？"

阿达奶奶和她手下的克隆人一齐露出了微笑。

"我挺好的，小家伙。"斯涅任斯卡娅回答，"毕竟你并不是真的想要杀死我。我虽然受了伤，但总会痊愈的。告诉我，奇克列伊，你跟自己的朋友谈过了吗？"

"您很清楚，已经谈过了。"我低声回答。

"是的。他们把你当作诱饵派到新科威特，打算利用你抓住我。当诱饵的感觉怎么样？"

"我是心甘情愿帮助斗士们的。"我回答道，"他们只是没有把实话告诉我而已。不过我也能理解，毕竟这是非常机密的事。我有可能走漏风声。"

斯涅任斯卡娅诧异地挑起了眉头。斯塔西呵呵地笑出声来。

“奇克列伊，我对你了如指掌。”斯涅任斯卡娅冷笑一声，“你，就是我。我曾经是个小男孩，也曾经是个小女孩。我曾经是成百上千个男孩女孩。我很清楚自己在你这个年纪是什么样儿。你的一切反应我都能预知。到了一定的年龄，每个孩子都会受到某个成年人的深刻影响，然后开始盲目地跟随、模仿这个成年人，对他顶礼膜拜。可不管怎样……你为什么偏偏要这么维护法戈斗士呢?”

“也许他们确实撒了谎。”我字斟句酌地回答，“也许，他们的确愚弄、利用了我，可是……”

“可是什么?”斯涅任斯卡娅像是抓住了要害，“可是斯塔西总归是你的朋友？这就能让你原谅一切?”

“不光因为这个。他们虽然说谎，但会因此感到愧疚，而你们根本就不知羞耻。”

“这就是所谓的伪善，奇克列伊·弗罗斯特。忏悔一次不少，坏事照做不误。”

“做坏事还不知忏悔，这才叫卑鄙无耻!”

“卑鄙？让那些愚民换一种信仰，就叫卑鄙?”

“斯塔西从来不会把人类称作‘愚民’。”

阿达·斯涅任斯卡娅看了一眼阿拉·涅伊捷，像是在求援。

“奇克列伊。”涅伊捷开口说话了，“你现在情绪太激动了，你先别急……”

“我一点儿都没激动。”我回答道，“我现在很平静地面对你们，并且庆幸自己没跟你们混在一起。”

“你不可能不跟我们在一起。”一个青年男人跨步向前开口说道，“奇克列伊，也许你理解这两位老太太有些困难……”听到这里，阿达奶奶不满地哼了一声。“不过，你应该能理解我。我们可是一体同心的。小时候，我也不喜欢喝米粥，我也怕黑……”

“我可不怕黑。”我反唇相讥，“一点儿都不怕。很小的时候可能怕过。可后来，妈妈告诉我，太阳不会熄灭，还会再升起来。我从那时起就知道，黑暗不会永远存在，暂时的黑暗只是为了让人们休养生息。”

那四个家伙你看我我看你，不再说话了。我已经忘记自己原本是想跟斯塔西和谢麦茨基作别的，“我和你们根本不一样。为了适应高辐射星球，我接受过基因改造。也就是说，我们的基因根本不同。我恨你们。你们不可能理解我有多恨你们、为什么恨你们！你们是一帮克隆疯子，妄想称霸世界。人们如果得知你们的真面目，非把你们撕成碎片不可。你们这帮可怜虫。”

“看来这个得淘汰了……”涅伊捷说得非常小声，但我还是听到了。我心里一阵狂喜！

我从未想过，自己居然会因为一句威胁而欢欣鼓舞！

显然，并不是所有的克隆人都会加入阴谋集团！我还能在克隆人中找到跟自己志同道合的兄弟姐妹。他们跟我一样神志正常，不想篡夺政权，不想发动战争！

阿达·斯涅任斯卡娅闭上了眼睛。她毕竟受了伤。不过也可能是因为难过，自己的“子孙”中居然出了这么一个不成器的家伙。

“这个我们以后再说。”她决然地说道，“先处理另外的问题。绝地武士！”

斯塔西一声不吭。

“法戈斗士。”斯涅任斯卡娅带着假笑补了一句。

“我洗耳恭听，斯涅任斯卡娅女士。”斯塔西彬彬有礼。

“斗士，关于自己的结局，你的判断完全正确。你必死无疑。”斯涅任斯卡娅格外强调了“必死无疑”这个词，“但我觉得，你还有很多实话没有告诉我们。帝国和伊涅伊正在进行的谈判不过是假象。帝国的飞船正停在伊涅伊的近地轨道上，应该不只是想展示自己的武力……你们正准备发起进攻吧？”

“我怎么会知道？”斯塔西摆出一副惊奇的表情，“我可没在帝国的机构里做事。我只不过是一个追求浪漫理想的雇佣杀手而已。就算我知道，你们也很清楚，斗士是不会做出背叛行为的。我跟你们的突击队员一样，思维被阻断了。”

“你知道。”斯涅任斯卡娅说得斩钉截铁，“你肯定知道。我们坚信这一点。要是你肯配合，我们会帮助你说出实情的。”

斯塔西一副饶有兴趣的表情，“你们帮助我？”

“这么说吧，我们研制出了一种药物，能够解除思维阻断。只要你说出帝国的计划，就能保全自己的性命。你会被流放到我们的某颗星球上。但我们可以选一颗条件上好的星球，一颗温暖的星球，”斯涅任斯卡娅会心一笑，“你会过上平平淡淡的农民生活。对于一个昔日的超级间谍来说，这算不上是好结局，不过也说得过去——如果和另一种结果比较来看的话。”

“什么结果？”

“根据军事法庭的审判，”斯涅任斯卡娅抬手示意那几个克隆人手下，“你们全都会被定罪处死。我主张先从那个女孩儿下手，然后是两个男孩儿，再接着是老头儿。你呢，是最后一个。”

“你们不会处死奇克列伊。”

“这倒是有可能。”斯涅任斯卡娅点了一下头，“不管怎么说，我并不认为他已经不可救药。可是，其他人会在你眼前死掉。”

“在天平的另一边，是几百万人的生命，”斯塔西不动声色地说，“几百万人的生命和全人类即将长达几百年的奴役史。”

“对此我不想争辩。”斯涅任斯卡娅回答他说，“我只是想指出，这几百万人——远在天边，而你的这几个朋友——近在眼前。”

“法戈斗士从来就没有什么朋友。”

“可你不一样。跟其他斗士相比，你过于率性而为。对了，处死他们的方法有些痛苦。我们不得不利用眼前的条件，比如说……”斯涅任斯卡娅走到了平台边上，往下看了一眼，“下面的池子里，是废旧燃料电池溶解剂，不出三分钟就能溶解一个人……不过，在溶解之前，他们就会活活痛死。你不打算再考虑考虑吗，斗士？”

我看了一眼里昂，他的脸色惨白如纸。而娜塔莎正跪在爷爷的身边，紧抓着他的手。

“阿达·斯涅任斯卡娅，你是从哪里遗传到的这种虐待狂嗜好？”斯塔西质问，“你还要折磨孩子们吗？”

“天平的另一边可是几百万条生命呢。”斯涅任斯卡娅的声音里没有任何感情，“快说，帝国的军队到底想做什么？”

斯塔西没有回答。

“别忘了，我们手里还有那批小游击队员。”涅伊捷在一旁提示，“斗士，要是那些孩子在你的面前一个一个被杀掉，你该怎么办呢？”

“你们这两个老妖婆！”谢麦茨基怒吼起来，“你们不是人，是一群疯牛！”

“我大概会自尽吧。”谢麦茨基的怒气平息以后，斯塔西开口回答。

“我可不这么认为。你一定会拼死救他们。不过，在你动手之前，一定已经有人一命呜呼了。给自己和别人都留条活路，不好吗？我们可以保证，对你们所有人的惩处仅止于流放。你应该能明白，有半身人支持，伊涅伊就一定能取胜。”

“半身人不会支持伊涅伊联邦。”

“为什么？”斯涅任斯卡娅态度强硬地反问。

“因为此时此刻，紫姑人的女王已经宣布了，一旦伊涅伊联邦和帝国之间发生战事，紫姑合众国将会站在联邦一边。”

我一时没明白这是什么意思。而谢麦茨基立刻哈哈大笑起来，转头对我们解释道：“半身人和紫姑人从来不会在任何冲突中并肩作战。所谓一山难容二虎啊……如果二者出现在同一阵营里，绝不会有任何助益。”

斯涅任斯卡娅面色一沉，“你们搞了什么鬼？”

“我为什么一个月前要来新科威特呢？”斯塔西以问代答。

“到阿格拉巴德参加哈里顿诺夫船长的遗骨迁葬仪式……”斯涅任斯卡娅沉吟着说，“难道，那时你们……”

“那时候，我们就知道你们在跟半身人秘密谈判，于是就采取了必要措施。你们最好想清楚，不管去寻求哪一方异族的支持，都会出现始料不及的掣肘。”

局势意外地逆转了。这已经不再是一场针对斯塔西的审问。把斯塔西铐在围栏上的那副手铐也显得毫无意义。

“住口，斯塔西！”萨什卡突然大喊一声，“你瞎说什么！”

“不用担心，实习斗士。”斯塔西安抚他说，“没事儿的。”

但萨什卡突然朝前跨了一步，甩开胳膊往斯塔西的脸上挥去！下一秒，他也遭到了斯塔西狠狠的回击，跌在了地上。

现场一阵骚乱。几个警卫举枪瞄准了萨什卡，另外两个朝我们跑过来。这时，斯涅任斯卡娅挥手示意他们停在原地别动。

斯塔西把一口带血的唾沫吐在了手铐的铁链上，低声说：“我这个年轻助手过于感情用事了，你们别介意。”

萨什卡坐在地上喘着粗气。斯涅任斯卡娅紧张地盯着萨什卡，又看了看斯塔西，然后说道：“不对。你是在拖延时间，斗士！”

“当然！”斯塔西立刻回应。

“阿基姆！”斯涅任斯卡娅下了命令，“把那女孩儿带过来！时间拖得太久了！”

“确实，你们的愚蠢暴乱也到了收场的时候了。”斯塔西语调轻快。

一个克隆人向我们走过来。

“我不行了。”里昂突然没了力气，“奇克……”

我赶紧转过身来扶住他。里昂缓缓地瘫在了地上，眼睛虽然还睁着，但已经目光涣散，神采尽失。不知为什么，四周的灯光突然暗淡下来，各种机器发出迥异的声响，一架悬轨起重机突然开始莫名其妙地转个不停。已经沉入昏睡状态的里昂低声地抽噎起来。

“你们把他怎么了？”我大叫起来，“一群卑鄙小人！”

身后一阵轰响。我一边吃力地撑住里昂，一边回头看。只见警卫们纷纷倒地，身上的铠甲重击金属台面，仿佛一堆大铁锅被扔在了地上。

“暴乱到头了。”斯塔西说话的声调跟刚才不太一样，虽然很镇定，但格外疲惫无力。他接着对我说："奇克，谢谢你。因为你的出现，让敌人浪费了两昼夜的时间，帝国舰队也因此才来得及派出信号中继舰，封锁住了整个伊涅伊联邦。"

此时，斯涅任斯卡娅、涅伊捷，还有那几个男性克隆人手持武器，齐刷刷地瞄准了我们。斯塔西完全无视这些暴乱分子手中的武器，继续说道："你们过于自以为是了，阿达·斯涅任斯卡娅。你们的那个心理同化程序已经被彻底破解。我们编写了新的启动代码，让程序重新启动……但作用会完全相反。现在，你们所有的追随者都已陷入昏睡状态。他们会在梦里看到万恶的茵娜·斯诺如何发动战争，反对善良的、公正的皇帝。"

"这不可能！"斯涅任斯卡娅大叫起来，"我们早就预见了这种破坏行动，无线电分流器已经被关闭了，你们发出的指令不可能被接收！"

"信号接收功能不可能被完全关闭，斯涅任斯卡娅女士。你们只能关闭天线的接收功能，但无线端口也是信息接口中央处理器的一部分。只要信号足够强，根本不需要天线，无线端口就能接收启动代码，哪怕是在密闭环境里。你们刚才也见识到了。这一次，帝国启用了老式信号中继舰，那些中继舰自上次战争以来就封存至今。"

坐在地上的萨什卡立刻笑逐颜开。谢麦茨基也呵呵乐出声来。

"放下武器，"斯塔西接着说，"一切都结束了。没有人会被你们那些蹩脚的恐吓吓到。"

"我们走着瞧。"斯涅任斯卡娅一反之前的凶相，轻声慢语起来，"奇克列伊，娜塔莎，到我这儿来……"

不知道为什么，我的双腿开始不由自主地迈步，把我带向阿达奶奶身边，带向平台的边缘。平台下方就是巨大的溶解池，里面盛满了透明的绿色液体。

她应该用了强制性语调，只要对我发出命令，我就会自己跳进溶解池里。

"奇克列伊，娜塔莎，站住！"斯塔西高喊了一声。

我停下了脚步，但立刻又遵从斯涅任斯卡娅的命令向前迈了一步。我再次让自己停下，可下一秒又往前走。斯涅任斯卡娅的脸上已经不见半点和蔼的神色，她现在不再是一个慈祥的老太太，而是一个狂躁的泼妇。涅伊捷校长也凶相毕露，活像黑暗世纪那些疯狂的女权主义者。我身旁的娜塔莎也不由自主地走走停停，惶恐地四处张望，嘴唇嗫嚅着，像是在求爷爷救她……

我和娜塔莎拼命挣扎着，但还是像提线木偶一样朝平台边缘走去。斯涅任斯卡娅在哈哈狂笑，一心要跟斯塔西斗出个高低胜负，全然忘记了统治世界的事。她想让我们当着斯塔西的面死掉，想看到斯塔西自我了断。

她的愿望要成真了……

“除了我之外，谁的话也不要听！”涅伊捷突然对我们下令。她话音刚落，我的耳朵仿佛就被棉花堵上了，“走到平台边上，从那里往下跳！”

她真是个疯子！我坚决不会去！

可双腿依然在乖乖地拖着我往前走。我惊叫起来。

就在这时，有一架机器冲了过来，从我和娜塔莎之间疾速穿过。我只感觉到轮子在飞转，马达在轰鸣。我们被掀倒了！

谢麦茨基一只手紧紧抓着轮椅扶手上的操纵杆。这可真是架老古董，除了神经元接口，还能手动控制！

阿拉·涅伊捷那张脸因为恐惧而扭曲，手中的爆击枪喷出火焰。紧接着，谢麦茨基的轮椅直冲她们而去，仿佛一团燃烧的火球。涅伊捷被撞向了半空，直直往下坠去，斯涅任斯卡娅则被轮椅拖曳着径直向平台边缘滑去。

斯涅任斯卡娅和谢麦茨基连同轮椅一起翻下了平台边缘，仿佛电影里的慢镜头般缓缓下落，一股透明的绿色水柱腾空而起。

我转回头来。周围的一切在我眼中变得异常缓慢，仿佛梦境一般模糊不清。斯塔西手铐上的铁链几乎已被熔断，斯塔西用力一拉，手铐断成两截——这一切在我眼中都成了慢动作电影。斯塔西用没被铸住的那只手捶打自己的大肚子，丝绸衬衫撕裂了，一条等离子鞭闪着磷光跳出来，瞬间钻进他的袖子里，向前张开了喷口。那两个克隆男已经开火了，一道道火舌从我身旁飞掠过去。斯塔西的鞭子喷出等离子束，立刻截住了爆击枪的光焰。萨什卡非常笨拙地跳了起来，他的手中有什么东西闪了一下。突然，一阵嗡嗡声擦过我的耳边。萨什卡立刻倒地不起，斯塔西也停止了射击。

两个克隆人躺倒在地，全身焦黑。其中一人的眼睛里还戳着一枝金色的短箭。我觉得那应该是一只手表，只是变形拉长而成了利箭。

我的双腿仍在往平台边缘迈步。阿拉·涅伊捷虽然已经死了，可她的指令还在发挥作用！我惊慌地环顾四周——斯塔西正在俯身看萨什卡的情况，而娜塔莎已经倒地不动。她还算幸运，因为惊吓而失去了知觉。

我可不想就这样掉下去！尤其是在这个节骨眼！

暴乱终告失败，人们将要开始恢复正常，女总统斯诺会被抓获、绞死，胜利就在眼前！我不想就这样跳进溶解池里！我还活着，我还很健康，我想去上学，想踢足球，想看动画片！我不能跳下去啊！

我来到平台的边沿，一把抓住了栏杆。脚下是巨大的陶瓷料池，里面盛满了可怕的透明液体，有三团黑乎乎的东西正随波漂浮，支离破碎的轮椅支架还在不断被销蚀。

我不想掉下去！

双脚又向前方迈去，我闭上眼睛。

就在这时，一股强大的力量把我抛回了平台。再度睁开眼时，我看到斯塔西正俯身看着我，对我下令："不要往下跳！"

我可能是读懂了唇语，或是猜到了他的意思。

下一秒，我终于恢复了听觉。小斗士萨什卡在嘤嘤哭泣。斯塔西高声对着全场断喝："不要往下跳！不要听这些巫婆的话！不要跳！永远不要听从愚蠢的命令！"

“你的命令就不愚蠢吗？”我开口说道。

斯塔西长舒一口气，不再说话了。他抱了抱我，我闻到他身上散发出一股酸味。

“你往手铐上吐了什么？”我问他。

“金属溶蚀剂，”斯塔西回答，“对有机体无害。”

斯塔西又立刻拽住娜塔莎——她已经开始恢复知觉，身体不断哆嗦着。斯塔西把她从平台边缘拉回里昂和萨什卡身边，一字一顿地说：“别往下面跳！好好躺着！”

我摇摇晃晃地走到了他们跟前。斯塔西正忙着为萨什卡处理伤口——肚子上被烧出了一个洞，焦黑一片，脸上也冒出密密的一层虚汗。萨什卡好像并没有注意到斯塔西，还在不停地喃喃自语：“拦住他们……命令还在起作用……他们会跳下去……”

“拦住了，我拦住他们了……”斯塔西不住地宽慰小斗士，“你挺住啊，实习斗士……奇克列伊！把那些警卫右边裤兜里的小药包拿过来！”

“马上……”我冲到那些已经昏睡过去的警卫跟前，朝其中最靠近我的一个狠命踢了一脚，把他翻过身来，从他的裤兜里掏出了小药包，迅速回到斯塔西身边。

斯塔西从药包里翻出几小瓶针剂，一股脑地给萨什卡注射了下去，接着又找出一只金属环，扣在了萨什卡的手腕上。金属环上的小红灯令人不安地闪烁起来。

“坚持住，”斯塔西央求他，“别放弃！”

“斯塔西……”我张口想问。

“什么？”

“谢麦茨基……他死得很痛苦吗？”

斯塔西先是沉默了片刻，然后说：“他从我身边冲过去的时候，我看到他的眼睛了。他那时就已经死了，奇克。他是拼着最后一丝力气，把自己的轮椅当成了杀敌的武器。”

“他是怎么死的？”我没明白。

“他年纪太大了，这一个月以来又经历了这么多动荡……奇克列伊！你快去空港的旅客区，找找医务室。如果还有没睡过去的医生，就把他们带到这边来！还要带上担架和心肺复苏机！记住了吗？”

“是！”我高声回答。关于谢麦茨基的死因，斯塔西可能只是在骗我，但我不敢多问。

这时，萨什卡睁开了眼睛，目光迷蒙地看了看我，嘴里吐出一个词：“菜鸟……”

“你才是菜鸟！”我欣慰地回了一句。

“我……都十五岁了。斯塔西……我通过测验了吗？”

“你只要别死，就算是通过了。”斯塔西冷冰冰地说道，“明白吗？你死了就得被除名。死人可成不了法戈斗士！”

“我会尽力的。”萨什卡边说边不住地舔着嘴唇。

斯塔西看了我一眼，面色一沉，“你怎么还不去？”

“斯塔西……我是暴君的克隆体，你还信任我吗？”

“你要是再不去，我就把你当成克隆体逮捕起来！”斯塔西说完这句就停住了。显然，他意识到了这对我来说有多重要，“别担心，奇克。人的本性不是基因能决定的。你快点儿去吧！萨什卡伤得太重了。”

我一阵风似的奔跑起来。路过警卫们身边时，我俯身从一个家伙的手中拿走了一支沉重的爆击枪，全副武装冲进了服务区的走廊。

刚进走廊，我就碰到了一个身穿军装、手持卡宾枪的小伙子。他神色惊慌，一看到我就瞪起眼睛，想端起手中的武器。

“把你那破玩意儿放下！小心我轰断你的手！”我厉声喝令。小伙子一哆嗦，赶紧放下了枪。

“知道医务室在哪吗？”

“知，知道……”小伙子结结巴巴地回答。

“带路！”

“帝国开始反击了？你们会枪毙我吗？”

“你要是再这么多话，就非枪毙不可！”我呵斥他，“快走，去医务室！你帮我拿担架。”

“你是什么人？”小伙子看着我手中的爆击枪，胆怯地问。

“法戈斗士！”

小伙子缩起脖子，一溜烟地沿着走廊跑起来，我紧随其后。

“我是被逼迫的！”小伙子边跑边为自己辩解，“大家都投奔了伊涅伊，所以我也……我从来都是拥护皇帝的！只是给伊涅伊当了炮灰……”

那个疯老太太斯涅任斯卡娅把百姓称作“愚民”，这当然不对。

可的确有太多人一窝蜂地争当“愚民”。

“有人逼迫你，你可以不听啊。”我竭力保持呼吸均匀，“就算大家都叛变了，你也要坚持。明白吗？自己好好想想！做人不能昧良心！不能轻易叛变！不要当胆小鬼！不要当愚民！”

楼外的某个地方传来一阵隆隆巨响。应该是帝国的登陆舰降落在了空港。

尾声

酒吧里的灯光格外明亮。这也不奇怪，毕竟还没有客人上门。服务生正手持吸尘器在桌子之间来回清扫地面。

不过，我一踏进酒吧，服务生立马关了吸尘器，塞到了柜台下面，开始皱着眉头打量我。我径直走到柜台前，他终于兴奋地睁大了眼睛。

“你不就是那个孩子吗？去当运算湿件的！”说完这句话，他又紧张起来，“情况怎么样？”

“还好，时间不长，脑子还不至于坏掉。”我回答道，“要牛奶鸡尾酒，货真价实的那种。你们应该有真正的牛奶。来两杯。”

服务生毕恭毕敬地点了点头，从冰箱里拿出了一瓶牛奶，还特意给我看了看瓶子上贴的原产证明，然后打开瓶盖，把牛奶倒进了摇酒器里。

“我后来没再做运算湿件。”我告诉服务生。

“钱挣够了？”服务生一边摇着我的饮料，一边惊奇地问。

“嗯，差不多吧。”

“决定回家啦？”

“我得……看望几个朋友，”我说，“向他们表达谢意。也要谢谢您。”

“为什么谢我？”服务生一脸疑惑。

“是您帮我找到了‘克利亚兹玛号’上的工作啊。”

“这没什么……”服务生窘迫地回答，可看上去还是挺高兴的。

我端起了高脚杯，把鸡尾酒一饮而尽。味道极好。阿瓦隆的牛奶要更好喝些，但还是新科威特的最好。

“再来一杯？”服务生又伸手拿起摇酒器。

“不啦，这杯是给您的，我请客。”

小伙子微笑起来，我们碰了碰杯。

“谢谢。”我再次向服务生致意，然后抓起随身带的背包，“您知道吗？您拯救了整个帝国！”

他大概在想，当运算湿件多多少少还是给我的脑子造成了些影响……

来到河边的时候，四周一个人都没有，我便脱下衣服跳进了水里。

水可真凉啊！游了十几分钟后，我上了岸。附近还是没有半个人影。我干脆脱下泳裤拧干，又套回身上，再用一次性小毛巾擦了擦身上的水，然后躺到了那块我喜欢的石头上。

太阳时不时在飞扬的沙尘间闪现。那只不过是一颗橙黄色的亮点，既没有热度，也不会把人晒黑。但我还是优哉地晒起了日光浴。

漫长的少年时代里，这便是我唯一的太阳。

很快，太阳完全看不见了。覆满沙尘的穹顶也开始按“夜晚模式”发出微弱的照明光。

我翻过身来，趴在石板上。

卡利耶上的沙尘暴往往会持续很久，直到春天才会结束。只有巨大的矿石储运飞船才能穿过滚滚飞沙和阵阵强风降落到地面上，法戈斗士小巧的快船也可以。

不过萨什卡说，自己的分泌腺——尤其是外分泌腺——无比娇贵，所以只在这里等我一昼夜，一昼夜后不来会合，他就飞走。

他还说，在卡利耶这样的地方，正常人是活不下来的。这里不像颗星球，而是真正的地狱……

他说的都是实话。

当然，他不会丢下我飞走的。他一定会等我，或者来找我，而且肯定会说自己只是怕一个人飞行太无聊。斯塔西被派去了伊涅伊，去搜捕那些逃逸的斯涅任斯卡娅克隆体，而伤情稍有好转的萨什卡（真不敢回忆他肚子上那个大窟窿！）被要求返回阿瓦隆。

“奇克奇克……”

我翻过身来，看到了达伊卡。

“真难以置信。”她一脸惊奇。

“哦。”我拿腔拿调地说，“我是你的幻想，是你潜意识里青春期情结的外化。”

“你这傻瓜！”达伊卡瞬间红了脸，她放下了手里的平板电脑，伸出一根手指头要碰我的肚子。

“哎哎哎，可别碰，我会消解在以太中……”我悲戚地说道，“达伊卡，你还好吗？数学有进步吗？”

她的脸更红了。学校就是这样——明明知道女孩当不成飞行员，偏要教人家数学。达伊卡的数学学得很吃力，但仍然坚持自己补习。

“还行……我们的成人门槛降低了，调到十四岁了。”

“也就是说，生活保障金到十四岁就不再给了？看来卡利耶已经无矿可采了。”我深深叹了口气，“卡利耶要完蛋了。”

达伊卡点了点头，“那你干吗还回来，奇克奇克……”

“把你和格列布带走。”

“去哪里？”达伊卡警觉起来。

“去阿瓦隆，或者新科威特。我在这两颗星球上都有朋友。我还没决定要去哪，看你们怎么想。好人哪里都有，但最好还是去阿瓦隆。其实人都是善良诚实的，只是需要时时提醒他们这一点。”

“你这是得到了一大笔遗产？”达伊卡勉强地笑了笑。

“遗产……那倒没有。不过，拿到两个人的居留权还是没问题的。飞船现在就在空港等着呢。”

达伊卡没有说话。

我坐在石头上，曲起双膝，继续说：“我理解。你家里还有父母和一个妹妹，我都知道，达伊卡。可我只能争取到两个人的名额。要是你离开这里，你的家人也会生活得容易些，你可以把自己的生活保障金留给他们。以后我们还可以想想办法接走他们。”

她思考了一会儿，然后问我：“新科威特是发生暴乱的那个地方吗？”

“嗯。”

“那你……”

“我可以告诉你一切，不过不是现在。我其实很不想回忆这些，达伊卡。”

不过，达伊卡关心的是另外一件事，“听说伊涅伊的女总统不用休眠就能承受超空间飞行，这是真的吗？”

听听，谣言传得可真快，都赶上光速了。

“是真的。”我这样回答，同时心里暗暗地向斗士们说着对不起，“她……他们那儿有个基因学方面的奇才。他们研究出了女人不能承受超空间跳跃的原因，而且想出了解决办法。光这一点就足够厉害了，整个帝国都对他们仰慕得不得了！这个巫婆有能力胜任所有职位，称帝也不在话下呢。可是，他们就只想着给人们洗脑。”

达伊卡边听边点了点头，然后又问道："也就是说，我能当飞行员啦？"

"我不知道，可能吧。不过，你的女儿肯定能行。"

"傻瓜。"达伊卡又来了一句，不过这次不像是在骂我，"奇克列伊，你不会是在耍我吧？"

"不是。"

"我得跟父母商量一下，奇克奇克，我现在就去。"

"别忘了你的平板电脑。"我赶紧提醒她，"晚上我去你家，你们还是住老地方？"

"嗯。"

她正准备弯腰去捡平板，又迟疑了一下，对我说："你变了好多呢，奇克奇克。你长大了。"

她迅速在我腮边亲了一口，就跑掉了。我呆呆地笑了一下，但并没伸手去抹脸。

我对达伊卡提的建议算不上无私。她还有父母和妹妹，格列布也是父母双全。可我只能帮助两个人。我只能选自己的朋友。

我当不了天才，也不想利用暴力让全世界变得幸福，我只想去帮助身边的人，让大家生活得更好。

阿达·斯涅任斯卡娅肯定不会理解，我为什么会选择站在斯塔西那一边。

原因其实再简单不过了。斯塔西也会提起千百万人，会谈到几十上百的大小星球，但他同时也能帮助身边的人，为他人竭尽全力。而斯涅任斯卡娅，虽然常常拿千百万人高谈阔论，但真正关心的只有自己，只有自己克隆出来的那些男男女女。

我想成为父母那样的人——是我真正的父母，而不是那个疯狂复制自己基因的奇才；我想成为斯塔西那样的人；成为"克利亚兹玛号"船员那样的人；我想跟里昂和萨什卡成为密友；想跟罗西和罗琪摒弃前嫌；我想上学，我想踢足球；长大以后，我还要跟达伊卡结婚……或者娶娜塔莎。

也许，我应该住到新科威特去？娜塔莎说想留在那里。新科威特正准备为她那英勇的曾祖父立一个纪念雕像——老人高昂着头，驾着轮椅向敌人冲去。至于达伊卡，我可以说服她……

不过，现在我该去看望自己的爸爸妈妈了。关于娜塔莎、达伊卡和新科威特，回头再细想吧。

我从石板上爬起来，穿好衣服，顺手捡起了被达伊卡落下的平板电脑，朝着告别宫的方向走去。